약편

仙道 체험기

8

신선神仙되는 길이 보인다
경이적인 현상이 눈앞에 펼쳐진다!!
선도수련의 현장을 체험으로 파헤친 충격과 화제의 소설

글터
GEUL TEO

약편 선도체험기 8권을 내면서

『선도체험기』의 저자이자 스승이신 삼공 김태영 선생님께서 선도를 현대적으로 체계화하여 전수하는 사명을 다하시고 2021년 3월 초에 귀천하셨다. 육신의 죽음은 옷을 갈아입는 것과 같을 뿐, 영원한 진아를 깨닫도록 제자들을 지도하신 선생님의 가르침과 기운은 책을 통해 전해질 것이다. 그렇기 때문에 『약편 선도체험기』의 편찬은 의미가 크다고 본다.

『약편 선도체험기』 8권은 『선도체험기』 31권부터 35권까지의 내용에서 선별하여 구성하였다. 시기적으로는 1995년 8월부터 1996년 7월까지 일어난, 수련 관련한 이야기이다. 지난 권에서처럼 제자 간의 문답을 통해 선생님의 가르침을 전수받을 수 있으며, 일기체 형식으로 정리된 선생님의 생각도 배울 수 있다. 또한 제자의 수련기를 통해 선도수련의 진행 과정과 효과를 간접 체험할 수 있겠다.

특히 이번 권에서는 '야생벌에 쏘인 새끼손가락, 아들의 결혼식, 충돌 사고, 은사의 최후, 병의 원인 아는 것이 치료제다, 백두산 산신령'

등 선생님의 실제 생활에서 일어난 이야기가 많이 실렸다. 이런 체험기를 통해 수행자는 유사한 상황에서 어떻게 판단하고 처신해야 좋을지 참고할 수 있는 귀한 기회가 되겠다.

그리고 '부부란 무엇인가?'는 수행자뿐만 아니라 일반인도 결혼생활을 조화롭고 지혜롭게 유지할 수 있는 비결을 전하는 보감 같은 유익한 이야기이다. 『선도체험기』 35권에 실려 있는 내용인데, 분량이 많아 중간의 소제목인 '무소불위의 여의봉'을 큰제목으로 키워 전체를 둘로 나누어 실었다.

참고로, 『삼일신고』는 『선도체험기』 20권에 번역되어 있으며 『구도자요결』에 옮겨져 있다. 본문에 나오는 『삼일신고』 '삼공훈'은 본 번역에 의거한 것이며, 타 번역본에서는 같은 내용이 '진리훈'에 포함된다. 끝으로, 『선도체험기』 104권부터 120권까지의 출판에 이어 『약편 선도체험기』를 출판해 주시는 글터출판 한신규 사장님에게 감사의 뜻을 전한다.

단기 4354년(2021년) 4월 20일
엮은이 조 광 배상

차 례

〈31권〉

정서불안

1995년 8월 15일 화요일 25~30℃ 구름 많고 소나기

오후 3시. 10여 명의 수련생들이 모여서 이야기꽃을 피우고 있었다. 최영아라는 중년 여자 수련생이 말했다.

"선생님 저는 아무래도 정서불안인 것 같습니다. 밖에 나가 길을 걸을 때도 언제 어느 때 자동차가 달려들어 치여 죽을지 모른다는 불안감, 또 정신 이상자가 아무 이유도 없이 지나가는 저에게 갑자기 칼로 푹 찌를지도 모른다는 불안감이 자꾸만 일어납니다. 이게 틀림없이 정서불안이 아닐까요?"

"잘 알고 계시는군요. 그건 틀림없는 정서불안입니다."

"요즘은 정서불안 때문에 자살하는 사람들이 많습니다. 얼마 전에도 제가 사는 아파트촌에서 한 노파가 자식들이 외면하는 것을 비관하다가 한밤중에 10층에서 떨어져 스스로 목숨을 끊었습니다. 이것도 정서불안이 틀림없지 않습니까?"

중년 남자 수련생이 말했다.

"물론입니다. 그러나 조금 전에 최영아 씨가 말한 정서불안하고 10

층에서 투신자살 했다는 노파의 정서불안하고는 근본적으로 다른 데가 있습니다."

"그게 무엇이죠?"

최영아 씨는 바싹 호기심이 당긴 듯 두 눈을 반짝이면서 물어 왔다.

"최영아 씨의 정서불안은 자기가 정서불안을 앓고 있다는 것을 알고 있다는 것이고 투신자살한 노파는 그것을 모르고 있었다는 것입니다."

"그게 그렇게 큰 차이가 있습니까?"

"있구말구요. 하늘과 땅의 큰 차이가 있습니다."

"그렇게 큰 차이가 있다는 말씀입니까? 얼른 실감이 가지 않는데요."

"그럴 겁니다. 그러나 조금만 더 생각해 보세요. 똑같은 정서불안을 앓고 있으면서도 한 사람은 자기가 정서불안이라는 것을 깨닫고 있었고, 다른 한 사람은 그 정서불안에 압도되어 그것을 미처 깨닫지 못하고 그것에 완전히 지배당했다는 겁니다. 자기가 환자라는 사실을 알고 있는 사람은 지금의 최영아 씨처럼 이런 자리에서나마 그것을 거론을 할 수 있지만, 그렇지 못한 사람은 정서불안 자체에 완전히 압도되어 자기가 그런 병을 앓고 있다는 것까지도 미처 깨닫지 못하고 있으므로 어떠한 구제책도 강구해 낼 수가 없습니다. 다 같이 범한테 물려가는 희생자이면서도 자기가 처한 현실을 냉정하게 깨닫고 있는 사람과 그렇지 못하고 공포심으로 완전히 정신을 잃은 사람과는 크나큰 차이가 날 수밖에 없습니다."

"문제는 정신을 차리고 있느냐 정신을 잃고 있느냐의 차이군요."

"그렇습니다. 정신을 차리고 있는 사람은 살 가망성이 있고 정신을 잃은 사람은 살 수 있는 기회가 닥쳐와도 그것을 이용할 수 없게 됩니다. 정신을 잃지 않고 깨어 있는 사람은 어떻게든지 살 궁리를 할 수 있지만, 정신을 잃은 사람은 이미 그때부터 죽은 것이나 마찬가지입니다. 수련을 하느냐 하지 않느냐의 차이는 바로 이것입니다. 최영아 씨처럼 자기가 정서불안이라는 것을 알고 있는 동안에는 어떻게 해서든지 거기에서 벗어날 수 있습니다."

"선생님 말씀을 듣고 있자니까 정신이 번쩍 드는 것 같습니다. 그럼 저에게도 정서불안에서 벗어날 수 있는 가능성이 있다는 말씀인가요?"

최영아 씨가 말했다.

"그렇구말구요."

"그럼 좀더 구체적으로 제가 알아들을 수 있게 설명을 좀 해주실 수 없겠습니까?"

"왜 없겠습니까? 있습니다."

"어서 좀 말씀해 주십시오."

"지금처럼 계속 깨어 있기만 하면 됩니다. 깨어 있다는 것은 무명(無明) 속에서 등불을 켜 들었다는 말과 같습니다. 등불이 있는 한 어떠한 위험이 닥쳐와도 피할 수 있는 능력을 구사할 수 있게 될 것입니다. 캄캄한 어둠 속에서는 장애물에 걸려 넘어질 수 있지만, 등불이 앞을 비추는 한 그런 일은 있을 수 없습니다. 정서불안이란 일종의 장애물이기 때문입니다. 그리고 등불은 이 세상을 살아가는 지혜입니다. 지혜의 눈이 떠져 있는 한 어떠한 난관이나 장애도 극복할 수 있습니다. 지혜의 눈을 혜안(慧眼)이라고 합니다."

"선생님 그럼 육안(肉眼)과 혜안(慧眼)은 어떻게 다릅니까?"

"그건 역시 하늘과 땅의 차이, 아니 삶과 죽음의 차이만큼이나 큽니다. 투신자살했다는 그 노파는 시각 장애자였습니까?"

"그렇지는 않습니다."

"그것 보십시오. 눈뜬장님이란 그것을 말하는 겁니다. 그 노파에게 혜안이 떠져 있었더라면 투신자살 따위 짓은 하지 않았을 겁니다. 혜안이 떠지지 않았기 때문에 정서불안을 극복할 수 있는 능력을 잃은 것이죠. 그러나 혜안이 떠져 있었더라면 자기가 정서불안증에 걸려 있다는 것을 알고는 계속 그것을 관찰할 수 있었을 겁니다. 정신 차리고 깨어 있는 것이 관찰하는 것입니다. 꾸준히 지속적으로 관찰만 할 수 있었다면 그 노파는 미구에 그 정서불안의 정체를 꿰뚫을 수 있었을 것입니다."

"정서불안의 정체는 무엇인데요?"

"그거야말로 허상(虛像)입니다."

"허상이라면 허깨비라는 말씀입니까?"

"그렇습니다."

"아니, 그럼 어떻게 돼서 유독 저에게만 그런 허깨비가 달려들었을까요?"

"그거야 다 그럴 만한 이유가 있어서 그랬겠죠."

"무슨 이유인지 좀 말씀해주실 수 없겠습니까?"

"그건 최영아 씨가 관찰을 통해서 스스로 알아내야 합니다. 그래야 공부가 되지 남이 답을 일러드리면 공부가 되지 않습니다. 최영아 씨는 조금 더 자기 자신을 관찰하면 곧 그 정체를 알 수 있을 텐데 그것을 못 참고 남에게 답을 구하려고 하십니까?"

"그래도 이왕에 말씀이 나온 김에 그 이유까지 알려주시면 큰 공부가 되겠는데요."

"병균이 육체적인 질병의 원인이라면 정서불안은 정신적인 질병의 원인입니다. 아까 투신자살한 노파는 분명 육안은 뜨여 있었지만 혜안은 뜨여 있지 못해서 그런 봉변을 당했다고 했습니다. 그런데 최영아 씨는 혜안이 약간 뜨여 있기 때문에 자기가 정서불안에 걸려 있다는 것을 알고 있습니다. 그러나 솔직히 말해서 혜안이 좀더 밝았더라면 정서불안 따위는 접근조차 할 수 없었을 것입니다."

"혜안이 더 밝았더라면 정서불안 따위에는 걸리지 않았을 것이라는 말씀입니까?"

"그렇습니다."

"어떻게 하면 혜안을 더 많이 밝힐 수 있겠습니까?"

"혜안을 더 많이 밝힐 수 있는 방법을 물으시는 겁니까?"

"네."

"나는 바로 그 방법을 말하기 위해서 『선도체험기』를 30권까지 썼습니다. 그 책을 정독하셨더라면 그런 질문이 나오지 않았을 텐데요."

"저도 『선도체험기』를 30권까지 다 읽기는 했는데, 아직도 그것을 깨닫지 못하고 있는 것을 보면 잘못 읽은 것 같습니다. 한마디로 쉽게 좀 알아들을 수 있게 말씀해 주셨으면 좋겠습니다."

"본성(本性)을 찾으면 간단히 해결됩니다."

"본성이란 무엇을 말하는데요?"

"참나 즉 진아(眞我)를 본성이라고 합니다."

"그럼 참나의 반대는 무엇입니까?"

"그야 물론 거짓 나, 즉 가아(假我)죠. 정서불안 따위는 참나에 속하는 것이 아니고 분명 거짓 나에 속하는 겁니다. 따라서 거짓 나에서 벗어나면 정서불안 따위는 감히 접근조차 할 수 없습니다."

"거짓 나와 참나는 어떻게 다릅니까?"

"거짓 나는 생로병사(生老病死)를 수없이 되풀이하지만 참나는 태어나고 죽는 일이 없습니다. 이것을 불생불멸(不生不滅)이라고 합니다. 또 늘어나고 줄어드는 것도 없습니다. 이것을 부증불감(不增不減)이라고 합니다. 또 더럽고 깨끗한 것도 없습니다. 이것을 불구부정(不垢不淨)이라고 합니다. 또 시작도 끝도 없습니다. 이것을 무시무종(無始無終)이라고 합니다."

"꿈같은 얘깁니다. 저에게는 뜬구름 잡기요, 무지개 쫓아가기와 같습니다. 도대체 실감이 나지 않습니다."

"그럴 겁니다. 그러나 최영아 씨는 약간이나마 혜안이 뜨여 있으니까 이제 조금 더 정진하면 그 참나의 정체가 손에 잡힐 겁니다. 지금도 최영아 씨에게는 참나와 거짓 나가 반반 뒤섞여 있습니다."

"그걸 선생님께서는 어떻게 아십니까?"

"뻔히 보이니까 알 수밖에요."

"선생님께서 보이시는 대로 좀 말씀해 주셨으면 좋겠습니다."

"최영아 씨가 정서불안에 걸려 있는 것은 거짓 나가 있기 때문이고,

정서불안에 걸려 있다는 것을 알고 있는 것은 참나가 있기 때문입니다. 여기서도 거짓 나는 생멸(生滅)이 무상한 몽환포영(夢幻泡影)과 같은 것이지만 이것을 관찰하는 존재는 생멸(生滅)과는 관계없는 영원히 변하지 않는 진아(眞我)입니다.

진아가 가아(假我)를 지배할 수 있을 때는 정서불안 따위에 시달리는 일은 있을 수 없습니다. 그러나 지금처럼 가아와 진아가 팽팽하게 줄다리기를 하고 있는 한 언제 가아가 진아를 지배할지 또 언제 진아가 가아를 압도할지 알 수 없는 일입니다. 어떻게 하든지 참나가 거짓 나를 다스릴 수 있게 하시기 바랍니다. 그것이 본성을 찾는 길입니다."

"그 본성을 찾는 지름길이 무엇입니까?"

"이기심에서 벗어나면 됩니다. 이기심을 가진 나가 거짓 나이고 이기심에서 벗어난 나가 참나입니다. 다시 말해서 항상 마음을 깨끗이 비우라는 말입니다. 마음을 비우면 정서불안 따위는 붙어 있을 자리가 없습니다."

"한마디로 열심히 정성껏 수련에 정진하라는 얘기 아닙니까?"

옆에 있던 남자 수련생이 말했다.

"바로 그 말씀입니다."

"선생님 저는 30년 동안이나 교회엘 나갔는데, 그곳에서는 수련(修練)이니 수신(修身)이니 수도(修道)니 하는 개념이 없는 것 같습니다."

"왜요, 기도가 있지 않습니까?"

이렇게 수련생들 사이에 얘기가 오갔다.

"선생님, 기도도 수련이 될 수 있습니까?"

"물론입니다. 그러나 그 기도의 대상과 내용에 따라 수련이 될 수도 있고 기복신앙이 될 수도 있습니다."

"기도의 대상과 내용은 어떤 것이어야 합니까?"

"기도의 대상은 절대계의 하느님이어야 합니다. 그런데 기도하는 사람들을 보면 대체로 상대계의 하느님을 믿거나 그에게 기도를 합니다. 이렇게 되면 제대로 된 수련이 될 수 없습니다."

"절대계의 하느님과 상대계의 하느님은 어떻게 다른데요?"

"질투하는 하느님, 분노하는 하느님, 나 이외에 다른 신을 믿지 말라는 하느님은 절대계의 하느님이 아니라 상대계의 하느님입니다. 상대계의 하느님은 현상계에나 존재할 수 있는 것이지 절대계에는 있을 수 없습니다. 현상계에나 존재하는 하느님은 언제 어떻게 변화하고 없어질지 모릅니다. 무상(無常)한 존재라는 말씀입니다. 이러한 하느님을 믿는다면 헛수고가 되고 말 것입니다. 이런 하느님은 백년을 믿어도 천년을 믿어도 수련에는 별 진전이 없게 될 것입니다.

현상계, 상대계 또는 세속에 속하는 만생만물은 모두가 다 몽환포영(夢幻泡影)입니다. 몽환포영을 믿는다든가 그에게 기도를 한다면 그거야말로 헛수고가 아니고 무엇이겠습니까? 그것은 마치 장님이 장님을 믿고 따르는 것과 같습니다. 제아무리 똑똑하다는 사람도 허깨비를 하느님으로 알고 믿는다면 허깨비밖에는 더 될 수 있겠습니까."

"그럼 진정한 믿음의 대상이 무엇입니까?"

"그것은 여러분이나 나 자신에게 와 있는 참나에게 한기운을 보내주는 절대계의 하느님입니다. 절대계의 하느님은 누구를 질투하거나 누구에게 분노를 터뜨리는 일은 없습니다. 나 외에 다른 신이나 우상을 믿지 말라고 하지도 않습니다. 질투하고 미워하는 하느님은 사람과 마찬가지로 무상(無常)한 존재일 뿐입니다. 생멸(生滅)을 거듭하는 꿈이요 허깨비요 물거품이요 그림자에 지나지 않습니다. 이렇게 변화무쌍한 하느님을 어떻게 믿는다는 말입니까? 이왕에 믿을 바에는 영원한 참생명이고 죽고 사는 것도 없고 시간도 공간도 초월한, 선악도 시비도 없는 절대계의 하느님을 믿어야지요."

"방금 선생님께서 말씀하신 한기운은 기독교에서 말하는 성령하고는 어떻게 다릅니까?"

"예수가 말한 성령과 한기운은 똑같습니다. 석가모니가 말한 반야바라밀다를 말합니다."

"반야바라밀다는 무엇을 뜻합니까?"

"불경에서는 그것을 도피안지혜(度彼岸智慧)라고 번역해서 쓰더군요. 여기서 피안(彼岸)이란 하느님 나라를 말합니다. 그러니까 하느님 나라로 가기 위한 지혜를 말합니다. 피안에 도달하는 지혜라고 해서 도피안지혜라고 말합니다. 도(度)나 도(到)나 다 같이 도달한다는 뜻을 가지고 있는 한자입니다. 어느 것을 써도 틀리지 않습니다."

"우리들 각자에게 와 있는 참나와 하느님과는 어떤 관계에 있습니까?"

"하느님이 거대한 전원(電源)이라면 그 전원이 우리들 인간 각개인에게 들어와 있는 참나에게 한기운(성령, 반야바라밀다)이라는 전기를 공급해준다고 할 수 있습니다. 발전소와 각 가정의 전구에 들어온 전깃불과의 관계와 같습니다."

"선생님 그러면 우리가 수련을 통하여 기운을 받는 것도 한기운이라고 할 수 있을까요?"

"물론입니다. 그 기운을 받아서 마음과 몸이 자꾸만 좋은 쪽으로 변화하여 간다면 그것은 수련이 제대로 되는 거라고 할 수 있습니다. 그러나 이러한 변화를 못 느끼는 사람에게는 아무런 의미도 없습니다.

일전에 어떤 수련생이 찾아와서 이런 말을 했습니다. 자기는 『선도체험기』를 읽으면 마음이 조금씩 밝아지는 것 같고, 건전한 쪽으로 발전을 하는 것을 느꼈기 때문에 다른 친구들도 응당 그럴 줄 알고 그 친구 생일날에 자기 딴에는 가장 좋은 선물이라고 생각하고 『선도체험기』를 열 권이나 선물했는데도 그 친구는 조금 읽어보더니 맨날 그 소리가 그 소리라면서 읽을 흥미가 나지 않는다고 말했답니다.

똑같은 사람인데 어떻게 돼서 이렇게 다를 수 있는지 모르겠다고 말하더군요. 도심(道心)이 무엇인지 전연 모르는 사람에게는 『선도체험기』를 아무리 주어 봤자 욕이나 얻어먹기 십상입니다. 여러분은 절대로 그런 짓은 하지 말아야 합니다. 욕심과 이기심이 지배하는 사람에게는 그런 책은 맞지 않습니다. 그런 사람에게는 어떻게 하면 이 세상에서 돈을 많이 벌어 성공을 할 수 있는가 하는 비결을 가르쳐주는 책이라면 알맞을 겁니다.

마음을 비우지 않는 사람에게는 도심이 생겨날 수 없습니다. 그런 사람에게는 『선도체험기』를 선물해 봤자 돼지에게 진주 던져주기와 같습니다. 그런 것을 생각하면 기운을 느끼는 여러분은 참으로 복 받은 사람들이라고 할 수 있습니다. 기운을 느낀다는 것은 그만큼 마음을 비웠다는 것을 말해 줍니다. 마음을 비운 사람은 하느님을 볼 수 있습니다.

물론 내가 말하는 하느님은 질투하고 분노하는 하느님이 아니고『삼일신고』에서 말하는, 푸르지도 않고 검지도 않고, 형태도 질량도 없고, 시작도 끝도 없이 상하사방도 없고 허허공공(虛虛空空)하여 시간과 공간을 초월해 있으므로 무엇이든 다 감쌀 수 있고 또한 사랑과 지혜와 능력이 무한대한 분을 말합니다. 아무 것도 없는 가운데 영존하는 생명의 원천입니다. 이러한 하느님이므로 사리사욕으로 마음이 흐려져 있는 사람은 볼 수도 느낄 수도 없습니다. 티끌이 가라앉은 호수라야 물밑을 볼 수 있듯이 마음이 맑게 가라앉은 사람만이 하느님의 존재를 느낄 수도 있고 볼 수도 있습니다. 이것을 불교에서는 견성(見性)이라고 합니다. 진리를 본다는 뜻입니다."

"기도할 대상은 절대계의 하느님이라면 기도의 내용은 무엇이어야 합니까?"

"어떤 사람은 자기와 가족의 건강을 달라고 하느님에게 기도합니다. 또 어머니들은 아들과 딸이 공부 잘해서 상급 학교 시험에 합격하게 해 달라고 기도합니다. 대학을 졸업한 자녀를 둔 부모들은 어떻게 하든지 좋은 직장의 취직 시험에 합격하게 해 달라고 기도합니다. 일단 취직이 된 뒤에는 좋은 배필을 구하게 해 달라고 기도합니다. 과년한 처녀를 가진 부모는 좋은 신랑을 짝짓게 해 달라고 기도합니다. 기도 내용의 십중팔구는 자기 자신과 가족의 건강과 영달입니다. 거기서 한 걸음 더 나아간다고 한 것이 자기가 속한 단체나 지역사회를 위한 기도가 고작입니다.

기도의 내용이 이 정도밖에 안 된다면 그것은 어디까지나 기복신앙(祈福信仰) 이상의 것이 될 수는 없습니다. 어디까지나 거짓 나를 중심으로 하여 그것을 확대한 것에 지나지 않습니다. 다시 말해서 거짓 나가 거짓 나를 위해서 기도한 것밖에는 되지 않습니다. 거기에는 도심(道心) 같은 것은 끼어들 여지가 없습니다. 거짓 나의 한계를 벗어나지 못하는 기도는 기복신앙이지 이 세상에 진리를 구현하기 위한 진정한 의미의 기도가 될 수는 없습니다."

"그럼 어떤 것이 진정한 기도가 되겠습니까?"

"어디까지나 거짓 나에서 벗어나 참나를 찾는 기도라야 진정한 기도입니다. 영원한 생명을 구하는 기도라야지 건강, 명예, 영달을 위한 기도는 우물 안 개구리들이 높이뛰기 시합을 하는 것에 지나지 않습니다. 아무리 높이 뛰어 봤자 우물 안에서 한 치도 밖으로 나갈 수는 없습니다. 우물 속에서 제아무리 높이 뛰어 봤자입니다. 사람도 거짓 나에서 벗어나지 못하는 한 생로병사(生老病死)의 윤회에서 한 발짝도 벗어날 수 없습니다.

기도한 보람이 있어서 사업에 크게 성공하여 큰돈을 벌었다고 칩시다. 호의호식(好衣好食)하고 고대광실(高臺廣室) 좋은 집에 최고급차 굴리면서 최고의 미인들을 처첩으로 거느리고 떵떵거리면서 잘살아 보았자 생로병사의 굴레에서는 한 치도 벗어날 수 없습니다. 부귀공명(富貴功名)이 다 뜬구름에 지나지 않습니다. 부귀공명이 높으면 높을수록 마음은 점점 더 공허해질 수밖에 없는 것은 그 모든 것들이 자기의 본성(本性)과는 멀리 떨어져 있기 때문입니다."

"부귀공명과 초능력은 어떻습니까?"

"내가 보기에는 둘 다 대동소이(大同小異)합니다. 오십보백보(五十步百步)의 차이밖에는 없습니다. 초능력으로 난치병을 한순간에 고치고, 정신병자가 제 정신을 찾게 하고, 아무 것도 없는 허공에서 요술방망이도 안 가지고 온갖 진귀한 금은보화를 만들어 내는 사람도 있습니다. 그런가 하면 몸을 공기처럼 가볍게 만들어 순식간에 하늘을 날아 올랐다가 비행기보다 빠르게 이동하여 새의 깃털처럼 사뿐히 땅 위에 내려앉는 도술을 부리는 사람도 있습니다.

가부좌를 틀고 앉아 수련을 하던 사람이 갑자기 앉은 자세 그대로 공중에 붕 떠올라 비행접시 모양 유영하다가 눈처럼 가볍게 바닥에 내려앉기도 합니다. 이 얼마나 신기한 일입니까. 이러한 초능력자가 되게 해 달라고 열심히 기도하면서 신체 단련에 열중하는 사람도 있습니다. 요즘에만 그런 사람들이 있는 것이 아니라 2천 5백 년 전 석가모니가 살던 시절에도 그런 사람이 많았다고 합니다.

붓다뿐만 아니라 많은 성현들과 조사(祖師)들도 신통력(神通力) 즉 초능력을 철저히 배격했습니다. 초능력은 구도자를 현혹시켜 사도(邪道)로 빠지게 할 우려가 많기 때문입니다. 제아무리 신통력이 뛰어난 사람이라도 생로병사에서 벗어날 수 없는 한 이불 속에서 활갯짓하는 데 지나지 않습니다."

인정상관(人正上觀)

1995년 8월 22일 화요일 22~29℃ 구름 많음

오후 3시. 10여명의 수련생들이 내 앞에 앉아서 명상들을 하고 있는데 우리집에 자주 출입하는 중년 실업가인 한영기 씨가 말했다.

"선생님 혹시 『본주(本主)』라는 책 읽어 보셨습니까?"

"정신세계사에서 나온, 박문기 씨가 쓴 책 말이죠?"

"네."

"읽었습니다. 수련생 한 분이 꼭 읽어야 한다면서 사다 주기에 읽었습니다."

"읽은 소감이 어떻습니까?"

"물질만능과 외래 사상 그리고 사리사욕에 지나치게 오염된 우리나라 사람들의 정서를 순화시키는 데 좋은 책이라고 봅니다. 또 민족 주체성과 조상의 뿌리에 대한 의식을 키우는 데도 한몫하고 있구요. 더구나 그 책의 주인공은 본주(本主) 즉 인정상관(人正上觀)의 기이한 탄생에서부터 평생 동안 기행(奇行), 이적(異蹟), 공사(公事), 예언(豫言)으로 일관된 신인(神人)다운 행적은 신비감을 일으키게 합니다."

"인정상관의 독특한 사상에 대해서는 어떻게 생각하십니까?"

"그분의 사상에 대해서 기억나시는 대로 한번 요약해서 말씀해 보세요."

"그러죠. 인정상관의 사상에 대해서는 그 책 하권 47쪽에서부터 50쪽에 정리되어 있습니다. 제가 그럼 그 부분을 읽어 보도록 하겠습니다."

'인정상관은 사람들이 부처나 야소(예수)등의 외래 신을 믿는 것을 심히 옳지 않게 여겼다. 때문에 그는 부처나 야소를 객귀(客鬼)라 이르고 그것들의 가르침을 담은 서적은 우리의 민족혼을 말살하려는 것이라 여겼다. 뿐만 아니라 그는 사람들이 이 땅의 어느 절대자를 받드는 종교 행위까지도 옳지 않게 여기었다. 때문에 추종자들이 교명을 물었을 때 '교징교(敎懲敎)'라 하였고, 고동진이 증산 종단 모임에 나아가려 하자 '증산이 사람 살리면 나도 사람 살린다'는 말을 하였다.

인정상관은 나쁜 사람을 양성하는 곳이 바로 종교라고 판단하였다. 제아무리 선량한 사람일지라도 종교라는 그물에 한번 걸려들고 나면 나쁜 사람이 되어 버리기 때문이다. 우리말에 '나쁜 놈', '나쁜 사람'이라는 말이 있으니 대저 나만 아는 사람을 두고서 하는 말이다. 곧 나뿐인 사람보다 더 나쁜 사람이 어디 있겠는가. 지역에 따라서는 나쁜 사람을 '나뿐'이라고도 하니 어쩌면 어원은 그러한 사실을 염두에 두고 있는지도 모르겠다.

무릇 종교라는 말은 마루(宗) 가르침(敎), 즉 으뜸가는 가르침이라는 뜻이다. 한데 가르침이라는 뜻의 '敎(교)'자의 형태를 보면 효도 '효(孝)'자와 글월 '문(文)' 자를 합한 것이다. 때문에 '敎' 자의 본뜻은 먼저 효도를 하고 글을 배우라는 뜻이다.

그런데 중생을 구제한다는 불교를 보라. 먼저 부모 형제를 버리고 산속에 들어가 내세의 복을 구하고 있다. 심지어는 처자까지도 버리고 자기만 극락에 가고자 염불을 하고 있다. 어찌 나쁜인 사람이 아니겠는가? 그 부모와 처자는 저버린 나쁜인 사람, 즉 나쁜 놈이 중생을 구제한다고 나불거리는 것은 심히 우스운 일이다.

원수를 사랑한다는 야소교를 보라. 유일신(唯一神)을 내세워 제 조상을 반대하고 그 알량한 객귀에게 매달려 날마다 복을 구하고 있다. 심하게는 우리 국조의 존상(尊尙)까지도 반대하고 그 객귀를 '아비'라 부르고 있다. 제 조상을 배척하고 마침내 잊어버린다면 이를 어찌 나쁜인 사람, 즉 나쁜 놈이라 이르지 않을 수 있겠는가. 자신이 이 지구상에 있게 된 것은 자신의 원시 조상으로부터 핏줄이 이어져왔기 때문이다. 한데도 이들은 자기 조상은 마귀로 몰아 업신여기면서 원수는 사랑하겠다고 한다. 또한 조상은 악마로 여겨 혐오하면서 그 객귀에게는 눈물을 흘리며 아첨하고 있다. 만약에 그 객귀에게 작으나마 도(道)라는 것이 있다면 이런 나쁜인 자, 곧 나쁜 놈들을 천당으로 이끌지는 않을 것이다. 그런 자들을 천당으로 이끈다면 이보다 더 사악한 귀신이 어디 있겠는가.

스스로 민족종교를 한다고 부르짖는 무리를 보라. 이들은 다 후천개벽 시대가 도래하면 그 종교를 믿는 자들만이 1만 2천 도통군자의 대열에 들어 병겁(病劫)을 다스리고 중생을 제도하리라 굳게 믿고 있다. 어찌 이 또한 나쁜인 사람이 아니겠는가. 이들이 종교를 운영하는 방식을 보면 야소교와 하나도 다를 바가 없다. 나이 젊은 사람들이 이 종교에 한번 빠져들게 되면 부모 형제의 말을 전혀 듣지 않고 오히려 도를 전한다며 강변으로써 부모 형제를 핍박한다. 그러다가 뜻이 통하지 않으면 과감히 인연마저 끊고 교당에 들어감으로써 자취를 감추어 버린다. 그리고 어느 종교에서는 조상의 제사까지도 교당에 들어가 지냄으로써 친척들과의 인연을 끊어버린다.

이러한 종교들이 어찌 효도를 먼저하고 글을 알게 하는 일, 곧 참된 교(敎)라 할 수 있겠는가. 인정상관은 포덕천하(布德天下)라는 글을 효덕천하(孝德天下)라는 글로 고쳐 쓴 적이 있었다. 효덕천하란 사람마다 마음을 바루어 조상을 존상(尊尙)하고 부모께 효도하며 인정 있게 살아가는 세상을 말하는 것이다. 한데 부처를 제 조상으로 여기고 야소를 제 아비라 부르는 나뿐인 사람들이 판을 치고 있는 세상이 되어 버렸으니 실로 한심하기 이를 데 없는 일이다.

인정상관은 방우를 서양 사람의 조상으로 대접하였다. 그리고 그것들을 부리어 앞으로 오게 될 후천개벽 시대의 공사를 행하였다. 즉 그 시대엔 우리의 정신이 되찾아지는 효덕천하가 되어 저 무도한 방우족을 교화시키고 복종받는다는 것이다.

지금 우리가 그런 시대를 열어가기 위해서는 먼저 이 땅을 공경하고 사람마다 나뿐이다 하는 마음을 버려야 할 것이다. 그리고 서로 인정 있게 살아가야 할 것이다. 어찌해야 이 땅을 공경하는 것인가? 땅을 청정히 하여야 한다. 맹독의 화공약품과 농약과 합성세제 따위로 땅의 살을 썩게 하여서는 안 될 일이다. 어찌해야 나뿐인 마음을 버리겠는가? 조상을 받들고 이 땅의 산물을 먹어야 한다. 꼭 그래야만이 가히 인정 나라 땅 하늘의 시대를 열어갈 수 있을 것이다.'

이것이 본주인 인정상관의 사상을 단적으로 표현한 것입니다. 이 책을 쓴 박문기 씨는 실제로 초등학교밖에는 나오지 않았고 그야말로 주경야독(晝耕夜讀)으로 독학을 하여 『본주』이외에도 『맥이(貊耳)』와 『대동이(大東夷)』같은 저서를 냈다고 합니다.

더구나 박 씨는 인정상관의 사상을 그대로 실천하여 농사를 짓되 화학비료는 일체 쓰지 않는 무공해 농사를 하고 있는데 그가 생산해 내는 무공해 쌀은 여느 쌀에 비해서 비싸지만 공급이 딸릴 지경이라고 합니다. 그의 사상에 동조하는 많은 독자들을 확보하고 있다고 합니다. 선생님께서는 인정상관의 사상에 대해서 어떻게 생각하시는지 알고 싶습니다."

"인정상관은 불교, 야소(예수)교를 객귀(客鬼)라고 했고 맹신자가 되면 부모 형제와의 인연까지도 끊는다고 비판을 가하고 있습니다. 확실히 일리 있는 말입니다. 석가와 예수가 다 같이 부모 형제와의 속연(俗緣)을 끊고 출가를 단행했으니까요. 그러나 내가 보기에는 이 두 사람은 구경(究竟)의 깨달음을 성취함으로써 부모 형제와의 인연을 초월하는 진리를 깨달을 수 있었습니다.

두 성자(聖者)가 가족과의 인연을 끊은 것은 구경의 깨달음을 얻기 위한 하나의 방편이었을 뿐이지 구도자는 꼭 그래야만 한다고 단정지어 말할 수는 없는 일입니다. 부모처자를 거느리면서도 도(道)를 성취한 성인들도 많으니까요. 단군, 공자, 노자, 장자, 소크라테스, 마하트마 간디, 톨스토이, 다석 류영모 같은 성현들은 부모처자와의 인연을 끊지 않고도 구경의 깨달음을 성취한 사람들입니다.

우리나라에 들어온 불교와 기독교가 지금은 일종의 기복신앙으로 타락한 것은 틀림이 없습니다. 신도들이 사리사욕을 성취하기 위한 하나의 수단으로 종교를 이용하고 있다는 말입니다. 인정상관의 이 같은 견해에는 나도 찬성합니다. 그러나 석가와 예수가 생존 시에 가르쳤던 불교와 기독교는 오늘날의 그것과 같이 세속화되고 기복신앙으로 타락하지 않았습니다.

석가모니 당시에는 불상을 만들어 놓고 예불하는 일은 없었습니다. 예수가 직접 전파한 기독교에서는 예수의 십자가의 보혈을 믿어야만 죄 사함을 얻을 수 있다는 교리 같은 것은 없었습니다. 성모 마리아가 대신 죄를 빌어주는 일도 없었고 재림 예수가 죽은 자들을 육체 부활시킨다는 터무니없는 교리도 없었습니다. 석가와 예수가 죽고 난 뒤에 등장한 추종자들이 스승의 깨달음의 경지를 이해하지 못하고 자기 나름의 수준으로 세속화하고 왜곡하여 오늘날과 같은 기복신앙으로 타락시켰을 뿐입니다.

동서고금을 막론하고 구경의 깨달음을 성취한 성인들의 말은 전부 다 공감대를 이루고 있습니다. 다시 말해서 구경의 깨달음을 얻은 성인들의 말은 동서고금을 막론하고 똑같은 진리를 각기 자기네 문화와 역사를 배경으로 하여 표현했을 뿐입니다.

불교와 기독교가 우리나라에 들어와 정착을 하게 된 것은 그 나름으로 이유가 있어서입니다. 불교나 기독교뿐 아니고 유교와 힌두교, 회교도 들어와 있습니다. 종교뿐만이 아니고 전 세계 사람들의 머리에서 나온 온갖 사상과 이념들이 하나도 빠지지 않고 전부 다 이 나라에 들어와 뿌리를 내리고 있습니다. 남한에는 자본주의가 정착했는가 하면 북한에는 외국에서는 이미 역사의 유물이 되어 버린 공산주의만이 깊숙이 뿌리를 내리고 있습니다.

우리 민족은 세계의 온갖 종교와 사상의 전람회장이 되어 있는데 그것들을 '한' 사상의 용광로 속에 넣어 완전히 용해하여 21세기를 주도할 새로운 차원의 인류 구원 사상과 종교를 창출할 소임을 우리 민족은 맡고 있습니다. 홍익인간 이화세계를 이상으로 하는 범세계적이고 범인류적인 우주적 보편성을 띈 사상과 종교만이 이것을 감당할 수 있습니다.

그러한 일을 해야 할 우리가 부처나 야소를 객귀로 보고 우리의 민족혼을 말살하는 종교로만 보는 것은 잎과 가지만 보고 그 뿌리는 보지 못하는 것과 같습니다. 석가와 예수의 본래의 가르침은 보지 못하고 그들의 추종자들인 직업 종교인들이 종단을 확장하여 자기네 사리사욕을 만족시키려고 세속화하고 기복신앙으로 타락시켜 놓은 불교와 기독교만을 보고 비판을 가하고 있습니다.

마땅히 옥석(玉石)을 가려서 수용할 것은 수용해야 합니다. 외래 종교나 사상을 무조건 객귀로 보고 추방한다면 우리는 세계에서 고립당할 우려가 있습니다. 고립만 될 뿐만 아니고 국수주의나 민족 이기주의로 흐를 수도 있습니다. 이렇게 되면 세계의 중심국은커녕 국제사회에서마저 소외당할지도 모릅니다.

민족종교를 한다고 부르짖고 1만 2천 도통군자 대열에 끼어야 한다고 외치는 사람들이 있는 것은 사실입니다. 그런 유사 종교단체들은 동서고금을 막론하고 언제나 있어온 것이니까 새삼스레 논의의 대상이 될 수도 없는 일입니다. 또 조상을 존상하고 부모님께 효도하여 인정 있게 살아가는 세상을 이상으로 말하고 있습니다. 참으로 좋은 일입니다. 효도는 인생을 살아가는 데 근본적인 생활규범의 하나인 것만은 틀림이 없습니다. 그러나 효도가 인생의 방편은 될 수 있을지언정 근본 목적은 될 수 없습니다. 효도는 거짓 나(假我)에서 벗어나 참나(眞我)를 성취하는 구경각(究竟覺)을 위한 과정일 뿐이지 궁극적인 목적은 아닙니다."

"그럼 선생님께서는 인생의 궁극적인 목적은 무엇이라고 보십니까?"

"구경(究竟)의 깨달음을 얻어 참나를 성취하는 것입니다. 단군은『삼일신고』에 그것을 아주 간단명료하게 지적해 놓았습니다."

"그렇습니까. 그것이 무엇인데요?"

"『삼일신고』 삼공훈(三功訓)에 보면 '지감·조식·금촉(止感·調息·禁觸)하여 일의화행(一意化行) 반망즉진(返妄卽眞) 발대신기(發大神機) 하나니 성통공완(性通功完)이 시(是)니라' 하는 말이 있습니다. 인생의 목적은 마땅히 성통공완이 되어야지 그 중간 단계에 지나지 않는 효도에 그칠 수만은 없습니다. 효도에만 그칠 것이 아니라 효도에서 한걸음 더 나아가 성통공완까지 도달해야 합니다."

"'일의화행, 반망즉진, 발대신기 하나니'는 무슨 뜻입니까?"

"깨달은이 즉 속이 밝아진 사람은 지감, 조식, 금촉하여, 다시 말해서 마음공부, 기공부, 몸공부를 하여 큰뜻을 행동에 옮기어 미망(迷妄)을 돌이켜 진리를 터득하면 신기(神機), 즉 큰 기운이 크게 진작되는데 성

27

통공완이 바로 이것이라는 뜻입니다. 이 구절을 현대 한국인이 알아듣기 쉽게 해석하면 마음·기·몸 공부로 이기심과 욕심의 산물인 거짓 나에서 벗어나 참나를 성취하라는 말입니다."

"참나가 무엇인데요?"

"한기운을 받아 성통공완한 사람을 말합니다. 예수가 말한 성령(聖靈)으로 거듭난 사람을 말하고, 석가가 말한 반야바라밀다 즉 도피안 지혜를 얻은 사람, 견성해탈한 사람을 말하고, 유교식으로 말하면 천명(天命)을 깨달은 군자(君子)를, 도교식으로 말하면 천도(天道)를 깨달은 도인(道人)을, 진리를 깨달은 성현(聖賢)을 말합니다. 좀더 알기 쉽게 말하여 참나를 깨달은 사람은 하느님과 하나가 된 사람, 즉 신인일치(神人一致)가 된 사람을 말합니다."

"하늘과 하느님은 어떻게 다르고 기독교의 하느님과는 또 어떻게 다릅니까?"

"하늘에 대해서는 『삼일신고』 천훈(天訓)에, 하느님에 대해서는 『삼일신고』 신훈(神訓)에 아주 상세히 나와 있습니다. 하느님은 『삼일신고』의 천훈과 신훈을 합쳐서 보면 더욱 명확하게 알 수 있습니다. 간단히 말해서 하늘과 하느님은 색깔도 없고 형질(形質)도 없고, 처음도 끝도 없고 상하사방(上下四方)도 없고, 허허공공(虛虛空空)하고 시간과 공간을 초월하여 모든 것을 감쌀 수 있으며, 사랑과 지혜와 능력이 무한대한 절대적 존재입니다.

우리가 단군 할아버지를 석가, 공자, 노자, 장자, 소크라테스, 예수 같은 성현들보다 먼저 내세울 수 있는 것은 이들 후배 성현들보다 적어도 2천 3백 년 전에 벌써 『천부경』과 『삼일신고』, 『참전계경』을 통하여 하느님, 도(道), 법(法), 니르바나, 브라흐마, 알라 등으로 표현되는 절대계의 존재를 누구보다 먼저 깨달았고 가르쳤기 때문입니다.

단군께서 홍익인간 이화세계를 건국이념으로 내건 것은 현상계와 상대세계의 산물인 거짓 나에서 벗어나 참나를 깨달아 실천했기 때문입니다. 단군보다 2천 년쯤 뒤에 나타난 석가는 이른바 절대인 니르바나의 특징을 육불(六不)이라고 했습니다. 그것이 바로 불생불멸(不生不滅), 부증불감(不增不減), 불구부정(不垢不淨)입니다. 이것을 현대어로 바꾸어 말하면 태어남도 죽음도 없고 늘어남도 줄어듦도 없고 더러운 것도 깨끗한 것도 없다는 말입니다.

『천부경』에서는 육불을 단 한마디로 표현했습니다. 일시무시일 일종무종일(一始無始一 一終無終一)이라는 『천부경』의 첫 구절과 마지막 구절을 생략한 무시무종(無始無終)입니다. 시작도 종말도 없다는 뜻입니다. 이 한마디 속에는 육불이 다 들어 있습니다. 처음도 끝도 없으니 태어남과 죽음이 있을 수 없고, 늘어남도 줄어듦도 있을 수 없고, 깨끗함도 더러움도 있을 수 없습니다. 따라서 생로병사(生老病死)도 시공(時空)도 유무(有無)도 선악(善惡)도 있을 수 있겠습니까? 참나를 깨닫는다는 것은 절대의 진리를 깨닫는다는 뜻입니다.

미륵불이니 1만 2천 도통군자니 정도령이니 구세도인(救世道人)이니 재림 예수니 십자가의 보혈이니 성모 마리아니 미륵불이니 하는 허황된 존재들이 사람을 구원하는 것이 아니라, 누구나 스스로 자기 속에 있는 거짓 나, 이기심, 욕심, 탐진치, 오욕칠정(五慾七情)에 사로잡혀 있는 가아(假我)에서 수련을 통하여 벗어나면 진리인 하느님은 누구에게나 한기운, 성령, 반야바라밀다를 갖게 해 줍니다.

혹세무민(惑世誣民)하는 사이비 종교나 고등종교의 탈을 쓴 타락하고 세속화된 기복신앙의 장난에 놀아나지 말아야 합니다. 구세주니 미륵불이니 하는 것은 밖에서 들어오는 것이 아니고 이기심을 비우면 자동적으로 채워지게 되는 참나에서 찾아야 합니다. 참나는 자기 속에 있는 것이지 밖에서 들어오는 것이 아닙니다."

"이제는 참나가 무엇인지 알 것 같습니다."

빙의령을 선별적으로 수용할 수 있을까?

1995년 9월 6일 수요일 19~24℃ 흐리고 비

오후 3시. 대주천 수련을 받고 있는 가정주부인 황동숙 씨가 말했다.

"선생님 저는 백회가 열린 뒤에는 한동안 기운이 너무너무 잘 들어오고 호흡도 잘되어 좋아했었는데, 얼마 전부터는 빙의령 때문에 말할 수 없는 고통을 당하고 있습니다. 하나가 들어와서 며칠 또는 몇 시간 괴롭히다가 나가면 꼬리를 물고 다른 빙의령이 또 들어오곤 합니다. 미처 숨 돌릴 틈이 없습니다."

"빙의령이 들어오는 것을 괴롭다고 생각하면 점점 더 괴로워집니다."

"그럼 어떻게 해야 됩니까?"

"응당 내가 감당해야 할 업보라고 생각하면 괴로움이 오히려 고마움으로 바뀌게 됩니다. 실제로 그러한 마음가짐으로 공부를 하다가 보면 어느새 빙의령으로 인한 고통은 날이 갈수록 점점 더 가벼워질 것입니다. 고통이 고통으로 여겨지지 않을 때까지 밀고 나가면 나중에는 빙의령이 제아무리 많이 몰려 들어와도 별로 고통 없이 천도시킬 수 있게 됩니다. 그때쯤 되면 자기 자신에게 들어오는 빙의령뿐만 아니라 인연 있는 도우나 친지들의 빙의령 천도까지도 도울 수 있게 될 것입니다."

"그렇게 되려면 얼마나 시간이 걸리는데요?"

"한 3년 걸리는 사람도 있고 1년도 채 안 걸리는 사람도 있습니다."

"왜 그렇게 차이가 납니까?"

"근기(根機)와 소질과 능력과, 전생과 금생의 수련 정도에 따라 달라지게 됩니다."

"빙의령을 선별적으로 받아들일 수도 있습니까?"

"구도자는 그러한 마음의 자세를 가져서는 안 됩니다. 들어오는 빙의령은 전부 들어올 만한 인연이 있어서 찾아오는 거니까 다 받아들여야 합니다. 큰 사랑을 가진 사람이라야 큰 지혜도 능력도 갖출 수 있습니다. 만물만생을 다 사랑할 수 있어야 우주와 하나가 될 수 있습니다.

만약에 빙의령을 선별적으로 받아들인다면 무당은 될 수 있을지 몰라도 도인(道人)이나 속이 밝아진 철인(哲人)은 될 수 없을 것이며, 부분적인 깨달음은 얻을 수 있을지 모르지만 구경각(究竟覺)에 도달히여 거짓 나를 벗어버리고 참나를 갖기는 어려울 것입니다. 진리는 애증(愛憎)을 초월합니다. 태양은 악인, 선인 가리지 않고 햇볕을 비춰줍니다. 이왕에 도(道)의 길에 들어선 이상 성현(聖賢)이 되어야지 무당이나 초능력자가 되어서야 되겠습니까?"

"옳은 말씀이십니다. 그럼 지금 제가 당하는 고통도 하나의 통과 과정으로 알고 열심히 해 보겠습니다. 그런데 어떻게 하면 실수 없이 이 과정을 뚫고 나갈 수 있을지 모르겠습니다."

"똑같은 고통이라도 몸이 건강한 사람은 힘들이지 않고 감당해 낼 수 있습니다. 튼튼한 몸은 도(道)를 향해 달리는 성능 좋은 자동차와도 같습니다. 평소에 고장난 곳을 고치고 조일 데는 조이고 기름 칠 데는 기름을 쳐서 잘 정비해 놓으면 유사시에 잘 굴러갈 수 있을 것입니다. 사람의 몸도 그와 마찬가지입니다. 평소에 등산, 달리기, 도인체조, 오행생식, 단전호흡으로 단련해 놓으면 불의의 사고나 빙의령이나 명현반응과 같은 난관이 앞길을 가로 막더라도 어렵지 않게 극복해 나갈 수 있습니다."

"문제는 건강과 체력이 있어야 한다는 말씀이군요."

"맞습니다. 강한 체력 속에서 강한 정신력이 나오게 되어 있습니다. 그렇다는 것을 사람들은 잘 알면서도 막상 체력을 강하게 하는 일에는 등한히 합니다. 그리고는 위급할 때 체력이 달리면 어떻게 해야 좋겠느냐고 흔히 호소를 합니다. 이건 약자의 비명에 지나지 않습니다. 여름 한철 놀기만 좋아한 베짱이와 같습니다.

베짱이가 되어서는 안 된다는 것을 누구나 다 알면서도 막상 편한 쪽만을 택하려고들 합니다. 그래서 흔히들 말합니다. 마음 하나면 되지 무슨 놈의 등산이니 달리기니 도인체조니 오행생식이니 단전호흡이니 하고 어려운 일을 굳이 하려고 하느냐고 꼬드기는 사람들이 많습니다. 이러한 사람들의 유혹에 넘어가 편하게 수련을 하려는 사람들은 언제나 뜻밖의 충격이나 빙의나 명현현상과 같은 난관에 부딪치면 어쩔 줄을 모르고 허둥대곤 합니다. 구도자는 이래서는 안 됩니다. 편한 것, 게으름 피우는 것, 안일한 것을 고통으로 알고 배격하는 생활에 익숙해져야 합니다. 어제 어떤 수련생은 이런 말을 했습니다."

"무슨 말인데요?"

"5년 전부터 틀림없이 빙의령에게 시달림을 받고 있는데도 아무도 손을 써 주지 않는다는 겁니다."

"아니 그럼 선생님 앞에서 그런 소리를 했다는 말씀이세요?"

"그럼요."

"선생님 보시기에는 어땠는데요?"

"빙의령이 들락거리는 것은 여느 수련생과 다르지 않았습니다. 그런데도 그 수련생은 빙의령 하나가 끈질기게 괴롭히고 있다는 겁니다. 그렇지 않다고 일러주었는데 믿지 않고 나보다 더 도력이 높은 도인을 소개해 달라는 거예요. 마땅하게 소개해 줄만한 사람이 없다고 하니까 크게 실망하는 눈치였습니다.

그러면서 대행 스님은 어떠냐고 묻는 거예요. 그분은 단지 책을 통해서만 알고 있을 뿐 개인적으로 아는 분이 아니라니까, 그렇지 않아도 한번 찾아갔었답니다. 대행 스님에게 빙의령 때문에 고생을 한다면서 좀 도와달라고 하니까 빙의령 같은 거 믿지 말고 자기 자신을 믿으라고 하더랍니다. 그러나 그 젊은 수련생은 대행 스님의 말도 믿을 수 없다는 눈치였어요. 그러면서 나를 보고 자꾸만 나보다 더 도력이 높은 도인을 소개해 달라는 겁니다."

"아니 선생님 앞에서 어떻게 그럴 수가 있을까요?"

"아니 뭐 그거야 그럴 수 있는 거 아니겠습니까? 내가 보기에는 그 청년은 중생들이 있지도 않는 원죄에 시달리듯 자기가 만든 빙의령이라는 망상에 스스로 사로잡혀 있었습니다. 그 망상에서 벗어나지 못하는 한 어떻게 해 볼 도리가 없었습니다."

"왜 그런 현상이 일어날까요?"

"내가 보기에는 몸이 약한 데 원인이 있었습니다. 길을 가다가 구덩이에 빠지는 일이 있어도 몸이 건강한 사람은 구덩이 같은 거 의식하지 않고 금방 빠져 나올 수 있지만 체력이 약하면 구덩이에 압도되어 스스로 빠져 나올 생각은 하지 않고 남의 도움만을 구합니다. 강인한 체력을 가진 사람은 만사에 자신감을 갖고 홀로 설 수가 있습니다.

홀로 선다는 것은 중심이 잡혀 있다는 말이기도 합니다. 자기가 당면한 일은 자기 힘으로 해결할 생각은 하지 않고 어렸을 때부터 모든 일을 남에게 의존할 줄만 아는 나약한 사람은 애당초 선도수련을 할 자격이 없습니다. 그런데도 무슨 인연이 닿았는지 『선도체험기』는 나올 때마다 꼭꼭 읽습니다. 그런데 단지 흥미 위주로 읽을 뿐이지 그 내용을 제대로 소화하는 것은 아닙니다."

"혹시 머리가 살짝 간 사람이 아닙니까?"

"아직 제 갈 길을 찾지 못했을 뿐이지 그 빙의령 망상에서만 벗어나면 크게 발전할 소질이 있는데도 그 단계에서 벗어나지 못하고 허위적대는 것이 안타깝습니다."

"근본적인 해결책은 무엇인데요?"

"지구력, 인내력, 극기력이 부족해서 내가 권하는 등산, 달리기, 도인체조, 오행생식, 단전호흡을 꾸준히 해내지를 못하고 겉돌아갑니다. 오행생식도 하다가 말다가 하니 일관성이 없습니다. 등산, 달리기, 도인체조, 단전호흡도 마찬가지입니다. 해결책은 밖에서 구하지 말아야 합니다. 안에서 자기 자신에게서 구해야 합니다. 무한한 능력의 보고(寶庫)가 자신 속에 감추어져 있다는 것을 알고 그걸 이용하면 되는데 그걸 믿지 않으니 나로서는 도와줄 방법이 없습니다."

"결국 자신감을 가져야 한다는 말씀이군요."

"옳은 말씀입니다. 자신감은 자기중심을 잡고 홀로서기를 하는 사람에게서만 나올 수 있습니다. 또 그런 사람에게는 적합한 스승이 예비되어 있게 마련입니다."

〈32권〉

야생벌에 쏘인 새끼손가락

1995년 9월 21일 목요일 15~26℃ 구름 조금

삼공선도(三功仙道) 본원 건물 임대계약이 성립되었다. 장소는 서울 강남구 신사동 큰길가에 동남서향이 트여 있고 행인들의 눈에도 잘 띄는 비교적 아늑한 곳에 위치해 있어서 좋았다. 도장을 직접 운영할 지도자들과 함께 건물 내외를 샅샅이 둘러보았는데 마음에 들었다.

전세금과 운영비 전액을 이규행 문화일보 회장이 맡기로 했다. 이런 일이 있은 지 40일 만에 이규행 회장은 노사 문제로 문화일보 회장을 사임하고 삼공선도전국협회 회장으로 취임했다. 삼공선도가 이제야 든든한 임자를 만난 것이다.

1995년 9월 24일 일요일 17~22℃ 맑음

등산 중에 생전 처음 된통 벌에 쏘였다. 일행들과 함께 목표 지점까지 갔다가 돌아오는 도중이었다. 오전 8시. 양지 바른 곳에 있는 바위를 짚고 막 내려 뛰려는 순간 왼손 새끼손가락 첫째 마디 안쪽에 누가 바늘로 꼭 찌르는 통증을 느꼈다. 나는 반사적으로 손을 털었다. 그 순간 야생 벌 한 마리가 앵 소리와 함께 바위 위에 딩굴어 떨어져 몸부림 치고 있었다.

양지바른 바위에서 해바라기를 하고 있던 벌에게 내 왼손 새끼손가락이 닿았던 모양이다. 나는 벌에게는 느닷없는 재앙이었을 것이고 가해자였다. 가해자에게 일침을 가하는 것은 벌만이 행사할 수 있는 고유의 권한이요 자기 보호 본능이다. 나는 나도 모르는 사이이긴 했어도 벌에게는 치명적인 가해자가 된 것이니 억울할 것도 없었다. 짜릿하면서도 얼얼한 지독한 통증 때문에 나는 정신이 번쩍 들었다. 통증은 계속 번져서 어느새 내 새끼손가락은 풍선처럼 팅팅 부어올라 꾸부릴 수조차 없게 되었다.

그러나 이만 일로 일행들에게 내색을 할 수도 없어서 그냥 예정된 코스를 따라 평소와 똑같이 진행했다. 온몸의 신경이 온통 왼손 새끼손가락에 쏠렸다. 나는 속으로 벌의 독기가 얼마나 버티는지 지켜보리라 작정하면서 계속 관찰했다. 산을 타는 데는 지장이 없었던 것이 다행이었다. 벌에 쏘인 부위는 시간이 흐를수록 점점 더 부어올랐다. 이대로는 운전대를 잡을 수 없을 것 같아 은근히 걱정이 되었다.

9시까지 한 시간 동안 계속 부어오르기만 하더니 9시를 넘기면서부터는 부어오르는 것이 멈추는 것 같았다. 확실히 9시를 넘기면서부터는 부기가 조금씩 수그러들었다. 10시경 하산을 끝낼 때쯤 해서는 부기가 거의 다 빠지고 새끼손가락의 굴신(屈伸)도 자유스러웠다. 이 정도면 운전에는 아무 지장도 없을 것 같았다. 나는 비로소 안도의 한숨을 내쉴 수 있었다. 처음 벌에 쏘였을 때 내 기운으로 벌 독을 제압해

보리라던 기대가 거의 적중이 되었다. 결국은 벌에 쏘인 지 두 시간 만에 벌독을 완전히 제압하는 데 성공한 것이다.

내가 만약에 선도수련을 하지 않았더라면 이런 일이 있을 수 있었을까? 병원에까지는 가지 않는다고 해도 며칠 동안 고생을 했을 것이다. 선도수련은 몸속에 있는 자연치유력을 극도로 발휘케 한다는 평소의 내 지론이 입증된 셈이다. 벌에 쏘이면서 금방 평소의 3배 크기로 성난 풋고추 모양으로 팽창되었던 내 새끼손가락이 두 시간 안에 거짓말처럼 원상회복이 된 것이다.

1995년 9월 27일 수요일 10~27℃ 새벽 비 구름 조금

＊ 하느님은 있는가? 있다든가 없다든가 하는 상대적인 개념을 가지고는 하느님을 인식할 수 없다. 왜냐하면 하느님은 있음과 없음, 즉 유(有)와 무(無)를 초월한 존재니까. 하느님이 있다면 믿을 필요도 없다. 눈앞에 보이는 것은 믿고 말고 할 것도 없다. 보이지 않는 하느님을 믿는 것이 장한 것이지 보이는 하느님을 믿는다면 그것은 조금도 자랑이 될 것도 없다. 보이는 하느님은 이미 하느님이 아니기 때문이다.

오감으로 감지할 수 있는 모든 것은 몽환포영(夢幻泡影)이고 쓰임(用)이지 본(本)이 아니다. 말(末)이지 본(本)이 아니다. 객(客)이지 주인이 아니다. 사자(使者)지 주인이 아니다. 사자를 믿어봐야 무슨 소용이 있겠는가? 믿으려면 주인을 믿어야지. 쓰임, 말(末), 객(客) 사자는 어쨌든 허깨비에 지나지 않는다.

＊ 구세주, 정도령, 구세도인은 있는가? 있다. 어떻게 있는가? 삼독
(三毒)인 탐진치(貪瞋癡)를 이기고 거짓 나에서 참나를 성취한 사람은
이미 구세주 자신이 되어 있음을 잊지 말라. 구세주는 외부에 있는 것
이 아니라 각자의 내부에서 때가 되기만을 기다리고 있음을 알아야 한
다. 구세주는 참나이기 때문이다.

＊ 구세주, 구세도인, 미륵불, 정도령이 어느 때에 오리라고 생각지
말라. 어느 정한 때에 오는 구세주 따위는 존재하지 않는다. 오직 거짓
나를 이기고 참나를 찾은 사람이 구세주이다. 구세주요 정도령은 구경
각을 이룬 사람 자신임을 잊지 말자. 구세주가 어느 특정한 시기에 외
부에서 온다고 생각하는 것은 큰 잘못이다. 구세주는 그런 식으로 오
는 법이 없다. 오직 삼독을 이기고 참나를 찾은 사람 내부에는 이미 구
세주가 좌정해 있기 때문이다.

＊『격암유록』의 핵심 메시지는 오직 삼인일석(三人一夕)에 있다.
삼인일석은 수(修)자의 파자(破字)이다. 정도령은 수도(修道)하여 진리
를 깨닫는 자를 말한다. 정도령이 언제 어느 때 밖에서 온다고 하는 것
은 일종의 미신이다.

＊ 원죄(原罪) 따위는 존재하지 않는다. 굳이 따진다면 각자에게 있
는 거짓 나인 삼독(三毒)이 원죄에 해당된다. 원죄는 누가 사하여 주는
것이 아니고 스스로 노력하여 벗어나야 하는 족쇄요 수렁이다.

＊ 육체 부활을 믿는 것은 한번 흘러간 강물이 또 다시 흘러온다고 믿는 것과 같다. 그런 일은 있을 수 없다. 한번 흘러간 강물은 영원히 다시 흘러오지 않는다. 한번 흘러간 시간은 영원히 되돌이킬 수 없기 때문이다. 시간과 물질이 지배하는 상대세계에서 그런 일은 있을 수 없다. 그렇다면 죽은 지 사흘 만에 살아난 예수는 어떻게 된 것인가?

그것은 육체가 다시 살아난 것이 아니고 구경각을 얻어 생로병사에서 벗어난 존재에게 있을 수 있는 영체 부활이다. 상대세계를 벗어나 영생을 얻는 신선이나 도인들에게는 흔히 있을 수 있는 일이다. 성령 (聖靈)은 이미 육체를 벗어난 존재들임을 알아야 한다. 육체와 영혼을 구분할 줄 모르면 혼돈을 일으키게 된다. 예수가 육체 부활을 했다면 지금까지 육체로 생존해 있어야 하는데, 그렇지 않지 않은가? 예수의 육체는 2천 년 전에 그의 죽음과 함께 사라졌다.

＊ 구경각에 이르는 첩경이 무엇인지 아는가. 그것은 스스로 거짓 나에서 벗어나 참나를 찾는 것이다. 거짓 나를 이기는 것이 참나를 찾는 것이다.

＊ 누구누구의 죄를 대신 구속(救贖)해 주는 일은 이 우주 내에 있을 수 없다. 그것은 인과응보의 대원칙에 어긋나는 일이기 때문이다. 사람은 자기가 지은 죄에서 스스로 벗어나는 것이지 남이 벗겨주는 것이 아니다. 남이 내 죄를 벗겨준다고 생각하든가 믿는 것이야말로 터무니 없는 미신이요 속임수이다.

남의 죄를 대신 갚아주는 사람이 있다면 이 세상은 사악한 사람들로 초만원을 이루고 말 것이다. 남의 죄를 대신 갚아주는 교주를 받드는 종교인들 중에 유독 지독한 이기주의자가 많은 것은 이를 증명한다. 죄짓는 사람 따로 있고 남의 죄 갚아주는 사람 따로 있다는 것은, 돈 버는 사람 따로 있고 돈 쓰는 사람 따로 있다는 것처럼 불공평한 일이다. 이런 불공평을 하느님이 용납할 리가 없다. 이런 불공평이 있는 한 죄인은 줄어들기는커녕 더욱더 양산될 것이기 때문이다.

영생을 얻는 방법은 예수를 통해서만 가능한 것은 아니다. 단군, 석가, 공자, 노자, 장자를 통해서도 얼마든지 가능하다. 단군, 석가, 공자, 노자, 장자, 예수 같은 성현들이 위대한 것은 그들 자신들이 범인(凡人)에서 출발하여 수련을 통하여 영생을 얻는 방법을 터득했고 이것을 중생들에게 가르쳤다는 데 있다. 그 가르침을 따라 진지하게 공부를 한 사람은 누구나 그들과 똑같은 성현이 될 수 있다는 것을 우리들에게 보여주었다는 것이 바로 그들을 위대한 인류의 스승으로 만든 것이다.

1995년 10월 10일 화요일 10∼21℃ 대체로 맑음

✻ 자기 자신 속에서 거짓 나를 벗고 참나를 본 사람, 다시 말해서 견성(見性)을 하고 성통(性通)을 한 사람은 필설로 이루 다 말할 수 없는 환희지심(歡喜之心)에 휩싸이게 마련이다. 그러나 조심할 일은 그 환희지심이 사라지기 전에 보림(保任)을 잊지 말아야 한다.

보림이란 젖먹이가 잃었던 어미를 되찾은 뒤 혹시 또 다시 잃지 않을까 하고 자꾸만 제 어미의 얼굴을 쳐다도 보고 젖을 꼬집어도 보고 주먹으로 때려도 보고 하는 것과 같다. 이것이 정말 그렇게도 오매불망 찾아 헤매던 어미인가 하고 확인하고 재회의 기쁨을 즐기기 위해서이다. 보림이란 젖먹이가 되찾은 참나의 존재를 확인하는 것과 함께 욕된 과거생의 습(習)과 결별하는 과정이다.

우리는 매일매일 순간순간 되찾은 참나를 확인함으로써 다시는 잃는 일이 없어야 한다. 다시는 헤어지는 일이 없도록 영원히 하나가 되어야 한다. 일단 참나가 완전히 내 것이 된 뒤에는 물구나무를 서도 곤두박질을 치고 딩굴고 물속으로 다이빙을 해도 참나와 헤어지는 일이 다시는 일어나지 않게 될 것이다. 이때까지가 바로 보림이 자리잡는 시기이다.

* 제한적인 현상계인 상대세계에 있는 그 무엇이든지 삶의 목적이 될 수 없다. 이 세상일을 삶의 목표로 삼을 때 집착이 생긴다. 집착은 생명력을 약화시키고 시야를 가로막는다. 온갖 부귀영화와 개인적인 사랑과 욕망에서 떠날 때 비로소 눈앞이 환히 트이게 된다. 구경각에 도달한다는 것은 바로 이 경지를 말한다.

현상계의 모든 것은 수도의 수단이나 방편은 될 수 있을지언정 목표가 될 수는 없는 것은 바로 이 때뮤이다. 부처도 그리스도도 형상을 가진 이상 우리의 궁극적인 목표가 될 수 없다. 그들은 오직 영생을 갖기까지 중간 단계로서의 의의가 있을 뿐이다. 눈에 보이는 것, 오감(五感)으로 감지할 수 있는 어떤 것이든지 우리의 목적이 될 수 없는 이유가 여기에 있다. 오감으로 감지할 수 있는 모든 것은 그 무엇이든지 생멸을 거듭하는 하나의 현상이요 허깨비는 될 수 있을지언정 실체는 될 수 없기 때문이다. 실체는 보이지 않으면서도 보이는 것이고, 없으면서도 있는 것이고, 그러면서도 영원하고 무한한 것이다.

＊ 불치(不治)의 장애는 전생의 업보이고, 치료 가능한 질병은 금생의 마음의 병과 게으름에서 발단이 된 것이다. 쉴 새 없이 굴러가는 바퀴는 녹슬 틈이 없듯이 부지런하게 움직이는 사람에게는 병균이 붙어 있을 여유가 없다.

＊ 매일매일 시간시간 순간순간 자기 자신의 내부에 있는 참나를 확인할 수 있는 사람에게는 이 세상은 그대로 하늘나라요 극락이요 천국이요, 피안이며 용화세계요 니르바나이다.

남의 기운 받는 수련 방식

1995년 10월 20일 금요일 8~23℃ 맑음

＊ 구도와 신앙생활의 참목적은 어디에 있는가? 어떤 사람은 하느님을 앙모(仰慕)하는 데 있다고 말한다. 과연 그럴까? 단연코 그렇지 않다. 하느님을 앙모해 보았자 무엇할 것인가? 이왕이면 용이 되어야지 이무기가 되고 말 것인가? 하느님을 앙모만 할 것이 아니라 하느님과 통하여 하느님과 하나가 되어야 한다. 인간은 원래가 하느님이었으니까 마땅히 하느님으로 되돌아가야 하지 않겠는가?

생멸에서 벗어나는 길은 그 길밖에는 없다. 『삼일신고』는 이러한 비밀을 알고 있었기 때문에 '반진(返眞)하면 일신(一神)'이라고 가르쳤던 것이다. 한웅천황은 석가보다 무려 3천 5백 년 전, 예수보다 4천 년 전에 이 진리를 백성들에게 가르쳤던 것이다. 그렇다면 반진(返眞)이란 무엇인가? 거짓 나에서 벗어나는 것이다. 일신(一神)이 되는 길은 무엇일까? 참나로 솟아나는 것이다. 모든 수도(修道)와 신앙생활의 목적은 마땅히 거짓 나라는 구렁텅이 속에서 참나로 솟구쳐 오르는 데 있다.

이를 위해서라면 누가 말했던지 상관 말고 그것이 진리인 이상 주저 말고 소화, 흡수, 실천해야 한다. 진리는 국적, 유파, 색깔, 적(敵)과 아(我), 선배와 후배, 스승과 제자를 초월하기 때문이다. 어떤 사람은 적수(敵手)가 한 말이라고 해서 또는 후배가 한 말이라고 해서 진리인 줄

뻔히 알면서도 그것을 채용하기 꺼리고 구태의연한 잘못을 되풀이한
다. 이런 사람은 조만간 자연도태당하고 말 것이다.

오후 3시. 내 앞에서 여러 수련생들과 같이 앉아서 단전호흡을 하고
있던 부산에서 올라온 박성훈 씨가 말했다.

"선생님, 저는 오늘 열차 타고 올라오면서 이상한 현상을 겪었습니다."

"무슨 일인데요."

"아침에 집에서 떠날 때는 확실히 빙의가 되어 있었거든요. 그런데,
대전까지 왔을 때 우연히 선생님 모습을 떠올리자 빙의령이 금방 나가
버렸습니다. 이런 일도 있을 수 있습니까?"

"있구말구요. 자기보다 수련 수준이 높은 사람을 떠올리기만 했는데
도 기운을 받을 수 있다면 수련이 상당히 많이 진행되었다는 것을 말
해 줍니다. 앞으로 좀더 수련이 높아지면 단군, 석가, 예수 같은 성현
의 모습만을 떠올려도 강한 기운을 받을 수 있을 것입니다."

"정말 그리 될 수 있을까요?"

"그렇구말구요. 박성훈 씨는 오늘 그것을 경험하지 않았습니까?"

"그럼 저는 앞으로 어떻게 수련을 해야 되겠습니까?"

"지금은 나를 자주 찾아 와서 나와 친숙한 사이가 되었으니까 나만
떠올려도 기운을 받을 수 있지만 앞으로는 박성훈 씨 자신보다 수련
수준이 높은 어떤 대상이든지 떠올리기만 하면 기운을 받을 수 있게
됩니다. 그러나 궁극적으로는 거기에서도 벗어나야 합니다."

"무슨 뜻입니까?"

"남에게 의지하는 방식에서는 탈피해야 한다는 말입니다."

"어떻게 말입니까?"

"박성훈 씨가 지금은 남에게서 기운을 받고 있는데 그것은 마치 자연식을 할 수 없는 갓난아기가 어미젖을 먹는 것과 같습니다. 사람은 언제까지나 젖만 먹을 수는 없습니다. 결국은 자연식을 해야 합니다. 자기 맘대로 먹고 싶은 것을 골라서 먹을 수 있어야 합니다. 이 말은 남에게서 의존하여 기를 받는 수련 방식에서는 결국 벗어나야 한다는 뜻입니다."

"좀더 알기 쉽게 설명해 주실 수 없을까요?"

"자신의 본질은 원래가 진리 그 자체라는 것을 깨닫는 겁니다. 이것을 깨닫게 되면 남에게 의존할 것도 없이 직접 진리인 하느님에게서 기운을 받을 수 있다는 말입니다. 자신의 본질이 무엇이겠습니까?

비무허공(非無虛空)입니다. 부모미생전본래면목(父母未生前本來面目)이라는 말입니다. 이것을 우리는 흔히 진리라고 합니다. 도(道), 성(性), 진공묘유(眞空妙有)라고 합니다. 이러한 진리를 생각만 해도 기운이 쏟아져 들어오게 되어 있다는 말입니다. 자기의 본질이 진리 그 자체라는 것을 깨달으면 하루 스물네 시간 간단없이 진리와 나 사이에 교통이 이루어집니다. 그렇게 되면 진리와 나 사이의 벽은 완전히 허물어져 버리고 마침내 그 경계까지도 희미하게 지워지고 맙니다. 구경의 깨달음이란 바로 이런 경지를 말합니다."

"관념상으로는 마땅히 그리 되어야 한다는 것은 알면서도 막상 그렇게 되지 않습니다. 어느 하세월에 저 같은 인간도 그렇게 될 수 있겠습니까?"

"진리가 본래 비무허공(非無虛空)이니까 진리를 닮아 마음을 완전히 비무허공으로 만들어 버리면 그렇게 됩니다. 완전히 비워야만 전체를 수용할 수 있기 때문입니다. 마음속에 조그마한 티끌이라도 남아 있는 한 전체를 포용할 수 없습니다. 마음을 완전히 비운다는 것은 마음 자체가 없어져 버리는 것을 말합니다. 무심(無心)이 되는 겁니다. 무심(無心)이 바로 천심(天心)입니다."

1995년 10월 25일 수요일 6∼18℃ 맑음

＊ 눈에 보이는 것, 오감으로 알 수 있는 것은 제아무리 단단한 것이라도 미구에 없어질 것이므로 믿을 수 없다. 그러나 눈에 보이지 않는 것, 오감으로 감지할 수 없는 것은 흥망성쇠(興亡盛衰), 성주괴공(成住壞空), 기흥쇠망(起興衰亡), 기승전락(起承轉落)을 거듭하지 않고 시간과 물질의 제약을 받지 않는 것이므로 믿을 수 있다.

다시 말해서 있는 것은 없어지고 사라질 것이니까 믿을 수 없지만 없는 것은 더이상 없어질 수 없는 것이므로 믿을 수 있다. 지구의 역사가 50억 년이고, 우주의 역사가 150억 년이라고 해도 언젠가는 없어질 것이므로 종국적으로 믿을 것은 못 된다는 말이다. 믿을 수 있는 것은 오직 물질과 시공을 초월한 진리인 하느님밖에 없는 것이다.

＊ 사람들은 흔히들 생명은 하나밖에 없다고 한다. 과연 그럴까? 육체 생명은 하나지만 참생명은 하나가 아니다. 참생명이야말로 시작도

끝도 없이 영원부터 영원까지 존재한다는 것을 알아야 한다. 사람들은 이 진리를 모르니까 생활에 여유가 없고 각박하고 이기적이 되어 온갖 부조리가 싹트게 된다.

＊ 제사(祭祀)를 꼭 모셔야 하느냐고 묻는 사람들이 간혹 있다. 거짓 나에서 벗어나 참나를 실현한 사람에게는 제사를 모실 대상을 찾을 수 없다. 왜 그러냐 하면 제사를 모실 대상인 조상이 이미 자기 속에 들어와 있기 때문이다. 조상뿐만 아니고 환인, 한웅, 단군, 석가, 공자, 노자, 장자, 예수가 다 내 중심 속에 들어와 있는데, 누구에게 새삼스레 제사를 올려야 한단 말인가? 그들의 삶이 바로 내 삶인데 내가 누구에게 제사를 올려야 한다는 말인가?

제사, 예배, 미사, 예불할 생각 그만두고 우리 자신이 바로 제사, 예배, 미사, 예불 받을 대상자들의 삶을 살게 되면 그 이상의 제사, 예배, 미사, 예불이 따로 없게 될 것이다. 제사, 예배, 미사, 예불은 진리에 다가가기 위한 하나의 방편은 될 수 있을지언정 그것 자체가 목적은 될 수 없다.

1995년 10월 29일 월요일 11~19℃ 구름 약간

＊ 현상계의 거짓 나는 악몽을 꾸는 나라고 보면 된다. 생로병사도 희로애락도 다 한바탕 악몽이다. 누구나 악몽에 사로잡히면 고통을 느끼지만 악몽에서 깨어나는 순간 고통은 사라진다. 악몽의 고통에서 벗어난 나가 참나다. 모든 고통은 악몽 속의 나에게 사로잡혀 있기 때문

에 일어난다. 그 악몽에서 깨어나는 것이 깨달음이다.

그렇다면 무엇이 악몽인가? 희구애노탐염(喜懼哀怒貪厭) 분란한열진습(芬歹闌寒熱震濕) 성색취미음저(聲色臭味淫抵)의 열여덟 가지 경계를 『삼일신고』는 말해주고 있고, 불경은 재색식명수(財色食名睡)의 오욕(五慾)과 탐진치(貪瞋癡)의 삼독(三毒)을 들고 있다. 모든 구도자의 목표는 이들을 다스려 거짓 나에게서 벗어나 참나에 도달하자는 것이다.

삼공선도 본원 개원

1995년 10월 31일 화요일 6~11℃ 구름 비

오후 6시 30분 삼공선도 본원 개원식이 있었다. 남의 눈에 띄지 않고 조용히 출발하여 내실을 먼저 다진다는 뜻에서 개원식은 서울 일원의 도우들끼리만 조촐하게 치뤘다. 이 도장을 꾸미는 데 자금을 댄 실질적인 주인인 이규행 회장의 짤막한 인사말이 인상적이었다.

"너무나 짧은 시간 안에 그야말로 몸이 변하는 것을 느끼고 마음의 눈이 크게 떠지는 바람에 신증심오(身證心悟)의 심오한 경지를 실체험하다가 보니 지금도 생시인지 꿈인지 얼떨떨합니다. 다만 이 길이 확실히 내가 걸어가야 할 길이라는 것을 깨닫고 보니 더없이 마음이 흐뭇합니다"하고 그는 말했다.

더구나 이 도장의 지도자들이 삼사 년씩이나 나에게서 직접 도법을 전수받은 구도자들이어서 제일 안심이 된다. 권이신, 이도해 사범은 이미 삼합진공 단계에 들어가 있고, 이기옥 원장은 연정화기의 경지를 넘어서고 있다. 선도 도장의 운영 상태를 직접 지켜본 경험이 있는 나의 기준으로 볼 때 이들 세 명의 지도자들은 우리나라에서는 최고수급에 속한다고 장담할 수 있다. 앞으로 이 도장에 몰려드는 수련생들은 틀림없이 수행에 큰 진전을 이룩하게 될 것을 의심치 않는다. 앞으로 이 도장에서는 선도 보급을 위한 많은 인재들이 배출될 것이다.

이기옥 원장이 나에게 인사말을 부탁하기에 일어섰다.

"오늘 이러한 자리를 갖게 되어 감개가 무량합니다. 저에게는 실로 오랜 숙원이 이루어지는 감격의 순간이기도 합니다. 지금부터 꼭 5년 전 낙상을 입고 아직 회복이 되지 않아 누워 있는 내 서재에 수련생들이 하나둘 찾아오기 시작한 것이 오늘의 결실을 맺게 된 시초였습니다.

그동안 나에게 찾아 와서 수련을 받고 벽사문(僻邪門)을 단 수련생만도 전국적으로 378명이 됩니다만 아직 도장도 하나 갖지 못하고 있었다는 것은 부끄러운 일이었습니다. 그렇지 않아도 4년 전에도 뜻있는 도우들이 모여서 기금을 갹출하여 도장을 하나 차리자고 준비위원회까지 만든 일이 있었지만 여의치 않아서 중단된 일이 있었습니다.

또 3년 전에는 성명쌍수(性命雙修)를 20년 이상 했다는 사람에게 『선도체험기』의 취지를 준수하겠다는 조건으로 내 독자들을 그 도장으로 추천해 주기로 하고 개원을 하게 한 일도 있었습니다. 그러나 그 도장의 원장은 나와의 약속을 어기고 담배를 피우는 등 수련자들의 반발을 사는 바람에 실패를 한 쓰라린 경험도 있었습니다.

그래서 이번에는 제가 양성한 구도자들이 수련생들을 직접 지도하게 하려고 작정했습니다. 다행히도 세 분의 적임자가 나서서 얼마나 다행인지 모릅니다. 그러나 지도자가 나섰다고 해도 도장을 재정적으로 담당할 사람이 없으면 일은 성사될 수 없습니다. 이규행 전국삼공선도협회 회장님이 운영자금 일체를 감당하기로 하지 않았다면 삼공선도 본원은 문을 열 수 없었을 것입니다.

5년 전에 내 집 비좁은 서재에서 시작된 삼공선도가 이제 바야흐로

제2의 도약기를 맞게 된 것을 진심으로 축하해 마지않습니다. 은인자 중 5년간의 준비 기간을 거쳐 드디어 삼공선도 본원이 개원되었습니다. 이제 머지않은 장래에 삼공선도는 전국적인 체인망을 갖추게 될 것입니다. 그러나 삼공선도는 결코 내실 없는 양적 팽창은 하지 않을 작정입니다.

기문(氣門)이 열리는 정도에서 더이상 지도를 받을 수 있는 스승을 찾지 못한 고급 수련생들을 우리 삼공선도는 기꺼이 떠맡게 될 것입니다. 이 자리에 모인 도우 여러분들은 부디 삼공선도 보급을 위해서 앞장선 선구자들이 되어 주시기를 간곡히 부탁드리면서 이만 인사말을 대신코자 합니다."

화기애애하면서도 조촐한 개원식이었다. 삼공선도 본원 운영이 일단 성공하면 그것을 거울삼아 앞으로 우후죽순처럼 많은 선원들이 전국방방 곡곡에서 솟아나게 될 것이다.

그림자와 본체

1995년 11월 5일 일요일 5~19℃ 맑음

오후 3시. 십여 명의 수련생들이 모였다. 한 사람이 말했다.

"선생님 저는 요즘 꿈을 자주 꿉니다. 거북이를 잡는 총천연색 꿈을 간밤에는 꾸었습니다. 이게 무슨 징조일까요?"

"꿈에다 무슨 특별한 의미를 부여하려고 하지 마십시오. 모든 꿈은 개꿈이라고 보면 됩니다."

"그건 왜 그렇습니까?"

"성인무몽(聖人無夢)이라고 장자(莊子)는 말했습니다. 모든 꿈은 욕심의 파장이 수면 중에 뇌파를 자극하여 영상화한 것이라고 보면 틀림이 없습니다. 따라서 욕심이 없는 사람은 꿈도 꾸지 않습니다."

"그럼 꿈을 꾸지 않는 것이 좋다는 말씀인가요?"

"물론입니다. 꿈에 관심을 갖는다든가 꿈에 시달리든가 하는 것은 아직은 수련이 저급한 단계에 있다는 증거입니다."

"예시적인 꿈도 있지 않습니까?"

"물론 있습니다. 그러나 그것 역시 지나친 욕망 때문에 일어나는 현상입니다. 예시적인 것, 경고적인 성격을 띤 것 역시 지나친 욕망을 경계하는 것입니다."

"선생님 저는 꿈을 많이 꾸기는 하는데 잠에서 깨어나면 아무 것도 기억나지 않습니다. 전에는 그렇지 않았는데, 요즘 와서 부쩍 더 그렇습니다. 이건 어떻게 된 겁니까?"

"그건 수련이 진전이 되고 있다는 징후입니다. 수련이 조금 더 진전이 되면 아예 처음부터 꿈을 꾸었다는 것 자체도 생각나지 않게 될 것입니다. 그 경지가 되도록 더욱 열심히 수련에 박차를 가해 보세요.

소식(小食)을 생활화하는 사람은 절대로 배탈이 나는 일이 없습니다. 그뿐만 아니라 배가 거북하거나 불편한 일도 없습니다. 소화나 위장병에 관한 한 평생 안심해도 됩니다. 식탐(食貪)을 하지 않았기 때문입니다. 그와 마찬가지로 식탐 이외의 일에도 탐욕을 부리지 않으면 탐욕이 앙금이 되고 잠재의식화 되어 안면(安眠)에 장애를 주는 일은 없어지게 될 것입니다."

"모든 욕망이 끊어진 상태라면 누진통(漏盡通)을 성취한 구도자가 되었다는 말과 같지 않습니까?"

"누진통을 이룩했다면 이미 성인(聖人)의 반열에 올랐다고 할 수 있습니다. 성인무몽(聖人無夢)이라고 말한 장자의 말은 그래서 틀림이 없습니다."

1995년 11월 6일 월요일 7~16℃ 맑음

＊ 남을 위하는 것이 나를 위하는 것이고, 나만을 위하는 것은 나도 남도 망하게 하는 것이다.

＊ 석가와 예수가 구도(求道)를 위해 땅의 효(孝)를 건너뛴 것은 중

생의 눈으로 볼 때 잘한 일이라고만 볼 수는 없다. 나라 찾는 일에 동
분서주하던 독립투사가 부모처자를 거지로 만들었다면 칭찬감이 될
수 없는 것과 마찬가지다. 그러나 진정한 효(孝)는 천명(天命)을 따르
는 것이다. 석가와 예수는 땅의 효보다 하늘의 효에 충실했다.

1995년 11월 14일 화요일 4∼9℃ 맑음

김도태라는 수련생이 물었다.

"선생님께서는 이 세상에서 제아무리 훌륭한 일을 했다고 해도 생로
병사에서 벗어나지 못하는 한 별 의미가 없다고 하셨는데, 제가 보기
에는 생로병사는 엄연히 있는데 어떻게 거기에서 벗어날 수 있다고 하
시는지 도대체 이해를 할 수 없습니다."

"김도태 씨는 달밤에 혼자 길을 걸어본 일이 있습니까?"

"있습니다."

"그때 김도태 씨의 그림자가 있었습니까 없었습니까?"

"그림자야 물론 있었죠."

"생로병사란 바로 그 그림자와 같습니다. 그림자의 원인인 주인공에
게는 그림자 따위는 아무 것도 아니지만 그림자의 입장에서는 그림자
는 분명히 존재하는 것임에 틀림없습니다. 주인공의 입장에서는 그림
자는 자신의 반영일 뿐 실체가 없습니다. 그림자는 이 우주 자체가 진
리인 실체의 반영일 뿐입니다. 그래서 현상계의 모든 것, 즉 삼라만상
은 몽환포영(夢幻泡影)입니다. 모두가 실체가 없는 허깨비에 지나지
않습니다. 실체가 없으니까 생성소멸(生成消滅), 흥망성쇠(興亡盛衰)

를 무상하게 거듭하는 것입니다.

현상계(現象界)는 절대계의 그림자인 몽환포영입니다. 생로병사 역시 몽환포영입니다. 절대계에서 보면 생로병사 따위는 애당초 있지도 않는 겁니다. 있지도 않는 것을 있다는 망상에 사로잡혀 있으므로 그 망상에서 벗어날 때까지는 생로병사의 굴레에서 시달림을 당합니다. 그림자는 말(末)이고 그림자의 주인공은 본(本)입니다. 말(末)에 매달리지 말고 본(本)을 움켜쥐어야 합니다. 그렇게 되면 말단에 사로잡혀 시달리는 일은 없게 될 것입니다."

"저도 좀 그렇게 되었으면 좋겠네요."

"그렇게만 된다면 성인(聖人)의 반열에 들어가는 겁니다."

"어떻게 하면 그렇게 될 수 있겠습니까?"

"크게 한번 죽었다 살아나야 합니다."

"어떻게 말입니까?"

"대사일번대활현전(大死一番大活現前)이란 말 들어 보았습니까?"

"아뇨. 그게 무슨 말인데요?"

"크게 한번 죽어야 크게 살아난다는 말입니다."

"그렇게 되면 무슨 유익이 있습니까?"

"그것은 마치 그림자가 본체가 되면 무슨 유익이 있느냐고 묻는 것과 같습니다. 김도태 씨는 실체 없는 허깨비가 되는 것이 좋습니까? 아니면 확실한 실체가 있는 주인공이 되는 것이 좋습니까? 언제 어느 때 하루살이처럼 없어질지도 모르는 그림자에서 생사와 시종(始終)이 없는 영원히 변함없는 실체가 되는 것은 모든 존재의 희망이요 꿈이 아닐 수 없습니다. 그림자의 생활은 사본추말(捨本追末)하는 행위에 지나지 않습니다."

"사본추말이 뭔데요?"

"글자 그대로 본체를 버리고 말단을 추구하는 것을 말합니다. 세속의 명리(名利)를 추구하는 것을 말합니다. 세속의 명리는 아무리 추구해 보았자 생로병사에서는 한 발자국도 벗어날 수 없습니다. 우리는 어디까지나 사말추본(舍末追本)이 되어야 합니다. 말단을 버리고 본체를 추구해야 한다는 말입니다. 이것을 달리 표현하면 본립이도생(本立而道生)이라고도 말합니다."

"본립이도생은 또 뭡니까?"

"본체를 세우면 도(道) 즉 진리가 살아난다는 말입니다."

"그림자가 본체가 될 수 있습니까?"

"있구말구요. 그림자는 실체가 없는 것이고 우리는 원래가 본체였는데, 길 잃은 사자 새끼 모양 양 무리 속에 끼어들어 양의 행세를 지금까지 해온 겁니다. 우리는 실은 그림자도 아니면서 미망에 빠져 그림자 행세를 해온 것에 지나지 않습니다. 지금이라도 당장 깨닫기만 하면 그림자의 탈을 벗고 본체로 되돌아갈 수 있습니다.

인류 역사상 지금까지 지구상에 나타났던 수많은 성현들은 그림자에서 본체로 돌아간 사람들입니다. 그들은 자기들의 귀중한 경험을 아직도 그림자의 망상에서 벗어나지 못하고 있는 중생들에게 전하기 위해서 애써 온 겁니다. 그들 깨달은 사람들은 생로병사는 원래 없는데도 있다는 망상에 사로잡혀서 그 굴레에서 언제까지나 벗어나지 못하고 고통에 시달리는 중생들을 일깨우려고 이바지했습니다. 단군, 석가, 공자, 노자, 장자, 예수 같은 이가 바로 그런 사람들입니다."

"성인(聖人)이 되면 보통 사람들과는 어떤 점에서 다릅니까?"

"기쁨, 두려움, 슬픔, 노여움, 탐욕, 혐오감, 어리석음 따위에 더이상 시달리지 않습니다. 그러므로 불안이나 위기의식을 느끼지 않습니다. 성욕, 식욕, 수면욕(睡眠慾)에서 떠나 있으므로 생사와 질병에서도 벗어나 있게 됩니다. 따라서 그 어떤 세속사에도 발묶이지 않게 됩니다. 천지간에 유유자적할 수 있고 참자유를 누릴 수 있습니다. 그의 유일한 관심사는 어떻게 하면 깨닫지 못한 중생들을 일깨워 줄 수 있을까 하는 데 집중하게 됩니다."

"젊은 나이에 깨달음이 왔을 때 결혼은 하는 것이 좋을까요, 안 하는 것이 좋을까요?"

"그거야말로 전적으로 당사자 자신이 선택할 문제입니다. 진정으로 사회적인 관습에서 자유로울 수 있을 정도의 깨달음이 있는 사람이라면 구태여 틀에 박힌 뻔한 세속사(世俗事)를 되풀이할 필요가 있겠습니까? 남자와 여자가 있다는 것, 남녀가 결합을 해야 된다는 사회적인 통념은 욕계(慾界)에만 있는 일입니다. 수련 수준이 연정화기(煉精化氣)에 도달했다면 일부러 결혼이라는 질곡 속에 묶일 필요가 어디에 있겠습니까?

이미 결혼을 했던 석가는 뒤늦게 이를 깨닫고 출가를 단행했고, 젊었을 때 깨달음을 얻은 예수는 아예 결혼을 하지 않았습니다. 결혼은 할 필요가 있는 사람들이 해야지 할 필요가 없는 사람까지 억지로 할 것까지는 없습니다. 남녀가 결혼을 하는 이유는 대체로 세 가지가 있습니다.

첫째가 성욕 때문이고 둘째가 외로움 때문이고 셋째가 사회적인 관습과 부모의 강요 때문입니다. 그러나 이 세 가지를 능히 극복할 수 있는 사람이라면 결혼을 할 필요가 어디에 있겠습니까? 결혼하여 가정을 이루고 아이 키우는 일보다 더 큰일이 있지 않습니까?"

"결혼하여 가정을 이루는 일보다 더 큰일이 무엇인데요?"

"진리를 깨달은 사람은 마땅히 할일이 따로 있습니다."

"그것이 무엇입니까?"

"상구보리(上求菩提)했으니 하화중생(下化衆生)하는 일입니다. 깨달은 사람의 가치관은 깨닫지 못한 사람과는 사뭇 다릅니다. 다시 말해서 가정을 이루는 일보다는 하화중생하는 일이 더 중요합니다. 그 때문에 세속에 묶이는 결혼은 대체로 하지 않게 됩니다."

"만약에 선생님께서 지금 결혼 적령기의 젊은이라면 어떻게 하시겠습니까?"

"가정을 이룰 필요를 느끼지 않을 것입니다. 그러나 이것은 어디까지나 개인의 가치관에 관한 문제이므로 각자가 스스로 결정할 일입니다. 누구의 권유를 받아야 할 일은 아닙니다."

1995년 11월 19일 일요일 6~10℃ 흐림

윤창환이라는 수련생이 물었다.

"선생님, 석가, 공자, 예수는 신앙의 대상이 될 수 있습니까?"

"석가, 공자, 예수는 형상이 있는 구체적인 인물이라고 보십니까? 아니면 그렇지 않다고 보십니까?"

"형상이 있는 구체적인 인물이라고 봅니다."

"그렇다면 어떻게 신앙의 대상이 될 수 있겠습니까?"

"형상이 있는 것은 신앙의 대상이 될 수 없습니까?"

"없구말구요."

"왜 그렇습니까?"

"형상이 있다는 것은 기흥쇠망(起興衰亡)하는, 시간과 물질의 제한을 받는 삼라만상 중의 하나입니다. 그러나 석가, 공자, 예수는 깨달음을 얻은 사람들이므로 하늘과 사람 사이의 중개자, 인도자는 되었을망정 진리 그 자체는 아니므로 하느님, 니르바나, 진여불성(眞如佛性) 그 자체와는 다릅니다. 실제로 석가, 공자, 예수는 자기 자신을 하느님으로 알고 신앙의 대상으로 삼으라는 말을 제자들에게 한 일도 없고 그렇게 하기를 원치도 않았습니다. 그런데도 석가, 공자, 예수를 굳이 신앙의 대상으로 삼으려는 것은 잘못입니다.

신앙의 대상은 어디까지나 하느님, 진리, 진여불성(眞如佛性) 그 자체일 뿐입니다. 석가, 공자, 예수는 어디까지나 진리를 가리키는 손가락은 될지언정 진리 그 자체는 아니라는 말입니다. 석가, 공자, 예수는 인류의 위대한 스승이기는 하지만 하느님이나 진여불성 그 자체는 아니라는 것을 분명히 알아야 합니다. 이것을 혼동한 탓에 인류는 너무나 많은 비극을 겪어 왔습니다. 석가의 하느님, 공자의 하느님, 예수의 하느님이 따로 있는 것이 아니고 실은 하나인데도 그것을 모르고 인류

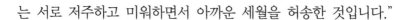

는 서로 저주하고 미워하면서 아까운 세월을 허송한 것입니다."

1995년 11월 22일 수요일 0~10℃ 흐림

＊ 자동차를 이론만으로 배우는 것과 실제로 운전을 하여 실기를 익히는 것은 질적으로 다르다. 수영(水泳)을 이론적으로 배우는 것과 물속에 직접 뛰어들어 팔다리를 놀려 헤엄을 쳐보는 것과는 크게 다르다. 『천부경』, 『삼일신고』, 『참전계경』을 학문으로 배우는 것과 지감, 조식, 금촉 수련을 직접 해 보는 것과는 하늘과 땅의 차이가 있다.

학문적으로 연구해 보는 것으로는 아무래도 그 진미를 맛보기 어렵다. 학문적 연구만으로는 신증심오(身證心悟)의 필수과정을 거칠 수 없으니까. 이론과 실기의 차이, 연구와 수련의 차이는 질적으로 다르다는 것을 알아야 한다. 호흡문이 열리고 기운을 느끼고 운기를 하고 몸이 변하고 마음문이 열리면서 깨달음이 오는 것을 학문이나 연구는 도저히 따를 수 없다.

＊ 사람들은 인륜지대사(人倫之大事)로 출생, 혼인, 상사(喪事)의 세 가지를 꼽는다. 그러나 이 세 가지는 다람쥐 쳇바퀴에 지나지 않는다. 진짜 인륜지대사는 이 다람쥐 쳇바퀴에서 벗어나는 일, 바로 거짓 나에서 참나로 거듭나는 일이다.

아들의 결혼식

1995년 12월 2일 토요일 0~7℃ 맑음

내 외아들인 현준이가 장가가는 날이다. 67년생이니까 우리 나이로 29세. 신부는 세 살 아래인 대학교 과후배란다. 현준이 키가 175센티인데 신부 역시 165센티로 훤칠한 편이다. 저희들끼리 좋아해서 짝을 짓게 되었으니 양가 부모들에게 효도를 한 셈이다.

신부 아버지는 성격이 소탈한 중소기업 사장이고 어머니는 지극히 알뜰하고 꼼꼼한 분이어서 딸의 결혼을 허락하기 전에 차분하게 사전 조사를 했다고 한다. 그 조사 방법의 하나가 장차 딸의 시아버지 될 사람이 쓴 저서를 읽어보는 일이었다. 내 저서 중에서도 『선도체험기』를 1권에서부터 30권까지 읽어보고는 우리집 내막을 소상히 알게 되어 그만하면 딸을 맡겨도 좋다고 생각했다고 한다.

식장은 명동대성당. 시간은 오전 11시 정각이었다. 나는 원래 혈혈 단신으로 월남을 했으니 친척이 있을 리 없고 아내에겐 부모와 형제들이 전부 미국으로 이민을 떠났다가 작년에 역이민을 하여 온 남동생 일가가 있을 뿐이다. 그러나 아내는 외가쪽 친척들이 있어서 다행이었다. 또 아내는 30년 이상을 한 직장에 다니고 있으므로 직장 동료들이 다수 참석할 수 있었다. 게다가 초등학교 동창회가 있어서 이런 때 한 몫하게 되어 있었다.

　그러나 나는 사정이 달랐다. 직장은 이미 5년 전에 그만 두었으니 이제 그들에게 청첩장을 보내는 것은 어려운 일이다. 물론 한 직장에 15년이나 다니다가 퇴직을 했으니 그동안에 직장 동료들의 애경사에 부의금이나 축의금도 적지 아니 냈고 참석도 하고 했었지만 그것도 직장에 다닐 때 얘기지 직장을 떠나면 그만이다.

　직장을 떠난 사람이 청첩장 들고 찾아오는 것을 반길 사람이 이 세상에 어디에 있겠는가. 나는 직장에 다닐 때에 가끔 그러한 사람들을 보고 얼마나 속으로 딱하게 여겼었는지 모른다. 그런데 이제 와서 내가 그런 짓을 할 수는 없는 일이다. 지금 직장에 나가고 있는 옛 동료들의 입장에서 나를 바라보아야지 내 입장에서 그들을 바라볼 수는 없는 일이다. 그것이 바로 역지사지(易地思之) 정신이다. 그래서 나는 일체 옛 직장 동료들에게는 청첩장을 보내지 않았다.

　과거에 친했던 사람들과는 과거지사로 돌려 버려야지 그것을 굳이 현재와 연결시키고자 할 때 불편하고 언짢은 일이 생기게 마련이라는 것을 나는 이 나이까지 살아오면서 잘 알고 있기 때문이다.

　그렇다면 누구에게 청첩장을 보낸단 말인가? 나는 냉정하게 내 주변을 살펴보았다. 내 청첩장을 받고도 얼굴을 찡그리지 않을 사람들이 과연 몇이나 될까 곰곰이 생각해 보았다. 사회적으로 나와 이해관계가 있는 사람이어야 할 것이다. 비록 나와 이해관계가 얽혀 있다고 해도 나를 꼭 필요로 하는 사람이라야 내 청첩장을 받고 속으로 시큰둥해 하지 않을 것이다. 아니 오히려 이런 기회가 온 것을 속으로 기뻐할지도 모른다. 나는 적어도 이런 사람에게 청첩장을 보내고 싶었다.

나한테서 도움을 받거나 내 신세를 지는 사람들이 이 세상에 정말 있기나 할까 하고 찬찬히 따져 보았다. 아무래도 그런 사람들은 있을 것 같지 않았다. 누가 사회적으로 아무 지위도 없고 별 영향력도 없는 나에게 관심을 기울일 것이며 더구나 세금 독촉장과도 같은 결혼 청첩 장을 달가워할 것인가?

결혼식 날짜는 한 달 앞으로 다가왔고 어차피 청첩장은 띠우지 않을 수 없게 되었는데, 어떻게 해야 좋을지 몰랐다. 신부 쪽도 우리 쪽도 맏이를 결혼시키는 행사고 하여 간단히 조촐하게 지낼 생각은 아닌 것 이다. 서양 사람들 모양 양가의 가족들만 교외의 한적한 곳에 모여서 소박하게 치뤘으면 딱 좋겠는데, 여러 가지 사정상 그렇게는 할 수 없는 모양이었다. 후회나 아쉬움이 남지 않게 남이 하는 대로 하자는 것이 양가의 합의사항이었던 것이다. 양가라고 해야 실질적으로는 신랑 신부의 어머니들이 실권을 행사한 것이지만. 양가는 결혼 전에 두 번이나 회동하여 이 일을 의논했었다. 결혼식을 한 달쯤 앞둔 어느 날 나는 아내에게 말했다.

"당신은 직장 동료, 동창회, 외가 친척들이 있지만 난 아무리 생각해 봐도 다 챙겨 보아야 겨우 10명 내외밖엔 청첩장을 보낼 만한 사람이 없는데 어떡하지?"

"아니 무슨 소리예요. 당신 직장에 다닐 때 23년간이나 축의금, 부의금 낸 건 어떻게 된 거예요?"

"옛 직장 동료들에겐 일체 안 보내기로 했어요. 입장 바꿔놓고 생각하니 도저히 그럴 수 없어요. 당신도 좀 생각해 보구려. 직장 떠난 옛 동료가 청첩장 보내면 좋겠소?"

"하긴 그렇긴 해요. 하지만 난 그 사람이 나에게 해 준 것만큼은 꼭 보답할 꺼예요."

"그거야 당신 생각이지, 눈앞에 늘 보일 때 얘기지, 옛 직장 동료가 청첩장 들고 오는 거 반길 사람이 어디 있겠소."

"하긴 그렇긴 하지만, 그동안 투자한 거 한푼도 못 건지면 억울하지 않아요?"

"억울하긴 뭐가 억울해요. 다 그게 그거지."

"그게 그거라니 그게 무슨 소리예요?"

"받으나마나. 그게 그거란 말요. 주머닛돈이 쌈짓돈이란 말이지."

"그 사람들을 언제 봤다고 그런 말을 하는 거예요?"

"그 사람들이나 나나 다 같은 하나로 보면 전부가 다 한 가족이고 한 통속이란 말요. 그러니 그 사람들 주머니에 있든지 내 주머니에 있든지 다 똑같다는 말이지. 꼭 내 주머니 속에 있어야만 직성이 풀리는 건 아니란 말이지 뭐."

"그건 도 닦는 사람들이나 하는 소리지, 내가 뭐 도 닦는 사람이예요? 그런 소리 하시게. 돈 떨어지고 쌀 떨어져 뱃속에서 쪼르륵 소리가 나 보세요. 누구 한 사람 거들떠보는 이 없이 굶어 죽게 돼 보면 당신 입에서 그런 소리가 나올 것 같아요?"

"굶어 죽게 되면 굶어 죽는 거지 그게 뭐 그렇게 중요해요."

"아니 이 세상에 살려고 나왔는데 그렇게 굶어 죽다니 말이나 되요?"

"태어난 사람은 굶어 죽으나 늙어 죽으나, 병으로 죽으나 사고로 죽으나 어차피 죽는 건 마찬가지예요. 요컨대 사람은 죽을 때 편안한 얼굴로 이 세상을 아무 미련도 애착도 집착도 남기지 않고 홀연히 떠날 수 있으면 그 사람은 더없이 훌륭하고 보람되고 성공한 인생을 살다 간 것이라고 할 수 있어요.

왜냐하면 편안한 마음과 얼굴로 이 세상을 떠날 수 있다는 것은 그만큼 죽음에 대해서는 마음에 준비를 하고 있었다는 증거일 테니까. 그런 사람은 생자필멸(生者必滅)이라는 상대계(相對界)의 법칙 너머에 있는 사자필생(死者必生)의 절대계(絶對界)를 보았기 때문이예요. 생사도 오고 감도 없는 영원한 생명을 체득했기 때문이예요. 이런 사람에겐 종말도 휴거(携擧)도, 천지개벽도 지구의 대환란도 아무런 영향을 끼칠 수 없어요. 다시 말해서 물질을 초월해 있으니까 물질에 속하는 모든 것에서도 손쉽게 벗어날 수 있다는 말이예요."

"내가 도 닦는 사람이예요? 그런 어려운 말을 하시게."

"도 닦는 사람 따로 있고, 도 안 닦는 사람 따로 있는 게 아니예요. 이 세상에 육체로 태어난 사람은 태어난 그 순간부터 죽음을 향해 한 발 한발 다가가는 거예요. 육체는 어차피 죽게 되어 있으니까. 단군, 석가, 공자, 노자, 예수 같은 성인들도 육체로서의 인간은 소멸당하지 않을 수 없었던 거예요.

물론 육체 생명의 영원불멸을 신도들에게 선전한 사이비 교주도 있기는 하지만, 그 사람 역시 미구에 죽지 않을 수 없어요. 육체의 죽음을 거부할 수 있는 존재는 그 어디에도 없습니다. 있다면 혹세무민하는 사이비 교주나 사기꾼뿐이예요.

죽을 수밖에 없는 생명을 죽지 않는 영원한 생명과 바꾸는 것이 이 세상에 태어난 목적이예요. 그러한 목적을 의식하고 있는가 의식하지 못하고 있는가의 차이가 있을 뿐이예요. 그 차이를 의식하고 행동하는 사람은 깨달은 사람이고 그렇지 못한 사람은 깨닫지 못했을 뿐입니다.

의식했건 의식하지 못했건, 깨달았건 깨닫지 못했건 간에 육체를 가진 모든 사람들은 죽는 생명을 죽지 않은 생명으로 바꾸려고 이 세상에 태어난 겁니다. 이것을 알고 있는 사람은 죽지 않는 생명을 그렇지 않는 사람보다 빨리 획득할 수 있어요. 이것을 모르고 있는 사람은 미망 속에 한정 없이 헤매면서 생로병사의 윤회를 거듭하지만, 깨달은 사람은 그 윤회의 구렁텅이에서 신속히 빠져 나올 수 있다는 말입니다."

"됐어요. 도도 닦지 않는 사람보고 그런 소리 백날 해 보아야 무슨 소용이 있겠어요. 그건 그렇고 그럼 결혼식 날 신부 쪽에서는 축하객들이 구름처럼 모여드는데, 우리 쪽엔 하객도 없이 파리만 날리고 있다면 신부 측 보기에 얼마나 민망해요. 옛 직장 동료들에게 청첩장을 보낼 수 없다면 문우(文友)들에게는 보낼 수 있지 않아요. 문단 친구들에게 청첩장 보내는 거야, 직장 동료들 모양 한시적인 사귐이 아니니까 괜찮을 것 같은데요."

"그렇긴 하지만 근년 들어서는 도 닦는다고 문단 모임에도 통 얼굴을 내밀지 않아서 옛날에 친했던 문우들과도 서먹해졌거든."

"그래도 당신이 축하금이나 부의금 낸 분들에게는 청첩장을 보내도 숭될 게 없을 거 아니예요?"

"글쎄 그럼 그렇게 해볼까. 최근에 교류가 없는 사람들이긴 하지만 생각해 보면 제법 될 것 같기는 한데."

문단인들 중에는 애경사가 있을 때, 문예지에 발표되는 문단인 주소록을 그대로 베끼다시피 하여 청첩장을 남발하는 사람들이 있는데 나는 도저히 그럴 수는 없었다. 그전의 비망록을 뒤적여 보니 내가 축의금을 낸 일이 있는 문단인들이 삼십 명쯤은 되었다. 비록 이 중에 들지는 않았더라도 나와 한때 제법 친하게 지낸 문우들이 있기는 했지만 그들에겐 청첩장을 보내지 않기로 했다. 역시 세금 독촉장 같은 취급을 받을 것이 뻔했기 때문이다.

"그리고 참 당신한테 늘 도움을 받는 수련생들이 있지 않아요. 그분들은 청첩장 보내도 싫어할 것 같지는 않은데 어때요?"

아내는 제법 큰 발견이나 한 듯 얼굴을 빛내면서 말했다.

"아니 제자들에게 청첩장 보내는 스승이 어디 있어요?"

"왜 없어요. 당신이 뭐 수련생들에게서 수련비를 받는 것도 아닌데 이런 때 서로 좀 도와주면 안돼요?"

"그래도 어떻게 그럴 수 있소?"

"남들 같으면 이런 기회에 한 대목 잡으려고 할 텐데, 도대체 뭘 주저하세요?"

"수련생들이 수련비는 내지 않는다고 해도 생식도 사가고 선물도 가져오고 하지 않소?"

"그래도 이런 때는 서로 돕는 거라구요. 아 그 대신 수련생들의 애경사에도 우리가 참석하면 될 꺼 아니예요?"

"응 그렇게 하면 되겠구먼. 그런데 난 수련생들의 애경사에 일일이 참석할 시간이 없는데 어떻게 하지?"

"그건 걱정 안 해도 돼요. 내가 대신 참석하면 되지 않겠어요?"

"당신이 나 대신 참석하겠다는 거요?"

"그렇다니까요. 어떻게 해서든지 우리가 신부 쪽에 비해서 초라하다는 인상은 주지 말아야지 낮이 설게 아니예요?"

"별걸 다 가지고 신경을 쓰는구만. 그까짓 게 무슨 대수요? 내실(內實)이 중요하지. 그때만 지나면 그뿐일 텐데. 좌우간 어디 좀 두고 생각해 봅시다."

"언제 생각하고 자시고 할 시간이 있어요? 결혼 날짜는 다된 등잔 심지처럼 바짝바짝 타 들어오는데."

"알았어요. 며칠만 더 생각해 보고 나서 결정합시다."

이렇게 말을 하기는 했지만 수련생들에게 청첩장을 내어줄 생각을 하니 아무래도 떳떳치 못하고 찜찜했다. 생각 같아서는 지금이라도 가족 중심의 조촐한 결혼식을 올리고 싶었지만, 지금 와서 그렇게 할 수는 없으니 어쩔 수 없는 일이었다. 세속에 몸을 두고 살아가는 이상 그 습속을 따르지 않을 수 없었다.

몇몇 측근들에게 이 일을 의논했더니 상부상조하는 뜻에서 수련생들에게 청첩장을 보내도 흠될 게 없다고 했다. 그래도 나는 쉽사리 마음을 정하지 못하고 있었다. 그러나 아내는 아내대로 우리집에 수련하러 드나드는 친숙해진 여자 수련생들에게 은근히 아들 결혼 얘기를 하면서, 신부 쪽에 비해서 초라해 보이지 않게 빈손으로라도 좀 많이 참석해 주었으면 좋겠다는 얘기를 퍼뜨리기 시작했다. 이 소문은 한 입

건너 두 입 건너 퍼져 나가기 시작했다.

　얼마 안 가서 수련생들은 내 입에서 말이 나오기도 전에 먼저 알고 축하 인사를 하게 되었다. 그 인사말 속에서 나는 건성이 아닌 진정 같은 것을 감지하게 되었다. 그 어감에서 나는 그것을 느낀 것이다. 그렇다면 정식으로 청첩장을 보내도 괜찮을 것 같았다. 이렇게 해서 그날부터 나를 찾아오는 수련생들에게 청첩장을 건네기 시작했다.

　그러나 신중을 기하는 것을 잊지 않았다. 대학생이나 일시적이지만 경제적으로 어려운 처지에 있는 사람들과 우리집에 오기 시작한 지 얼마 안 되는 사람들은 피했다. 정도 들기 전에 청첩장부터 내민다는 것이 아무래도 내 감각에는 맞지 않는 것이었다.

　문단 동료들에게도 엄선에 엄선을 기한 끝에 청첩장을 띄웠다. 반드시 내가 먼저 축의금이나 부의금을 낸 사람이 아니면 보내지 않았다. 비록 내가 먼저 돈을 낸 사람이라고 해도 그 당시 문단에 영향력 있는 지위, 예컨대 문예지 주간이나 편집장 같은 사람이나 문학단체의 장으로 있었던 사람은 의식적으로 제외시켰다. 솔직히 말해서 그런 사람들과는 일대일의 관계가 아니고 어떤 반대급부를 은근히 바랐기 때문이었다. 그러고 보니 막상 보낼 만한 사람은 20명도 채 안되었다.

　우리는 오전 9시부터 서둘러 집을 나섰다. 토요일이어서 도로가 막힐 것을 예상했기 때문이었다. 아침 기온은 섭씨 0도여서 쌀쌀한 편이지만 날씨는 쾌청했다. 유서 깊은 명동성당에서 결혼식을 올리게 된 것이, 시장바닥 같은 일반 예식장보다는 한결 품위가 있었고 분위기도 엄숙했다. 어떤 사람은 왜 하필이면 외래 종교의 성당을 택했느냐고 말했지만 나는 종교 같은 것에는 구애받지 않았다. 어떤 종교이건 특이한 편견이나 미신만 강요하려 들지 않는다면 궁극적인 목적은 다 같은 것이니까, 전부 다 수용한다.

10시 반쯤부터 하객들이 모여들기 시작했다. 하객 접수는 일요일마다 등산을 같이 하는 수련생과 삼공선도 본원 사범들이 맡아주었다. 11시 정각이 되어 우리 가족 일행 셋은 성당 안으로 들어갔다. 10시 30분부터 11시 사이에 몰려든 하객들은 예상 밖이었다. 우려했던 일은 일어나지 않았을 뿐 아니라, 신부 측에 체면 깎일 일도 일어나지 않았다.

오히려 신랑 쪽 하객이 약간 더 많은 것 같았다. 그동안 아내가 오늘을 예상하고 부지런히 친구와 직장 동료들의 경조사에 뛰어다녔기 때문이었다. 하객들의 3분의 2 이상은 아내 쪽 손님들이었다. 그러나 내 손님들도 뜻밖에 많이 와 주었다. 나는 의도적으로 서울에 사는 수련생들에게만 청첩장을 주었는데도 지방에서 소문을 듣고 올라온 수련생들이 의외에도 많았다. 나에게는 눈물겹도록 고마운 일이 아닐 수 없었다. 그들은 청첩장을 받지 않았으니 안 와도 되는 건데 이렇게 일부러 부산, 대구, 광주 같은 먼 곳에서 올라온 걸 생각하면 송구스럽기 짝이 없는 일이었다.

뜻밖의 일은 이것뿐이 아니었다. 나는 이 나이가 되기까지 인생을 정말 헛살았구나 하는 깊은 반성에 휩싸이지 않을 수 없는 뼈아픈 실수를 저지른 것이다. 그것을 나는 바로 이 현장에서 깨달은 것이다. 과거에 아무리 각별한 사이였다고 해도 최근까지 그 교류가 지속되지 않는 한 전부 다 쓸데없다는 것이었다. 또 과거에 내가 아무리 경조사에 많이 참석했다고 해도 지금 당장 내왕이 없는 사이라면 절대로 청첩장 같은 거 보내지 말아야 한다는 것을 나는 미처 깨닫지 못했던 것을 두고두고 뉘우치지 않을 수 없었다.

더구나 놀라운 일은 몇몇 사람은 내가 한두 번도 아니고 서너 번씩이나 그들 자녀들의 결혼식에 참석했었건만 이번에 내가 처음 보낸 청첩장엔 꿩 궈먹은 소식이었다. 또 어떤 사람은 내가 신문사에 근무할 때 그를 해외에까지 널리 소개하여 막대한 외화까지 벌어들이게 했을 뿐만 아니라, 그의 아들의 결혼식에까지 참석했었건만 역시 감감무소식이었다.

왜 이런 어처구니없는 일들이 일어났을까? 한말로 사람들의 마음문이 닫혀 있었기 때문이다. 애경사를 겪어보아야 사람들의 마음을 제대로 알아볼 수 있다는 말은 진실이었다. 아내 역시 나와 흡사한 것을 느꼈다고 말했다. 평소에 별로 대수롭게 여기지 않았던 사람들이 의외에도 많은 축의금을 냈는가 하면, 상대의 경조사에는 몇 번씩 참석했었는데 이번에 입 싹 씻고 모른 척한 것까지는 좋은데, 일인당 1만 원씩 하는 하객용 식사만 축낸 얌체들이 여럿 있었다는 것이었다. 더구나 이날은 공교롭게도 예식장에서 그리 멀지 않은 아내의 직장에 단전(斷電)이 되는 바람에 축의금 한푼 안내고 떼지어 몰려 와서 식궈만 축낸 직장 사람들이 부지기수라고 했다.

그러나 곰곰이 따져 보면, 인간 사회란 이렇기 때문에 배울 점이 많은 게 아닌가 생각된다. 만약 이 세상에 착한 사람만 있다면 얼마나 무미건조할 것인가? 착한 사람도 있고 모진 사람도 있으니까 충격도 받

고 그 반작용으로 활기도 생겨날 것이 아닌가? 그래서 이 지구상의 인
간 사회를 배움의 도량이라고 하는 것이다.

명동성당 내부 앞자리 가족석에 앉고 나서부터 느낀 일들을 나는 『
선도체험기』1권서부터 31권까지 읽어온 독자들을 믿고 말하지 않을
수 없다. 내 독자가 아니라면 나는 누구한테도 이런 얘기를 할 수 없을
것이다. 나를 정신병자로 치부할 것이기 때문이다.

예식은 일정한 순서에 따라 사제의 집전에 의해 착착 진행되고 있어
서 뭐라고 논평할 가치도 없는 일이었다. 신랑 신부가 둘 다 키도 훤칠
하고 용모도 기품도 남에게 빠지지 않아 대견스럽긴 했지만 그런 얘기
는 하나마나 한 것이었다.

정작 내가 하고 싶은 얘기는 그런 것이 아니었다. 나는 올해(1996년)
로 만 10년간 내 나름대로 열심히 그리고 진지하게 구도생활을 해오는
동안 수많은 영적(靈的)인 경험들을 해왔다. 그런 얘기들을 나는 『선
도체험기』에 숨김없이 써왔다. 내 글에 공감하지 않는 사람에게는 지
극히 황당무계한 소리로밖에는 들리지 않겠지만 나에게는 진지한 체
험이었기에 미구에 닥쳐올지도 모를 비난을 무릅쓰고 글로 써 왔던 것
이다. 작가의 사명 중의 하나는 자기의 특이한 체험을 숨김없이 발표
함으로써 독자들에게 진실을 전달하는 것이기 때문이다.

성당 내부의 가족석에 앉자마자 나는 벌떼처럼 일시에 달려드는 빙
의령들에게 시달려야 했다. 빙의령을 불교에서는 중음신(中陰神)이라
고 한다. 사람이 일단 이 세상에서 숨을 거두게 되면 세 가지 종류의
영혼이 생겨나게 된다. 극선령(極善靈)과 극악령(極惡靈)과 중음신(中

陰神)이 그것이다. 극선령은 생전에 착한 일을 많이 했거나 구도생활을 하여 깨달음을 얻은 영이다. 이런 극선령은 죽음과 동시에 즉시 스스로 자기 갈 길을 찾아간다.

그럼 극악령은 생전에 살생을 많이 했거나 남에게 악독한 짓을 많이 한 사람, 부정부패 공무원, 사기꾼, 살인강도, 성폭행자, 양민 학살자, 독재자, 부모나 자식을 살해한 자 등등이다. 이런 영들은 육체의 숨이 끊어짐과 동시에 시꺼먼 갓과 도포차림의 저승사자에게 꽁꽁 묶이어 곧바로 지옥으로 직행한다.

극선도 극악도 아닌 영들을 우리는 중음신(中陰身)이라고도 하고, 원혼(冤魂)이라고도 하고, 빙의령이라고도 한다. 불교에서는 죽은 지 49일 만에 중음신들은 대체로 자기 갈 데를 찾아 떠난다고 하여 천도재를 지낸다. 그러나 그 천도재를 맡은 스님들이 과연 중음신을 천도할 능력이 있는지, 아니면 한갓 형식적인 의례에 그치는 것인지는 분명치 않다. 중음신을 자기 능력으로 천도시킬 수 있는 스님들은 극소수에 지나지 않는다고 본다.

뭘 보고 그런 소리를 하느냐고 누가 따진다면 나도 할 말이 있다. 이따금 스님들 중에서 나를 찾는 분들이 있다. 예외 없이 심하게 빙의된 분들이다. 어떤 스님은 10년 이상씩 된 빙의령을 달고 온다. 불교계에는 고승(高僧)들도 많을 텐데 어떻게 돼서 빙의령을 10년씩이나 달고 다니게 하느냐고 물어보면, 이름난 고승들은 다 찾아가 보았지만 별무 효과였다고 한다.

두드러지게 선하지도 악하지도 않은 보통 중생들은 죽으면 중음신

으로 떠돈다고 보면 틀림이 없다. 중음신은 아까도 말했지만 원혼들이
다. 이 세상에 애착을 가지고 있기 때문에 그것을 청산하지 못하고 정
처 없이 구천을 떠돌다가 후손들이나 인연 있는 생령(生靈)들에게 들
어붙어서 더부살이를 하게 된다. 어떤 생령에게 깊은 원한이 있으면
그에게 빙의되어 생전에 못 받은 빚을 받게 된다. 그렇게 이리저리 떠
돌다가 다행히 천도 능력이 있는 구도자나 도인 또는 성직자나 성인
(聖人)을 만나면 손쉽게 천도가 되는 것이다.

조금 전에 나는 벌떼처럼 달려드는 빙의령들에게 시달렸다고 했지
만 내가 그 때문에 기운이 빠지거나 불안을 느낄 정도는 아니었다. 그
렇게 일시에 떼지어 달려들기는 했지만 대체로 한두 시간 안에 전부다
천도가 되었으므로 불편을 느낄 정도는 아니었다. 어떻게 돼서 그렇게
많은 빙의령들이 일시에 달려들게 되었는지, 그 원인에 대해서는 지금
도 알쏭달쏭하다. 그 빙의령들이 나와 무슨 인연이 있어서 그랬는지,
아니면 자기들을 천도시켜 줄만한 인도자를 지금껏 만나지 못했었는
지는 아직도 의문이다.

빙의령들 역시 중생(衆生)이다. 모두가 이 성당과 인연이 있는 듯한
신자의 모습을 한 남녀들이었다. 능력이 있는 구도자라면 그 빙의령의
출신이 어떻든 간에 세상의 집착에서 벗어나게 하여 마땅히 제 갈 길
을 가도록 인도해 주었어야 할 것이다. 상구보리(上求菩提)했으면 하
화중생(下化衆生)하는 것이 구도자의 갈 길이기 때문이다.

나를 따르는 제자들 중에는 빙의령을 천도할 수 있는 능력을 가진
구도자가 더러 있다. 천도 능력을 처음 갖기 시작했을 때는 빙의령에

게 적지 않게 시달리게 된다. 빙의령 때문에 밤잠도 제대로 못 자고 끙
끙 앓는 수도 있다. 이런 때는 빙의령이 들어오는 것이 끔찍스럽다고
호소해오기도 한다. 그러나 힘겹다고 해서 피할 수 있는 일도 아니다.
이런 때는 들어오는 빙의령은 마땅히 자기가 감당해야 할 과제로 알고
적극적으로 임해야 한다. 시련이기도 하고 혼자 풀어야 할 숙제이기도
하다. 구도자는 이런 과제를 풀어나가는 중에 점점 더 큰 능력을 갖게
되면서 수련 정도가 높아진다는 것을 잊지 말아야 한다.

남을 위하는 것은 결국 나 자신을 위하는 것이다. 이것은 설사 지구
가 폭발되어 없어져도 변하지 않는 진리다. 지구, 태양계, 은하계, 우주
의 삼천 대천세계는 없어져도 진리는 없어지지 않는다. 진리는 영원히
죽지도 태어나지도 않는, 시작도 끝도 없는 생명이기 때문이다. 영원
한 생명은 물질이 아니므로 물질로 이루어진 지구, 태양계, 은하계, 삼
천 대천세계가 없어져도 아무 상관이 없는 것이다.

결혼식은 예상 밖에 많이 와준 하객들의 축복 속에 무사히 치뤄지
고, 신랑 신부는 신혼여행을 떠나보내고, 집에 돌아와 헤아려보니 우리
쪽 하객은 총 3백 명이었는데, 내가 아는 축하객은 70명 내외였다. 그
대부분이 내게서 수련을 받는 구도자들이었음은 물론이었다. 결국 수
련생들이 아니었다면 난 외톨이가 될 뻔했다. 문단 친구들의 냉담한
반응을 보고 옛 직장 동료들에게 청첩장을 보내지 않은 것은 지극히
현명한 선택이었음을 새삼스레 깨달았다.

영어 속담에 Out of sight, out of mind 라는 말이 있다. 눈앞에서 멀
어지면 마음에서도 멀어진다는 뜻이다. 인간 심리의 정곡을 찌른 것이

다. 이런 이치를 새삼스레 확인한 나는 얼마나 어리석었던가? 그들은 내 청첩장을 받고는 과거 속에 사라진 망령 정도로 치부하고 쓰레기통에 내던졌을 것이다. 내가 그들의 애경사에 찾아갔던 일 따위는 새까맣게 기억에서 지워진 뒤였을 테니까, 그들의 입장에서는 당연한 일이었다.

바로 이 같은 사태를 예방하기 위해서 흔히 옛 친구들에게 청첩장을 띠울 때는 미리 찾아가서 차나 점심 대접을 하든가, 그것도 안 될 때는 전화를 걸어 간곡한 부탁을 하든가 하는 것이 관례가 되어 있다는 것을 나는 잘 안다. 그러나 생각해 보면 이게 얼마나 치사하고 구차한 짓인가? 그것은 청첩장 받는 사람의 자유의사를 속박하는 것밖에는 되지 않는다. 그뿐 아니라, 그것은 갈데없는 구걸행위인 것이다. 그런 구걸행위는 차마 할 수 없었으므로 나는 우편으로 청첩장을 띄우는 것으로 끝냈던 것이다.

주소가 확실한 이상 우편물이 중간에 분실되는 일은 여간해서는 없다는 것을 나는 잘 알고 있었다. 나는 그만큼 대한민국 우편 행정을 믿는 사람이다. 이쯤 해 놓았으면 오고 안 오는 것은 청첩장 받는 사람의 자유의사에 완전히 맡겨 두어야 한다. 혹 우편물 받을 사람이 여행 중이어서 제때에 못 받았다면 뒤에라도 무슨 연락이 있어야 한다. 그러나 그런 연락을 해주는 사람은 아무도 없었다.

이쯤에서 나는 염량세태(炎凉世態)란 으레 그런 거겠거니 하고 잊어버리기로 했다. 우정(友情) 관리를 꾸준히 해오지 못한 내 잘못도 있음을 인정하지 않을 수 없었던 것이다. 결국은 나 자신의 불찰이었다. 이

제 와서 누구를 탓한다는 자체가 다 부질없는 것이었다. 그러나 며칠이 지나도록 잊혀지지 않고 바늘처럼 내 비위를 콕콕 치르는 것이 있었다. 내가 청첩장을 띠운 얼마 안 되는 사람 중에서, 세 사람만은 무슨 일이 있어도 찾아 왔어야 했다. 내가 그들의 아들딸 결혼식에 세 번 네 번씩 참석했던 사람이 둘이고, 또 한 사람은 내가 그의 아들의 결혼식에 참석했을 뿐 아니라 그를 해외에 소개하여 일약 국제적으로 유명인사가 되게 했고, 엄청난 외화 수입까지 올리게 한 장본인이었다.

이 세 사람에 대해서는 그냥 잊으려 해도 그렇게 되지 않았다. 내 청첩장을 받았다면 도저히 모른 체할 수 없는 사람들이었다. 알고서도 모른 척했다면 정상적인 인간이라고 할 수 없는 것이다. 셋 모두가 이 사회에서는 지도급에 속하는 명사들인 것이다. 그냥 잊어버리면 그만이긴 하지만, 그 세 사람에게서 어떤 대답이 나올는지 궁금했다. 일종의 직업의식의 발동도 가세했다.

결혼식이 있은 지 며칠이 지난 어느 날 저녁에 나는 세 사람 중의 한 사람에게 전화를 걸었다.

"A선생님, 그간 안녕하셨습니까? 제 아들 결혼식이 있어서 청첩장을 우송했는데 혹 받아 보셨나 해서 안부 겸 전화해 보았습니다."

"아이고, 이거 아무래도 내가 큰 실수를 저지른 것 같습니다. 우편함이 아파트 동 입구에 있는데, 열어보는 걸 잊고 한 달에 한두 번씩 열어보곤 하는데, 아마도 김 선생께서 보내신 청첩장이 아직도 그 안에서 잠자고 있는 모양입니다. 이거 정말 죄송하게 됐습니다. 나 절대로 그렇게 의리 없는 인간이 아닙니다. 김 선생도 잘 아시지 않습니까? 이

번엔 내가 큰 실수를 했습니다. 우편환으로 축의금이라도 보내드리겠습니다."

"뭐, 꼭 축의금 받으려고 전화한 건 아닙니다. 진의를 알았으니 됐습니다."

"아니, 그래도 그렇지 않습니다. 축의금이라도 보내 드려야 제 맘이 편하겠습니다. 미안하지만 주소 좀 알려주시겠습니까?"

이렇게까지 나오는데, 그의 호의를 거절하기는 어려웠다. 내 주소를 알려주자, 그는 말했다.

"약속하지만 2, 3일 안으로 우편환이 들어갈 겁니다. 얼마나 속에서 울화가 치밀으셨으면 이렇게 전화까지 주셨겠습니까? 우편물을 제때에 챙기지 못한 제가 전적으로 잘못한 것이니 양해해 주시기 바랍니다. 그리고 제 진심은 그게 아니라는 것만은 아시고 부디 노여움을 풀어 주시기 바랍니다."

"그렇게 말씀하시니 전화하길 잘했다는 생각이 듭니다."

"그렇구말구요. 참으로 전화 잘하셨습니다. 만약에 전화를 주시지 않았더라면 우리 사이는 영영 오해와 원한의 응어리 속에 묻혀버릴 뻔하지 않았겠습니까? 전화란 바로 이런 때 쓰라는 거 아니겠습니까? 전화 주시길 정말 잘하셨습니다. 전 지금도 동창회 모임에 참석하시던 김 선생 모습을 생생히 기억하고 있습니다. 머리가 약간 벗겨진 점잖고 말이 없고 준수한 용모에 깊은 인상을 받았습니다. 그리고 제 아이들 결혼식 때마다 빼놓지 않고 참석하셨던 것도 다 기억하고 있습니다."

10년 전쯤이었을 것이다. 어느 토요일 12시. 한날한시에 거행되는 결혼식 청첩장을 석 장이나 받고는 뜨거운 한여름 땡볕 속에서 정신없이 이리 뛰고 저리 뛰느라고 온몸이 땀으로 벌창을 하던 때를 나는 지금도 생생하게 기억하고 있다. 그때 나는 속으로 무슨 살판이 났다고 남의 아들딸 결혼식에 얼굴 내밀고 축하금 전달하려고 이 고생을 해야하나 하고 회의에 잠겼던 일이 새삼스레 떠올랐다. 내가 지금 이 고생을 하는 것은 이남땅에선 혈혈단신인 내 처지인지라, 내 아들딸 결혼식을 위한 투자라 생각하고 한두 번도 아닌, 서너 번씩이나 A씨의 자녀 결혼식에 참석하지 않을 수 없었다.

처음엔 그에게 그렇게 자녀가 많을 줄 모르고 참석하기 시작했는데, 웬걸 세 번 네 번 연달아 청첩장이 날아오니 중간에 그만둔다면 지금껏 두 번씩이나 참석한 것이 헛수고가 될 것을 생각하고 끝까지 참석해야 했던 것이다. 과연 그의 약속대로 2, 3일 뒤에 우편환과 함께, 시인이며 소설가이기도 한 그의 편지가 날아왔다. 그는 자신의 실수를 사과하는 장문의 시를 써 보내는 성의를 표시했다.

A씨와 비슷한 경우인 B씨에게도 전화를 걸었다.

"B선생님 그간 안녕하셨습니까? 제 아들 결혼식이 있어서 청첩장을 우송했는데 혹 받으셨나 해서 안부 겸 이렇게 오래간만에 전화를 걸어보았습니다."

"미안하게 됐습니다. 어떻게 돼서 다 지난 뒤에 어제야 청첩장을 받았어요. 예식은 이미 끝난 뒤라 축의금이라도 부치려던 참이었습니다."

B씨의 어조로 보아 내가 전화를 하지 않았더라면 모른 척해버렸을

것 같은 느낌을 받았다. 꼭 옆구리 찔러 절 받는 것 같아 기분이 찜찜하기 짝이 없었다. 3일 후에 역시 우편환을 받았건만 찜찜한 기분은 끝내 가시지 않았다. 곰곰이 생각해 보니 그의 입장에서는 그럴 만한 이유가 노상 없는 것도 아니라는 생각이 들었다. 나는 비록 그의 자녀의 결혼식에는 서너 번씩 참석했었다 해도, 몇해 전에 그가 나한테 우편으로 알린 그의 회갑연에는 참석을 못 했었던 것이다. 열 번 잘하다가도 한 번 잘못하면 그전에 잘한 일은 다 허사가 된다는 속담이 과연 옳다는 것을 알 수 있었다. B씨의 입장에서는 시종일관하지 못한 내가 마음속에 걸렸었을 것이다. 좋은 인생 공부를 했다.

세 번째 C씨에게도 전화를 걸어 보았지만 불통이었다. 그가 아직 살아있고 잡지에 그의 글이 발표되는 걸 최근에도 읽은 일이 있건만 그의 집 전화는 여러 번 걸어 보았건만 계속 불통이었다. 그에겐 더 이상 전화를 걸지 않는 것이 좋겠다는 지시가 내 중심에서 전달되어 왔다. 이쯤에서 그 일은 끝내기로 했다.

대인관계에서 일어난 모든 문제의 원인은 결국 나에게 있었다. 무엇을 남에게 주면서 무슨 희망이나 갚음이나 대가를 바랐다는 게 근본적으로 내 이기심 탓이었다. 서너 번이 아니라 삼사백 번을 베풀었어도 대가를 바라지 말았어야 했다. 남에게 베푼 것은 곧 잊어야 했다. 또 남의 잘못은 예수의 말대로 일곱 번씩 이른 번이라도 용서해 주었어야 했다. 이렇게 마음을 비우자 비로소 찜찜했던 내 기분이 풀어지면서 평온을 되찾을 수 있었다. 아들의 결혼식을 통하여 거둔 최대의 수확이었다.

충돌 사고

1995년 12월 3일 일요일 -3∼6℃ 맑음

등산 끝내고 내 프라이드 승용차에 산에 동행했던 젊은 수련생을 동승시키고 귀가 중이었다. 차가 도곡동 천호대로 어느 교차로에 접어들었다. 나는 10미터 정도 간격을 두고 앞에 가는 승용차를 뒤따르고 있었다. 마침 태양의 직사광을 받아 신호등의 불빛이 잘 분간되지 않았다. 나는 무심히 앞차만 응시하면서 차를 몰고 가다가 보니 교차로 중간 약간 못 미친 지점에서야 노란 신호등이 붉은 빛으로 바뀌는 것을 감지했다. 40킬로 정도의 속도를 내고 있던 나는 차를 그대로 몰아 교차로를 빨리 빠져나가는 수밖에 없는 상황이었다.

차를 몰다 보면 흔히 겪는 일이었다. 교차로에서 노란 신호가 붉은 신호로 바뀌면 측면도로의 신호등엔 좌회전 화살표가 나타나게 마련이다. 대기 중이던 좌회전 차량이 출발하기 전에 신속히 교차로를 빠져나가야 한다. 나는 가속기를 밟았다. 본의 아닌 신호위반인 데다가 좌우에서 대기중인 차들의 정상적인 진행에 지장을 주지 않기 위해서였다. 자동차 학원에서도 이런 때는 신속히 교차로를 빠져나가야 한다고 가르치고 있었던 것이다. 과거에도 이런 경우를 몇 번 당했었지만 무사히 빠져 나온 경험이 있기에 나는 안심하고 가능한 한 속력을 높였다.

그러나 이때 운전대를 잡은 내 좌석 왼쪽 도어에 강한 충격을 받았다. 창문이 박살이 나고 온몸이 뒤흔들렸다. 내 왼쪽 어깨, 팔, 운전대 잡은 손에 유리 파편이 소나기처럼 퍼부어졌다. 요란한 파열음으로 귀가 멍멍했다. 충돌 사고가 일어난 것이다. 몸에 부상을 입은 것 같지는 않아 다행이었다. 이 순간에도 내 뇌리에는 이 일로 다른 차들의 교통의 흐름을 방해해서는 안 된다는 생각이 일었다. 그래서 충격을 받아 자동으로 멈췄던 차에 시동을 걸어 건너편 길가에 우선 차를 세웠다. 나는 자동차 학원에서 이처럼 사고를 당했을 때의 처치 요령을 배운 일도 없어서 남의 교통을 방해해서는 안 된다는 생각만으로 우선 사고 현장을 빠져 나왔던 것이다.

길가에 차를 세운 나는 사고 지점을 주시했다. 앞 범퍼가 약간 우그러든 택시 한대가 서 있었다. 내가 생각하기에는 이상하게도 내차 옆구리를 들이받은 택시는 사고 난 자리에 그대로 서 있었다. 그리고 그 주변의 교통의 흐름도 멈춰져 있었다. 한참 만에 택시 운전사인 듯한 사람이 어슬렁어슬렁 이쪽으로 걸어오고 있었다. 먼빛으로도 어딘가 낯익은 걸음걸이였다. 차츰 거리가 좁아지자 나는 내 눈을 의심할 정도로 놀랐다.

그는 우리집에 달려 있는 상가에 10년 이상이나 세 들어 있다가 이태 전에 나간 삼십 대 중반의 강형도 씨였다. 그는 이 상가에서 식당을 경영하여 수억대의 재산을 모았건만 도박으로 몽땅 날리는 바람에 아내까지 도망쳐 버리고 사업도 망해서, 우리집에 총각으로 들어와 장가들어 낳은 어린 아들딸을 데리고 어쩔 수 없이 떠날 수밖에 없었다. 가락동 시장에서 채소장사를 한다고 들었는데 어떻게 된 것일까?

충돌 사고가 났으면 비록 혼잡한 교차로일망정 사고난 자리에 그대로 멈춰서 시비를 가린 다음에 차를 옮겨야 하는 게 원칙인데, 운전면허를 딴 지 만 2년째인 나는 그것도 모르고 먼저 차를 이동시켰으니 잘못을 시인한 꼴이 되었다. 공정한 눈으로 보면 과실은 양쪽에 똑같이 있었던 것이다. 나는 앞차만 주시하면서 무심코 뒤따르다가 비록 직사광선 때문이긴 했지만 노란불이 들어온 것도 모르고 교차로에 진입하여 신호위반을 했고, 택시 운전사는 좌회전 신호가 떨어졌는데도 신호위반을 예사로 하는 습성 그대로 차를 성급하게 직진시켜 역시 신호위반을 한 것이다.

그러나 그때 나는 이 불의의 사고로 얼떨떨하여 그런 것을 미처 분간할 마음의 여유가 없었다. 단지 몸에 이상이 없다는 것만을 천만다행으로 알고 있었고 이 사고를 어떻게 수습해야 하는지에 정신이 쏠려 있었다. 그건 어쨌거나 내 눈앞에서는 강형도 씨가 느릿느릿한 걸음으로 나타났다.

"아니 이게 누구요?"

"사장님 아니십니까?"

"도대체 이거 어떻게 된 거요?"

"사장님한테서 떠난 뒤로 가락시장에서 채소장사를 했는데 그것도 잘 안되어, 이젠 정말 도박에서 손 씻고 새로 태어나는 각오로 택시 운전사로 몇 달 전에 취직을 했습니다. 그런데, 사장님 몸은 괜찮습니까?"

"보다시피 몸은 괜찮아요."

"어디 갔다 오시는 길입니까?"

"등산 갔다 오는 길이죠"

"벌써 갔다 오십니까? 아직 10시 반밖에 안 되었는데."

"새벽 일찍 갔다 오는 길이죠."

"사장님, 차 좀 큰 걸로 타시지 그랬습니까?"

"나야 뭐 내 차가 따로 필요한 것도 아니고, 일요일 등산 때만 딸의 차를 이용할 뿐이죠. 그나저나 사고가 났으니 뒤처리를 해야 할 텐데, 어떻게 해야 하겠소?"

"보험 처리를 하셔야죠."

"어떻게 해야 하나요? 언제까지 이러고 있을 순 없는 일이고."

"사장님께서 신호위반을 하셨으니까, 차번호와 보험회사와 사장님 전화번호만 알려주시면 됩니다."

이때까지만 해도 나는 신호위반을 한 것은 나뿐인 줄로만 알았다.

"우리집 전화번호는 강형도 씨도 알고 있을 거구. 보험회사 전화번호는 나중에 알려주고 차번호나 우선 적어주지."

나는 수첩을 찢어내어 차번호를 적어준 뒤에,

"아이들은 지금 어떻게 지내고 있어요?"

"장모님이 키우고 계십니다."

그의 아내는 아직 돌아오지 않은 모양이었다. 나는 우정 그의 아내에 대해서는 묻지 않았다. 아픈 데를 건드리는 것 같아서였다. 도박만 아니라면 그지없이 선량하고 유능한 사람인데, 그는 도박 때문에 신세 망친 것이다. 나는 그의 도박 버릇을 고쳐 보려고 그가 어려운 부탁을 할 때마다 도박 안 하겠다는 각서를 무려 열 장이나 받아놓고 요구사항을 들어주곤 했었지만 끝내 그 버릇을 고치지 못하고 나갔었다. 그는 그때 일이 되살아난 듯, 이런 경황 중에도 택시 운전사가 되어 도박에서 손 씻고 새생활을 시작하기로 했다고 묻지도 않는 말을 했다.

"그럼 사장님, 돌아가 보셔야죠. 불일내로 꼭 한번 찾아뵙겠습니다. 그리구 참 저희 택시회사 부장님한테 전화 좀 꼭 해주셨으면 좋겠습니다."

"그러지 뭐."

그는 택시회사 인사부장의 전화번호를 적어 주었다. 이렇게 하여 우리는 헤어졌다. 10여 년 동안 임대인과 임차인 사이로 지내오면서 늘 그의 요구사항을 들어주던 습관 그대로 이번에도 그가 원하는 대로 다 해주었던 것이다. 이튿날 오전, 택시회사 인사부장과 통화가 있었다. 그는 말했다.

"보험 처리를 하게 되면 경찰이 개입하게 되고, 그렇게 되면 신호위반으로 사장님도 경찰에 불려다니셔야 합니다. 벌점도 오르고요. 그러니까, 사장님께서 신호위반을 하셨으니까 그냥 현금으로 합의하는 것이 좋겠습니다. 강형도 기사와도 상의했는데, 그렇게 하는 것이 깨끗하게 후유증도 남기지 않고 좋다는 데 합의했습니다."

"그게 좋다면 그렇게 합시다."

통화가 끝난 후 30분도 채 안되어 부장이 합의서를 써 가지고 차를 몰고 달려 왔다. 물론 사고 난 택시의 수리비 견적서도 함께 가지고 왔다. 나는 그가 요구하는 수리비 80만 원을 주고 합의서를 받았다. 우리 차의 수리비까지 합쳐서 150만 원이 들었다. 적지 않는 액수지만 비싼 수업료로 알고 앞으로는 교차로에서는 어떤 일이 있어도 서행하고 노란불이 들어오면 무조건 정지하기로 했다. 때마침 외국 여행 중이었던 딸애가 돌아와서 이 얘기를 듣고는 펄쩍 뛰었다.

"신호위반을 양쪽이 똑같이 해 놓고 왜 아버지가 수리비를 다 떠맡아야 돼요?"

"그럼 어떻게 해야 좋겠니?"

"무조건 보험 처리를 해야죠. 보험 처리를 하면 당연히 수리비는 각자 부담이 됩니다. 왜냐하면 과실은 양쪽에 똑같이 있으니까요. 보험 회사원이 나오면 이것이 들통이 날 테니까, 아버지가 어수룩한 걸 틈타서 택시회사에서 재빨리 합의서를 써 갖고 와서 수리비를 현금으로 받아간 거라구요."

"그래도 괜찮다. 상대가 강형도 씨가 아니라면 응당 그래야겠지만, 이제 도박에서 손 씻고 새사람이 되겠다고 택시 운전사가 된 그 친구에게 보탬이 되는 일이라면 내가 좀 손해를 보면 어떠냐. 늘 그래왔는데, 우리집을 나갔다고 해서 갑자기 딴 얼굴이 될 순 없는 일 아니냐."

비록 내가 금전상으로 부당한 손해를 봤다고 해도 나는 내가 한 일을 조금도 후회하지 않았다. 절반의 책임이 강형도 씨에게 돌아가 회사에서의 그의 위상에 조금이라도 손상이 간다면 내 맘이 편치 않았을 것이다. 딸애의 말대로 내가 부당한 금전상의 손해를 보았다고 해도 마음이 이처럼 편안한 것을 보니, 강형도 씨와 나와는 전생으로부터 그래야만 할 피치 못할 인연이 있었던 것 같다. 전생에 그에게 진 빚을 갚은 것이 틀림없다. 그렇지 않으면 이렇게 내 마음이 홀가분할 리가 없다.

사고 난 우리집 프라이드 승용차의 수리를 맡은 카센터의 기사가 이렇게 차문이 심하게 쭈글어들고 의자의 쇠받침대가 뒤틀렸는데도, 운전자가 아무 일 없었다는 것이 아무래도 믿어지지 않는다고 말했단다. 이 말을 전해들은 아내가 말했다.

"당신 하마터면 죽을 뻔했어요. 이제 차 몰지 마세요."

"걱정 말아요. 내가 죽을 때라면 이렇게 멀쩡하겠소. 아직은 죽을 때가 아니니까 살아남은 거지. 죽음에 대해서 그렇게 미리 겁먹을 필요는 없어요. 때가 되면 누구나 다 가게 되어 있는데 그걸 그렇게 겁내면 어떻게 해요?"

"그래도 고생 끝에 이제 좀 살만하다 할 때 갑자기 죽으면 억울하지 않아요?"

"억울할 꺼 조금도 없어요. 다 갈 때가 되면 가는 건데. 사람이 죽을 때 정말 억울해야 할 게 하나 딱 있기는 있어요."

"그게 뭔데요?"

"반망즉진(返妄卽眞)하지 못한 것을 억울해 해야지, 죽음은 누구에게나 오는 건데 뭣 때문에 억울해 해야 한단 말요?"

"반망즉진이 뭔데요?"

"거짓 나를 내어주고 참나를 찾는 거요. 석가모니가 말한 즉신성불(卽身成佛), 예수가 말한 성령으로 거듭나는 것을 말하는 거요."

"반망즉진은 어떻게 하는 건데요?"

"진리를 신증심오(身證心悟)하는 거라오."

"그렇게 어려운 문자를 안 쓰고는 말할 수 없어요?"

"몸과 기와 마음이 다 같이 깨달음을 얻어 진리와 하나가 되는 거라오."

"그렇게 되면 뭐가 좋은데요?"

"생사 따위에 구애받지 않게 되지요."

"그게 무슨 말인데요?"

"죽음 앞에서도 초연할 수 있다는 말이요. 어떤 사람은 한 인생의 성패는 관 뚜껑을 닫아 보아야 안다고 하지만, 내가 보기엔 그렇지 않아요."

"그럼 어떻다는 거예요?"

"마지막 눈 감을 때의 태도를 보면 알아요. 죽을 때 극도의 공포심으로 두 눈알이 뒤집어지고 얼굴이 일그러지는 사람이 있는데, 이런 사람은 대체로 이 세상에 살 때 극악한 죄악을 저질러, 잡으러 온 저승사자에게 그 영혼이 항거하다가 휘두르는 몽둥이에 질려 공포에 떠는 모습이 마지막 숨을 거두는 시신의 얼굴에 그대로 나타난 거예요."

"당신 정말 저승사자 봤어요?"

"내가 어떻게 보지도 않은 얘기를 꾸며서 하겠소. 내가 저승사자를 보려고 해서 본 것이 아니고 우리집에 찾아오는 수련자들 중에도 저승사자를 달고 오는 사람이 있어요."

"아니 그럼 구도자들 중에도 저승사자를 달고 다니는 사람이 있단 말예요?"

"있고말고."

"구도자쯤 되면 그런 경지에선 벗어난 거 아니예요?"

"반드시 그렇지만도 않아요. 얼마 전에 지방에서 무슨 학원을 경영했다는 50대 후반의 남자가 온 일이 있어요. 안색을 보니 어쩐지 죽음의 그림자가 반쯤 가려져 있었어요. 그 사람 말이 근년 들어 아무 이유도 없이 가끔 가다가 갑자기 현기증이 일면서 졸도하는 일이 몇 달에 한 번씩 일어난다는 거예요. 정신을 잃었다가 깨어나 보면 병원 응급실에서 산소마스크를 쓰고 있는 자신을 발견한다는 거예요. 일단 깨어만 나면 언제 그랬더냐 싶게 금방 원상회복이 되어 일상생활을 영위하여 왔는데, 병원에 실려 갈 때마다 정밀 진단을 해 보았지만 몸에는 아무 이상이 없다는 거예요.

이런 일이 지난 2, 3년 사이에 여러 번 되풀이되었다면서 오행생식을 하겠다기에 촌구와 인영맥을 짚어 보았더니, 인영 한쪽이 4·5성이었어요. 그러나 반드시 그것 때문에 그런 현상이 일어나는 것 같지는 않았어요. 그래서 반가부좌를 하고 단전호흡을 하게 한 뒤에 영안으로 살펴보니, 운두 높은 시꺼먼 갓에 역시 시꺼먼 도포를 입은 두 명의 저승사자가 버티고 있는 거예요. 내가 그것이 저승사자라는 것을 알게 된 것은, 텔레비전 연속극 속에 가끔 등장하는 저승사자와 너무나도 흡사했기 때문이예요."

"아니 그럼 연속극에 나오는 저승사자가 실제로도 있단 말예요?"

"있으니까 내 눈에 보인 게 아니겠소."

"그럼 그 연속극을 쓴 작가도 저승사자를 봤다는 말인가요?"

"그건 나도 모르겠소. 영안이 뜨인 사람이라면 보았을 것이고, 영안이 뜨이지 않았다면 전설이나 민담을 그대로 소재로 삼아 글을 썼겠지."

"그렇다면 옛날 사람들은 저승사자를 당신처럼 봤다는 말이 아니에요."

"그렇다고 봐야겠지."

"그렇담 아빠, 그 학원장은 저승사자에게 끌려 갈만한 큰 죄를 지었다는 말이 아니예요?"

딸애가 끼어들었다.

"그거야 남의 사생활의 비밀에 속하는 일이고, 본인이 털어 놓지 않으니 알 길이 없는 일이지."

"그런데, 어떻게 돼서 그 학원장은 저승사자에게 끌려갈 뻔하다간 번번이 되살아나곤 하는 거죠?"

"그것이 나도 숙제였어요. 그래 그걸 알아보려고 그 학원장과 이런 얘기 저런 얘기를 나누던 끝에 딱 짚이는 게 있었어요."

"그게 뭔데요."

"지금으로부터 꼭 3년 전에 우연히 책방엘 들렀다가 『선도체험기』에 눈이 끌려서 한 권 사다가 읽어 보기 시작한 것이 계기가 되어, 점차 그 책에 몰입하게 되어 단전호흡도 하고 명상도 등산도 달리기도 도인 체조도 하게 되면서 도(道)에 눈이 뜨이게 되었다는 거예요."

"그럼 도에 눈이 뜨는 거하고 저승사자하고 무슨 상관이 있나요?"

"있고말고. 제아무리 극악한 죄인이라도 일단 도에 눈 뜨기 시작하면 저승사자도 속수무책이예요. 그래서 사람을 999명이나 죽인 앙굴라마라 같은 극악한 범죄인도 도에 눈을 뜨면서 성인이 되어 석가의 제자가 될 수 있었고, 바울 같은 살인 전문업자도 성령에 눈을 뜨면서 예수의 사도가 될 수 있었다오."

"그런데 그 학원장은 무엇 때문에 여러 번 죽을 고비를 넘기곤 했죠?"

"나 역시 그것이 궁금해서 이런저런 질문으로 탐색을 해 보았는데, 그 사람 말이 『선도체험기』를 읽고 도에 눈이 뜨이긴 했지만 초지일관 일사천리로 수련을 한 것이 아니고, 『선도체험기』를 읽으면서 혼자서 스승도 없이 수련을 하다가 보니 들쑥날쑥 했던 모양이예요. 수련에 나태할 때도 있는가 하면 진지하고 열성적일 때도 있었는데, 그의 얘기를 가만히 들어보니 꼭 수련이 침체기에 접어들었거나 조금 타락한 생활을 할 때면 으레 그런 돌발사태가 일어나곤 했었다는 거예요."

"아니, 그렇다면 저승사자들이 늘 지켜보고 있었다는 얘기가 아니예요?"

"그렇다고 봐야지. 이와 비슷한 실례는 그 학원장뿐만 아니고 다른 수련생들에게서도 보았어요. 그러니까 이왕에 도를 공부하기로 작심을 했으면 지극정성을 다해야지, 이랬다저랬다 우유부단하면 잡으러 왔던 저승사자들도 갈피를 못 잡고 계속 잡아갈 기회를 노리게 되는 거예요. 저승사자를 완전히 따돌려 버리려면 수련에 용맹정진(勇猛精進)하는 길밖에는 없습니다."

"죽을 때 공포심에 떠는 경우는 그렇다 치고 슬픔과 회한과, 분노와 한탄, 아쉬움, 증오심, 원한, 억울함을 그대로 얼굴에 드러낸 채 세상을 뜨는 사람은 어떻게 되죠?"

"그런 사람들은 저승사자에 의해 지옥으로 끌려가지는 않지만, 이 세상에 대한 갖가지 집착 때문에 마음의 안정을 못 찾은 영혼들이예요. 대체로 49일간을 이승에서 떠돌다가 제 갈 길을 찾아간다고 하지만, 중음신으로 원혼이 되어 구천을 떠돌게 되지요. 죽음 앞에는 이 세상의 최고의 권세도 부귀영화도, 학문도 예술도 철학도 별로 맥을 추지 못합니다.

빈손으로 왔다가 빈손으로 돌아가는 것이 인생이니까 그럴 수밖에 없어요. 그러나 반망즉진(返妄卽眞)한 사람은 항상 죽음에 대비하고 있으니까, 그것이 언제 와도 조금도 당황하는 법 없이 마치 입고 있던 겉옷 벗어버리듯 육체의 옷을 훌쩍 벗어 던지고 미련 없이 떠날 수 있어요."

"그런 사람은 무엇을 깨달았기에 죽음을 두려워하지 않을까요?"

"육체의 옷을 입은 나는 진짜 나가 아니고 거짓 나라는 것을 알았기 때문입니다."

"그러면 그 진짜 나는 거짓 나와 어떻게 다른데요?"

"거짓 나는 태어나면서부터 죽음을 향해 한걸음 한걸음 다가가지만, 참나는 태어나는 일이 없으니까 죽음도 있을 수 없어요. 시작이 없으니까 끝도 있을 수 없다는 얘기예요. 태어난다는 것은 물질로 된 육체의 옷을 입는 것을 말합니다. 물질은 언젠가는 소멸될 운명을 타고 나타나는 겁니다. 따라서 생멸(生滅)이 없다는 것은 물질을 초월해 있다는 얘기와 같습니다. 참나는 생사, 시종, 물질의 유무를 초월한 영원한 생명이라는 뜻이예요.

사람이 죽을 때 편안한 얼굴이 될 수 있다는 것은 바로 이 영원한 생명에 동참하여, 그것과 하나가 되었다는 것을 증명하는 겁니다. 요컨대 반망즉진이란 마음을 완전히 비웠다는 것을 말합니다. 마음을 완전히 비운 사람은 이 세상에 티끌만한 미련도 없으므로 평화로운 얼굴

94

로 이 세상을 떠날 수 있습니다. 이것이 바로 진아(眞我)를 성취한 사람의 모습이예요. 그러나 마음을 완전히 비우지 못한 사람은 아직 거짓 나에 묶여 있다는 것을 말합니다. 죽을 때 슬픔과 원한과 분노와 아쉬움을 얼굴에 나타내는 것은 아직도 거짓 나에서 벗어나지 못했음을 말해주는 겁니다."

"그래도 어차피 이 세상에 태어났으면 해 보고 싶은 것도 다 해 보고 살만큼 살다가 후회 없이 죽어야지, 고생 끝에 낙도 못 보고 죽는대서야 말이나 돼요?"

"후회 없이 죽는다는 게 문제군요. 어떻게 사는 것이 후회 없이 사는 건데 그래요?"

"남들이 하는 거 다 해 보는 거죠 뭐."

"그것도 다 부질 없는 집착이예요. 철없는 어린애가 남이 가지고 노는 장난감은 뭐든지 다 달라고 보채는 것과 똑 같아요. 그런 욕심이 마음속에 도사리고 있는 한 행복이고 낙이고, 후회 없는 인생 따위는 영원히 잡을 수 없습니다. 욕심과 집착이 있는 한 생로병사의 윤회는 끝없이 되풀이되는 거예요."

"그럼 어떻게 해야 돼죠?"

"욕심을 비우면 되지. 고(苦)의 원인은 욕심에 있으니까, 욕심을 버리면 자연히 도(道)가 다가오게 되어 있어요. 석가의 고집멸도(苦集滅道)가 바로 그 말이예요."

"하지만 아무런 욕심도 없으면 이 세상을 무슨 재미로 살아가요! 그건 허수아비가 되라는 말 아닌가요?"

"욕심을 당장 털어내기 힘드니까, 나보다 남을 먼저 생각해주는 삶을 살라는 거 아니겠소."

"역지사지 방하착 말이군요."

"잘 아는구먼."

"그런 것도 모를 줄 아세요."

"제법인데."

"서당개 삼 년에 풍월 읊는다는 소리 있지 않아요."

"읊기만 해서야 뭘 하겠소. 일상생활에 실천이 되어야지. 남을 위하는 것이 결국은 나 자신을 위하는 길이라는 신념이 생활화되어야 비로소 온갖 욕심에서 벗어날 수 있는 실마리를 잡게 될 것이오. 그게 바로 진정한 행복이란 말이예요."

뜻하지 않는 부주의로 저질러진 차량 사고였고, 그로 인해 나는 적지 않는 금전상의 손실을 입긴 했지만 정신적으로 얻은 것도 많았다. 결과적으로 잃은 것보다 얻은 것이 많았던 것이다. 정신적인 소득은 내 영혼을 살찌게 하지만 돈은 이 세상 떠날 때 한푼도 가져갈 수 없다. 돈이 있다면 마땅히 이웃을 위해 그리고 수련을 위해 아끼지 않고 쓰는 것이 잘하는 일이라는 확신이 굳어지는 계기이기도 했다.

욕심이 고독을 부른다

1995년 12월 6일 수요일 −6∼3℃ 맑음

오후 3시. 심인철이라는 수련생이 찾아와서 이런 말을 했다.

"저는 『선도체험기』를 30권까지 읽어 오면서 줄곧 이런 생각을 했습니다. 지금 선생님에게는 도의 수준이 비슷한 경지에 오른 도반이 있는가 하는 것이었습니다. 『선도체험기』에는 주로 찾아오는 수련생들과의 대화는 비교적 자세히 수록되어 있지만, 선생님과 어깨를 견줄 만한 도반들과의 대화는 찾아 볼 수 없었습니다. 진정한 도반이 없는 선생님께서는 얼마나 고독하실까 하는 생각을 해 보았는데, 선생님께서는 어떻게 보시는지요?"

"고독, 외로움, 쓸쓸함 따위의 감정은 충족되지 않는 상실감에서 발생하게 됩니다. 지금의 나에겐 상실감 같은 것은 없으니까 고독 같은 것도 있을 수 없습니다."

"그렇다면 전연 고독을 느끼시지 않는다는 말씀입니까?"

"잃는 것이 없는데 고독 같은 것을 왜 느낍니까? 고독은 대화의 상대가 없을 때 흔히 느끼게 됩니다. 그런데 나에게는 대화의 상대가 내 주변에 얼마든지 널려 있습니다."

"아니, 그럼 선생님과 대화할 사람들이 언제나 그렇게 많다는 말씀인가요?"

"대화의 상대는 사람뿐이 아닙니다. 삼라만상이 모두 다 대화의 상대가 될 수 있습니다. 대화의 상대가 없어서 고독한 일은 나에겐 있을 수 없습니다. 언젠가 KBS의 낮 12시 반부터 30분간 박찬숙 앵커의 사회로 진행되는 '열린 마당' 시간에 전화를 걸어온 60대의 남자 장애인의 호소를 들은 일이 있습니다.

자기는 신체가 부자유한 장애인인데, 아파트에서 부부가 쓸쓸하게 살아가고 있다는 겁니다. 어떤 40대 독신녀는 아파트에서 혼자 살다가 죽은 지 5개월 만에야 발견되어 이웃들의 무관심이 지탄의 대상이 되고 있지만 자기는 버젓이 아들딸들이 분가하여 바로 엎어지면 코 닿을 곳에 살고 있지만, 도대체 들여다보는 일이 없다고 합니다. 아들보고 제발 좀 찾아와 달라고 하면, 아버지 저도 먹고 살아야 되지 않겠습니까? 하고 오히려 반문을 한다는 겁니다. 딸이나 며느리보고 같은 호소를 하면 이 핑계 저 핑계를 대면서 시간이 없다고 찾아오지 않는답니다.

제일 고통스러운 것이 고독이라고 합니다. 외롭고 쓸쓸해서 못 살겠다고 합니다. 먹고 사는 데는 별 문제가 없는데, 자신을 돌보아 줄 자식도 이웃도 없는 것이 제일 고통스럽다고 했습니다. 만약에 심인철 씨가 그 노인의 입장이라면 어떻겠습니까?"

"저도 역시 고독으로 힘겨워할 것 같습니다."

"고독이 그렇게 고통스럽다면 고독에서 빠져나오면 되지 않겠습니까?"

"그게 어디 맘대로 되는 일입니까? 성현이 아닌 이상 고독에서 해방된 사람이 어디 있겠습니까? 대통령을 지낸 사람들의 회고록을 읽어보아도 이구동성으로, 국가와 민족의 존망에 대한 중대 결정을 단독으로 내려야만 할 때에 느끼는 고독이 가장 괴로웠다고들 말하지 않습니까?"

"대통령을 지낸 사람들이 그렇게 말했다고 해서 고독은 사람과 떨어질 수 없는 운명적인 동반자이기라도 한 것처럼 말할 필요는 없습니다."

"그럼 누구나 맘만 먹으면 고독에서 벗어날 수 있다는 말씀인가요?"

"그렇고말고요. 고독을 포함해서 온갖 인생고는 우리가 맘먹기에 따라서 얼마든지 벗어날 수 있습니다."

"어떻게 하면 고독에서 벗어날 수 있습니까?"

"그건 아주 간단합니다."

"그렇게 간단한데도 대부분의 사람들이 여전히 고독에서 벗어나지 못하고 있는 것이 인생살이의 현실이 아닙니까?"

"비록 현실이라고 해도 우리가 맘먹기에 따라 당장이라도 바꿀 수 있는 게 현실입니다."

"어떻게 하면 그 현실을 그렇게 손쉽게 바꿀 수 있을까요?"

"마음을 깨끗이 비우기만 하면 됩니다."

"그 말씀은 『선도체험기』에서도 하도 많이 읽어서 다 알고 있는데요. 그게 막상 하려고 하면 잘 안됩니다."

"마음을 비우지 못하는 한 고독에서는 영영 빠져나올 수 없습니다. 인생고의 구렁텅이에 빠져 있는 사람의 발목에 채워져 있는 수많은 족쇄들 중의 하나가 바로 고독입니다. 옛날 중죄인에게는 족쇄에 무거운 쇳덩이를 매달아 놓았습니다. 죄수들은 타의에 의해 강압적으로 족쇄에 묶여 있지만, 보통 사람들은 순전히 자의에 의해 고독이라는 보이지 않는 족쇄를 차고 괴로움을 호소하고 있습니다.

스스로 짊어진 고독이라는 짐에 눌려 비명을 지르고 있습니다. 세세연연 비명만 지를 줄 알았지 스스로 짊어진 짐을 벗어 던질 생각은 하지 않습니다. 왜 그럴까요? 고독의 고통은 호소하면서도, 남몰래 친숙해진 고독을 사랑하기 때문에 고독이라는 마약에 중독이 되어 있기 때문입니다.

알콜 중독자나 니코틴 중독자가 살길은 자기가 중독되어 있다는 사실을 알고 비장한 결단을 내려 스스로 중독증에서 벗어나면 됩니다. 마약 중독자가 중독에서 벗어나는 길은 오직 중독자 자신에게 달려 있습니다. 당사자 이외에 그 누구도 그를 마약에서 해방시켜 주지 못합니다. 마약 중독자를 수용소에서 강제로 감금해 놓고 강제로 마약을 못 먹게 해도 소용없습니다. 당사자의 마음이 바뀌지 않는 한 석방되면 언제든지 그는 마약을 다시 들 수 있기 때문입니다. 결국은 자업자득이니까 스스로 고독이라는 수렁에서 빠져 나오는 길밖에 없습니다.”

“선생님, 고독의 정체는 무엇일까요?”

“석가는 갈애(渴愛)라는 흔히 쓰이지 않는 용어를 썼지만, 쉽게 말해서 욕심과 이기심입니다. 모든 인생고의 근본 원인은 욕심과 이기심입니다. 마음을 비우라는 것은 바로 이 욕심과 이기심에서 떠나라는 말입니다.”

“자식들의 효도를 받고 싶어하는 것 역시 욕심입니까?”

“물론입니다. 장래의 효도를 바라고 아이들을 낳아서 키웠다면 그런 마음을 먹는 순간부터 이미 마음속에 고통의 씨앗을 심은 겁니다. 왜 그런지 아십니까?”

"글쎄요. 얼른 생각이 나지 않는데요."

"비록 자기를 통해서 생을 받은 자식이라고 해도 자식은 자식이고 자기는 자기이기 때문입니다. 자식은 장성하여 부모 품을 떠나면 독자적인 생활을 개척해 나가지 않을 수 없습니다. 따라서 효도라는 것도 자식들의 효심의 농담(濃淡)에 따라 좌우됩니다. 따라서 효심은 상대적이지 절대적이 아닙니다. 하긴 상대계의 모든 현상이 상대적이 아닌 것은 없습니다만, 효심이 돈독한 자녀가 있는가 하면 효심이 전연 없는 자식도 있을 수 있습니다. 착한 사람이 있는가 하면 모진 사람도 있는 것이 현실입니다.

효도는 권장사항이지 절대적으로 강요될 수 없습니다. 이런 이치를 일찍이 깨달았다면 애당초 자식들에게 효도를 기대하지 않았을 겁니다. 기대가 없으면 실망도 있을 수 없습니다. 그런데 고독을 호소한 그 60대 노인은 애초부터 자식들의 효도를 크게 기대했습니다. 효도를 기대한다는 것 자체가 욕심이 아닐 수 없습니다. 애초부터 자식들에게 효도 따위를 기대조차 하지 않았더라면 실망할 것도 없고 고독 따위를 느낄 건덕지도 없었을 것입니다."

"결국 욕심이 기대를 낳았고 기대가 고독이라는 고통을 잉태했다는 말씀이시군요."

"바로 맞혔습니다. 그걸 머리로 이해하는 데만 그치지 않고 일상생활에도 자연스럽게 적용할 수 있으면 그 사람의 마음공부의 수준은 알아줄 만하다고 할 수 있습니다. 내 주변에는 머리로는 진리를 이해하는 사람들이 얼마든지 있는데, 일단 위기에 처하면 머리로만 이해했던 진리는 아무런 맥을 쓰지 못합니다."

"구체적으로 어떤 때 그걸 알 수 있습니까?"

"배우자나 부모와 자식이 갑자기 사망했을 때의 태도를 보면 그 사람의 수련 정도가 가장 적나라하게 드러납니다. 또 자기의 배우자나 자녀가 남에게 억울한 일을 당했을 때 어떻게 반응하는가를 보면 금방 알 수 있습니다. 진리가 몸에 완전히 밴 사람은 배우자, 부모, 자식의 갑작스런 사망에도 크게 흔들리지 않습니다. 그러나 머리로만 진리를 이해하는 수준에 있는 수련자들은 그 비탄의 정도가 보통 사람들과 별 차이가 없습니다.

역시 머리로만 진리를 이해하는 사람들은 배우자나 자녀가 남에게 억울한 일을 당했을 때, 보통 사람들과 별 차이 없이 펄펄 뛰면서 분노에 치를 떱니다. 그러나 진리를 체득한 사람들은 어떤 난관에 봉착해도 비탄으로 상심하는 일도 없고, 분노를 막지 못하고 누구에게 하소연하는 일은 없습니다.

배우자나 부모, 자식의 죽음 앞에 의연할 수 있고 남에게 치욕을 당하고도 분노로 치를 떨지 않는 사람은 자신의 죽음까지도 평온한 마음으로 극복할 수 있습니다. 그는 이미 생사란 본래부터 없다는 것을 깨닫고 있기 때문입니다. 없는 죽음 앞에 겁먹는다는 게 얼마나 부질없는 짓인가 하는 것을 잘 알고 있기 때문입니다."

"죽음은 과연 없을까요?"

"물론입니다. 매일같이 수많은 사람들이 늙거나 병들거나 사고로 죽어나가는 것은 육체의 죽음일 뿐이지, 생사가 본래 없는 영원한 생명과

는 아무런 관계도 없습니다. 거대한 대양(大洋)의 입장에서 보면 생사
는 물거품이 일었다가 스러지는 것에 지나지 않습니다. 물거품은 일시
적 현상이지 실재는 아닙니다. 실재가 아닌 것은 없는 것과 같습니다."

"실재(實在)가 무엇인데요?"

"영원히 변하지 않는 절대의 세계 즉 하나, 하느님입니다. 반망즉진
(返妄卽眞)할 때의 진(眞)입니다."

"망(妄)은 무엇입니까?"

"상대세계의 모든 것, 무상한 것, 거짓 나, 그리고 거짓 나의 욕심에
서 파생된 삼망(三妄), 심, 기, 신(心, 氣, 身), 감, 식, 촉(感, 息, 觸), 희
구애노탐염, 분란한열진습, 성색취미음저(喜懼哀怒貪厭, 芬歹爛寒熱
震濕, 聲色臭味淫抵)가 모두 망에 속하는 겁니다. 탐·진·치(貪·
瞋·癡), 오욕칠정(五慾七情) 역시 망(妄)에 속합니다.

망(妄)이 거짓 나고 진(眞)이 참나입니다. 거짓 나를 반납하고 본래의
참나를 되찾는 것이 우리 인간들 각자의 소명입니다. 우리는 이것을 깨
닫고 실행하기 위해서 수행을 하는 겁니다. 우리가 극복해야 할 목표를
뚜렷이 깨달았으면 오직 그것을 성취하기 위해서 일로매진해야 합니다.
그것이 바로 거짓 나를 버리고 참나로 되돌아가는 길입니다."

"선생님, 그렇다면 우리 민족이 지향해야 할 숭고한 과제인 통일의
숙원을 성취하는 일하고 반망즉진하고는 어떤 관계에 있습니까?"

"우리 민족의 통일 숙원이 제아무리 숭고한 지상과제라고 해도, 반
망즉진을 실행하기 위한 방편이 되어야 합니다. 진리 추구의 한 방편
으로 통일의 숙제가 있는 것이지, 진리 추구가 통일 숙원에 종속될 수

는 없습니다. 일본이 우리나라를 강점했던 암흑기에 수많은 독립투사들은 독립을 지상(至上) 과제로 삼았으므로, 진리 추구는 독립 성취의 수단에 지나지 않았습니다. 이것은 주(主)와 용(用)이 전도된 것이었습니다. 바로 이 때문에 우리의 독립운동은 마하트마 간디의 무저항 운동과 같은 막강한 힘을 발휘할 수 없었습니다.

국가, 독립, 통일 과업은 마땅히 진리 추구의 수단이 되어야만이 무한한 능력과 지혜와 사랑의 원천에서 무궁한 에너지를 공급받을 수 있습니다. 3301년의 환인 시대, 1565년간의 한웅 시대, 2096년간의 단군 시대의 막강한 국력과 문화의 힘의 축적은 우리의 국조들이 재세이화 홍익인간(在世理化 弘益人間)이라는 진리 추구의 방편으로 나라를 운영했기 때문에 가능했습니다. 우리의 국조들은 용변부동본(用變不動本)의 원리를 현실 정치에 철저히 이용함으로써 한·단 시대의 번영을 구가할 수 있었습니다."

"그렇게 부귀와 번영을 누렸던 한·단 시대가 무엇 때문에 그렇게 어이 없이 무너져서 우리는 지금과 같은 약소국으로 전락되었는지 모르겠습니다."

"반망즉진(返妄卽眞) 대신에 반진즉망(返眞卽妄)이 설치도록 국민(國民)들의 마음이 해이해졌기 때문입니다. 고구려, 백제, 신라의 삼국 시대, 발해, 신라의 남북조 시대를 거쳐 고려, 조선왕조 시대를 거쳐 오면서 반진즉망(返眞卽妄)은 가속화되기만 했습니다. 전체의 유익보다는 개인과 가문의 이익과 욕심을 앞세우는 지배층의 타락으로 국운은 걷잡을 수 없이 내리막길을 달리게 되었습니다.

급기야 고려 인종 23년, 서기 1145년에는 김부식의 『삼국사기』가 편찬됨으로써 모화 사대주의는 요지부동의 암적 존재로 뿌리내리게 되었습니다. 몽난(蒙亂), 임진왜란, 병자호란, 경술국치, 6·25 동란은 우리 스스로 초래한 모화 사대주의의 업보입니다."

"우리가 그 광활한 대륙의 영토를 상실한 것도 따지고 보면 반진즉망(返眞卽妄)한, 모화 사대주의의 병폐에서 그 원인을 찾아야겠군요."

나의 선도수련 체험기

김태영 스승님께

저는 지난 9, 10월에 선도수련과 아내의 보호를 병행(並行)할 수 없는 난관(難關)에 직면했습니다. 그래서 그때의 슬픔과 좌절감을 선생님께 편지로 호소해 볼까 하는 생각도 가져 보았지만, 저 자신의 위치를 차분하게 되돌아보고 제가 나아갈 길을 스스로 찾아보자는 쪽으로 생각을 바꾸어, 그 수단으로 이 수기를 써보기로 한 것입니다.

막상 집필하다 보니, 제가 겪은 심령적 고뇌와 실제적 사건을 리얼하게 그대로 문자화하기에는 언어 표현과 논리 전개가 불가능하고, 그런 것을 억지로 표현해 보았자 저 자신이 더욱 혼돈에 빠져서 스스로 문제를 풀어가지 못할 것이고, 또 읽는 분에게 그 내용이 이해되지 않고 수긍되지 않아서 '말도 안 되는' 이야기가 된다면 아무 것도 얻는 것이 없을 것이며, 또, 어쩌면 이 글이 선생님의 과분하신 배려와 영광을 입어 선생님 책(『선도체험기』)에 소개될지도 모른다고 예상할 때, 혹 저와 같거나 비슷한 처지에 있는 독자가 있어 마음공부나 좌절 극복에 조그만 힘이라도 되어 주었으면, 하는 심정도 작용해서 다음과 같은 집필 기준을 세워서 이야기를 써 나갔습니다.

기술(記述)은 어디까지나 진실과 사실을 토대로 하되 표현과 전달(독자의 이해)이 미치지 못할 고뇌의 심층부나 사건의 비극성은 그것을 일반인의 단순한 정신적 고민의 차원과 일상적, 평면적인 부부 갈등의 수준으로 끌어내려서 가볍게 낙관적인 시점(視點)으로 이야기를 전개했습니다.

같은 사건이나 당면 문제도 당사자가 그것을 어떻게 보고 어떻게 대응하느냐에 따라 거기에 좌절·파멸하기도 하고 그것을 타고 넘어가 발전·성장의 계기로 삼을 수도 있다는 말처럼, 저는 위와 같은 집필 기준에 따라 수기를 쓰는 동안에 걷잡을 수 없었던 마음이 정리(안정)되고 따라서 상황의 발전적인 전환을 맞이하게 된 것입니다.

만일 선생님께서 저의 이 미숙한 체험과 치졸한 글이나마 독자들을 위해 조금이라도 쓸모가 있다고 여기시어 선생님 책에 소개하시게 되면 반드시 가명을 써주기 바랍니다. 참고로 말씀드리면, 어쨌든 저는 이번 체험을 계기로 삼공(三功) 수련의 절대 필요성을 더욱 절감하고 삼공 스승님을 더욱 마음속 깊이 모시고 이 몸을 벗는 마지막 순간까지 한마음으로 정진하겠습니다.

단기 4328(1995)년 12월 11일
불초 제자 박원호 올림.

1. 선도 입문, 아내의 반대

한 가정인으로서 교직에 몸담고 평범하게 살아오던 나는 나이 40대 중반(1970년대)부터 정신세계에 관심이 쏠려 그 방면의 공부에 몰두했다. 그리고 1980년대에 들어서는 선도(仙道)에 대한 책을 두루 읽으면서 혼자 수련을 하다가 1990년 1월부터는 김태영 선생님의 『선도체험기』를 읽고 힘을 얻어 본격적으로 수련에 들어갔고, 저자이신 삼공(김태영 선생님) 선사님의 직접 지도를 세 번째 받던 날(1993년 6월 28일, 필자 64세) 백회가 열리고 대주천이 이루어져서 정식 제자로 입문하게 되었다.

그런데 집에서는 아내가 나의 선도수련을 반대해서 어려움을 겪게 되었다. 수련 과정에서 반드시 풀고 나아가야 할 한 가지 숙제를 부여받은 것이라고 생각된다. 아내가 나의 수련을 반대하는 이유는 남을 철저히 불신하고 어느 누구에게도 굽히지 않으려는 완강한 성격 때문이었다.

그러한 성격 탓으로 어릴 적부터 부모님이나 학교 선생님까지도 두 손 들게 한 사건을 일으켜 희한한 에피소드도 전해올 정도인 아내는 어느 누구나 한번 믿거나 싫어지면 평생을 상종 안 하는 외고집이어서, 결혼 후 시집의 가족과 일가친척들과 의절하고 자녀들까지도 물리치고 천상천하에 오직 남편 한 사람에게만 매달려 의지하려는 집념으로 나에게 간청하기를, 직장에 관계되는 일 외에는 모든 일(선도수련을 포함해) 모든 사람을 끊어버리고 가사(家事)에만 전념하며 항상 생각, 감정, 행동을 자기와 하나가 되게 해 달라는 것이었다.

그렇게 못 하겠으면 아예 끝장내자고 극렬하게 다그침에 따라 나는 다른 것을 다 잃더라도 부부의 관계는 끝까지 유지하면서 개선해 가야 한다는 일편단심으로, 나의 가족과 일가친척과 모든 친지들에게 본의 아닌 억지의 비난 욕설을 퍼붓거나 어떤 경우에는 손찌검까지도 해서 그들과의 왕래와 연락을 끊어버리기까지 했다.

아내가 나의 선도수련을 반대하는 또 한 가지 이유는 자신의 그릇된 편견과 부정적인 가치관으로 나를 설복 동화시키려는 집념 때문이기도 한 것이다. 신은 없다. 영혼도 없다. 사람은 단지 육체적 존재다. 전생도 내세도 없다. 한 번 살다 죽으면 그만이다. 세상 사람들, 그중에서도 한국 사람들은 모두 악종이요 도둑놈이다. 속이고 해치고 먹고 먹히는 싸움판에서 당신만 그런 물정도 모르고 못나게 살아왔기 때문에 돈도 못 벌고 출세도 못 하고 평생 아내를 가난과 고통 속에 빠뜨려온 죄 많은 무자격 가장이다.

정박아보다 어리석고 갓난애보다 무식해서 제 앞가림도 못하는 주제에 무슨 도(道)를 닦으며 누구를 상담 지도한다는 거냐? 그리고 건강관리와 건전한 삶을 위해서는 몸에 맞지 않는 도인체조, 걷기운동, 오행생식 등을 중지하고, 몸이 아프면 약을 부지런히 먹고 병원에 열심히 다니면서 고깃국에 밥 많이 먹고 잠도 많이 자서 보기 좋게 배도 나오고 살도 뚱뚱하게 찌고, 남에게는 성낼 줄도 알고 싸움도 할 줄 아는 그런 사람이 되어야 한다는 것이다.

나에게 이러한 압력을 가해오는 아내의 특이한 의식구조나 행동양식은 따지고 보면 오랜 세월 나 자신이 지어온 또 하나의 내 모습인데 이제 와서 내가 아내를 설득·이해시켜 나의 수련을 밀고 나가려 한다고 해서 될 일이 아니다. 그러한 아내가 걷고 있는 낮고 험한 길로 내려가서 그의 손을 잡고 함께 헐떡거리며 한동안 가파른 언덕을 기어

올라가야 한다. 그렇게 함으로써 나 자신이 지금보다 더 겸허하고 따뜻한 사람으로 성장했을 때에야 자타일체의 첫걸음인 부부일체를 성취한 '큰 나'로서 절름발이 아닌 확실한 발걸음으로 새로운 출발을 하게 되는 것이 아니겠는가.

이런 생각으로 가정에서는 되도록 아내의 뜻에 맞추어 일상생활을 하는 대신, 출근해서(오전 일곱 시) 귀가하는 시간(오후 네 시)까지의 아홉 시간 동안에는 두 시간의 수업 시간을 제외하고는(아니 그 수업까지도 나와 학생들과 학과 내용이 한마음, 한 숨결이 되는 수련으로 승화시켜) 분초를 생명으로 여기고 선도수련에 전력투구했다.

단전호흡과 명상, 마음을 닦는 양서 읽기, 오행생식(점심), 도인체조, 운동장 달리기, 산길 걷기 등이 매일의 수행 일과였다. 그리고는 집에 돌아왔을 때마다 되풀이되는 아내의 정성과 염려가 담긴 확인 질문에는, 점심은 ○○(음식 이름)으로 잘 먹었고, 수업이 없는 시간에는 휴게실에서 쉬기도 하고 낮잠을 자기도 하면서 지냈다고 둘러댈 수밖에 없었다. 집에서도 아내가 외출했을 때나 잠든 심야에 틈틈이 책을 읽거나 호흡 수련을 하기도 했다.

어려운 상황 속에서도 수련은 멈추지 않고 진전되어 작년(1994년) 1월에는 빙의령 천도 수련에 들어섰고 9월부터는 스승의 도움 없이 빙의령을 자력으로 천도할 수 있게 되었으며 후배에게 빙의된 영가도 천도할 만큼 수련이 점차 깊어져 갔다. 한편 내가 재직하고 있는 학교와 이웃학교의 교직원들에게도 인연 닿는 대로 도움이나 영향을 주어, 그들 중에는 열심히 노력해서 소주천 또는 대주천 단계에 이른 사람도 대여섯 명 있고 삼매의 관(觀)을 거쳐 빙의령 천도 수련에 들어선 사람도 있다.

2. 역경 속, 수련 강행

올해(1995년) 2월, 내가 정년퇴직하고 집안에 들어앉게 되자, 아내는 새 세상을 만났다며 기뻐하였다. 매일 일찍 출근하는 나를 위해 40년을 한결같이 새벽(다섯 시쯤)에 일어나서 식사 준비를 해야 했던 그 오랜 세월의 굴레와 긴장감에서 해방되었을 뿐 아니라, 매일매일의 일과를 나와 함께할 수 있게 되었기 때문이란 것이다.

그러나 매일 아홉 시간씩의 선도수련 시간이 송두리째 날아간 나에게는 엄청난 손실이 아닐 수 없었다. 그래서 하루하루의 거의 모든 일과(주로 집안에서 주부가 하는 일거리, 아내의 한문·한글 공부와 그것을 내가 돕는 일)는 같이하되, 하루 한끼씩의 오행생식과 두어 시간 정도의 외출만은 꼭 해야겠다고 간청해서 아내의 양해를 얻어냈다.

외출 시간에는 멀리(300m 이상) 가지 말고 집 근처에서 천천히 거닐다가(빨리 걸어다니지 말고) 벤치나 다방에서 쉬고 돌아와야 한다는 아내의 건강 수칙(守則)을 어기고, 나는 그 금쪽보다도 귀중한 시간을 활용해서 공원에 가서 두인체조와 달리기를 하고 전로 달려가 법당에 들어앉아서 일심전력으로 선도수련에 몰입했다. 집에서는 신문이나 책 읽는 것도 삼가야 했다.

이젠 교직을 떠났으니 신문도 책도 읽을 필요가 없지 않느냐? 평생 그렇게 책을 많이 읽어 얻은 게 무엇이냐? 내(아내 자신)가 그 백분의 일만큼만 책을 읽었더라도 박사 학위를 열 개는 땄을 것이고 돈을 벌었어도 남에게 자랑할 만큼은 재산을 모았을 게다. 이렇게 말하는 아내에게 더이상 고통을 주어서는 안 되겠다는 생각에서였다.

그리고 아내는 매일 저녁 한끼씩 생식을 하는 나를 보고, 그걸 먹고 영양부족으로 지레 말라 죽겠다고 하며 한숨을 쉬곤 했다. 그러면서 아침과 점심은 잘 먹어 보충해야 한다며 진한 고깃국과 갖가지 영양가가 많은 반찬에다 밥을 소화시키기 힘들 정도로 많이 퍼 담아 주는데, 체하거나 속이 부대낄 것에 불안을 느끼면서도 좋다, 맛있다! 하면서 밥그릇을 비움으로써 아내의 안심하는 태도와 밝은 표정을 대하는 것이 우선 다행한 일이라 당장은 즐겁기도 했다. 과식에 의한 소화불량은 그때그때 운동과 수련으로 풀어 나갔다.

지난 6월 30일 삼공 스승님께서 나에게 말씀하시기를, 그만큼 열심히 수련을 하는데도 진전이 더딘 것은 오행생식이 불철저하기 때문이니 이제부터는 매일 세끼를 꼭 생식으로 하라며 부인의 심정으로 보아 그것을 실행하기 곤란하면 주식만이라도 생식을 하고 반찬은 그대로 먹으라고 하시었다.

곧 그렇게 하려고 아내에게 말했더니 사람 죽이지 말라며 펄쩍 뛰었다. 내가 끝까지 당신에게 의지해 살다가 당신 앞에서 먼저 죽는 것이 나의 마지막 남은 오직 하나의 소망이라, 그래서 당신의 건강관리에 전심전력을 쏟고 있으면서, 매일 한끼를 거르고 날곡식만 씹는 꼴을 보고도 세상 살맛이 없었는데, 이젠 당신이 아주 미쳐 버려서 밥도 안 먹고 말라 죽는 꼴을 보느니 차라리 약 먹고 죽어버리겠다고, 정말 진지하고 비장하게 나오는 것이었다.

나는 아찔했다. 〈안 되지. 나의 오산이었다. 남편 잘못 만난 피해가 쌓이고 쌓여서 심신의 병이 깊어진 아내, 어느 순간에 그 잔약한 목숨이 팍 꺼져버릴지 모를 아내의 마음을 보듬어 지켜 주는 것, 이보다 더 다급하고 중대한 일이 어디 있겠나?〉 이렇게 돌려 생각하고 이제까지 해온 대로 저녁 한끼씩만 생식을 하고, 아침과 점심 식사 때에는 미리 두어 숟깔 분량의 생식품을 아내 모르게 입에 털어 넣고 식탁에 나아갔다. 그리고는 아내가 차려주는 많은 양의 음식, 그 심려와 정성이 담긴 고단위 영양식을 고맙고 만족해하는 기분으로 남김없이 다 먹어 치우곤 했다. (밥이나 국물을 남기면 아내는 알레르기 현상을 일으킨다.)

아내는 나에게 더 좋은 음식을 더 많이 먹이기에 더욱더 정성을 쏟으면서 사나흘에 한 번씩 꼭 나의 몸무게를 달아보았으나 이상하게도 체중이 점점 줄어드는 것을 보고 안타까워했다. 그리고 집에서는 아내와 더불어 집안일을 하거나 아내의 곁에서 그의 잔시중 드는 일로 대부분의 시간을 보내고 깊은 밤 아내가 잠든 뒤에야 살짝 옆방에 가서 수련을 하곤 했는데, 그것을 알게 된 아내가 그것 때문에 잠을 못 이룬다고 불평을 해서 그 밤 수련도 할 수 없게 되었다.

그리고 나는 아내의 소원을 들어 남과의 접촉을 끊고 지내는 터이니까 집에 걸려오는 전화는 모두 아내에게 오는 것뿐인데, 어쩌다가 나의 사정을 모르는 선도수련의 도우나 후배가 전화로 문의해 올 때 어쩔 수 없이 그 문의에 응답해 주면 아내가 곁에서 듣고 있다가, 당신이 그 몹쓸 일에 미쳐버린 것도 원통한데 왜 남까지 신세 망치게 하느냐

하면서 분개한 일도 몇 번 있어서, 이 즈음도 나에게 온 전화라며 수화기를 넘겨 줄 땐 겁부터 나곤 한다.

그리고 아내는 내가 현관에 배달된 신문을 집어 들고 들어오는 것만 보아도 곧 심장이 터져 죽을 것 같으니 제발 신문 구독을 끊고 책 읽는 것도 눈에 띄지 않게 해 달라고 사정사정해서 그대로 따를 수밖에 없었다. 그래서 집에서는 항상 살얼음 밟듯 조심하면서 아내의 정서 안정을 위해 최선을 다하는 한편, 매일 두어 시간 외출한 기회에 그날의 신문을 사서 빨리 읽어 치우고는 공원으로 산길로 법당으로 부리나케 옮겨 다니면서 도인체조, 걷기, 달리기, 조식(調息), 명상 등 선도수련을 더욱 강도 높게 밀고 나가야 했다.

그런대로 하늘 기운도 매일 활발하게 들어오고 빙의령의 천도도 쉴 새 없이 진행되었다. 다만 아쉬운 것은 나의 수련이 진리 공부(상구보리)에 치우치고 이웃돕기(하화중생)를 못하는 점이다. 힘닿는 대로 남을 돕거나 베풀기는커녕 수련하는 후배가 상담 지도를 청해도, 수련 단체에서 함께 일하자는 요청이 있어도 번번이 거절해 온 것이 늘 안타깝고 죄책감이 느껴진다.

그러나 부부간의 영적 성장 단계의 차이로 절뚝거리게 된 발걸음을 바로잡아 맞추어 나감으로써 조화 합일의 첫걸음을 배우는 것, 이것이 가장 먼저 해야 할 일이며 이것이 백 사람에게 헌신 봉사하는 것보다 더 크고 중요한 일이라는 생각이 들기도 한다. 그리고 한동안 현세의 이웃은 돕지 못해도 지금의 나에게는 아주 귀중하게 여겨지는 손님(빙의령)들이 거의 매일같이 줄줄이 찾아와서 나의 기운을 받아 천도되고 있어 허전함을 덜어 주니 참으로 고맙고 다행한 일이다.

3. 풀고 가야 할 업연의 굴레

예견했던 일이긴 하지만, 가정에서의 일상생활은 아내에게 맞추어 가면서 정신세계는 아내의 마음과는 정반대되는 방향으로 달아나는 불안정한 나날이 쌓여가던 끝에, 더이상 나아갈 수 없는 궁지에 몰리게 되었다.

지난 8월부터 체력이 떨어지고 음식 먹은 것이 자주 체하고 배변도 시원찮아지더니, 9월에 들어서자 살이 바짝 마르며 피부가 보기 흉할 정도로 쭈굴쭈굴해지고 평소에 50㎏ 안팎이던 체중이 한 달 사이에 45㎏으로 줄어들었다. 9월 19일부터는 위장의 통증이 심해져서 음식을 한두 끼 걸러도 빈속이 갈수록 더 아프고 탈항 증세까지 겹쳐서 그 고통을 견디고 버텨나갈 방도가 없게 되었다. 나의 괴로움보다 어서 병원에 가자고 성화하는 아내가 먼저 죽어 넘어갈 사태에 이르렀다.

이렇게 된 원인은 오랜 세월 동안 내가 아내와 한마음이 되지 못했고 생활과 수도(修道)가, 속마음과 언행이 일치하지 못한 나 스스로의 내면적 충돌과 갈등의 쌓임이 빚어낸 응보인 것이며, 직접적 원인은 아내를 안심시키려는 고식적 방편으로 과식을 해온 데 있는 것이다.

또 한편 하루 한끼씩의 생식이나마 꾸준히 실행해온 결과 25개월 만에 완전 생식 체질로 바뀌어 전면 생식에 들어가라는 메시지이기도 한 것이다. 따라서 해결책은 불을 본 듯이 뻔하다. 나의 인생관과 수도에 대한 나의 속뜻을 설파해서 아내의 이해를 얻어내고 당장 화식을 끊고 전면 생식을 실행해야 하는 것이다.

그러나 모든 불행의 원인이 어리석고 비정상적인 나의 인생관과 생활 자세에 있고 살이 자꾸 빠지고 위장병이 악화되는 것도 내가 자신에게 부적합한 선도수련과 생식을 고집하기 때문이라고 굳게 믿고 있는 아내에게 나의 속뜻을 솔직하게 실토했다가는 당장 자살 소동이 일어나거나 부부간의 결정적 파국이 올지도 모를 일이다.

물론 나의 병은 실재(實在)가 아니고 어두운 마음이 슬쩍 묻어난 흠집에 불과한 것, 마음 한번 돌리면 당장 병 없는 본래의 모습으로 돌아갈 수 있는 것이다. 문제는 이런 이치를 모르고 극도로 괴로워하는 아내의 마음부터 안정시켜야 한다는 점이다. 그리하자면 일단 아내의 소원대로 나의 이 물건(육신)을 물질 법칙밖에 모르는 닥터 선생님의 실습품으로 그 차디찬 도마 위에 내맡겨 버려야 한다.

9월 21일부터 병원에 다니며 검사를 받았다. 위점막의 상당 부분이 헐어 보이는 사진을 막대로 가리키면서 6개월 치료를 받아야 한다고 의사는 선고했다. 음식은 물론 화식, 당분간은 죽만 먹으라는 것이었다.

하늘 기운을 숨 쉬고 광명천지 대인간을 노래하며 신나게 행진하던 나의 발걸음을 이제부터는 소경들의 손에 맡기어 끌려가야 하다니! 아, 옛날 '혜가'는 팔 하나를 베어 던져 스승(달마) 문안에 들어섰다 하는데, 나의 온몸은 물론 마음까지도 무지와 미망 속에 던져 버리고도 오히려 스승(오행생식의 필요성을 강조하시고 병원에 가거나 약을 먹지 말고 질병은 수련 과제로 삼아 스스로 풀어가라고 하시는 三功仙師님)에게 버림받는 고아가 되는가?

이러한 슬픔과 좌절감으로 나는 피보다도 진한 울음을 속으로 삭여야만 했다. 이때까지만 해도 나는 아직 아내를 수련의 걸림돌로 보았고 수련과 생활 잡사를 따로 보았다. '나는 수련해야 한다, 촌음을 아끼어 용맹 정진해야 한다' 하는 작은 나(我相)와 옹졸한 생각(번뇌 망상)을 놓지 못하고 있었기 때문이었다.

그러나 나 혼자만의 발걸음을 일단 멈추고 아내에게 보조를 맞추어 본 것이 오히려 문제가 빠르게 풀리는 실마리가 되었다. 그렇게도 심하게 아프던 뱃속이 병원에 발을 들여놓던 다음날부터 언제 아팠더냐 싶게 편안해졌다. 이것은 편안해진 내 마음의 반영이었고, 내 마음이 편안해진 원인은 아내의 태도가 갑자기 바뀌어 예전처럼 부드럽고 따뜻하게 나를 대해 주게 된 것이었으니 이제야 나는 천하를 얻은 양 숨을 제대로 쉬게 되었다.

여기서 잠깐, 지나온 날의 나와 아내의 모습을 되돌아보자. 성격과 능력으로 보아 남편감으로는 제로 점수인 나에게 시집온 지 47년, 그동안 아내는 오직 나 하나만을 믿고 의지하여 가난과 질병 등 온갖 고난 속에서도 어떻게 해서든지 생계를 꾸리고 아들딸의 학비를 대어 가며 제대로 살아 보려고 신명을 바쳐 왔건만, 그러한 아내의 헌신 희생에도 별로 관심이나 성의를 보이지 않고 나는 오직 학교 근무, 학생 지도, 교재 연구, 독서 등 나 혼자의 길로만 내달렸던 것이다. 아내의 마음의 세계에서 떨어져 나와 혼자 달아나는 나를 붙잡으려고 허위단심 쫓아가는 아내는 늘 아득히 뒤처지고 넘어져 상처만 더해 갔다.

다음은 내가 며칠 전 명상을 할 때 펼쳐져 보인 삼사백 년 전 어느 모자의 모습. 뒤란에서 정안수 떠놓고 절을 하며 아들의 성공을 지성으로 비는 홀어머니. 한편, 과거(科擧) 시험장에서 많은 응시자들 속의 한 청년(그 어머니의 외아들)이 어떤 부정 비리를 감지한 듯 화난 표정, 마침내 시지(試紙)를 구겨 던지고 벌떡 일어나 나가 버린다. 그 길로 산에 들어가 중이 된 아들. 그 아들을 찾아 천방지축 헤매어 다니는 그 아들의 어머니.

아들의 이름을 부르며 허위적 허위적 걸어가다가 쓰러진다. 문득 고개를 든 그 어머니의 얼굴 모습이 나의 아내의 얼굴로 바뀌어 보인다. 그리고 절에서 독경하고 있는 그 아들의 인상이 어쩐지 내 모습 같다고 느껴졌다. 그러자 나는 가슴이 뭉클하며 눈시울이 뜨거워졌다. 아득한 과거세로부터 전생(홀어머니를 버린 아들의 생애)을 포함해서 현세에 이르기까지 나는 얼마나 많은 생애에 걸쳐 지금의 아내를 배신배은하여 깊은 한을 맺히게 해 왔을까?

내가 빙의령 천도 수련에 들어선 2년 전부터 이즈음까지 천도한 혼령들이 사오백 명 되는데 과거세의 사랑이 미흡해서 또는 빚 받을 것이 있어서 또는 복수하려고 나를 찾아온 그들이 모두 길게는 사흘, 짧게는 한 시간 이내에 원을 풀고 천도되어 간 것과 비교하면, 현재의 아내는 내가 평생을 두고 사랑과 헌신으로 지난날의 죄업을 갚아야 할 관계로 만났으니 이것이 얼마나 크고 중한, 먼저 풀어야 할 숙제이겠는가.

이러한 반성과 자각으로 아내를 보는 눈이 새롭게 떠짐으로 인해, 나는 앞에서 실토한 바(오행생식을 중단하고 병원의 진료를 받기로 했

118

을 때)의 슬픔과 좌절감을 이내 떨어버릴 수 있었던 것이다. 이렇게 집
착을 놓아버린 나의 열린 마음이 아내에게 흘러들자 아내의 마음도 함
께 열리어 따뜻하고 너그러운 본래의 성품이 피어나게 되었다.

4. 부부 화합이 국면 전환의 실마리

내가 아내의 소원대로 의사의 지시에 따라 약도 먹고 매일 세끼 밥
을 고분고분 잘 먹으며 집안일은 물론 거의 모든 행동을 즐거운 마음
으로 아내와 같이하니까, 이제까지 나를 완전히 붙잡아 매어두려 하던
아내의 태도에도 변화의 기운이 돌기 시작했다.

끊었던 신문도 아내의 발의로 다시 구독하게 되었고 집에서 독서도
자유롭게 할 수 있게 되었으며, 매일 오전과 오후에 두 번 외출해서 걷
기, 달리기, 조식(調息), 명상 등 선도수련도 시간에 쫓기지 않고 평온
한 마음으로 할 수 있게 되었다.

밤 열 시 이후에 내가 옆방에 가서 수련을 해도 아내는 무서움을 안
타고 안방에서 먼저 잠들 수 있게 되었고 나도 도인체조를 집에서 할
수 있게 되었다. 다만 몇 가지 힘든 동작은 디스크나 고혈압을 불러올
것 같고 몸을 두드리는 동작은 피부 조직이 파괴되고 뼈가 울리어 골
다골증에 걸릴 것 같으니 하지 말라고 한다.

아내는 손수 밥 짓고 반찬을 만들어 하나하나 챙기어주며 많이 먹으
라고 권하고, 건강에 좋다는 갖가지 차(茶)와 보약류와 건강식품을 구
해다가 쌓아 놓고는 부지런히 먹으라고 권하는데 전과 같이 강요하지
는 않는다.

아내의 정성을 생각하고 그 마음을 평안케 하기 위해서 나는 그 정성과 애정의 상징물들을 과식 과용이 안 되는 한계 안에서 성의 있게 먹고는 있지만, 이것이 수련의 효과를 점차 없애가는 방향으로 뒷걸음질하는 것이어서 걱정이 되고, 그럴수록 그 살찌는 '몸나(거짓 나)'의 평안함 속에 늘 깨어 있는 눈으로 지켜보는 '얼나(참나)'가 묻혀버리지 않도록 더욱 부지런히 마음밭을 갈아야 한다는 생각이 사무쳐 오른다.

아내와의 대화 시간도 많이 갖게 되고 대화 분위기도 전보다 자유로워졌다. 신문을 볼 때는 아내가 관심을 가지는 기사, 이해할 수 있는 내용만을 골라 읽어 주면서 아내의 부정적인 시각과 편벽된 견해에 맞추어 동조하는 말로 대화 분위기를 유지해 갔고, TV를 시청할 때도 그런 방법으로 연기력을 발휘했다. 그랬더니 아내의 반응도 요즈음에 와선 많이 달라졌다.

전에는 방송에 나오는 인물에 대한 비난(주로 살쪘거나 마른 것에 대한, 개인의 스캔들에 대한, 악역 연기자에 대한 비난)을 많이 해서 거기에 나도 동조해야 했지만 이즈음엔 뉴스의 내용이나 드라마에 등장하는 인물의 대화에도 관심을 가지고 듣게 되었다.

하루에 열 번 이상 '한국은…' '한국 사람은…' 하고 우리나라와 우리 민족을 나쁘게만 보고 비난하는 아내는 운동경기 중계방송을 볼 적에도 늘 우리 선수만을 욕하더니, 이즈음엔 경기 내용을 흥미 있게 보다가 우리 선수가 잘하거나 이기면 박수를 치기도 한다.

아내의 이런 변화를 대견해하면서 늘 나의 언행을 아내의 시각이나 견해에 맞추어 연기력을 잘 발휘해 가다가도 무의식중에 나의 본심이 드러나 우리나라나 민족 또는 어느 개인에 대해 불쑥 희망적 긍정적인 언급을 하거나, 아내의 진의를 몰라서 시키는 일을 잘못했을 때 아내는 발끈 화를 내어 대화 거부의 냉전에 돌입한다. 그러나 아내는 곧 글 쓰기에 몰두해서 자신의 심화를 꺼버리는 스스로의 노력으로 몇 시간 안에 정상으로 돌아온다.

몇 달 전까지는 냉전 상태가 10여 일씩 가기도 했고, 한창 심하던 몇 해 전에는 한번 발작이 일어나면 심한 욕설을 퍼붓고 물건을 들부수거나, 여러 날 출근을 정지시키고 한 달 동안 매일 밤 반성문(사과문)을 써서 아침마다 낭독하게 한 일도 있다. 그러던 것이 선도수련을 기축으로 한 나의 마음공부와 관찰 수련의 진전 과정에 따라 이심전심으로 아내의 심경도 변해 온 것 같다.

아내는 오래 전부터 여러 가지 질환으로 시달려 왔는데, 가루약은 목 구멍의 저항반응 때문에 못 먹고 혈관 주사도 혈관의 수축반응 때문에 못 맞는 특이한 체질이면서, 몸집도 꽤 비만인데다가 현재도 서너 가지 증상이 무시로 들락거리고 있어 그 괴로움이 이만저만이 아니다.

그런 가운데 그 몸과 마음의 아픔을 스스로 극복해 나가는 데는 5년 전부터 해 오는 글공부가 큰 힘이 되어 주고 있다. 처음 얼마 동안은 한자의 음훈(音訓)과 자획 그리고 한글의 맞춤법만을 주로 공부하다가 차차 발전해서 지금은 『명심보감』과 국어 교과서(중학교용)를 가지고 공부하고 있는데 그 글 속의 교훈과 문학성에까지 맛을 들여서 잠잘 때와 살림 일을 하는 시간 외에는 거의 모든 시간(하루 열두세 시간 정도)을 글귀를 수없이 되풀이해 쓰고 외우는 데에 쏟고 있다.

내가 그 곁에 붙어 앉아서 질문에 답해 주며 공부를 돕는 동안에는 마음의 벽이 없이 공감대가 이루어져서 평화를 숨쉬게 될 뿐 아니라, 아내는 책 속의 좋은 글에서 얻어지는 진리의 빛과 문학의 향기를 섭취함으로써 그때그때 일어나는 감정의 물살이나 열기를 스스로 가라앉혀 풀어가고 있는 것이다.

이리하여 아내의 아픔과 나의 분열은 차차 화해의 온기로 치유되어 가고 있다. 요즈음 나의 체력은 비교적 왕성했던 아홉 달 전(지난 2월) 수준으로 회복된 것을 걷기와 달리기를 통해 알아볼 수 있고 나의 속기운과 하늘 기운의 유통 및 손님의 길 안내(빙의령 천도)도 과거 어느 때보다도 활발하게 진행되고 있다.

위장이 아팠던 것은 이미 씻은 듯 사라졌고, 마음이 편하고 뱃속이 편하니 사진에 나타난 위점막의 궤양 증상은 마음의 그림자에 불과한 것, 나의 관심 밖이고 다만 아내를 위해 병원 약을 먹어 줄 뿐이다. 그러나 예전 버릇은 아직도 뿌리가 남아 있어서, 며칠 전에는 사소한 일로 속을 끓였더니 갑자기 위장이 몹시 쑤시고 어깨가 심하게 결리는 증세가 나타나서, 곧 정신을 가다듬고 10분간 기공체조를 한 뒤에 관찰과 호흡 수련을 해서 두 시간 만에 풀어버렸다.

단지 이것뿐이 아니고, 나는 어떤 생각이나 감정을 말이나 행동으로 표현하면 그 반응이 빠르게 자신과 상대방에게 나타남은 물론, 다만 어떤 생각이나 감정을(그것이 좋은 것이든 나쁜 것이든) 마음속에 지니기만 해도 그것이 곧바로 나 자신과 상대방에게 전달되어 반응한다는 사실을 요즈음의 체험을 통해 실감하게 되었다.

그러니 우리 도우(道友)들은 수련이 깊어갈수록 자기 자신은 물론 가족과 남들을 생각해서, 한결같이 생각과 말과 행동이 따뜻하고 부드럽고 너그럽게 나오도록 항상 기(氣)를 맑게, 마음을 밝게 하는 데 힘써야 하겠다고 생각된다.

어쨌든 아내와 내가 함께 성장하고 있으니 나도 이제는, 익힌 밥과 병원 약을 먹어야 하는 무거운 업연에서 벗어나서 식생활을 완전 오행생식으로 바꾸고, 떠도는 혼령뿐만 아닌 이 세상 사람들을 돕는 일에도 적극 헌신하면서 삼공(三功) 수련을 완벽하게 펼쳐나갈 날도 멀지 않아 올 것이라는 확신을 갖게 되었다.

그러나 '완벽'이니 '멀지 않아 올 것'이니 하는 것은 아직도 내가 욕심과 집착에 매여 있음을 드러낸 말이다. 이제 당장 '나'가 없는 '한'의 존재로서 '함(行爲)'이 없는 '섭리'와 하나가 되는 경지에는 뛰어들지 못하더라도, 그렇게 될 때까지는 순간순간 어디에서나 「지금 여기」에 깨어 있는 '참나'로서, 「행하고 행하고 또 행하며, 가고 가고 또 가는」 행진은 결코 쉬거나 늦추지 않을 것이다.

(1995년 11월 21일 집필, 12월 5일 탈고)

◎ 가정이 화목하면 마음이 편안하고
   마음이 편안하면 몸이 건강해지고
   몸이 건강해야 도(道)가 이루어진다.

화두란 무엇인가

1995년 12월 23일 토요일 −3∼3℃ 구름

오후 3시. 14명의 수련생들이 모여 좌선을 하다가 이야기꽃을 피웠다.

"선생님, 화두라는 것이 무엇입니까?"

"화두란 어둔 밤에 길을 가는 나그네가 짚고 가는 지팡이입니다."

"그럼 화두란 밤길을 가는 사람에게는 누구에게나 지팡이처럼 꼭 필요한 것입니까?"

"반드시 그렇지는 않습니다. 밤눈이 밝은 사람이나 사전에 공부를 하여 길을 훤히 잘 아는 사람은 지팡이 같은 것이 도리어 거추장스러울 수도 있습니다. 그렇지 않다고 해도 지팡이는 어디까지나 지팡이에 지나지 않습니다."

"무슨 뜻입니까?"

"아무리 상아 뼈로 만든 좋은 지팡이라고 해도 목적지에 도달한 뒤에는 몸에 지니고 다닐 필요가 없다는 얘기입니다."

"강을 일단 건넜으면 배는 버려야 한다는 말씀이시군요."

"옳은 말씀입니다."

"선생님, 저는 선생님한테 와서 공부를 좀 계속하고 싶은데 앞으로 어떤 마음의 자세로 임하는 것이 좋겠는지요?"

"주유소에 가서 기름을 보충한다고 생각하면 됩니다."

"기름을 보충한다고요?"

"네, 차를 몰고 먼 길을 떠날 때 기름을 가득 채운다는 심정으로 임하면 됩니다."

"선생님, 무슨 말씀인지 대강 짐작이 갑니다."

"그럼 됐습니다. 그런데 한 가지 명심할 것은 받았으면 반드시 갚을 줄 알아야 한다는 것을 명심해야 합니다."

"어떻게 하는 것이 갚는 것이 될까요?"

"자신의 후배들에게도 지금 내가 하고 있는 것처럼 해주어야 한다는 말입니다. 내가 여러분에게 주유소가 되어 준 것과 같이 여러분도 후배들에게 주유소가 되어야 한다는 말입니다."

"선생님 말씀 깊이 명심하겠습니다. 그러나 저에게는 선생님처럼 수련생들을 위한 주유소가 된다는 것이 무지개와 같이 잡기 어려운 꿈처럼만 생각됩니다."

"지금은 누구나 다 그런 소리를 하지만 진정으로 마음을 비우고 공부에 열중하다가 보면 자기도 모르는 사이에 그 경지에 도달하게 될 것입니다. 여러분이 진정으로 조심해야 할 일은 그러한 경지에 언제, 어떻게 도달할 수 있느냐 하는 것이 아니고 막상 그곳에 도달한 뒤에 일어날 사태입니다."

"무슨 뜻인지요?"

"여러분들이 어느 정도 도를 이루어 소문을 듣고 수련생들이 찾아와서 도움을 청할 때 어떻게 하느냐에 따라 자기가 이룬 도의 성패는 판가름 난다는 말입니다. 나는 여러분들이 바로 그때를 위해서 지금부터 마음공부에 조금이라도 소홀함이 없기를 진심으로 바랍니다.

　내가 왜 이런 얘기를 하는가 하면 숱한 고행 끝에 어느 정도 도를 이루고도 문하생들이 찾아와 절을 하면서 도움을 청할 때 그만 처신을 잘못하여 깊디깊은 수렁에 빠져서 끝내 헤어나지 못하고 허위적대는 사람을 보고 있기 때문에 하는 말입니다. 말하자면 성(城)을 점령하는 것보다 지키기가 더 어렵다는 얘기입니다."

　"그런 때 제일 명심해야 할 일이 무엇입니까?"

　"그때나 지금이나 늘 마음을 비우는 겁니다. 마음을 비우지 않으면 언제나 욕심이 생기게 마련입니다. 마음을 덜 비운 사람은 문하생들이 선물을 싸들고 모여들 때 먼 길을 떠나려는 그들의 차에 기름을 채워주기보다는 어떻게 하면 그들에게서 기름 값을 톡톡히 받아내나 하는 데 더 많은 신경을 쓰게 됩니다. 이렇게 되면 볼 장 다 보는 겁니다. 이제 그에게 남은 것은 바다 한가운데서 암초에 부딪쳐 구멍 난 배처럼 서서히 침몰하는 일밖에는 남은 것이 없습니다. 나는 이런 사람을 직접 내 눈으로 확인하고 있기 때문에 자신을 갖고 말할 수 있습니다.

　구도자에게 있어서 마음을 비우는 것 이상으로 중요한 것은 따로 없다는 것을 알아야 합니다. 마음을 완전히 비울 때 우리는 무한한 사랑, 무한한 지혜, 그리고 무한한 능력을 선물로 받게 됩니다. 그러나 욕심이 커지게 되면서부터는 그는 이미 수련을 통하여 터득했던 능력마저 차츰차츰 갉아먹게 됩니다. 역사상 혜성처럼 나타났다가 사라진 이른바 사이비 종교의 교주들의 대부분이 그런 사람이라고 보아도 거의 틀림이 없습니다."

"선생님 저는 꿈에 거북이를 잡았는데 그게 무엇을 의미하는지 모르 겠습니다."

"구도자에게 있어서 모든 꿈은 전부 다 개꿈이라고 보면 틀림이 없 습니다."

"히히히 …… 하하하 …….."

방안에 한바탕 폭소가 터졌다.

"그건 왜 그렇습니까?"

질문한 수련생이 다소 무안을 당한 소리로 물었다.

"꿈이 기억난다는 것은 그만큼 욕망이 잠재해 있다는 증거입니다. 일체의 욕망에서 떠난 사람은 꿈같은 것은 꾸지도 않습니다. 그래서 성인무몽(聖人無夢)이란 말이 있지 않습니까?"

"그래도 꿈을 전연 안 꿀 수는 없는 거 아닙니까?"

"일단 꿈을 꾸었다고 해도 잠에서 깨어나면 하나도 기억이 나지 않 습니다. 꿈이란 원래 이룰 수 없는 욕망이 현재의식(顯在意識)에 의해 억제 당하여 잠재의식 속에 숨어 있다가 잠든 사이에 현재의식이 느슨 해진 틈을 비집고 나와서 활동을 하는 겁니다. 그런데 수련을 통하여 끊임없이 마음을 비워 욕망이 없어진 사람은 잠재의식 속에 숨어 있는 욕망 같은 것이 없으니까 비록 잠든 사이에 현재의식이 느슨해졌다고 해도 그 속에서 뛰쳐나와 설쳐댈 만한 것이 없으니 꿈이 있을 리가 없 습니다."

"꿈을 꾸기는 분명 꾸었는데도 잠을 깨고 나면 하나도 기억이 나지 않는 것은 어떻게 된 것입니까?"

"구도자라면 적어도 그 정도는 되어야 합니다. 기억이 나지도 않을 꿈이라면 대수롭지 않는 하찮은 일입니다. 이것을 문자를 써서 표현하면 말변지사(末邊之事)라고 합니다. 잊어버리는 꿈은 꿈이라고 말할 수도 없습니다. 결론적으로 말해서 마음을 비우는 정도에 따라서 꿈은 꾸기도 하고 안 꾸기도 합니다."

"그렇다면 수련 정도에 따라서 꿈은 꾸기도 하고 안 꾸기도 한다는 말씀인가요?"

"맞습니다. 수련 정도가 높아짐에 따라 꿈하고는 점점 멀어지게 됩니다. 꿈이란 욕망의 그림자니까요. 욕망이 없는데 욕망의 그림자가 있을 리 있겠습니까? 나무가 없으면 나무의 그림자가 있을 수 없는 것과 같습니다."

"선생님, 꿈은 전부가 다 개꿈이라 하셨는데 꿈에는 확실히 예언적인 기능이 있는 것도 사실이 아닙니까?"

"지성이면 감천이라는 말이 있습니다. 어떤 소망이 간절할 때는 간혹 가다가 인신(人神)의 도움을 받을 수도 있습니다. 가령 어떤 지극한 효자가 병든 아버지를 위해서 한 뿌리의 산삼을 간절히 원했더니 꿈에 산신령이 나타나 산삼 있는 곳을 가르쳐 준다든가 하는 일은 흔히 있는 일입니다. 구도자가 참다운 스승을 간절히 소망했더니 꿈에 도인이 나타나서 어디로 찾아가라는 계시를 받는 일도 흔히 있는 일입니다. 그러나 구도자는 어디까지나 이러한 방법에 의존해서는 안 됩니다."

"선생님 그것은 무슨 뜻입니까?"

"그것도 일종의 타력(他力)입니다. 구도자는 어디까지나 모든 것을 자력으로 해결하는 습관을 일찍부터 들여 놓아야 합니다. 비록 꿈의 계시일망정 남의 도움을 받기 시작하여 그것이 버릇이 되면 위기에 처할 때마다 남의 도움을 청하게 됩니다. 이것이 상습화되면 강신술(降神術)로 발전하기도 하고 기복신앙이 싹트게 되는 수도 있어 결국은 접신이 되거나 심하게 빙의가 되어 도(道)와는 영영 동떨어지게 됩니다. 이것도 따지고 보면 게으름이 빚어낸 현상입니다. 게으름도 알고 보면 편해지고 싶은 욕심에서 나온 것입니다. 욕심은 왜 생겨난다고 보십니까? 알만한 사람 대답해 보세요."

"마음을 덜 비웠기 때문입니다."

"정답입니다."

"그렇다면 구도자는 어디까지나 인신(人神)의 도움도 받지 않고 모든 것을 자력으로 해결하여야 한다는 말씀이신데, 구체적으로 어떻게 하는 것이 자력으로 해결하는 것인지 좀 말씀해 주셨으면 좋겠습니다."

"여러분들은 어떻게 생각하십니까?"

"??? ……"

"부모미생전본래면목(父母未生前本來面目)을 추구해 나가는 데 있어서 구도자가 의존할 수 있는 가장 강력한 수단이 무엇이라고 생각하십니까?"

"지감(止感), 조식(調息), 금촉(禁觸)이 아닙니까?"

"맞기는 맞는데 그중에서도 하나를 택하라면 어떻게 하겠습니까?"

"지감(止感)입니다."

"지감은 희구애노탐염(喜懼哀怒貪厭)을 조절하고 통제하는 것을 말하는데 이 모든 것을 관장하는 역할을 하는 것이 무엇이라고 보십니까?"

역시 아무도 대답하는 사람이 나서지 않았다.

"우리와 같은 구도자들의 대선배들은 한결같이 바로 이것으로 구경각(究竟覺)에 도달할 수 있었습니다. 그런데도 모르겠습니까?"

"아아 이제야 생각이 났습니다."

"그래요. 뭡니까?"

"관찰입니다."

"맞았습니다. 이제야 정답이 나왔군요. 그렇습니다. 관찰이야말로 구도자의 가장 강력한 무기입니다. 어찌 구도뿐이겠습니까? 학문을 하든 예술을 하든 사업을 하든 올바른 관찰이야말로 성공의 지름길입니다. 구도자들은 관찰을 그저 관(觀)이라고 약해서 말하기도 하고, 또 이것을 명상이니 참선이니 하고 말하기도 합니다. 또 절대자인 하느님과의 일대일의 사심 없는 대화인 기도(祈禱) 역시 일종의 관찰입니다. 삼대경전, 사서삼경, 성경, 불경들도 결국은 관을 통해서 얻어진 산물이라고 할 수 있습니다.

지감, 조식, 금촉이나 붓다의 고집멸도(苦集滅道), 계정혜(戒定慧), 팔정도(八正道), 육바라밀(六波羅密) 같은 수행법도 전부 관을 통해서 얻어진 것입니다. 어디 그뿐이겠습니까? 붓다가 네란자라 강가의 보리수 아래에서의 긴 정좌 끝에 도달한 우주 생명의 실상에 대한 깨달음도 역시 관찰을 통해서였습니다.

관찰은 지혜를 가져다주고 지혜는 마침내 구경각을 얻게 합니다. 관으로 얻어진 지혜는 신령의 예언 따위를 능히 압도할 수 있습니다. 구도자가 자꾸만 꿈을 꾸게 되면 아직 자신의 수련이 부족하다는 것을 알고 공부에 더욱 박차를 가하라는 채찍으로 알아야 합니다. 구도자는 인신(人神)의 도움을 받을 것이 아니라 도리어 인신을 돕는 입장이 되어야 합니다."

"아니, 선생님, 사람이 신(神)을 도와줄 수도 있습니까?"

"있구말구요. 불경에 보면 붓다는 천상계의 신령들에게도 법문을 하여 큰 감동을 주었다는 대목이 나오는데 그건 진실입니다. 구경각에 도달한 성인이라면 능히 할 수 있는 일입니다. 나는 여러분이 앞으로는 꿈 얘기하는 것을 수치로 알 정도로 수련이 향상되기를 간절히 바랍니다. 꿈에 대해서 더 알고 싶은 사람 있습니까?"

"없습니다."

선생님 소리 듣게 된 사연

1996년 1월 8일 월요일 -6~6℃ 바람과 구름

오후 2시가 되자, 다섯 명의 수련생이 모여들었다. 그중에는 집에서 잡화상을 경영하는 31세의 오상운이라는 청년과, 정기노선 버스회사의 운전기사로 일하는 30세의 황설준이라는 젊은이도 있었고, 식당 종업원으로 일하는 40대 중반의 양성숙이라는 독신녀도 있었다.

"선생님, 저는 요즘 결혼을 해야 할 것인가 말 것인가 마음이 꼭 반반으로 나뉘어 어떻게 할까 갈등을 겪고 있습니다."

오상운 씨가 말하자,

"선생님 저도 똑같은 문제로 고민을 하고 있습니다. 어떻게 하는 것이 좋을지 갈피를 못 잡고 있습니다. 선생님께서 저희들에게 좀 좋은 의견을 말씀해 주셨으면 좋겠습니다."

"결혼이야말로 인륜지대사(人倫之大事)인데, 어떻게 남이 함부로 개입해서 감 놓아라 배 놓아라 할 수 있겠어요. 결혼을 하고 안 하는 데 따라 인생의 중요한 향방이 결정되는 판인데 어디까지나 자기 스스로 결정해야죠."

"그래도 우리는 선생님을 영적(靈的)인 스승임과 동시에 인생의 대선배로서 존경하고 있는데 어떻게 이런 중대한 문제를 상의드리지 않을 수 있겠습니까?"

"그럼 나한테서 도대체 무슨 얘기를 듣고 싶습니까?"

"결혼을 하는 것이 좋겠습니까? 안 하는 것이 좋겠습니까?"

"그거야 개개인의 처지에 달려 있는 것인데 어떻게 일률적으로 좋다 나쁘다 하고 말할 수 있겠습니까?"

"선생님께서 저희들의 입장이 되셔서 좀 생각해 주시기 바랍니다."

"그럼 내가 한 가지 묻겠어요."

"네, 어서 말씀하십시오."

"두 사람은 평생을 구도자로서 일관된 생활을 할 수 있겠습니까?"

"네, 저희들은 어떤 일이 있어도 선도수련만은 놓치고 싶지 않습니다."

"수련 시작한 지 얼마나 됐죠?"

"저는 4년 됐습니다."

오상운 씨가 대답하자,

"저는 3년 됐습니다."

황설준 씨도 대답했다.

"두 사람 다 일시적인 감정으로 그런 말을 하는 것 같지는 않고 충분한 심사숙고 끝에 선도를 하기로 작정을 한 것 같은데, 결혼을 한다고 해서 선도를 못 하는 것도 아닌데 왜 하필이면 결혼 때문에 고민을 하게 되었죠?"

"아무래도 결혼을 하면 세속적인 생활에 묶여버릴 것 같습니다. 결혼하면 어쩔 수 없이 아이를 낳게 될 것이고 그렇게 되면 처자식을 부양하지 않을 수 없게 되는데, 언제 지금처럼 수련에 많은 시간을 할애할 수 있겠습니까?"

"그야 그럴 수밖에 없을 테죠. 그러나 독신으로 살려면 외롭지 않겠어요?"

"그런 건 문제가 되지도 않습니다."

"그럼 무엇이 문제가 됩니까?"

"가문의 대를 잇는 일하고 부모님의 기대를 무참히 짓밟는 것 같아서 그것이 제일 마음에 걸립니다."

오상운 씨가 말했다.

"저 역시 그것이 제일 마음에 걸리지 다른 문제는 없습니다."

황설준 씨가 말했다.

"나는 그렇게 생각하지 않는데. 그럼 두 사람 다 이성(異性)에 대한 그리움이나 성욕 같은 것은 극복할 수 있다는 말입니까?"

"그 문제라면 저는 자신이 있습니다."

황설준 씨가 자신 있게 말했다.

"정말 자신이 있다는 말입니까?"

"물론입니다."

"어떻게 그렇게 단정적으로 말할 수 있죠?"

"저는 그 일이라면 이미 검증을 마쳤습니다."

"검증을 마치다니, 그게 무슨 소리죠?"

"얼마 전에 제가 수련하지 않을 때에 아주 가까이 지내던 여자가 부산에서 저를 만나려고 일부러 찾아온 일이 있었습니다. 한때는 서로 좋아도 했었고 결혼까지 약속했던 사이였습니다. 그런데 제가 선도수련을 하게 되면서 사정이 조금씩 바뀌기 시작했습니다. 그전처럼 자주 만나지도 않게 되었고 더구나 제가 부산에서 서울로 올라오면서부터 서로의 왕래가 뜸해지게 되었습니다. 한 달에 한두 번씩 편지 정도를 주고받는 사이로 변했죠.

여자가 이번에 저를 일부러 찾아온 것은 둘 다 이제는 결혼할 나이가 되어 부모님의 결혼 독촉을 받는 처지가 되고 보니 이 기회에 어떤 결말을 내려고 한 것 같았습니다. 그러한 눈치를 알아챈 저는 그녀와의 만남을 제 인생의 향방을 결정하는 계기로 삼기로 맘을 정했습니다. 결혼을 안 한다면 모르지만 일단 결혼을 하게 된다면 저는 그 여자이외에 다른 여자는 선택하지 않았을 겁니다.

퇴근 후에 오래간만에 만난 우리는 그전에 흔히 그랬던 것처럼 저녁을 함께 들고 극장에 가서 영화를 한편 보고 다방에 들러 차도 한잔 마시면서 그동안 밀렸던 얘기도 나누고 하다가 보니 어느덧 열두 시 가까이 되어 있었습니다. 여자는 집에서 결혼을 걱정한다는 얘기만 할 뿐 더이상 구체적인 말은 비치지 않았습니다.

그러자 공은 자연스레 저한테 넘어온 겁니다. 제 인생에 있어서 결정적인 순간이 마침내 닥쳐왔다는 것을 감지할 수 있었습니다. 제가 이성(異姓)이라는 동반자 없이도 이 한평생을 살 수 있는가의 여부를 결정해야만 할 중대한 갈림길에 접어든 저 자신을 발견했습니다. 저는 그녀를 앞에 앉혀 놓고 잠시 깊은 생각에 잠기지 않을 수 없었습니다. 문제는 저 자신이 과연 이성의 동반자 없이도 남은 인생을 살아나갈 수 있을까 하는 것이었습니다. 솔직히 말해서 저는 그때까지만 해도 그 문제에 확실한 자신이 없었습니다.

어떻게 해야 할 것인가 하고 속으로 잠시 망설인 끝에 저는 번개처럼 떠오른 한 가지 착상을 놓치지 않았습니다. 그 착상에 따라 저는 이 여자를 호텔로 일단 유인하기로 했습니다. 만약에 여자가 응한다면 그녀와 함께 한밤을 지내기로 했습니다. 그 안에서 어떤 일이 이루어질 것인지는 저 자신도 장담할 수 없는 일이었습니다. 그러나 그 결과에 따라 내 태도를 정하기로 마음을 먹었습니다.

그녀는 호텔로 가자는 저의 청에 순순히 응했습니다. 지난 3년간의 수련의 성과를 총 점검하는 기회로 그 밤을 이용키로 했던 것입니다. 다시 말해서 이 한밤을 무사히 지낼 수 있느냐 없느냐에 따라 결혼 여부도 결정하기로 했습니다."

이때 오상운 씨가 중간에 뛰어들었다.

"거, 꽤 감질나게 구네. 빨리 결론부터 말해 보라고요. 결국 어떻게 된 거요?"

"그거야 말하나마나지. 그날 밤에 무사하지 못했다면 오늘 이런 일을 화제로 삼을 수나 있었겠습니까?"

"그럼 손도 하나 잡아보지 않았단 말요?"

"손은 잡아 봤지만 그 이상의 진전은 없었습니다. 그리고 그날 밤에 저는 뜻밖의 성과까지도 올릴 수 있었습니다."

"뜻밖의 성과라니?"

"곱게 하룻밤을 지내고 난 뒤에 그 여자는 저를 보고 대단히 존경스럽다고 칭찬을 아끼지 않았습니다. 어떻게 혈기왕성한 젊은 남자가 그렇게 신사적일 수 있는지 모르겠다고 말했습니다. 그전에는 그렇지 않았었는데 어떻게 된 것이냐는 겁니다. 저는 이것이 기회다 싶어서 지난 3년 동안 하여 온 수련에 대해서 열심히 설명해 주었더니 몹시 감명을 받는 눈치이기에 의식적으로 그녀에게 나처럼 선도수련을 해 볼 생각이 없느냐고 물었더니 자기도 한번 해 보고 싶다고 하기에, 호텔을 나오는 길로 큰 책방에 가서 『선도체험기』 31권 한 질을 사서, 가지고 가기에는 너무 분량이 많았으므로 그녀의 집으로 부쳐주었습니다. 물론 차타고 내려가면서 읽을 1권과 2권은 그녀가 핸드백에 챙겨넣었구요. 그러면서 그녀가 이런 의미심장한 말을 했는데, 매우 인상적이었습니다."

"무슨 말을 했는데요?"

"애욕(愛慾)을 극복할 수 있는 길이 있다면 마땅히 한번 도전해 볼만한 가치가 있다는 것이었습니다. 그 말을 듣고 보니 어쩐지 평생을 서로 돕고 지낼 수 있는 좋은 도반(道伴)을 만난 것 같은 느낌이 들었습니다.

그 여자는 모 컴퓨터 주변기기 공장에서 작업반장으로서 상당한 대우를 받고 있으므로 경제적으로 완전히 자립을 하고 있으니까 혼자 사는데 조금도 불편이 없을 겁니다. 그건 그렇구요. 선생님 저는 그 밤을 무사히 지낸 이튿날 아침엔 온통 우주 전체가 내 것 같은 느낌이었습니다. 그렇게 기분이 날아갈 것처럼 홀가분하고 상쾌할 수가 없었습니다."

"축하할 일입니다. 왜 안 그렇겠습니까? 따지고 보면 인간 문제의 9할 이상은 애욕에서 발단이 되니까요. 프로이트라는 유명한 심리학자는 인간의 행동 동기 유발의 근본 요인을 성욕이라고 했습니다. 석가는 인생고(人生苦)의 근본 원인을 갈애(渴愛)라고 했구요.

애욕, 성욕, 갈애는 발음은 달라도 뜻은 대동소이 합니다. 애욕을 이길 수 있다면 그 사람은 인간의 가장 기본적인 문제에서 자유로울 수 있다는 얘기이고 그 사람은 그만큼 큰 자유를 누릴 수 있음을 말해주는 것입니다. 다시 말해서 이것은 진리를 추구해 나아가는 데 있어서 가장 큰 걸림돌을 제거했음을 말해주는 겁니다."

"선생님, 수련 단계로 말할 것 같으면 황설준 씨의 경우, 연정화기(煉精化氣)의 경지를 터득했다는 것을 말하는가요?"

오상운 씨가 말했다.

"맞습니다."

"저는 황설준 씨와 같은 경험은 하지 않았지만 수련이 점점 진행될수록 아무리 섹스 어필하다는 여자를 보아도 별로 이상한 느낌이 들지 않습니다. 수련하기 전에는 포르노 테이프도 가끔 보곤 했었는데 이제는 그런데도 별로 흥미가 없습니다. 간혹 의식적으로 그런 것을 보아도 그전과 같은 성적인 흥분 같은 것을 전연 느끼지 않습니다. 그리고 전에는 가끔씩 있었던 몽정(夢精)도 이젠 아주 없어졌습니다. 그리고 날이 갈수록 그전보다 더 강한 기운이 들어오고 있습니다."

"그럼, 진짜 마르린 몬로와 같은 육체파 미녀가 유혹을 해도 무사할 수 있는 자신이 있습니까?"

황설준 씨가 물었다.

"그럴 것 같습니다."

"두 분이 다 그만한 자신이 있다면 이번 생(生)을 한번 구도에 걸어

볼 만도 합니다. 그리하여 기어코 부모미생전본래면목(父母未生前本
來面目)을 차지해 볼만도 합니다. 반망즉진하는 데 있어서는 진리 이
외의 일체의 것에서는 마땅히 떠나야 합니다.

붓다나 예수처럼 진리를 터득하기 위해서는 모든 것을 버릴 수 있어
야 합니다. 재산도 명예도 부귀영화도, 아내도 자식도 왕세자 자리도
다 내던질 수 있어야 합니다. 붓다는 결혼을 한 뒤에야 인생무상을 깨
닫고 아내와 자식을 버리는 쓰라린 용단을 내렸습니다.

그런데 이미 그것을 깨달은 사람이 이제 새삼스레 결혼을 함으로써
스스로 십자가를 짊어질 필요가 있겠습니까? 진리가 무엇인지 몰랐고,
또 애욕을 극복할 한 능력도 없다면 모르지만 그렇지 않은데 무엇 때
문에 그 수많은 전생을 통하여 이미 지겹도록 경험해 온 생로병사의
관문인 결혼을 스스로 자청할 필요가 있겠습니까?

단지 문제가 있다면 부모님의 기대를 어기는 것하고 가문의 전통을
잇는 것인데, 그런 것은 진리 추구라는 크나큰 틀 안에서 생각해 보면
말변지사(末邊之事)에 지나지 않습니다. 그러나 이것은 어디까지나 나
개인의 의사에 지나지 않습니다. 내 말을 따르느냐 따르지 않느냐 하
는 것은 어디까지나 두 분 자신이 결정할 문제입니다.

구도에는 꼭 정해진 길이 있는 것은 아닙니다. 구도를 위해서 처음
부터 세속을 영영 등지는 붓다, 예수식 수련법이 있는가 하면, 세속을
오히려 하나의 수련의 장(場)으로 적극 활용하는 단군, 공자, 노자, 장
자, 소크라테스, 고운 최치원, 화담 서경덕, 간디, 톨스토이, 다석 류영
모식 수련법도 있습니다.

어느 쪽을 택하든지 그것은 수련자 자신의 자유의사에 달려 있습니다. 문제는 수련 방법에 있는 것이 아니고 주어진 여건을 어떻게 슬기롭게 헤쳐나가느냐 하는 데 성패는 달려 있습니다.

"선생님, 저는 요즘 제가 선택한 구도의 길에 그야말로 저 나름으로 자신감을 갖게 되었습니다."

황설준 씨가 말했다.

"결혼 문제 외에 또 무슨 일이 있었습니까?"

"네, 저의 직장에서 실제로 있었던 일입니다."

"무슨 일이었는데요?"

"다섯 달쯤 전이었습니다. 새벽 다섯 시에 첫차를 몰고 어둠 속을 앞차만 보고 달리다가 그만 환경미화원을 치어 사망사고를 낸 일이 있었거든요."

"그 얘기는 한 번 들은 것 같은데."

"그 뒤에 저는 구치소에 두 달 동안 갇혀 있었습니다. 구치소 안에서였습니다. 『선도체험기』에서 읽은 대목이 생각났을 뿐만 아니고, 하루 종일 멍청하니 앉아만 있자니까 지루하기도 해서 저는 좋은 기회다 생각하고 열심히 단전호흡에 몰두할 수가 있었습니다.

말이 났으니 하는 말인데요. 구치소 생활이야말로 호흡 수련하는 데는 더없이 좋은 기회였습니다. 또 바깥 눈치 슬슬 보아 가면서 도인체조도 하면서 말입니다. 솔직히 말해서 저는 지금까지 그리 길지 않은 인생을 살아오는 동안 이때만큼 수련하기 좋은 시간은 일찍이 가져 본 일이 없었습니다.

남들은 쓰잘 데 없고 지저분한 음담패설 아니면 먹는 이야기나 되지도 않는 허풍 따위로 시간을 때우고 있었지만, 저는 그런데 일절 가담하지 않고 말없이 수련에만 열중하는 것을 보고 옆에 친구가 하루는 절보고 뭘 하느냐고 물었습니다. 그래서 선도수련을 한다고 했더니, 그건 뭣 하려 하는 거냐고 묻기에 이렇게 무료한 시간 때우는 데는 그만이라고 말해 주었습니다.

대부분이 경제사범이 아니면 일반 잡범들인데, 성통공완이니 견성해탈이니 하고 어려운 말을 써보았자 먹혀들 것 같지 않았기 때문이었습니다. 그랬더니 그거 하면 무슨 좋은 일이라도 있느냐기에, 우선 몸이 건강해지고 마음이 편하다고 했더니 밑져야 본전이라고 생각되었는지 어떻게 하는지 좀 가르쳐 달라는 것이었습니다.

한 사람이 시작하니까 너도 나도 가르쳐 달라는 신청이 쇄도해 들어오기 시작했습니다. 그런데 참으로 묘한 것은 사람의 일이었습니다. 사람은 그야말로 백인백색(百人百色)이요 천차만별(千差萬別)이라는 말 그대로, 수련 시작한 지 불과 하루가 채 지나기도 전에 기운을 느끼는 친구들이 있었습니다. 이렇게 되니까 저는 그야말로 신바람이 나지 않을 수 없었습니다. 이것은 사실 저에게 어떤 물질적인 이득이 돌아오는 일은 전연 아닌데도 어떻게 돼서 이처럼 신바람이 나는지 저 자신에게도 이해가 되지 않는 일이었습니다. 그야 어찌되었든지 간에, 저는 까닭 없이 즐겁고 마음이 무한정 넓어지는 것 같았습니다.

단전호흡을 하면서 기운을 느끼게 된 사람들은 저를 보고 사범님 또는 선생님 하고 깍듯이 예의를 표했습니다. 졸지에 저는 제자를 거느린 스승이라도 된 것 같은 기분이었습니다. 이렇게 되자 저는 구치소 생활이 하나도 지루하거나 고통스럽지 않았습니다. 어느덧 구치소 안에서는 선도수련이 일종의 붐을 일으키게 되어 우리 감방뿐만이 아니라 다른 감방에도 번져나가게 되었습니다."

"혹시 구치소 당국에는 알려지지 않았습니까?"

"구치소 당국에서는 설사 알았다고 해도 반대할 하등의 이유가 될 수 없었습니다. 수련을 함으로써 난폭하던 사람도 조용해지고 성질 급하던 사람은 차분해지니까 오히려 권장해야 할 일이 아닐 수 없었습니다. 교도 행정의 목적이 어디까지나 범법자들을 법 잘 지키는 선량한 시민으로 만드는 데 있으니까요. 제가 다른 재소자들에 비해서는 새파란 나인데도 사범님이니 선생님 소리를 들은 데는 이것 이외에도 다른 이유가 있었습니다."

"다른 이유라니?"

"제가 있던 감방에는 나이가 50이 넘은, 신경통과 관절염으로 고생하는 중늙은이가 한 사람 있었습니다. 특히 밤에는 하도 아프고 쑤신다고 신음 소리를 내어 감방 안 사람들이 제대로 잠을 이루지 못할 정도였습니다. 저도 처음에는 하도 안쓰러운 생각이 들어 지켜보기만 하다가 되든 안 되든 한번 시험이라도 해 본다는 심정으로 그 사람이 아프다는 곳에 제 손바닥을 대고 기(氣)를 넣어 봤습니다. 그랬더니 아주 뜻밖의 반응이 왔습니다. 쑤시고 아픈 것이 많이 완화되었다는 겁니다. 이렇게 되자 저는 구치소 안에서 선도의 사범일 뿐만이 아니고 기공치료사로도 소문이 났고, 그때부터 기공치료사로서의 선생님 소리를 듣게 되었습니다."

"그 정도였다면 구치소 생활을 한 보람이 있었겠는데요."

"물론입니다. 사람을 치어 사고를 낸 것은 전적으로 제 잘못이었지만 구치소 생활 2개월 반 동안에 저는 많은 것을 깨달았습니다."

"그래요?"

"그럼요. 첫째로 알게 된 것은 선생님께서 『선도체험기』에 늘 강조하신 대로 남을 위하는 것이 실은 저 자신을 위하는 일이라는 것을 실체험을 통해서 체득(體得)했다는 겁니다. 도(道)란 바로 이런 것이라는 것을 저는 실감하게 되었습니다."

"정말 축하할 일입니다. 그럼 두 번째로는 무엇을 깨닫게 되었습니까?"

"두 번째로 깨달은 것은 지옥은 결코 외부 환경에 있는 것이 아니라 바로 사람마다 각자의 마음속에 있다는 것입니다. 구치소라고 하면 누구나 다 지옥같이 싫어하는 곳이지만 저에게는 그야말로 천국이 바로 이런 것이구나 하고 실감할 정도였습니다. 저는 사실 이 세상에 태어난 지 올해로 30년째 되지만 그 어디에서도 이렇게 존경을 받아 본 일이 없었습니다. 저에게는 하루하루가 그렇게 즐거울 수가 없었습니다. 이게 바로 천국이 아니고 무엇이겠습니까?"

"황설준 씨는 이번에 전화위복(轉禍爲福)이란 말 그대로 한평생에서 큰 획을 긋는 중대한 깨달음을 얻었군요."

"모두가 선생님 덕분입니다. 지난 3년 동안 제가 선생님한테 드나들면서 선도 공부를 지도받지 못했더라면 오늘의 제가 어떻게 존재할 수 있었겠습니까?"

"다 그럴 만한 인연이 있었기 때문입니다."

"오늘 제가 선생님께 말씀드리고자 하는 것은 이것뿐만이 아닙니다."

"그럼, 또 있습니까?"

"네, 있습니다."

"그래요? 그럼 어서 말씀해 보세요."

"네, 말씀드리겠습니다. 2개월 반 동안의 구치소 생활을 마치고 회사에 복귀한 지 얼마 안 되어서였습니다. 하루는 나이 지긋한 동료 운전기사가 저를 보고 구치소 갔다오느라고 고생 많았겠다면서 조용히 단둘이 저녁이나 같이하자는 것이었습니다. 평소에 저하고 별로 친하게 지내는 사이도 아닌데 참 이상하다는 느낌이 들었습니다만 모처럼 하는 식사 초대인데 무조건 거절할 수만도 없어서 엉거주춤 응하는 꼴이 되었습니다.

근무가 끝나는 것을 기다린 그가 저를 이끄는 대로 따라갈 수밖에 없었습니다. 한참 멋도 모르고 그의 뒤만을 따라가다 보니까 지금껏 대해 보지 못했던 고급 요정들만 있는 묘한 데로 가는 것이었습니다. 무슨무슨 장(莊)이니 무슨무슨 옥(屋)이니 무슨무슨 집이니 무슨무슨 원(苑)이니 하는 으리으리한 옥호가 즐비한 곳으로 끌고 가는 것이었습니다. 그중 어느 번듯한 집으로 그는 나를 인도했습니다. 꼭 연속방송극에 나오는 어느 궁전 속에라도 잘못 들어온 느낌이었습니다. 병풍, 안석(安席), 도자기 같은 집기들이며 모두가 영화나 연속방송극에서나 보았던 일이 있는 최고급이었습니다.

이윽고 그야말로 물 찬 제비같이 깔끔하게 한복을 차려 입은 아가씨

둘이 들어와 나붓이 절을 하고 자기 소개를 하는 것이었습니다. 모두가 꿈만 같았습니다. 그 동료는 이 집에 들어오면서부터 마담이 반갑게 인사하면서 왜 요즘은 뜸하냐면서 더 좋은 단골이 생긴거냐고 농담 반 진담 반 애교스런 눈짓을 보낸 것으로 보아 자주 다니는 단골인 듯했습니다.

그러나 저는 이 세상에 태어나서 이런 고급 요정은 처음이었습니다. 아가씨들이 옆에 앉아 있으니 저는 그에게 하고 싶은 말을 마음대로 할 수도 없었죠. 어쩔 수 없이 눈짓으로만 저는 불안한 심정을 그에게 호소하는 수밖에 없었습니다. 그 동료는 괜찮으니 아무 걱정 말라는 표정을 지어 보였습니다. 어쨌든 그날은 정말 뒤끝이 찜찜하기는 했지만 뜻밖의 성찬으로 환대를 받았습니다.

그러나 드디어 결정적인 순간이 왔습니다. 식사도 술도 거의 끝나갈 때쯤 해서 그 동료는 어떻게 눈짓을 했는지 두 아가씨를 내보내고 나서 저에게 은밀히 다가와서는 키를 하나 불쑥 내밀었습니다. 첫눈에 저는 그것이 무엇이라는 것을 알아차렸습니다. 그것은 버스의 운전대 옆에 설치된 요금함 열쇠였습니다. 다른 운전기사들은 누구나 다 이 열쇠로, 말하자면, 알아서 삥땅을 하는데 지금까지 저만 고고한 척 그것을 안 해 왔는데 그것이 자기네들에게는 늘 목에 가시처럼 걸렸다는 것이었습니다. 그래도 저는 질색을 하면서 그런 짓은 굶으면 굶었지 못하겠다니까 오늘 먹은 것도 그 돈에서 나온 거라는 것이었습니다."

"아니 그렇다면 운전기사들의 삥땅은 일종의 관행인 모양이죠?"

오상운 씨가 물었다.

"말하자면 그렇죠. 차주들도 이런 관행을 어느 정도 묵인해 주고 있는 것 같습니다."

"그렇게까지 부패가 심하다는 얘기인가요?"

오상운 씨가 한심하다는 듯이 혼잣소리를 했다.

"그러니까 최고위직에서 최하 말단까지 우리 사회 구석구석 썩지 않은 데가 없다는 말입니다."

"말하자면 그렇게 보는 것이 거의 틀림이 없습니다."

"문민정부가 들어선 뒤에도 거의 고쳐지지 않았다는 얘기인가요?"

"대통령 혼자 아무리 외쳐 보았자 이승만, 박정희, 전두환, 노태우 정권 시대에 확고부동하게 뿌리내린 부패 구조가 그렇게 하루아침에 고쳐지겠습니까?"

"선생님, 대통령이 그렇게 개혁을 부르짖어도 밑에서는 꿈적도 않는다면 어떻게 해야 됩니까?"

"결국은 국민 한 사람 한 사람이 각성하는 수밖에 더 있겠습니까. 공무원 사회에서만 부정부패가 없어진다고 해서 이 사회가 깨끗해질 것이라고 생각한다면 착각입니다. 민간기업의 최말단 직원들까지도 골고루 썩지 않은 구석이 없고, 또 그것이 하도 오랫동안 관례화되어 있어서 그것이 옳지 않은 일이라는 관념조차 희미해진 판국이니까요.

거액의 뇌물을 받아 챙기면서도 통치자금이니 떡값이니 관례니 하고 부정부패를 합리화하는 데 이골 난 사회에서는 어디까지나 국민 각자가 잘못을 깨닫고 하나하나 고쳐나가는 도리밖에 다른 방법이 있을 수 없습니다. 하다못해 환경미화원까지도 뒷돈을 받고 쓰레기 종량제

규격 봉투에 담지 않은 쓰레기를 치워주는 판국에는 국민 각자가 각성하지 않고는 별 뾰족한 수가 없습니다.

"그건 그렇구. 황설준 씨는 그 후 어떻게 됐습니까?"

"키를 안 받는 저를 보고 그는 별놈 다 본다는 표정이었고 어디 언제까지 버티나 두고 보자는 눈치였습니다. 이때 제 머리에 무슨 생각이 떠올랐는지 아십니까?"

"무슨 생각이 떠올랐는데?"

오상운 씨가 물었다.

"지금은 내가 이런 제의를 얼마든지 거절할 수 있지만 내가 만약 처자식을 부양해야 할 입장에 있고, 돈이 없으면 그들의 생명이 위태로울 경지에 처해 있어도 지금처럼 당당하게 나올 수 있을까 하는 생각이 들자, 제가 아직 결혼하지 않은 것이 참으로 다행이라는 느낌마저 들었습니다."

"그런 걸 가지고 부질없는 기우(杞憂)라고 합니다. 그때 일은 그때 가서 생각할 일이지 미리부터 상상까지 해 볼 필요는 조금도 없습니다. 그럼 그 후일담이나 계속하세요."

"네, 계속하겠습니다. 그렇게 되자, 그들은 별 희한한 별종도 다 있구나 하는 눈초리로 나를 주시해 왔습니다. 그럴수록 저는 각별히 몸조심을 할 수밖에 없었죠. 그들이 무슨 엉뚱한 트집을 잡을지 모르기 때문이었습니다. 그로부터 한 달이라는 세월이 흘렀습니다. 그동안 저는 본의 아니게 그들의 주목의 대상이 되어 온 것입니다. 제 생활은 그전이나 조금도 달라지지 않았습니다.

다른 운전기사들이 흔히 빠지기 쉬운 도박에 손을 대는 것도 아니고 그렇다고 담배를 피우거나 술을 과음하는 것도 아니고, 여자 문제로 말썽을 피우는 것도 아니고, 비번 날에는 선생님한테 와서 수련하고 등산, 달리기, 도인체조, 오행생식 하고 책 읽는 것 이외에는 별로 다른 이상이 없는 모범생으로 그들의 눈에는 비쳤던 모양입니다. 그들의 눈에는 제가 확실히 변종(變種)이 아닐 수 없었을 것입니다.

날이 갈수록 악화일로를 달리고 있는 교통지옥 속에서 정해진 시간에 노선을 달려야 하는 버스 운전기사 생활의 하루하루는 그야말로 긴장과 스트레스의 연속이 아닐 수 없습니다. 이 때문에 거의가 다 성격이 거칠어지기 일쑤이고 신경과민에 시달리게 마련입니다. 또 대부분이 술 아니면 도박에 빠지게 되는 것이 상례인데 저만은 그렇지 않은 것이 그들이 보기에는 처음에는 몹시 수상했던 것입니다. 그 수상하다는 생각이 어느 정도 시간이 흐른 뒤에는 호기심으로 변했던 것 같습니다.

지금부터 열흘쯤 전이었습니다. 전에 저에게 키를 내밀었던 그 동료가 저를 보고 황 기사는 도대체 무슨 재미로 이 세상을 사느냐고 묻는 거였습니다. 그래서 저는 그저 겸손하게 그냥 이럭저럭 산다고 했더니 비번 날에는 뭘 하느냐는 거였습니다. 이렇게까지 구체적으로 묻는 데 끝까지 얼버무릴 수 없어서 선생님한테 와서 선도수련을 한다고 했습니다. 그게 뭣 하는 거냐 하기에 하나하나 차근차근 말해 주었습니다.

그랬더니 자기도 그걸 좀 해볼 수 없느냐기에, 그걸 하려면 우선 『선도체험기』라는 책을 읽어야 한다고 했습니다. 그 동료한테서는 한 번

분에 넘치는 향응을 받은 일도 있어서 『선도체험기』를 1권에서 5권까지 제 돈으로 사다 주었습니다. 이렇게 시작이 되어 한 사람 두 사람 책을 읽게 되었습니다. 선생님도 아시다시피 요즘 제가 여기 와서 책 구입할 때 선생님 서명을 특별히 받아간 것은 전부 그런 것입니다."

"아아. 그게 바로 그 때문이었군요."

그가 요즘 들어 부쩍 많은 책을 구입하여 내 서명을 받아 간 것은 사실이었다.

"전에는 휴식 시간에 도리짓고땡을 하든가 기껏해야 바둑이나 장기 아니면 잡담으로 허송세월하곤 했었는데 요즘엔 휴게실이 도장(道場)으로 변해버렸습니다."

"아니 그럼 또 사범님, 선생님 소리 듣게 된 거 아뇨?"

"물론입니다. 벌써 기운을 느끼는 사람이 다섯이나 나왔습니다. 무엇보다도 수련을 하면 몸이 건강해지고 마음이 편해지니까 너도 나도 가르쳐 달라고 야단들입니다."

"황설준 씨는 말 없는 도(道)의 실천자가 된 겁니다. 상구보리(上求普提) 하화중생(下化衆生)은 다른 게 아니고 바로 그런 것을 말합니다."

"아이, 선생님도 과찬의 말씀입니다."

"과찬이 아니라 사실이예요."

"그냥 어떻게 하다가 보니 그렇게 되었을 뿐인데요. 뭘."

"황설준 씨야 어떻게 생각하든지 간에 말 없는 진리의 실천자인 것만은 틀림이 없습니다. 만약에 황설준 씨가 남이 보기에 확고부동한 구도자로 비치지 않았더라면 아무도 그렇게 따라오지 않았을 것입니다. 우리 사회의 총체적인 부정부패도 결국은 국민 각자가 구도(求道)의 길에 들어설 때만이 근본적인 치유가 가능해질 겁니다.

좌우간 황설준 씨는 희귀한 진리의 사도(使徒)인 것만은 틀림이 없습니다. 부디 소성(小成)에 만족지 마시고 더욱 분발해서 대성(大成)하시기 바랍니다. 이렇게 동료들을 위해서 봉사하는 사람은 그렇게 하는 도중에 자기 자신도 모르게 많은 것을 깨닫게 되어 수련 수준도 점점 더 높아지게 됩니다. 나는 아까 황설준 씨가 옛 애인과 같이 한방에서 밤을 새우면서도 아무 일 없었다는 얘기를 듣고 그때는 긴가민가했었는데 지금은 확실히 그럴 수 있었을 것이라는 믿음이 갑니다."

"선생님 정말 감사합니다. 그렇게까지 저를 알아주시니 속에서 더욱 힘이 북돋아 오르는 것 같습니다."

〈33권〉

은사(恩師)의 최후

1996년 2월 1일 목요일 −10.5∼−5℃ 맑음

새벽 4시. 막 일어나려고 하는데, 느닷없이 전화벨이 울렸다. 직감적으로 불길한 예감이 들었다. 사람들이 깊은 잠에 빠져있을 시간이나 지금과 같은 이른 새벽에 걸려오는 전화는 지금까지의 경험으로 보아 불길한 경우일 때가 대부분이었기 때문이다. 몇 해 전에 미국에 이민 가신 장모님에게서 한밤중에 전화가 걸려 왔을 때도 장인께서 돌아가셨다는 부음이었다. 나보다 먼저 아내가 재빨리 전화를 받았다가 곧 나에게 돌려주면서 말했다.

"김기웅 선생님이 위독하신가 봐요."

황급히 전화를 받았다.

"저 호선인데요. 여기 삼성의료원 응급실이예요. 아버님이 위독하셔요."

김기웅 신생 아드님의 전화였다.

"왜 무슨 일이 있었는데?"

"어제 저녁에 직장에 가셨다가 일찍 퇴근하셔서 보통 때와 똑같이 저녁 진지 드시고나서 조금 쉬시다가 현관 벨이 울리자 손수 일어나셔

서 현관문을 열어 주시고 돌아서시는 순간 맥없이 쓰러지셨어요. 창졸
간에 당하는 일이라 정신없이 허둥대다가 다행히도 119 구급차로 이곳
응급실에 실려 오셨는데, 지금은 혼수상태예요. 아직 살아계실 때 연
락하는 게 도리일 것 같아서 전화드렸습니다."

삼성의료원의 위치를 물어가지고 곧 집을 나섰다. 날씨는 영하 10도
가 넘는 강추위였다. 밖은 아직 깜깜했고 길가엔 눈이 쌓여 있어서 차
들이 거북이걸음을 하고 있었다. 마침 딸애가 야근을 한다고 차를 가
지고 나가는 바람에 택시를 이용하는 길밖에는 없었다. 차가 있다고
해도 면허증 딴 지 이태밖에 안 되었고 더구나 일주일에 한 번 등산하
러 가고 올 때밖에는 차를 몰지 않는 내 실력으로는 오늘과 같은 눈길
에는 어림도 없었다.

이런 날은 사고 위험이 많아서 그런지 여느 때는 이 시간이면 그렇
게도 흔하던 택시를 잡기가 여간 힘이 드는 것이 아니었다. 한 10분쯤
기다렸는데도 택시는 잡을 수 없었다. 집에 있는 제일 두꺼운 잠바를
껴입었는데도 그 사이에 내 몸은 꽁꽁 얼어 들어와 아래웃니가 마주쳐
딱딱 소리가 날 정도로 몸이 덜덜 떨려 왔다. 아무리 단전에 의식을 집
중해도 별무효과였다. 이런 때 실외에서 몸을 덥히는 유일한 방법은
뛰는 길밖에는 없는데 나는 지금 그럴 수 있는 형편이 아니었다.

그건 그렇고 김기웅 선생이 위급하다는 급보는 나에게 적지 않은 충
격이었다. 이 남한땅에서 나를 뒤에서 떠받혀 주고 있던 든든한 버팀
목이 쓰러져가고 있다는 어쩔 수 없는 현실이 시간이 흐를수록 나를
엄습해 오고 있었다. 내가 만약 선도수련을 하지 않고 있었더라면 지

금보다 몇 배 더한 충격을 받았을 것이다. 그러나 이 순간 나는 지금 강추위에 덜덜 떨고는 있을망정 사태를 냉정하게 살펴볼 수 있는 관(觀)을 할 수 있는 여유를 갖게 된 것을 무척 다행으로 생각하지 않을 수 없었다. 그분은 이 남한땅에 아무 친척도 없는 나에게는 분명 스승 이상의 존재였다.

기다린 지 20분이나 되어서야 택시를 잡을 수 있었다. 택시 안의 따뜻한 온도가 그렇게 고마울 수가 없었다. 삼성의료원은 개설된 지 몇 해 되지는 않았지만 강남 일대에서는 이름난 큰 병원이어서 운전기사는 길을 잘 알고 있었다. 추위의 고통에서 빠져 나온 나는 곧 지금부터 50년 전 해방 이듬해인 내 나이 열다섯 살 때 일이 어제 일인 듯 선명하게 되살아났다. 택시는 살얼음판을 기어가듯 했다.

인민(초등)학교 5학년 때였다. 해방 이듬해, 아직 사회가 안정되지 않아서 뒤숭숭했다. 우리 학급에 새로 담임선생님이 부임했다. 미남형인데다가 인상이 유난히 창백하고 지성미가 흐르는, 얼굴이 한쪽으로 약간 비딱하게 기울어진 매우 인상적인 분이었다. 항상 무엇인가를 깊이 사색하는 모습이었고 손에는 늘 책이 들려 있었다.

그 당시 이북은 아직 공산당이 득세할 때가 아니어서 학교에서는 애국가를 부르고 태극기를 달고 있었다. 더구나 선생은 그 특유의 웅변술로 듣는 사람들의 마음을 휘어잡고는 했다. 학교에서 역사 시간에는 처음에는 얘기를 조용히 시작했다가도 어느 사이에 애국적인 열변으로 변하곤 했는데, 그럴 때면 학급생들은 쥐 죽은 듯 조용히 귀를 기울이곤 했다.

특히 구한말에 이준 선생의 헤이그 밀사 사건 얘기는 매우 인상적이었다. 화란에서 열린 만국평화회의에 간 이준 선생은 일본의 책동으로 회의 참가가 불가능해지자 울분을 참지 못하고 배를 가르고 자신의 내장을 각국 대표들 앞에 휘뿌렸다고 열변을 토할 때는 그의 눈에서도 그 열변을 듣는 동급생들의 눈에서도 눈물이 그렁그렁했다. 이준 선생의 정확한 행적 여부와는 관계없이 왜정 때는 애국심을 고취시키기 위해서 그러한 얘기들이 각종 출판물에 나돌았던 것도 사실이었다.

담임선생님은 1946년 여름 방학 때 일기를 써올 것을 숙제로 내주었다. 내 일기 쓰는 버릇은 그때부터 시작되어 지금까지도 계속되고 있다. 그해 여름 방학 때 나는 주로 청진(淸津)역에 나가서 살다시피 했다. 그때 청진역은 만주서 몰려드는 귀향민들과 일본군 포로들과 소련군의 이동이 많아서 볼거리가 많았기 때문이다. 그중에서도 유난히 내 눈길을 끄는 것은 만주에서 철수해 오는 일본인 귀향민들이었다.

그렇게도 기세등등하던 일본인들이 전쟁에 패하면서 일개 난민으로 전락되어 거지 중에서도 상거지가 되어 소련 군인들의 온갖 핍박을 감수하지 않을 수 없는 장면들을 나는 내 일기장에 상세하게 그려놓았다. 방학이 끝난 뒤에 숙제물로 제출한 이 일기책이 담임선생님의 눈에 띄었던 모양이다. 선생님은 모범 숙제물로 내 일기책을 동급생들에게 처음부터 끝까지 읽어 주었다. 문재(文才)가 있으니 열심히 글쓰기를 하라는 격려도 해 주었다.

그 이듬해 3·1절에는 선생님의 추천으로 청덕 인민학교를 대표하여 글짓기에 뽑혀 창진 방송국에 나가서 내 작문을 낭독하기도 했다. 만사에 꼼꼼하고 무슨 자료든지 챙기기를 소홀히 하지 않는 학자적 성격인 선생님은 문제의 내 일기장과 3·1절 작문을 무슨 보물이라도 되는 양 그분의 서재에 보관했다. 일기장 사건이 있은 뒤부터 나는 담임선생님을 도와 학급에서는 급장 아니면 부급장 노릇을 했다. 물론 선생님 댁에도 자주 찾아가게 되었다.

선생님은 일본 게이오(慶應) 대학 경제과 상급반 재학 중 해방으로 귀국 중이었다. 미구에 그 학력 때문에 중학교 선생님으로 승진되어 우리 학교를 떠나게 되었다. 그러는 동안에 이북은 곧 공산당 천지가 되었다. 선생님의 엄친은 이 지방 유지였고 공장을 몇 개나 소유하고 있었으므로 공산당 세상에서는 부르주아로 분류되어 숙청 대상에 오르지 않을 수 없게 되었다. 김기웅 선생 역시 숙청 대상에 올랐지만 용케도 정보를 사전에 입수하여 구사일생으로 남한으로 탈출하는 데 성공했다.

내가 김기웅 선생님을 다시 만나게 된 것은 그로부터 12년쯤 지난 뒤였다. 그 당시 나는 육군 포병 중위로 전방에 근무할 때였다. 그 당시에 발행되던 〈연합신문〉에서 선생님의 연재물을 읽고 신문사에서 주소를 알아가지고 지금의 신촌에서, 이북 청진에서와는 비교도 안 되게 곤궁하게도, 간이 주택에서 살고 계시는 선생님을 만났다. 12년 전의 준수했던 청년 교사의 씩씩한 모습은 간 곳이 없고 어느덧 결혼을 하여 사모님과 일남이녀를 거느린 중년 가장이 되셨지만, 옛날 인상은 그대로여서 길에서 만나도 곧 알아볼 것 같았다.

48년, 생명의 위협 속에서 아슬아슬하게 월남(越南)에 성공한 선생님은 6·25 때는 군에 입대하여 정훈장교로 활약하였는데 그 당시 선생님 댁은 1·4 후퇴 때 청진 지방에서 빈손으로 피난 나온 고향 사람들의 침식을 해결해 주고 일자리를 알선해 주는 소개소 구실을 했다고 한다. 그처럼 그는 남을 돕는 데 물불을 안 가리고 침식을 잊을 정도였고 고향 사람들의 사실상의 대부(代父) 소리를 들을 만큼 통이 컸다.

군에서 근무할 당시 선생님을 유달리 좋아한 상관은 27사단장을 역임했고 6·25 직후에는 충남지구 계엄사령관을 지냈으며 특히 충무공 이순신 연구에 많은 공로를 세운 바 있는 이형석 소장이었다. 선생님은 신정 때면 윤치영 옹과 이형석 소장에게 해마다 꼭 세배를 하곤 했었는데 나도 몇 번 따라간 일이 있다. 선생님께서는 한때 국회의장과 내무부장관을 역임한 최근에 작고한 윤치영 옹의 측근으로 선거운동에도 간여했었는데 그때 유일한 가산(家産)이었던 집까지도 선거운동 비용으로 날렸다고 한다.

신문을 통하여 선생님을 찾게 된 나는 이때부터 선생님 댁을 내 집으로 알고 드나들게 되었다. 선생님은 대학 때의 전공과는 달리 고고학에 깊은 관심을 기울여 끝내 그 방면에서 일가를 이루게 되어 후에 경희대, 성균관대, 건국대 등에서 고고학 교수를 역임하게 되었다.

내가 지금도 선생님을 가장 잊을 수 없는 것은 그분이 내 인생의 방향을 바꾸어 놓았다는 것이다. 선생님은 내가 장교가 되었을망정 그것이 내 적성에 맞지 않는 것을 아시고 군에서 나오게 하여 대학을 다닐 수 있게 도와주신 것이었다. 선생님은 내가 이북 청진에서 학교를 다녔고 지금은 그 생존조차 알 수 없는 내 어머니를 알고 계시는 유일한 분이었다.

6·25 때 국군이 청진까지 북진했다가 며칠 안 되어 중공군의 개입으로 후퇴할 때였다. 국군이 청진에 진주했을 때 함경북도 부도지사를 지낸 선생님의 엄친이신 김예호 옹 일가는 정부에서 보호하는 요인으로 분류되어 후퇴하는 국군의 트럭에 편승할 수 있게 되었다. 그러나 상황은 실로 다급했다. 바로 뒤에서 중공군은 맹추격을 가해 오는 판이어서 보통 사람들은 손발이 덜덜 떨리는 판국이었다. 선생님의 엄친을 위시한 힘센 남자들이 먼저 올라타고 부녀자와 노약자들을 끌어 올리는 중이었다. 선생님의 자친(慈親)이 올라탈 차례가 되었다.

뒤에서 중공군의 추격하는 총소리는 콩 볶듯 하여 그렇지 않아도 이미 노년기에 접어든 자친에게는 생전 처음 타보는 지엠시 트럭에 오르는 것이 보통 어려운 일이 아닌데 몸까지 비만형이어서 몇 번을 오르다가 손을 놓치곤 하는 일이 거듭되다가 중공군의 추격이 워낙 다급해서 마침내 차는 그냥 떠나 버리고 말았다. 이때 생이별을 한 혈육은 선생님의 자친뿐만 아니고 친누님도 있었다. 그 누님의 남편 역시 먼저 올라타고 아내를 끌어올리려다가 실패했던 것이다.

나는 물론 선생님의 엄친이신 김예호(金禮鎬) 옹도 잘 알고, 그때 장인어른과 같이 월남한 의사인 선생님의 자형(姉兄)도 잘 안다. 물론 선생님의 엄친도 선생님의 자형도 이것이 아내와의 영원한 이별이 되리라고는 꿈도 꾸지 않았다. 얼마 지나지 않아서 곧 다시 만나게 될 것이라고 철석같이 믿었기 때문에 그때는 비교적 가벼운 마음으로 이별을 할 수 있었던 것이다.

그러나 누가 뜻하였으랴. 이들은 그 후 영영 배우자를 만나지 못하고 말았다. 선생님의 엄친께서는 68년도에 타계하셨고, 선생님의 자형은 내과의로 인천에서 개업을 하여 명의로 명성을 날렸었고 재혼을 했었는데 벌써 10년 전에 세상을 떠났다.

김기웅 선생님은 최근까지도 술만 조금 얼근해지면 어머니와 누님을 그리워하면서 눈물을 흘리곤 하셨다. 더구나 휴전 후에 어떤 경로를 통하여 가족을 생이별한 자친과 누님이 반동분자의 가족으로 몰려 아무도 돌보는 이 없이 청진 수성교 다리 밑에서 움막을 치고 간신히 연명하고 계시더라는 말을 듣고는 그 슬픔과 원한이 더욱더 응어리질 수밖에 없었다. 차라리 나처럼 부모 형제의 소식을 새까맣게 모르고 사는 것보다 그 고통이 몇 배 더 심했으리라는 것은 쉽게 상상할 수 있는 일이었다.

다 같은 처지의 실향민인 나는 통일이 되는 날 제일 먼저 선생님과 함께 내 소년 시절의 꿈이 서려있고 부모 형제가 살아있을 고향땅 청진을 밟는 장면을 상상하고 늘 그날이 오기만을 학수고대하고 있었다. 그래서 내가 신문사에 근무하고 있을 당시에 김일성이가 죽었다는 보도가 들어왔을 때 이 소식을 제일 먼저 전화로 알린 분이 바로 선생님이었다. 그때의 김일성 사망 보도는 오보였음이 뒤에 알려졌지만 그가 막상 죽은 1994년 7월 8일 당시만 해도 김일성이만 죽으면 곧 통일이 올 줄 생각했던 것이다.

81년도에 김기웅 선생은 일본의 와세다 대학에서 한국인으로서는 처음으로 문학박사 학위를 받았다. 박사 학위논문 제목은 '가야 고분의 연구'이고 부제목은 '가야 고분이 일본 고분에 미친 영향'이었다. 이 논문은 일본의 황국사관과 식민사관을 뒤엎어버리는 내용이었지만 그의 순수한 학문적 성과를 부인할 수 없는 와세다 대학 당국은 장시간의 심사숙고 끝에 필요 이상으로 시간을 질질 끌다가 끝내 박사 학위를 수여키로 결정했다. 아직도 2차 대전의 침략 사실을 인정하려 하지 않는 국수주의적 분위기 속에서도 그들은 학문적인 양심만은 조금이나마 살아있음을 보여주었다. 그 후 그는 한국의 고고학계의 거목으로 성장하였다. 문화재관리국 전문위원을 역임한 후, 최근까지 문화재보호협회 매장문화재 발굴실장으로 근무했다.

나는 그분의 간곡한 권고를 받아들여 1963년에 드디어 육군 포병 중위에서 예편되어 그분의 주선으로 그분이 교수로 재임 중인 경희대학교 영문과 2학년에 편입하게 되었다. 지금은 그래도 많이 완화된 편이지만 그때만 해도 대학 졸업장 없이는 웬만한 직장에는 이력서를 내밀수도 없었다. 대학에 들어가기 전에 무슨 학과를 택해야 하는가 하는 문제에 부딪혔다.

나는 작가가 되기를 희망했으므로 당연히 국문과를 희망했지만 그분의 생각은 나와는 달랐다. 국문과를 나오면 취직하는 데 제한이 많다고 했다. 그 대신 나는 어학에도 재주가 있으니까 영문과를 제대로 공부하면 취직하기가 쉬우니 그것을 택하라는 것이었다. 또 설사 작가가 되더라도 국문과는 생계를 해결하는 수단은 되지 못하니까 다른 든든한 직업이 있어야 한다는 것이었다. 대단히 현실적인 제안이라 생각되어 나는 그 충고를 따르기로 했다. 군에서 제대한 나는 당장 갈 곳이 있을 리 없었다.

내가 어느 정도 생활 기반을 잡을 때까지 1년 이상이나 선생님 댁에서 기거할 수밖에 없었다. 빠듯한 생활에 군식구가 한 사람 붙는다는 게 얼마나 힘겨운 일인가 하는 것은 경험해 보지 않는 사람은 모른다. 특히 안살림을 책임 맡은 사모님의 남모르는 고충은 어떠했을까? 선생님 내외분은 나의 친부모나 친형 내외가 담당해야 할 내 뒷바라지를 다하여 결국 나로 하여금 대한민국 사회에 뿌리내리고, 한 사람의 생활인으로 살아갈 수 있게 해 주었다. 내가 결혼을 할 때는 내 친가의 역할을 한 것은 물론이다.

선생님과의 인연은 나하고만 끝난 것이 아니었다. 내 아들은 선생님의 영향을 받아 대학에서도 고고학을 전공하여 음으로 양으로 많은 도움을 받아 온 것을 생각하면 참으로 기이한 인연이 아닐 수 없다. 이만큼 은혜를 입었으면 마땅히 기회가 닿으면 입은 은혜를 갚을 줄도 알아야 한다. 그러나 나에게는 아직 그 기회가 주어지지 않았다. 그러다가 지금부터 2년 전인 1994년 신정(新正)에 세배차 방문했을 때였다.

그때는 이미 내가 선도수련을 한 지도 8년이나 되었고 황제내경 침법이나 오행생식에 대해서도 일가견을 가지고 있을 때였다. 나보다 9년 연배이신 선생님은 이미 72세의 노년기에 접어들었지만 남보다 항상 건강하신 편이었다. 그런데 그날만은 어딘가 좀 이상하다는 느낌이 들어 촌구와 인영맥을 점검해 보다가 속으로 깜짝 놀랐다. 왼쪽 인영에서 석맥 6·7성(盛)이 감지된 것이다.

그런데도 선생님은 아무런 이상 증세도 느끼지 못한다고 했다. 나는

160

이 상태로는 언제 어떻게 될지 모르니 지금부터 적극적인 치료를 해야한다고 했다. 그러나 선생님은 병원에서 종합진단을 받아보았는데도 아무 이상이 없다고 했다면서 내 말을 믿지 않았다. 병원의 첨단 의료 장비들은 6·7성과 같은 중환은 알아낼 수 없다고 아무리 설득을 해 보아도 귀를 기울이려 하시지 않았다. 합곡에 뜸을 매일 열장 정도씩 뜨고 오행생식을 하고 등산, 달리기, 도인체조를 생활화하고 거기다가 단전호흡을 하여 기를 운용할 수 있으면 고칠 수 있는 병이라고 아무리 설명을 해도 선생님은 귀를 기울이려고 하시지 않았다.

하긴 선생님에게는 그것도 무리가 아니었다. 그분에게는 종교가 없었다. 굳이 종교를 따진다면 고고학자답게 과학적인 사고방식과 학문 자체가 그대로 종교였다. 바로 이 때문에 그분은 고고학상의 유물 발굴과 연구에는 그 고령에도 불구하고 젊은이 이상의 열정과 성의를 기울여 쓰러지는 날까지도 그 작업에 몰두하고 계셨다.

건강에 관한 한 현대 첨단 의술이 그대로 종교였다. 이처럼 현대의 학만을 철저히 신봉했기 때문에 비타민이나 그 밖의 강장제는 열심히 드셨다. 그 외에 뜸이나 침술이나 오행생식이니 등산이나 달리기, 도인체조 같은 규칙적인 운동에는 별로 관심을 기울이지 않았다. 설사 운동을 할만한 시간이 있다고 해도 그분은 운동보다는 학문 연구에 할애했을 것이다.

그러나 사모님은 그게 아니었다. 월남 이상재(月南 李商在) 선생의 손녀뻘인 이인규(李寅珪) 사모님은 불제자일 뿐만 아니고 내가 쓴 『선도체험기』를 나올 때마다 빼놓지 않고 읽으셨으므로 내가 하는 말을 믿어주셨다. 그렇지만 당사자인 선생님께서 내 말을 믿으려 하시지 않으니 어쩌는 수가 없었다. 현대 성인병의 70프로 이상은 현대 첨단의 학도 속수무책이라는 것은 이제는 거의 상식이 되다시피 되어 있지만, 김기웅 선생님에게는 통하지 않는 얘기였다.

차는 어느덧 삼성의료원 경내에 접어들고 있었다. 과연 재벌 그룹에서 지은 병원답게 삼성의료원은 큰 마을 하나는 들어설 만한 방대한 지역에 널려있는 병원 건물들의 거대한 병원 단지였다. 차에서 내려 응급실을 찾았다. 예상대로 선생님께서는 침상에 산소마스크를 쓰고 누워계셨는데, 거목을 스쳐가는 폭풍과도 같은 거친 숨소리만 들려올 뿐 완전한 혼수상태였다.

사모님과 외아들 호선 씨 내외가 지친 표정으로 침상을 지키고 있었고 고교 미술 교사인 큰 딸 화경 씨가 끊임없이 눈물을 훔치면서 아버님의 오무라진 오른손 손가락을 펴드리고 있었지만 아무리 펴드려도 완강한 스프링처럼 자꾸만 오무라들고 있었다. 나는 인사불성인 선생님의 얼굴을 유심히 살펴보았다. 산소마스크로 얼굴이 반 이상은 가려지고 다급하고 거친 숨소리만 요란한 그분의 용태는 비전문가인 내 눈에도 소생할 가망이 없을 것 같았다.

"선생님의 마지막 모습이라도 보여드리는 것이 도리일 것 같아서 미안한 줄은 알면서도 전화를 하게 했다우."

사모님이 말했다.

"잘하셨어요. 저는 마땅히 선생님을 임종해 드려야 합니다. 의사는 뭐라고 하던가요?"

"뇌출혈이 너무 심해서 수술을 할 단계는 이미 지났대요. 2년 전에 아저씨가 맥 짚어보고 하신 말을 귀담아들었어야 하는 건데, 설마 하고 그 얘기를 소홀히 했던 것이 자꾸만 마음에 걸리네요."

사실 그때 손을 썼더라면 이런 일은 벌어지지 않았을 것이다. 나는 지난 6년 동안 내 집에 찾아오는 사람들 중에서 인영 6·7성(盛)인 사람들을 한두 사람 겪어본 것이 아니었다. 이 병은 이상하게도 최근 5, 6년 사이에 부쩍 늘어나고 있는 괴질(怪疾)이다. 이 병의 특징은 첨단 의학 장비로는 도저히 잡히지 않는다는 것이다. 그러나 내경침법에 의한 맥진법으로는 잡힌다.

일단 이 병에 걸리면 본인은 아무런 자각증상을 느끼지 못한다. 쓰러지는 순간까지도 별로 뚜렷한 증상이 없으므로 손을 쓸 생각을 못하게 된다. 그러나 인영맥이 촌구맥보다 6, 7배나 더 강하게 뛴다는 것은 기혈(氣血)이 몸뚱이에보다는 머리에 6, 7배나 더 많이 흐르고 있음을 말해 주는 것이다. 그런데 더욱더 괴상한 일은 『격암유록』에 보면 말세에는 괴질이 돌아 멀쩡하던 사람이 식구들과 모여 앉아 식사를 하다가도 갑자기 쓰러지고 길을 가다가도 숨을 거둔다고 나와 있다.

이 말을 입증이라도 하듯이 요즘은 전화박스에 들어가 전화를 너무 오래 건다고 말다툼을 하다가도 픽 쓰러져 죽고, 대학생이 시위를 하다가도 쓰러지고, 좌우간에 별 뚜렷한 이유도 없이 쓰러져 숨을 거두는 희한한 사건들이 신문에도 보도되고 있다. 사인은 대체로 심근경색이나 뇌일혈로 보도되고 있다.

내가 보기에는 이런 괴질이 모두 인영 6·7성이 아닌가 생각된다.

이러한 병도 사전에 맥진법으로 발견이 되어 오행생식, 뜸, 등산, 달리기, 도인체조를 부지런히 하고, 선도수련으로 운기(運氣)만 되면 고칠 수 있을 뿐만 아니라 정상인보다 훨씬 더 건강해질 수 있다. 나는 인영 6·7성에 걸린 수련생들을 여러 사람 고쳐 본 경험이 있기 때문에 자신감을 가지고 말할 수 있다. 그러나 이제 뒤늦게 그런 소리 해 보아야 무슨 소용이 있단 말인가.

"다 지난 일인걸요. 뭘."

이렇게 말하면서 나는 이미 사신(死神)이 짙게 드리워진 선생님의 얼굴에 아직도 선명하게 남아있는 눈물자국에 눈이 갔다. 눈물자국뿐만 아니고 아직도 두 눈이 퉁퉁 부어있었다. 내 시선을 지켜보시던 사모님이 말했다.

"마지막까지 누님이 불쌍하다면서 우시면서 저렇게 눈물을 흘리셨다우."

결국 선생님은 이 세상에 이산가족의 한을 남기고 떠나고 계시는 것이다. 어찌 이 한 분만의 서러움이겠는가. 이것은 이 민족 전체의 설움이기도 한 것이다. 나는 이분에게 과분할 정도의 은혜를 입었건만 이분을 위해서 아무 것도 해드린 것이 없구나 하는 자괴심(自塊心)이 덮쳐왔다.

이 세상은 어차피 한마당 꿈이요 환영인데, 무슨 유한(遺恨)을 품을 건덕지가 있단 말인가? 선생님으로 하여금 어차피 누구나 겪게 마련인 죽음을 편안한 마음으로 맞게 해드리지 못한 것은 내 잘못이었다. 한(恨)을 남기고 이 땅을 떠나신 이상 그 한을 풀기 위해서라도 이 세상을 다시 찾게 될 것이 아닌가.

죽음을 이기는 길은 어떤 경우에도 죽음을 겁내지 않고 아무 유한 없이 편안한 마음으로 맞이하는 것이다. 그렇게 죽음을 맞이할 수 있는 사람에게는 이미 죽음은 별 의미가 없는 것이다. 죽음은 별 의미가 없다는 것은 죽음은 없다는 말과 같은 것이다. 생불생(生不生)이요 사불사(死不死)인 것이다.

이런 생각을 하고 있는 사이에 어느덧 나 역시 도저히 감당할 수 없는 슬픔에 휩싸였다. 그 순간 나에게는 이미 선생님의 영가(靈駕)가 실려 들어오는 것이 분명히 감지되었다. 지난 10년 동안 수많은 영가들을 상대하여 본 경험이 없었다면 나는 이 현상을 알 수 없었을 것이다. 하긴 지난날 내가 알고 지내던 많은 분들이 운명한 뒤 나에게 일시 실렸다가 천도되어간 경험으로 미루어 응당 있을 수 있는 일이었다.

그러나 느낌으로 보아 선생님의 영가의 3분의 2 정도는 이미 나에게 들어와 계시다는 것을 알 수 있었다. 그것을 어떻게 알 수 있었는가? 느닷없이 내 몸 전체에 엄습해 들어오는 슬픔이 그것을 말해 주고 있었다. 그렇게도 오매불망 그리던 통일도 못 보고 자친께서는 고령으로 이미 유명을 달리했다고 해도 그 불쌍한 누님을 끝내 못 만나보고 세상을 하직하는 서러움이 그대로 나에게로 전이(轉移)된 것이다.

나는 분수처럼 치밀어 오르는 설움과 슬픔으로 그 자리에 더이상 서 있을 수가 없었다. 그러나 지난 10년 동안 닦아온 수련의 덕분으로 자제력을 발휘하여 평정을 유지할 수 있었다. 떠나실 분은 어차피 떠나시는 것이고 이제 남은 문제는 유가족들이 어떻게 하면 이 갑작스런 상사(喪事)를 슬기롭게 넘기느냐 하는 것이다.

"이제 다 보셨으니 가 보셔야죠. 한창 바쁘실 텐데. 다른 친척들은 간밤에 벌써 다녀갔다우."

"그나저나 사모님이 그렇게 냉정과 평온을 유지하시니 맘이 놓입니다."

"난 지금도 아무 생각도 없다우. 꼭 꿈을 꾸고 있는 기분이라우."

"담당의사는 앞으로 어떻게 된다고 하던가요?"

"저런 혼수상태로 한 사흘까지 가는 수가 있대요. 만약에 깨어나신다고 해도 반신불수가 되기 쉬운데, 지금 같아서는 그렇게 소생될 가망도 전무하대요."

큰따님인 화경 씨가 말했다.

"그럼 선생님은 이왕 세상 떠나시는 걸로 아시고 너무 슬퍼하시지 마세요."

"고맙소. 이렇게 찾아주시니. 그럼 어여 돌아가셔야지."

"네, 그러겠습니다. 무슨 일이 있으면 곧 연락 주세요. 그럼 전 먼저 가보겠습니다."

선생님의 영가의 대부분이 이미 나한테 들어와 있는 이상 이곳에 더 머물러 있는 것도 별 의미가 없을 것 같았다. 나는 이미 저승의 문턱을 넘고 계시는 선생님의 창백한 모습에 한 번 더 눈길을 보내고는 발길을 돌렸다. 사모님과 아드님인 호선 씨가 현관까지 따라 나와 배웅해 주었다. 밖에 나오니 매서운 칼바람이 불어닥치고 있었고 주위는 어두웠다. 한참 걸어서 병원 정문을 빠져나간 지 얼마 안 되어 택시를 잡을 수 있었다. 차들이 여전히 거북이걸음을 하고 있었다.

걷잡을 수 없는 슬픔이 파도처럼 밀려들고 있었다. 나는 나 자신 속에 들어온 선생님의 영가를 조용히 관(觀)했다. 출렁이던 슬픔이 다소가라앉았다. 나는 나도 모르게 속으로 말했다.

'선생님, 이왕에 때가 되어 떠나시는 겁니다. 이 세상에 더이상 미련도 집착도 두시지 마시고 홀쩍 떠나세요. 그런 혼수상태로 며칠 더 머물다 가시면 뭐하시겠습니까? 선생님은 이미 이 세상 사람이 아닙니다. 어차피 이 세상은 선생님께서 하룻밤 쉬어가시는 여관방입니다.

빈손으로 오셨으니 슬픔도 원한도 홀홀 털어버리시고 허심탄회하게 마음을 깨끗이 비우시고 새 생명을 맞도록 하세요. 이 세상일은 지내놓고 보면 모두가 한바탕 꿈이요 물거품입니다. 물론 선생님이 평생을 걸었던 학문 역시 마찬가지입니다.

이북에 계시는 누님을 불쌍하게 여기시는 마음 역시 한낱 꿈이요 환영입니다. 다 잊어버리시고 홀홀 털어버리세요. 더이상 뒤돌아보실 것 없습니다. 앞을 보세요. 새로운 삶이 기다리고 있지 않습니까? 앞을 보시고 힘찬 발걸음을 내딛도록 하세요.'

택시는 어느덧 우리집 근처까지 왔고 날은 이미 밝아오고 있었다. 차에서 내린 나는 한 시간 동안 달리기를 하여 굳었던 몸을 풀고는 일상생활로 되돌아 왔다. 아침을 들고 8시 반에 평상시와 같이 집필에 들어갔다. 그러나 내 마음은 온통 서러움의 덩어리였다. 동인(東人) 김기웅(金基雄) 선생님의 통일과 고향에 대한 집착과 핏줄에 대한 애절한 그리움의 농도가 나에게 들어와 계시는 그분의 영가에게서 그대로 옮겨온 것이다.

오전 10시 가까이 되어 전화벨이 울렸다.

"아저씨세요. 저 호선인데요."

"그래 어떻게 됐지?"

"아버지가 방금 운명하셨어요."

바로 그 순간 내 영안(靈眼)에는 선생님의 평소의 모습이 비치면서 영가(靈駕) 전체가 실려 들어오는 것이 감지되었다. 그러니까 새벽 4시 40분경에 나에게 들어오기 시작한 선생님의 영가는 정확히 오후 4시 40분까지 거의 하루 종일 머물러 계셔서 나는 거의 제정신이 아니었다. 온통 서러움의 덩어리였다.

최근 몇 해 동안에는 아무리 집념이 강한 영가가 들어와도 3시간 이상은 머문 일이 없었는데 무려 12시간이나 걸려서 천도가 되는 기록을 세웠다. 그분의 통일과 핏줄에 대한 집념과 그리움이 얼마나 절절했는가를 보여주는 것이었다. 오후 4시 40분 선생님의 영가가 천도되기까지 나 역시 선생님과 똑같은 심정이었던 것이다.

그러나 그 열두 시간 동안에 선생님의 집념과 서러움의 농도(濃度)는 시간이 흐를수록 조금씩 엷어져감을 나는 분명히 느낄 수 있었다. 집착과 슬픔의 두꺼운 껍질이 한 꺼풀 한 꺼풀씩 벗겨져 떨어져 나가는 소리가 들려오는 것 같았다. 이것은 무엇을 말하는가. 선생님의 강인한 생명력이 새로운 환경에 재빨리 적응해 가고 있음을 보여주는 것이다. 육체의 죽음을 통해서 선생님은 그가 평생을 걸었던 학문도 진리의 토대 위에서만 진정한 빛을 발할 수 있다는 것을 뒤늦기는 하지만 확실히 깨달았음을 보여주는 것이 아닐 수 없었다.

그렇다. 만약에 그분이 학문에 대한 열정의 반에 반이라도 구도(求
道)에 관심을 기울일 수 있었더라면 육체의 최후를 눈물로 장식하시지
는 않았을 것이다. 그러나 뒤늦게나마 그것을 깨달으셨다는 확신을 갖
게 된 나는 그래서 사람은 상부상조하게 되어 있나보다 하는 각성을
갖게 되었다.

나는 열다섯 살의 초등학교 시절부터 지금까지 내내 나뿐만이 아니
라 내 아들까지도 선생님의 은혜만 입어오다가 마지막 숨을 거두시는
순간에 약간의 도움을 드릴 수 있게 된 섭리의 오묘한 배려에 새삼 고
마움을 느끼지 않을 수 없었다. 이 뒤에도 선생님의 영가는 49재가 끝
날 때까지 몇 번 더 찾아오셨었다.

김기웅 선생님은 함경북도 청진 지방에서 피난 나온 실향민들에게
는 분명 하나의 구심점(求心點)이었다. 그런데 이제 그 구심점이 사라
진 것이다. 그와 동시에 한국 고고학계는 김원룡 박사에 뒤이어 또 하
나의 지보적(至寶的) 존재를 잃은 것이다. 지난 3월 13일 문화체육부
장관은 그분의 고고학계에 끼친 헌신적인 공로를 치하하여, 고 김원룡
박사에 뒤이어 두번째로 보관문화 훈장을 추서했다.

내가 한 은사의 최후에 대하여 이처럼 비교적 상세히 언급하는 이유
는 그분의 유족은 말할 것도 없고 독자 여러분 역시 이런 기회에 죽음
이란 무엇이고 그것을 극복할 수 있는 방법은 무엇인가 하는 인생의
근본 문제를 깊이 통찰해 볼 수 있는 기회를 갖고 싶었기 때문이다.

생자필멸(生者必滅)을 부인할 사람은 이 세상에 아무도 없을 것이다.
가끔 가다가 사이비 교주들이 나타나 자기를 믿으면 영원히 죽지 않는

다고 감언이설을 늘어놓으면, 어리석은 사람들 중에는 이것을 철석같이 믿는 경우가 있어서 우리나라는 사이비 종교의 온상이 되고 있다.

그러나 지구가 생겨난 이래, 이 땅에 태어난 사람 쳐놓고 영원히 그 육체가 죽지 않는 사람은 단 하나도 없었다. 제아무리 권력의 정상에 올라 천하를 호령했던 진시황, 징기스칸, 나폴레옹, 히틀러, 스탈린, 김일성 같은 희대의 독재자들도 결국 떠나가고 말았다. 생자필멸이라는 말은 공연히 생겨난 것이 아니다. 단 몇 분 동안을 살다가 죽는 미생물도, 3만 년을 산다는 우주인도, 또 30만 년을 산다는 어느 천신(天神)도 죽는 것은 마찬가지이다. 상(相)이 있고 형태(形態)가 있는 것 중에서 멸(滅)하지 않는 것은 없다.

한번 나타났다가 멸하는 것은 시공(時空)과 물질이 지배하는 모든 상대(相對)세계의 어쩔 수 없는 속성이다. 그런데도 불구하고 우리의 육체 생명은 자기를 믿으면 영생(永生)한다고 하는 것은 순전한 억지요 사기요 협잡이다. 그런 거짓말을 하는 사람 자신도 서서히 늙어서 죽음 앞으로 한발한발씩 다가가고 있기 때문이다. 날이 새면 동쪽에 해가 떠오르듯 죽음은 확실한 것이다.

그런가 하면 어떤 기독교인 중에는 예수가 처음으로 죽은 자 가운데서 육체적으로 살아났다고 말한다. 신앙의 자유가 보장된 사회에서는 누가 무엇을 믿든지 상관할 것이 없다고 할 수 있다. 그러나 그런 일이 실제로 가능한 일인가 하는 것은 검토해 볼 필요가 있다고 본다. 만약에 예수가 정말로 육체적으로 영원히 부활했다면 지금도 우리 눈앞에 나타나 우리와 같이 생활을 해야 한다. 그러나 그는 이미 2천 년 전에 육체적으로는 사라졌고 다만 영적(靈的)으로 부활한 것에 지나지 않는다.

죽은 자 가운데서 살아난 예수가 하늘에 올라 하나님의 옥좌 오른쪽에 앉아 계시다가 앞으로 산 자와 죽은 자를 심판하러 오신다고 사도신경은 말하고 있지만 어디까지나 신앙의 차원에서나 할 수 있는 말이지 실상과는 거리가 먼 동화 같은 얘기이다. 하나님은 특정한 형태를 가지고 있는 것도 아니므로 옥좌에 앉아 있다는 것도 더구나 그 오른편에 앉는다는 것도 설득력이 있는 얘기는 아니기 때문이다.

하나님이나 구세주는 마음을 온전히 비운 사람에게는 언제나 수시로 들어오는 것이지 꼭 때를 가려서 오는 것은 아니다. 들어온다고 해서 외부에서 영입해 오는 것이 아니고 이미 누구에게나 있는 진리의 씨앗이 눈이 틔어서 싹이 난다고 하는 것이 더 정확한 표현이다.

영적으로 부활한 사람, 다시 말해서 신선도(神仙道)에서 말하는 우화등선(羽化登仙)은 얼마든지 있었다. 오로지 기독교의 성경 내용만 철석같이 믿어서 그렇지 불교, 선도, 도교, 힌두교 쪽으로 눈을 돌려 보면 죽은 사람이 영적으로 부활하는 일은 다반사이다. 실례로 중국의 이팔백이나, 바바지 같은 도인이나 성인은 8백 년에서 몇천 년까지 생존해 오면서 지금도 제자들에게 가끔씩 그 모습을 보인다고 하지 않는가. 이것은 분명 영적인 부활이지 육체의 부활은 아닌 것이다. 우물 안 개구리가 되어서는 안 되는 이유가 바로 여기에 있다.

이처럼 인간은 한번 태어나면 누구를 막론하고 육체적으로는 죽게 되어 있는데, 보통 사람들은 이 죽음에 대해서 별로 관심을 갖지 않는다. 관심이 없으니까 죽음에 대해서 사전에 아무런 준비도 하지 않는

다. 평소에 죽음에 대해서 아무 준비도 하지 않으니까 죽음이 무엇인
지 사람이 죽은 뒤에는 어떻게 되는지도 전연 모르는 백지 상태에서
갑자기 죽음이 닥치면 당사자는 물론이고 그 가족들도 몹시 당황하게
된다.

이처럼 대부분의 사람들은 언제 어떻게 닥쳐올지 모르는 죽음에 대
해서는 거의 관심을 기울이지 않는 대신에 세상일에는 아주 열심이다.
학자들은 자신이 추구하는 학문에 평생을 걸고 온갖 정열과 성의를 다
한다. 어찌 학자뿐이랴. 예술가, 과학자, 정치가, 사업가, 기업인, 기술
자, 의사 등등 온갖 직업에 종사하는 사람들은 대체로 자기의 전공 분
야에는 지극정성을 다하지만 언제 닥쳐올지 모르는 죽음에 대해서는
무관심한 것이 통례다.

이른바 부귀공명(富貴功名)은 제아무리 높고 화려한 금자탑을 세운
다고 해도 죽음과 더불어 만사휴의(萬事休矣)가 되어버린다. 이 말은
이 세상에서 쌓아놓은 업적이 모조리 없어진다는 뜻이 아니다. 단지
사람은 죽음과 더불어 이 세상에 쌓아온 공적은 제아무리 위대한 것이
라고 해도 고스란히 놓아두고 빈손으로 떠날 수밖에 없다는 얘기다.

사람에게 있어서 죽음은 이처럼 피할 수 없는 중요한 사건인데도 우
리는 너무나도 소홀히 취급하고 있는 것이 틀림없다. 거의 대부분의
사람들이 이처럼 중요한 죽음에 대해서는 거의 무방비 상태로 지내다
가 어느 날 예고 없이 갑자기 도둑처럼 다가오는 죽음이 임박해서야
어쩔 줄 모르고 허둥대거나 당황하는 것이 통례다.

우리는 국가의 안보에 대해서는 유비무환(有備無患)의 정신을 비교

적 잘 살리고 있지만, 정작 자기 자신에게 언제 닥칠지도 모르는 죽음
이라는 피할 수 없는 환란에 대해서는 거의 대부분의 사람들이 속수무
책이다. 기껏 준비해 놓는다는 것이 생명보험에 들어놓거나 수의 준비
를 하거나, 묘자리를 잡아놓던가 재산을 축적해 놓는 것이 고작이다.

그러나 생명보험과 재산은 유가족의 생계를 위해서는 도움이 될 수
있을지 모르지만, 막상 죽어가는 당사자에게는 아무런 도움도 될 수
없다. 사람은 누구나 빈손으로 왔다가 빈손으로 떠나기 때문이다. 이
런 것을 생각하면 죽음이란 정말 허망하고 슬프고 안타까운 일이 아닐
수 없다. 바로 이 때문에 사람들은 마지막 숨을 거둘 때 이 세상에서
못다 이룬 한(恨)을 남기게 된다. 한을 남길 뿐만 아니고 죽음을 무서
워하고 싫어하고 슬퍼하고 안타까워하게 마련이다.

그러면서도 그 원인을 생각해 보거나 하여 근본적인 대책을 강구하
려고 하는 일은 별로 없다. 대부분의 사람들은 죽음이란 으레 그런 것
이겠거니 여기고 장사 치르고 한동안 시간이 흐르고 나면 언제 슬퍼했
더냐 싶게 일상생활로 되돌아간다. 이 때문에 죽음으로 인한 고통은
언제까지나 미결인 채로 똑같은 악순환이 무한정 되풀이되는 것이다.
왜 이런 일이 벌어지는 것일까? 그것은 죽음에 대해서 진지하게 통찰
해 보려고 하지 않기 때문이다. 죽음을 조금만 깊이 생각해 보면 우리
는 인생에서 이처럼 중요한 사건이 또 없는데도 이를 너무나도 소홀히
다루고 있음을 알게 된다.

그러나 모든 사람들이 다 죽음을 고통스럽게 생각하느냐 하면 반드
시 그렇지 않다는 것을 알 수 있다. 아주 희귀한 일이기는 하지만 우리

는 죽음 앞에 의연하고 떳떳한 사람을 보게 된다. 대부분의 성현(聖賢)이나 도인(道人)이나 위대한 애국자들은 죽음을 마치 낮이 밤으로 바뀌는 것처럼 심상하게 받아들인다.

바리세인들의 시기심 때문에 십자가의 고통 속에 죽어가면서도 예수는 자기를 십자가에 못 박은 사람들의 죄를 용서해 달라고 기원할 정도로 여유를 보였다. 그런가 하면 충무공 이순신 장군은 적탄에 맞아 쓰러지면서도 자신의 죽음이 몰고올 부작용을 우려하여 작전이 끝날 때까지 공표하지 말라고 유언할 만큼 의연할 수 있었다.

무엇 때문에 똑같은 인간인데도 죽음에 임하는 자세가 이처럼 다를 수 있을까? 여기서 우리는 죽음을 대하는 성현과 중생의 차이를 엿볼 수 있다. 진리를 깨달은 성현들은 죽음을 하나의 평범한 자연현상으로 받아들이는 것을 알 수 있다. 하루일을 유감없이 끝낸 농부가 저녁에 피곤한 몸을 잠자리에 누이듯 하는 것이 성현들이 죽음을 맞이하는 태도이다.

하룻밤 푹 쉬고 나면 새로운 활력으로 충만한 내일을 맞이하듯 죽음은 새 생명의 잉태임을 알고 있기 때문에 성현들은 죽음 앞에서도 의연한 미소를 지을 수 있었던 것이다. 이것을 제대로 간파했기 때문에 장자(莊子)는 사랑하는 아내의 주검을 앞에 놓고도 비파를 뜯으며 새 생명의 탄생을 노래할 수 있었다. 그러나 대부분의 사람들은 그렇지 못하다. 죽음을 허망해 하고 슬퍼하고 안타까워하고 숨을 거두는 당사자는 유한(遺恨)을 남기게 된다. 왜 이런 현상이 벌어지는 것일까? 그것은 인생의 목적에 대한 견해가 다르기 때문이다.

174

  그럼 사람이 사는 목적이 과연 무엇일까? 철없는 아이들을 보고 넌 커서 뭐가 될래 하고 물으면, 나는 커서 대통령이 되겠다고 대답하면 사람들은 대개 아주 통이 크다고 칭찬을 아끼지 않는다. 과연 인간이 사는 목적이 대통령이 되는 것일까? 인생의 목적이 대통령이라면 이 세상에서는 누구나 다 대통령이 될 수는 없는 일이니까, 이담에 커서 대통령이 되지 못해서 한이 맺힌 사람들로 버글버글하게 될 것이다. 인생의 목적은 결코 대통령이 될 수 없는 이유가 바로 여기에 있다.

  그렇다고 해서 당선이 되었다고 마누라를 끌어안고 희희낙락해 하는 국회의원이 되는 것이 인생의 목적이 될 수 있을까? 똑같은 이유에서 나는 그럴 수는 없다고 본다. 그렇다고 비범한 대학자도 불후의 명작을 남기는 대예술가도, 서태지와 같은 청소년의 우상도 정주영 같은 세계적인 대기업가도 인생의 목적이 될 수는 없다. 이 세상의 어떠한 부귀영화도 인생의 목적이 될 수는 없는 일이다.

  왜 그럴까? 그것은 이 땅 위에 이룩해 놓은 그 어떠한 위대한 업적이나 성공도 마지막 숨을 거두는 순간에는 만족한 웃음을 가져다주지 않기 때문이다. 그렇다면 인생의 목적은 이 세상일에 있지 않다는 것을 알 수 있다.

  그럼 인생의 진짜 목적은 무엇일까? 그것은 이 세상의 마지막을 한 점 유한도 없이 떳떳이 미소로 맞이할 수 있는 것이어야 한다. 하루일을 유감없이 마친 농부가 편안한 잠자리를 가질 수 있듯이 한평생 자기 할일을 만족하게 끝낸 사람은 편안한 죽음을 맞이할 수 있을 것이다. 왜냐하면 그에게는 하루 일을 마친 농부가 활기찬 내일을 기약하듯 새 생명의 내일이 있기 때문이다.

편안한 죽음이야말로 참다운 인생의 목표로서 조금도 손색이 없다. 미소로 맞이할 수 있는 죽음이야말로 이 세상에 아무런 유한도 남기지 않기 때문이다. 그것뿐이 아니다. 편안한 죽음은 그 죽음 자체를 아무런 고통 없이 맞이할 수 있다는 얘기가 된다. 죽음을 아무 고통 없이 맞을 수 있다는 것은 죽음을, 마치 봄이 가면 여름이 되고 여름이 가을이 되고 가을이 겨울로 옮겨가고, 그리고 낮이 밤이 되고 밤이 낮으로 바뀌듯이 아무런 저항 없이 받아들일 수 있다는 것을 말한다.

대부분의 사람들이 그렇게도 무서워하고 싫어하고 겁내는 죽음을 이렇게 아무렇지도 않은 일상다반사로 여긴다는 것은 이미 죽음을 극복했다는 말과 같다. 죽음을 극복했다는 말은 석가모니가 말한 생로병사(生老病死)에서도 벗어났다는 것을 말한다. 사람이 생로병사에서 벗어난다는 말은 보통 사람들이 받아들이기에는 대단히 저항감을 느끼게 할 것이다. 사람은 이 세상에 일단 태어나면 싫든 좋든 간에 생로병사에서 벗어날 수 없는 것은 지극히 당연한 일인데 어떻게 그런 씨도 먹히지 않는 소리를 겁도 없이 할 수 있느냐고 따질 사람도 당연히 있을 것이기 때문이다.

그러나 그것은 생로병사라는 것은 사실은 실재(實在)하는 것이 아니라는 것을 모르기 때문이다. 구도(求道)에 조금이라도 관심이 있는 사람이라면 금방 알아차릴 수 있는 일인데 평소에 이 방면에 너무나 무관심하기 때문에 그런 의문을 품게 된다.

구도(求道)란 무엇인가? 구도란 다름이 아니라 편안한 죽음을 맞이할 수 있게 해주는 방법을 일깨워주는 공부라고 할 수 있다. 그렇다면 동서고금 이 세상의 어떤 영웅호걸도 극복할 수 없었던 죽음을 편안한 마음으로 맞이할 수 있는 공부라면 이 세상에 생을 받은 사람으로서 마땅히 깊은 관심을 갖고 공부해야 될 일이 아닐까?

그런데 사실은 구도(求道)라고 하면 지금까지 어느 특정한 부류의 종교인이나 성인(聖人)이나 도인(道人)이나 아니면 염세주의자나 무직자나 약간 정신이 돌아버린 사람들이나 공부하는 것으로 일반인들은 생각하여 온 것이 사실이다. 죽음을 피할 수 있는 사람은 아무도 없다는 것을 누구나 다 알면서 죽음을 극복할 수 있는 공부를 이처럼 특별한 사람들만이 하는 것처럼 생각한다는 것은 무엇이 잘못되어도 한참 잘못된 일이 아닐 수 없다.

죽음을 피할 수 있는 사람은 아무도 없다면 그것을 피할 수 있는 방법을 공부하는 일은 누구나 다 의무적으로 해야 하지 않을까? 그것은 국민이면 누구나 다 군복무의 의무를 짊어져야 하는 것처럼 당연지사(當然之事)가 되어야 한다. 밤도둑처럼 언제 어느 때 갑자기 쳐들어올지 모르는 죽음이라는 도적에게 우리 인류는 아득한 옛날부터 맥없이 당해 오기만 했지 지금껏 한번도 효과적인 대응책을 공동으로 강구해 보지 못했다. 그러나 이제는 더이상 그 대책을 늦출 수 없는 한계에 도달했다고 본다.

그 대책이란 무엇일까? 죽음을 물리칠 수 있는 가장 효과적이고 확실한 방책은 어떠한 경우에도 죽음을 이길 수 있는 영원한 생명을 확보하는 것이다. 영생(永生)을 얻는 길은 우리들 각자가 반망즉진(返妄

即眞)하여 진리의 핵심체(核心體)가 되는 길밖에는 없다.

그렇다. 생로병사(生老病死)의 고약한 악순환의 고리를 끊는 길은 우리들 각자가 진리(眞理)인 부모미생전본래면목(父母未生前本來面目)으로 돌아가는 길밖에 없다. 진리 속에는 본래 생사(生死)가 없으니까. 그것을 내 나름으로 설명하기 위해서『선도체험기』33권째를 나는 지금 쓰고 있는데 혹 이것을 읽고 죽음을 이기는 방법을 터득한 사람도 있을 것이다. 그러나 누구나 다 그렇지는 않을 것이다. 그러나 내 목표는 누구나 다 그렇게 되는 것이다. 그러기 위해서 나는 내 재주와 능력이 자라는 한 이 글을 써나갈 작정이다.

원래 남이라는 것은 없다

1996년 2월 13일 화요일 −4~9℃ 해, 구름, 비

오후 3시. 7명의 수련생이 내 서재에서 좌선을 하고 있었는데 그중에서 박진태라는 사람이 말했다.

"선생님, 혹시 책에서 빙의령이 나오는 수도 있습니까?"

"그야 나올 수도 있고 나오지 않을 수도 있습니다. 왜 그런 질문이 나왔습니까?"

"제 고향에 선도수련을 하는 친구가 하나 있는데, 그 친구는 『선도체험기』만 읽으면 그 책 속에서 빙의령이 나와서 도저히 읽을 수가 없다고 합니다. 그럴 수도 있는 일입니까?"

"네, 그럴 수도 있습니다."

"어떤 경우에 그런 일이 있을 수 있습니까?"

"접신(接神)이 된 사람에게 흔히 있는 일입니다."

"왜 접신된 사람에게 그런 일이 일어납니까?"

"그건 접신령이 『선도체험기』를 읽지 못하게 방해를 하기 때문입니다. 『선도체험기』를 읽어서 그 사람이 진리를 깨닫게 되면 접신된 영이 쫓겨나게 될까 봐서 미리 방어를 하느라고 그런 수를 쓰는 겁니다. 어떤 사람은 『선도체험기』만 읽으면 갑자기 멀쩡하던 두 눈이 침침해져서 도저히 책을 못 읽는 경우도 있습니다. 또 어떤 사람은 『선도체험기』를 읽으려고 펴 들기만 하면 갑자기 책 면 전체가 새빨개져서 글자가 통 보이지 않는 수도 있습니다.”

“그런데 그 사람은 책에서 빙의령이 나온다고 선전을 한다고 합니다.”

“어떠한 경로를 통해서든지 빙의령이 들어오는 것은 인과응보입니다. 인과응보는 어디까지나 자업자득(自業自得)인데 그것을 엉뚱하게 『선도체험기』 탓으로 돌린다는 것은 남대문에서 뺨 맞고 한강에 가서 눈 흘기는 격입니다. 빙의령을 극복하는 일은 과거생(過去生)에 자신이 지은 업장(業障)에서 벗어나는 일인데, 그것은 바로 그가 생로병사(生老病死)의 윤회의 고리에서 벗어나 자신의 본래면목(本來面目)을 찾는 과정이기도 합니다.

그런데도 그런 엉뚱한 소리를 한다는 것은 마치 물에 빠져 허위적대는 사람을 건져주었더니 고맙다는 인사는커녕 물에 떠내려간 보따리 내놓으라는 것과도 같습니다. 잘되면 내 탓, 잘못되면 조상 탓으로 돌리는 것과 같습니다. 이런 사람은 백년 아니라 천년을 도를 닦아도 헛수고로 그치고 말 것입니다.”

“그런 헛수고에서 벗어나려면 어떻게 해야 합니까?”

“모든 허물은 남의 탓이 아니라 내 탓으로 돌려야 합니다. 그래야만 이 수련의 성과를 올릴 수 있습니다.”

“왜 그럴까요?”

“원래 남이라는 것은 없기 때문입니다.”

“남이 없다니 그런 말이 어떻게 성립될 수 있습니까?”

“그러나 그게 진리인 걸 어떻게 합니까?”

"무슨 뜻인지 이해를 못 하겠는데요."

"아직 공부가 덜되어서 진리가 보이지 않아서 그렇습니다."

"그럴까요?"

"그렇구말구요."

"그럼 저 같은 사람도 그 진리를 볼 날이 있을까요?"

"있구말구요."

"그걸 어떻게 아셨습니까?"

"나는 지금까지 몇 마디의 대화로 박진태 씨에게서 항심(恒心)을 보았기 때문입니다."

"저한테서 항심을 보셨다구요?"

"네, 그렇습니다."

"혹시 잘못 보신 거 아닙니까?"

"아닙니다. 확실합니다. 보통 사람 같았으면 내가 조금 전에 '공부가 덜되어서 진리가 보이지 않아서 그렇다'고 했을 때 자리를 박차고 나갔을 텐데 박진태 씨는 그렇게 하지 않았습니다. 이것은 진리를 추구하겠다는 도심(道心)이 개인적인 굴욕을 능히 제압할 수 있었기 때문입니다."

"저는 사실은 선생님 앞에서 감히 자리를 박차고 뛰쳐나갈 용기가 없어서 그대로 앉아 있었을 뿐이었는데 그렇게까지 좋게 평가해 주시니 감사합니다."

"어쨌든 결과는 마찬가지입니다."

"그건 그렇구요. 선생님께서는 원래 남이라는 것은 없다고 하셨는데 그게 무슨 뜻입니까?"

"말 그대로 남이라는 것은 애초부터 없는 것이기 때문에 무슨 잘못 이든지 남의 탓으로 돌리는 것 자체가 망상(妄想)에 빠지는 것이라는 뜻입니다. 만약에 정말 남이 있다면 망상도 있을 수 없습니다. 남이 망 상이라는 증거는 무슨 잘못이든 남의 탓으로 돌리는 사람 쳐놓고 잘되 는 사람이 없는 것만 보아도 알 수 있습니다. 남의 탓으로 돌려놓고 일 시적으로 책임을 면한다고 해도 그것은 어디까지 임시변통이요, 호도 책(糊塗策)에 지나지 않을 뿐 종국적으로 큰 파멸이 닥쳐오게 되어 있 습니다.

그러나 모든 것을 내 탓으로 돌리는 사람은 당장엔 어려움이 닥쳐오 더라도 최후의 승리자가 될 것입니다. 모든 것을 내 탓으로 돌릴 때만 내 시야는 무한히 넓어지게 되어 있습니다. 어느 정도로 넓어질 수 있 는가 하면 이 우주 전체를 포용할 수 있을 만큼 넓어져서 마침내 그 '나'도 없어져 버립니다."

"그럼 남도 나도 둘 다 없어진다는 말씀입니까?"

"그렇습니다. 원래 둘이 아니고 하나이기 때문입니다. 너도 나도 없 는 이 하나를 깨달을 때 우리는 진리의 눈을 뜰 수가 있게 됩니다."

"선생님 제가 그전에 다니던 도장(道場)의 간부들은 빙의령은 없다 고 합니다."

"박진태 씨도 그렇게 생각하십니까?"

"저는 그렇게 생각지 않습니다."

"그렇지 않다는 것을 어떻게 아십니까?"

"저는 느낌으로 알 수 있습니다. 그런데 그 사람들은 느낌은 착각일 수도 있으니까 믿을 수가 없다고 합니다."

"박진태 씨는 바람을 볼 수 있습니까?"

"바람은 눈으로 볼 수는 없지만 느낌으로 알 수 있습니다."

"그럼 기운은 볼 수 있습니까?"

"그것도 눈으로 볼 수는 없지만 느낌으로 알 수 있습니다."

"그럼 전기(電氣)는 눈으로 볼 수 있습니까?"

"전기는 전깃불이라든가 전기 모터가 돌아가는 것을 보고 있다는 것을 알 수 있습니다."

"그것은 전기의 작용이 눈에 보이게 나타난 것이지 전기 자체는 아닙니다. 바람이 심하게 불면 나뭇가지가 휘어지는데 그것은 바람의 작용이지 바람 그 자체는 아닌 것과 같이, 전깃불이나 전기 모터가 돌아가는 것은 전기 자체가 아니라 전기의 작용이 눈에 보이게 겉으로 나타난 겁니다.

빙의령도 마찬가지입니다. 영안(靈眼)이 뜨이지 않은 사람은 바람이나 전기와 같이 빙의령의 작용을 느끼기는 해도 볼 수는 없습니다. 우리가 감각적으로 느낄 수 있는 것을 그 도장의 간부라는 사람들이 느끼지 못한다는 것은 그만큼 수련이 안 되어 있다는 것을 말해 줍니다."

"물론 수련이 안 되어 있기도 하지만 과거에 선배들이 빙의령에 대하여 구체적으로 언급해 놓지 않았기 때문에 인정할 수 없다는 태도인 것 같습니다."

"그거야 말로 수주대토(守株待兔)의 현대판 전형(典型)이군요."

"수주대토가 뭡니까?"

"수주대토(守株待兎)란 송(宋)나라의 농부 얘기입니다."

"어떤 내용인데요?"

"송나라의 어떤 농부가 하루는 밭에 나가 보니 제법 살찐 큰 토끼 한 마리가 나무 그루터기에 걸려 넘어져서 다리가 부러져 꼼짝 못 하고 있었습니다. 농부는 뜻하지 않은 횡재를 했습니다. 그런데 그 농부는 그때의 횡재를 잊을 수가 없어서 농사까지도 작파한 채 그 나무 그루터기 옆에 앉아서 토끼가 또 걸려 넘어지기를 언제까지나 기다리고 있었다는 얘기입니다.

이 우주 안에 잠시도 변하지 않는 것은 아무 것도 없습니다. 그래서 제행무상(諸行無常)이라는 말이 생겨났습니다. 우리는 무시로 변하는 시대 상황에 알맞게 항상 새로운 것을 연구개발해야 살아남게 되어 있습니다. 수주대토란 과거에 어떻게 하다가 일어났던 똑같은 일이 반복되리라는 안이한 생각을 가지고는 구도에 있어서도 생존방법에 있어서도 새로운 발전을 가져올 수는 없음을 일깨워주고 있습니다.

선배 구도자들이 빙의령에 대하여 언급을 하지 않았다고 해서 그것에 대해서 외면만 하려는 태도는 수주대토(守株待兎)하는 농부와 다를 것이 하나도 없습니다. 구태의연한 관습이나 전통에만 매달려 변화된 시대 상황에 알맞게 새롭게 개척하려는 의지가 없는 게으른 사람은 언제나 남에게 뒤떨어지게 되어 있습니다."

탁기와 사기 내뿜는 잡술(雜術)

"선생님 제자들 중에는 혹시 이탈자는 없습니까?"

"나에게는 조직이라는 것이 애초부터 없는데 이탈자가 생길 이유가 있겠습니까?"

"그래도 선생님한테 와서 한때는 열심히 수련하던 사람이 중간에 갑자기 사라지는 경우들이 혹시 발생하지 않습니까?"

"그런 일은 흔히 있습니다. 수련자들 중에는 별별 희한한 사람들이 다 있습니다. 어떤 때는 한 2, 3년씩 정신없이 수련에 몰두하던 사람이 인사 한마디 없이 하루아침에 감쪽같이 사라지는 수가 있습니다. 대체로 신기하고 희한한 것을 좋아하고 진득하고 꾸준하게 한 가지 일에 항심(恒心)을 갖고 전념하지 못하고, 초능력 같은 것을 좋아하는 사람들이 여기에 속합니다.

어디에 이름난 의사가 있다는 소문이 나면 만사 제쳐놓고 찾아가야 직성이 풀리는, 의료 쇼핑하려 다니는 호기심 많은 만성병환자들과 비슷한 부류들입니다. 이들은 도대체 한 우물을 팔 줄 모릅니다. 금방 싫증을 내고는 또 다른 대상을 찾아 철새처럼 우르르 몰려다니기 일쑤입니다. 이렇게 1년 내지 2년씩 소식도 없이 사라졌던 사람이 어느 날 무슨 바람이 불었는지 느닷없이 나타나는 수도 있습니다.

단전호흡, 오행생식, 등산, 달리기, 도인체조를 일상생활화 했을 때는 눈에 광채가 나고 피부도 맑고 몸도 날씬하고 날렵했던 사람이 갑자기 10 내지 20 킬로씩 군살이 붙은 비만인(肥滿人)이 되어, 눈에서는 생기가 사라지고 피부는 탄력을 잃고 몸에서는 전에 없던 탁기(濁氣)

와 사기(邪氣)를 내뿜기가 일쑤입니다.

그동안 어디에 갔었느냐고 물어보면 대개가 별 희한한 이름도 들어보지 못한 사이비(似而非) 교주(敎主)나 점쟁이, 접신자(接神者)들에게 차례로 홀렸다가 숱한 돈 날리고 몸 버리고 뒤늦게야 정신 차리고 나한테 다시 찾아오는 경우가 대부분입니다."

"수련자를 홀릴 정도라면 대단한 사람들일 텐데요. 어떤 사람들입니까?"

"요즘은 중국에서 기공을 배웠다는 사람, 또는 중국동포로서 기공을 전공한다는 기공사(氣功師)나 특이공능자, 재중동포 남녀 점쟁이들이 국내에서 많이 활약한다고 합니다. 이밖에 서구(西歐) 여러 나라에서 들어온 기독교를 약간 변형시킨 신흥 종교 비슷한 것에 호기심이 끌리는 사람들이 많습니다. 접신된 사람들이 자동기술(自動記述)로 만들어진 문서에 바탕을 둔, 기독교 성경을 새롭게 그럴듯하게 해석한 것들도 있습니다."

"그 변형된 기독교 신흥 종교가 주장하는 것은 무엇입니까?"

"신도들이 모여서 끊임없이 대화와 토론을 거친 뒤에는 지구 인간을 만든 원래의 창조주를 찾아 지구보다 훨씬 발전된 새로운 별의 세계로 옮겨간다는 겁니다."

"그렇다면 선도에서와 같은 수련법은 없다는 말입니까?"

"그런 거 없습니다. 신도들이 모여서 끊임없이 대화하고 토론하고 기도하는 것이 전부라고 합니다."

"삼공선도에서처럼 몸공부, 기공부, 마음공부를 하든가 자성(自性)을 봄으로써 생사(生死)의 고리에서 벗어난다든가 하는 목표도 없다는 말입니까?"

"그런 거 없습니다. 그러니까 그런 것은 아무리 믿어보았자 현상계 (現象界)라고 하는 비닐하우스 속에서 한 발짝도 벗어나지 못하는 겁니다. 제아무리 위로 솟구쳐 올라 보았자 상대세계(相對世界) 안에서 한 치도 벗어나지 못한 구제불능의 행태(行態)에 지나지 않습니다. 생로병사(生老病死)의 윤회의 고리를 끊지 못하는 한 제아무리 좋은 창조주를 찾아간들 생사의 고해(苦海) 속에서 그대로 허위적대기는 마찬가지입니다. 제아무리 곤댓짓을 해 보았자 상대세계(相對世界)에서 벗어나지 못하기는 오십보백보(五十步百步)요 도토리 키 재기에 지나지 않습니다.

중국에서 왔다는 기공사나 점쟁이, 무당들도 역시 반망즉진(返妄卽眞)과는 아무 관련도 없는 약간의 초능력을 가졌을 뿐입니다. 만약에 운좋게 그 초능력의 일부를 전수했다고 해서 무슨 수가 나는 것도 아닙니다. 기껏해야 그 기공사의 제자가 되어 기공사 보조가 될 뿐입니다.

초능력은 구도자라면 누구나 다 아는 일이지만 하찮은 마술사의 요술 같은 것에 지나지 않습니다. 그래서 구도자들은 예부터 이것을 쓸데없는 짓거리라 하여 말변지사(末邊之事)라고 했습니다. 이처럼 변형된 신흥 기독교나 중국에서 수입된 기공은 거듭 말하지만, 구도(求道)와는 아무 관련도 없습니다. 생로병사에서 벗어나는 일하고는 아무런 관계도 없는 사이비 종교 아니면 하찮은 기공(氣功)의 잡술(雜術)에 지나지 않습니다.

이러한 잡술에 빠져서 등산, 달리기, 오행생식을 중단하다가 보니 겨우 몇 개월도 안 되어 체중은 10 내지 20 킬로 이상 늘어나고 탁기(濁氣)와 사기(邪氣)의 덩어리로 변할 수밖에 없게 됩니다. 구도는 구도자 자신이 인내력, 지구력, 극기력과 항심과 지극정성으로 되는 것이지 어떤 유사(類似) 종교나 기공(氣功)의 특이능력자(特異能力者)가 해결해 주는 것은 아닙니다."

"그런 것을 뻔히 알 텐데 왜 사람들은 그런 데에 빠지기를 좋아할까요?"

"아직 공부들이 유치한 단계를 벗어나지 못했기 때문입니다. 꼭 불장난 좋아하고 호기심 많은 아이들의 심리를 닮아서 그렇습니다. 된통 불에 데어 봐야 정신들을 번쩍 차리게 될 것입니다."

"불에 된통 데어 봐야 한다는 것은 무슨 뜻입니까?"

"몸 버리고 돈 떼인 뒤에야 정신 차린다는 말입니다. 나이나 젊은 사람은 다시 시작해 볼 수도 있겠지만 환갑이 넘은 사람은 워낙 기운이 달려서 다시 시작해 보기도 어려운 지경에 빠지게 될 것입니다."

"실제로 그런 사람이 있습니까?"

"있습니다. 마산에 사는 65세의 장병석이라는 사람이 우리집에 출입한 지 한 3년 동안 착실히 수련을 쌓았는데, 하루는 자기도 어느 정도 상구보리(上求菩提)했으므로 하화중생(下化衆生)하는 데 조력해 보고 싶다고 하기에 무슨 일을 해 보려고 그러느냐고 물어보았습니다.

그랬더니 삼공선도 전국(全國)도우회(道友會)를 조직하여 수련자들끼리 상부상조하면서 선도 보급에 이바지해 보고 싶다고 하면서 나보고 협조를 해달라고 하기에, 무슨 협조를 바라느냐고 했더니 전국 각 지구의 삼공선도 수련자들을 책임 맡을 만한 대주천 이상 수련이 된 수련자를 소개해 달라고 했습니다.

나는 원래 나 자신이 주도하여 무슨 조직을 만드는 것을 처음부터 원하지 않았지만 수련생들이 자발적으로 친목 단체를 만들어 상부상조(相扶相助)하는 것까지 막을 생각은 없었습니다.

그래서 각 지방의 책임자 될 만한 수련생들의 명단을 알려주었습니다. 그런데 결과적으로 이것이 큰 실수가 될 줄은 그때는 미처 생각지 못했습니다."

"아니 왜요?"

철새족

"그 사람이 아까 말한 의료 쇼핑족과 같은 철새족이라는 것을 그때는 미처 간파하지 못했기 때문입니다."

"철새족이란 어디에 특이한 능력자가 나타났다는 소문이 나면 만사 제쳐 놓고 찾아가는 사람들 말입니까?"

"네, 맞습니다."

"그럼 그 장병석 씨가 철새처럼 날아갔다는 말씀입니까?"

"중국서 3년간 기공 수련을 하고 왔다는 사람의 문하생이 되었다고 합니다. 거기까지는 흔히 있을 수 있는 일이니까 언급한 가치도 없는 일입니다."

"그렇다면 그 장병석 씨가 무슨 희한한 일이라도 벌였다는 말씀인가요?"

"네, 내가 보기에는 기상천외(奇想天外)의 일을 하고 있습니다. 다 아시다시피 중국 기공과 삼공선도는 수련 방법과 목적이 근본적으로

189

다릅니다. 중국 기공은 중국인의 특질을 그대로 반영하여 실용적인 면에 주력하고 있습니다. 그들에게도 원래 우리에게서 고대에 전수된 선도를 중국식으로 변형시킨 도교(道敎), 단학(丹學) 같은 것이 오래 전부터 있어왔지만 공산 정권이 들어선 이래 된서리를 맞아 거의 뿌리가 뽑혀버리고 말았습니다.

왜냐하면 도교, 단학은 우선 공산주의적 사고방식과는 상치되기 때문입니다. 공산주의자들에게는 우선 도(道)니 진리니 하는 개념이 비위에 맞지 않기 때문입니다. 바로 이 때문에 중국의 도교, 단학은 생존수단으로 실용적인 초능력을 개발함으로써 겨우 생존의 길을 찾게 되었습니다.

바로 이 때문에 중국에서는 선도니 도교니 단학이니 하는 말은 도태당하고 실용적인 이미지가 풍기는 기공(氣功)이라는 낱말로 명맥을 유지하게 되었습니다. 그래서 기공이 추구하는 것이래야 기(氣)를 이용한 치병(治病), 특이이동술(特異移動術), 축지법(縮地法), 투시(透視), 요시(遙視), 경신술(輕身術), 텔레파시, 호풍환우(呼風喚雨) 같은 초능력 개발에 주력하고 있습니다.

그러나 다 아시다시피 삼공선도는 이러한 초능력을 하찮은 것 즉 말변지사(末邊之事)로 봅니다. 삼공선도는 초능력이 오히려 반망즉진(返妄卽眞)하는 데 백해무익(百害無益)한 것으로 봅니다. 그런데 장병석 씨는 자기가 조직한 삼공선도 도우회 회원들까지 그 기공사의 문하생으로 만들려고 맹활약을 하고 있다고 합니다."

"그건 일종의 배신행위가 아닙니까?"

"뭐 그렇게까지 거창하게 나올 필요까지는 없지만 좌우간 제정신 가진 사람이라면 할 수 없는 괴상야릇한 짓임에는 틀림없습니다."

"보통 사람 같으면 되게 뿔따구날 일이겠는데요."

"많은 사람들을 상대하다가 보니 별 해괴망칙한 사람들이 다 있습니다. 경솔하게 장병석 씨를 믿고 명단을 알려주고 『선도체험기』 27권 서문에 그 사실을 홍보까지 해준 내가 원천적으로 실책을 저지른 것이니까 누구를 탓할 수도 없는 일입니다. 이런 기회에 나는 뜻하지 않은 좋은 공부를 한 거죠. 장병석 씨가 철새족이라는 것을 알았더라면 그런 실수는 저지르지 않았을 텐데, 그런 것도 미처 간파하지 못한 것이 전부 다 내 잘못입니다."

"선생님은 전부 다 선생님 탓으로만 돌리시는데 그게 어떻게 선생님 탓입니까? 제가 객관적인 입장에서 보아도 그 장병석 씨가 전적으로 잘못한 겁니다. 삼공선도 도우회를 겨우 철새족을 양성하는 데 이용한다는 것이 말이나 되는 일입니까? 그렇게 중국 기공이 좋으면 아예 처음부터 중국 기공을 다시 공부하여 중국 기공 수련자 전국친목회(中國氣功修鍊者全國親睦會)를 만들었어야 하는 거 아닙니까?"

"물론 양식(良識)을 갖춘 사람이라면 마땅히 그래야죠."

"그럴 만한 양식도 갖추지 못한 사람이니까 잘못은 어디까지나 장병석 씨에게 있다는 말입니다."

"허지만 지난 3년 동안 장병석 씨가 우리집에 출입할 때 제대로 가르치지 못한 잘못도 있지 않겠습니까?"

"선생님도, 아니, 중년(中年)도 아니고 나이가 환갑이 넘은 사람에게 어떻게 그런 기초적인 양식을 가르치신다는 말씀입니까?"

"배움은 예부터 나이와는 상관이 없습니다. 여든 살 먹은 노인도 세 살 된 아이에게 배운다고 하지 않습니까? 어쨌든 처음부터 끝까지 내가 덕이 부족해서 일어난 실수였다는 생각에는 변함이 없습니다."

"그건 그렇다 치고 그럼 그 장병석 씨 때문에 선생님의 문하생들이 많이 빠져나간 것은 아닙니까?"

"부산 지구 수련생들 중에는 더러 장병석 씨의 요구대로 움직이는 사람이 있는 모양이지만 다른 지역 도우들은 그렇지도 않은 것 같습니다. 설사 장병석 씨의 요청으로 그 기공사에게 간다고 해도 제정신 차리고 배울 만한 것이 있으면 배워두는 것은 조금도 탓할 일이 아닙니다. 그게 다 좋은 공부가 될 수 있으니까요. 설사 그 기공사의 수제자(首弟子)가 된다고 해도 그것이 그 사람의 인생행로에서 어쩔 수 없이 거쳐야 할 과정이라면 차라리 잘된 일이 아닐까요?

어차피 모든 사람은 자신의 인과응보대로 살아가게 되어 있으니까요. 중요한 것은 어떤 사태가 벌어졌을 때 누구의 잘잘못을 가리기 전에 그 일로 인해서 우리가 어떤 공부를 하게 되었는가 하는 겁니다. 그래야만이 우리는 어떤 난관 앞에서도 좌절하지 않고 의연히 극복해나갈 수 있습니다."

"선생님의 문하(門下)에서 그런 사람들이 나타난다는 것은 선생님의 수련법에도 혹시 문제가 있는 것이 아닐까요?"

"다른 종교에서 하지 않는 기공부와 몸공부는 사실 남다른 인내력(忍耐力)과 지구력(持久力) 그리고 극기력(克己力)을 요구하는 것은 사실입니다. 그러나 선도(仙道) 특히 삼공선도(三功仙道)는 이 세 가지 공부가 빠지면 성립될 수 없습니다. 삼공선도는 내가 처음으로 연구개 발한 것이 아닙니다. 단군 할아버지가 가르친『삼일신고(三一神誥)』의 삼공훈(三功訓) 속에 아예 지감(止感), 조식(調息), 금촉(禁觸)하라고 확실히 못 박혀 있습니다.

지감이 마음공부, 조식이 기공부, 금촉이 몸공부라는 것은 두말할 나 위도 없습니다. 인간은 원래 심기신(心氣身) 다시 말해서 마음, 기, 몸 이라는 떼어낼래야 떼어낼 수 없는 세 가지 요소로 구성되어 있는 이 상 삼공선도는 사람의 특성에 가장 알맞는 수련법입니다. 마음공부 한 가지만 주장하는 불교, 유교, 기독교의 수련법보다 우수한 것은 바로 이 인간의 특성을 바탕으로 하여 만들어졌기 때문입니다."

"그렇다면 그 세 가지 공부를 하기 싫은 사람은 삼공선도를 떠나면 되겠군요."

"옳은 말씀입니다. 게으른 사람, 뚱뚱해지고 싶고 병들고 싶은 사람 은 애당초 삼공선도를 택하지 말았어야 했습니다. 또 처음부터 생장소 병몰(生長消病歿)의 고(苦)에서 벗어나고 싶지 않았던 사람은 삼공선 도(三功仙道)에 들어오지 말았어야 했습니다.

『삼일신고』삼공훈에는 분명 "지감(止感), 조식(調息), 금촉(禁觸)하 야 일의화행(一意化行) 반망즉진(返妄卽眞), 발대신기(發大神機)하나 니 성통공완(性通功完)이 시(是)니라" 하고 명확하게 기록되어 있습니 다. 우리 삼공 선도인들은 환인, 환웅, 단군 할아버님들이 가르친 방법 에 따라 수행(修行)을 하고 있는 겁니다.

　　그러니까 이 세 가지 수련법 중에서 어느 한 가지만 빠져도 이미 삼공선도일 수 없습니다. 수련법에 문제가 있을래야 있을 수가 없습니다. 만약에 이 세 가지 수련법 중에서 어느 한 가지라도 생략을 하거나 왜곡(歪曲)을 한다면 그것은 이미 삼공선도가 아닙니다."

병의 원인 아는 것이 치료제다

1996년 3월 3일 일요일 −3~9℃ 맑음

새벽 4시 반. 딸애가 직장에서 꼭 차를 쓸 일이 있다고 해서 오늘은 택시를 타고 등산로 입구까지 갈 수밖에 없었다. 이 시간에는 전철도 버스도 다니지 않기 때문에 다른 방법이 없었다. 택시에서 내려 산길을 접어든 지 10분쯤 되었을까 해서였다. 갑자기 현기증이 일면서 당장 땅 위에 주저앉고 싶었다. 날씨는 저기압이었고 안개가 짙게 끼어 있었다. 바로 이때 아내가 입을 열었다.

"갑자기 토할 것 같아요."

"왜 그러오?"

"모르겠어요. 어지러워서 못 견디겠어요. 오늘은 집에 돌아갔으면 좋겠어요."

"스모그 현상 때문일까?"

"모르겠어요."

"하긴 나도 좀 어질어질한 게 이상한데, 왜 그런지 모르겠군."

"여기 아무데서나 좀 쉬었다가 갑시다."

아직은 영하 3도의 추위다. 왜 그럴까? 갑자기 맥이 풀리면서 다리까지 휘청댔다. 나는 평소보다 천천히 발을 옮겨 놓으면서 생각해 보았다. 아무리 아황산가스가 많이 배출된다고 해도 차량 운행이 뜸한 새벽에 현기증이 일 정도로 공기가 심하게 오염이 될 수 있을까? 아무래도 그럴 것 같지는 않았다. 그럼 무엇 때문일까?

그렇다면 혹시 택시에 문제가 있었던 것은 아닐까? 나는 택시를 생각해 보았다. 택시 운전사는 유난히 서글서글하고 묻지 않는 말도 잘했고 친절한 편이었다. 그런데 이제 생각해 보니 차 창문을 조금씩 열어놓았던 것이 생각났다. 제법 찬 새벽 공기가 싫어서 나는 창문을 닫았던 일이 생각났다. 아직은 영하 3도의 추위 속에서 차 창문을 굳이 열어놓아야 했던 이유가 무엇일까? 여기서 나는 실마리를 찾을 수 있었다.

"아아, 이제 알아냈소."

"뭔데요?"

"아까 우리가 타고 온 택시말요. 엘피(LP)가스 차였소. 택시 타고 오는 동안에는 미처 깨닫지 못하고 있었는데, 이제야 그 원인을 알게 되었소."

"그러고 보니 정말 그런 것 같네요. 엘피가스 차라고 해도 차 안으로 가스가 새어 들어오지 못하게 할 수는 없는 모양인가요?"

"아무래도 눈에 보이지 않는 기체(氣體)니까 완전히 새지 않게는 할 수 없는 모양이요."

"그러게요. 허지만 참을 만하니까 엘피가스를 쓰는 거 아니겠소."

"하긴 우리는 좀 예민한 편이니까 그렇지 웬만한 사람들은 그런 것도 모르고 탈 거예요. 차에서 내리자 갑자기 어지러우면 사람들은 무조건 약방에 달려가서 드링크제나 사 먹겠죠."

"그래서 약장사도 해먹게 되어 있는 거 아니겠소."

"그건 그렇고 우리는 택시를 내렸으니까 그만이지만 택시 운전사는 하루 종일 그 가스를 마실 테니 오죽이나 건강을 해치겠어요."

"그러나 그것도 만성이 되면 참을 만할 거요. 사람이란 웬만한 환경에는 다 적응하게 되어 있으니까요. 우리가 방금 전에 겪은 것처럼 어지러우면 어떻게 운전을 하겠소."

"도대체 엘피가스가 휘발유보다 얼마나 싼데 그걸 쓸까요?"

"휘발유의 반값밖에 안 된다고 합디다."

"엘피가스 오래 쓰면 정말 직업병에 걸리기 쉽겠는데요."

"돈 버는 것이 뭔지 그 운전사도 그걸 모를 리가 없을 텐데. 조금이라도 더 벌려고 그 고생을 하겠죠?"

우리는 이런 얘기를 나누면서 아직 어둠이 가시지 않은 산길을 오르고 있었다. 이따금 등산객의 발자국 소리에 놀란 산새들이 푸드득 날개소리를 내면서 날아오르고 있었다.

"아까 꼭 주저앉을 것만 같고 따뜻한 아랫목이 마냥 그립기만 하더니 그래도 그 원인을 알고 나니까 한결 살아날 것 같네요. 원인을 알았으니까 그렇지 지금까지도 원인을 몰랐었다면 난 아마 혼자서라도 집에 돌아갔을 거예요."

"그러니까 원인을 알고 나면 대부분의 원인 모르는 병은 다 낫는다지 않소. 현기증의 원인이 바로 택시의 엘피가스 중독 때문이라는 것을 알고는 한결 안심이 된 것은 가스 중독은 시간이 흐르면 낫는다는 것을 알기 때문이예요. 그러나 이 세상에는 의사들도 도저히 원인을

197

알 수 없는 병들이 얼마든지 있어요.

아무리 첨단 의료장비를 동원해도 도저히 그 원인을 알아낼 수 없는 병들이 있어요. 의학적으로는 아무 이상도 없는데 여전히 몸은 아프단 말요. 허지만 의사들은 원인을 알 수 없으니까 심인성(心因性)이니 신경성(神經性)이니 하는 애매모호한 병명을 붙이고 있지만 일단 그 원인을 알아버리면 병은 씻은 듯이 낫는 수가 있어요. 요즘은 정신신경과 의사들 중에 아주 희귀하기는 하지만 최면술을 이용하여 전생퇴행요법(前生退行療法)으로 병의 원인을 알아내어 질병을 치료한다고 합디다."

"전생퇴행요법이란 어떤 건데요?"

"최면술로 전생에 있었던 병의 원인을 알아내면 병도 자연히 낫게 되는 거예요."

"아무런 치료도 하지 않았는데 병이 나을 수 있을까요?"

"병의 원인을 알아내는 것 자체가 치료가 되는 거죠. 실례를 하나 들어 보겠소. 강물이나 바닷물, 수영장 물만 보면 무서워서 벌벌 떨면서 초죽음이 되는 사람이 있었어요. 전생퇴행요법으로 추적해 보았더니 그 사람은 전생에 물에 빠져 죽은 일이 있었다고 합니다. 그 환자는 이 사실을 알자마자 병이 나았다고 합니다."

"알기만 했는데도 병이 나았단 말예요?"

"그렇다니까요."

"어쩐지 선뜻 이해가 안 가네요."

"아니 당신도 방금 전에 경험하고 뭘 그래요?"

"내가 뭘 경험했게요?"

"허 참, 택시에서 엘피가스에 중독된 것도 모르고 있다가 그 사실을 알고는 금방 좋아졌다고 하지 않았소. 물론 이것은 심리적인 원인보다는 가스가 범인이긴 하지만 그 사실을 알았다는 것 자체가 치료제가 된 것은 사실이 아니요?"

"글쎄요, 그러고 보니 그 말도 그럴 듯하네요."

이런 얘기를 하는 동안에 어느덧 한 시간이나 흘렀다. 그때가 되어서야 우리는 비로소 엘피가스 중독에서 완전히 해방되어 정상을 회복할 수 있었다. 사실을 안다는 것, 진실을 안다는 것이 얼마나 중요한 것인가를 보여주는 실례이다. 우리가 희구애노탐염(喜懼哀怒貪厭)에 시달리는 것도 알고 보면 진실을 모르기 때문이다.

붓다가 인생은 고해(苦海)라고 정의를 내린 것은 희로애락(喜怒哀樂)과 탐진치(貪瞋癡)가 왜 일어나는지를 모르고 고통받고 있는 인생을 가리킨 것이다. 그런데 사실은 깨닫고 보면 인생은 고해가 아니라 낙해(樂海)일 수도 있다. 똑같은 대상인 인생인데도 고해도 되고 낙해도 된다. 왜 그럴까? 여기에 진리를 깨달았느냐 못 깨달았느냐의 차이가 있다. 탐욕과 갈애(渴愛)와 집착이라는 색안경을 쓰고 본 인생은 갈데 없는 고해(苦海)지만 이 색안경을 벗어버리고 생생한 진실을 본 인생은 낙해(樂海)이다.

전생에 물에 빠져 죽은 충격을 잠재의식 속에 간직하고 있는 사람이 최면술을 이용한 전생퇴행요법(前生退行療法)으로 진실을 알아버린 뒤에는 물에 대한 공포감에서 벗어날 수 있었던 것은 진실을 알았기 때문이다. 이와 마찬가지로 똑같은 대상인 인생을 놓고 고해(苦海)와 낙해(樂海)로 정반대의 해석을 내리는 근본 원인은 인생의 진실을 보았느냐 못 보았느냐의 차이에서 오는 것이다.

우리가 수련을 하는 목적은 바로 이 진실을 보기 위해서이다. 진실을 봄으로써 고해병(苦海病)에서 벗어나기 위해서다. 그럼 어떻게 하면 그 진실을 볼 수 있을까? 진실을 가리는 색안경을 벗어 던지면 된다. 색안경은 무엇인가? 탐진치(貪瞋癡), 희구애노탐염(喜懼哀怒貪厭)이 바로 색안경이다. 이것을 한말로 표현하면 욕심이라고도 하고 이기심이라고도 하고 집착이라고도 한다. 욕심을 버리면 진실이 보이게 되어 있다. 욕심이 바로 색안경 그것이기 때문이다. 욕심에서 벗어나는 지름길은 나보다 늘 남을 먼저 생각하는 것이다. 역지사지방하착(易地思之放下着) 하는 것이다.

일상생활에서 언제나 남의 입장에서 자기를 바라볼 줄 아는 사람은 남을 위하는 것이 결국은 자기를 위하는 것임을 깨닫게 된다. 여인방편자기방편(與人方便自己方便)이다. 이렇게 일단 마음이 바뀐 사람은 악한 일을 하라고 해도 못한다. 역지사지방하착(易地思之放下着), 여인방편자기방편(與人方便自己方便)이 몸에 배어버린 사람은 새치기를 하라면 누가 돈을 삼태기로 준다고 해도 못 한다. 산에 올라가서 몰래 쓰레기를 버린다는 것은 상상도 할 수 없다.

이러한 사람이 공무원이 되면 누가 뇌물을 받아달라고 통사정을 해도 미동(微動)도 하지 않을 것이다. 이러한 사람이 대통령이 된다면 대기업체 회장들이 수천억의 비자금을 싸 들고 와서 받아주지 않으면 목을 매겠다고 협박을 해도 들은 척도 하지 않을 것이다. 왜냐하면 뇌물은 속에 독이 들어있는 미끼에 지나지 않는다는 것을 잘 알기 때문이다. 이러한 사람이 건설 현장 책임자가 되면 황금덩이를 싸들고 와서 부실 공사를 해달라고 해도 눈 하나 깜짝하지 않을 것이다. 왜 그럴까? 부귀영화(富貴榮華)가 하찮은 뜬구름에 지나지 않는다는 것을 너무나도 잘 알고 있기 때문이다. 또한 명예와 지위와 재산은 제아무리 높이 쌓아도 죽을 때는 하나도 가져갈 수 없다는 것을 알고 있기 때문이다.

이러한 사람들은 상대계(相對界)의 현상(現象)들은 몽환포영(夢幻泡影)이라는 것을 잘 알고 있으므로 진리를 늘 꿰뚫어 볼 수 있다. 절대계(絕對界)인 진리 속에는 생로병사(生老病死)가 없다는 것을 알 뿐만 아니라 자기는 바로 그 절대계에 속해 있다는 것을 잘 알고 있으므로 무엇에든지 구애받을 것이 없고 집착할 것도 없게 된다. 상구보리(上求普提)했으니 하화중생(下化衆生)하고 홍익인간(弘益人間)하는 것이 그가 하는 일상생활의 주 내용이 될 것이다.

가정 폭력

1996년 3월 5일 화요일 −2∼9℃ 맑음

오후 3시. 여섯 명의 수련생들이 정좌하고 있었다. 임한경이라는 중년 여자 수련생이 말했다.

"선생님, 혹시 가정 폭력에 대해서 생각해 본 일이 있습니까?"

"신문에 날 때마다 잠깐씩 생각해 보곤 합니다."

"우리나라에서는 부부간에 일어나는 폭력이 다른 나라보다는 유독 심한 것 같습니다. 15년 동안이나 거칫하면 사위한테 매를 맞고 살아온 딸의 처지를 보다 못 해 살인을 저지른 70 노모가 감방살이 할 것이 안타까워 살인죄를 대신 짊어지려 했던 딸의 얘기는 어떻게 보십니까?"

"딸에게 매질하는 사위에게 딸 대신에 그 어미가 복수한 사건입니다. 결국 보복과 살인으로 무슨 문제를 해결하려고 하는 한 끝없는 인생고(人生苦)와 복수극(復讐劇)의 악순환만 있게 될 것입니다."

"이런 때 무슨 해결책이 없겠습니까?"

"없긴 왜 없겠습니까?"

"좋은 해결책이 있다는 말씀입니까?"

"있구말구요."

"어떤 건데요?"

"일시적 미봉책이긴 하지만 가정 폭력범으로 경찰에 신고하면 되지 않겠습니까?"

"신고해도 경찰에서는 별로 반응을 보이지 않습니다."

"왜요?"

"가정 폭력은 어디까지나 가정 안에서 해결하도록 하라는 겁니다. 경찰은 골치 아프게 그런 일에 간섭할 시간 여유가 없다고 하기가 일쑤입니다. 이웃에서도 요즘은 남의 가정일에 주제넘게 간섭하는 것 같아서 되도록 못 본 척들 하려고 합니다. 경찰도 이웃도 못 본 척하니 천상 매맞는 여자 쪽 친가에서만 관심을 보일 정도인데 그것도 한두 번이지 상습적으로 벌어지는 일에 어떻게 일일이 간섭하겠습니까?

더구나 한국에는 결혼한 딸은 출가외인(出嫁外人)이라고 해서 웬만한 일엔 못 본 척하는 관행(慣行)이 있지 않습니까? 그러니 죽어나는 것은 약한 여자뿐입니다. 문제가 여기서만 끝나는 것이 아닙니다. 아이들의 교육상 가정 폭력은 치명적입니다. 아이들은 허구헌날 매질만 하는 애비를 보고 자라니 커서도 똑같은 짓을 예사로 저지를 것이 아닙니까?"

"그쯤 되면 이혼을 하는 것이 좋지 않겠습니까? 혹시 임한경 씨가 그런 일을 당하시는 것은 아닐 테고, 누구 가까운 사람이 그런 일을 당하고 있는 모양이죠?"

"제 언니가 그렇게 무려 20년 동안을 살아 왔는데, 이혼을 하라고 그렇게 권해도 그것만은 피해오고 있습니다."

"바로 그런 사유 때문에 경찰이나 이웃도 모른 척하는 겁니다. 매를 맞으면서도 같이 사는 것은 그럴 수밖에 없는 끊지 못할 인연이 있기 때문입니다. 흔히 자식들 때문에 참고 산다고들 하지만 그것만은 아닌 피치 못할 사정이 있다는 것을 알아야 합니다. 남편이 가학음란증(加虐淫亂症) 환자라면 여자는 피학음란증(被虐淫亂症) 환자일 수도 있습니다. 이와는 정반대의 경우도 있을 수 있습니다. 부부의 인연이란 그래서 참으로 기묘하기 짝이 없는 겁니다."

"외국에서는 이런 때 신고만 하면 경찰이 득달같이 달려와서 남편을 잡아간다면서요?"

"그거야 미국에서나 있는 일 아닙니까? 헌데, 미국 여자도 한국인과 결혼하면 달라지는 것 같습니다."

"그럴 수가?"

"사실입니다. 내가 영자신문사에 다닐 때 얘긴데요. 카피리더(copy reader)라고 해서 한국인 기자들이 쓴 기사를 영어 사용국 국민들이 읽기에 저항감을 느끼지 않도록 문장을 다듬는 일을 하는 사람이 있는데, 대체로 영어를 모국어로 사용하는 사람이 맡게 되어 있습니다. 바로 이 일을 하던 미국 여자의 얘기입니다. 이 여자의 남편이 한국인입니다. 그 한국인 남자가 미국 유학 때 결혼한 사이입니다. 금발의 미인이었습니다."

"그 여자의 남편을 보셨습니까?"

"보구말구요."

"어떻게요?"

"직장에서 봄가을에 한 번씩 야유회가 있는데 그때마다 꼭 남편을 데리고 나오더라구요. 그 한국인 남편은 별 특징도 없는 그저 그렇구 그런 평범한 한국인 남자였습니다. 그런데 그 미국인 여자는 남편에게 사흘이 멀다 하고 매를 맞아 시퍼런 멍이 든 얼굴을 들고 회사에 나오는 일이 보통입니다. 아이도 없는 사이인데도 그들 부부는 그러한 관계가 몇 해 지속되자 여자는 어느덧 그것이 일상생활이 되어버렸는지 별 불평 없이 그럭저럭 살아가고 있었습니다."

"경찰에 신고를 해도 별 도움이 안 되고 그렇다고 이혼도 하려고 하지 않는다면 외국에서와 같이 특별법을 제정하여 신고 즉시 때리는 남편을 체포하여 형사 처벌을 하든가, 구타하는 남편을 아내와 격리시키고 아이들에 대한 친권(親權)을 박탈하고 여자에게는 긴급 피난처를 제공하는 한편 적절한 보상 제도를 마련하는 것이 어떻겠습니까?"

"물론 그것도 해결책의 하나는 될 수 있지만 그렇게 한다고 해서 가정 폭력 문제가 근본적으로 해결되기를 기대한다면 그것은 착각이 될 것입니다."

"그건 왜 그렇습니까?"

"선진국 특히 레이디 퍼스트(lady first)의 나라 미국은 그렇게도 강력한 여성 보호책을 법제화했다고 하지만 구타행위가 줄어들었다는 얘기는 들어보지 못했습니다."

"그 이유는 어디에 있다고 보십니까?"

"가정 폭력은 외부의 힘이나 법의 강제력만 가지고는 한계가 있기 때문입니다."

"그럼 근본적인 해결책은 어디서 찾아야 한다고 보십니까?"

"내가 보기에는 매맞는 쪽에도 문제가 전연 없지 않습니다. 우선은 그것부터 해결해야 합니다."

"물론 손바닥도 마주쳐야 소리가 난다고 하지만 아무 이유도 없이 남자가 술만 취하면 아내를 취미 삼아 개 패듯 하는 경우도 있거든요."

"그럴 때는 정신질환이 없나 점검을 해 볼 필요가 있습니다. 심하게 접신(接神)이나 빙의(憑依)가 되어 있는 수도 있습니다. 접신이나 빙의가 되었다면 그 당사자는 수련을 해야 합니다. 접신이나 빙의는 어떠한 경우든지 수련을 하라는 신호이기 때문입니다. 그렇지 않고 신경계통이 파괴된 정신질환자는 치료가 될 때까지 격리시키는 수밖에 없습니다.

정신병자한테 평생 매를 맞고 살 수는 없기 때문입니다. 그러나 이러한 사례는 가정 폭력 중에서 극소수에 지나지 않는 특이한 경우일 것입니다. 이처럼 치유 불가능한 경우를 빼놓고는 당사자들의 마음먹기에 따라서 해결될 수도 있다고 봅니다. 그렇습니다. 가정 폭력의 근본적인 해결책은 마음을 바꾸는 겁니다."

"마음을 어떻게 바꾸면 될 수 있겠습니까?"

"아무리 술에 취해 있다고 해도 남편이 아내를 때릴 때는 무슨 꼬투리든 분명 있을 것입니다. 아내 쪽에서는 그 꼬투리가 무엇인지 철저히 관찰하고 분석하고 연구하는 겁니다. 이때 아내는 자기가 남편의 화를 돋우어 폭력까지 행사하게 하는 건 아닌지 만약에 그렇다면 그 과정을 면밀하고 침착하게 분석해 봅니다.

이렇게 되려면 여자는 마음을 완전히 비워야 합니다. 자신의 고집이나 욕심 같은 것이 남편을 화나게 하는 것이 아닌가 살펴보아야 합니

206

다. 이처럼 철저하게 자기 자신의 마음을 비우고 일체를 남편의 입장이 되어 생각해 보는 겁니다. 나를 없애어 남편의 심정이 될 수만 있으면 내 결점이 무엇인지 환히 알 수 있습니다. 남편의 비위를 뒤틀리게 하고 화나게 만드는 것이 과연 무엇인지 하나하나 드러나게 될 것입니다.

나를 생각하기에 앞서 언제나 남편의 입장이 되어봅니다. 물론 이렇게 되기가 쉬운 일은 아닙니다. 개인주의, 이기주의적 분위기 속에서 자라온 세대들이 나를 제치고 남을 먼저 생각한다는 것은 거의 불가능에 가까운 일입니다. 그러나 이것만이 나를 살리는 길이라는 것을 알아야 합니다.

외부의 도움을 구하는 방법은 최선책이 될 수 없는 이유가 여기에 있습니다. 요즘은 여자만 남자한테 매맞고 사는 것이 아니고 남자도 여자에게서 상습적으로 구타를 당하면서 사는 사례도 점차 늘어나고 있습니다. 이처럼 매를 맞으면서도 선뜻 이혼을 못 하고 사는 이유가 어디에 있는지 아십니까?"

"그거야말로 정말이지 제가 선생님에게 먼저 물어보고 싶었던 의문입니다."

"사람이 이 세상에 태어나고 혼인하고 취직하고 병들거나 늙어서 숨을 거두는 것은 전부가 전생(前生)의 인과응보입니다."

"아니 그렇다면 남편에게 매맞고 사는 것도 전생의 인과응보라는 말씀입니까?"

"물론입니다. 금생(今生)은 전생의 결과입니다. 또 내생(來生)은 금생의 결과이고요. 바로 그 때문에 상대에게 매를 맞으면서도 헤어지지 못하고 사는 겁니다. 매맞고 사는 부부들은 전생의 위치가 금생과는 정반대였다는 것을 알아야 합니다. 금생에 매맞고 사는 여자는 전생에는 남자를 학대하거나 때리면서 살았다는 것을 알아야 합니다."

"그렇다면 그런 부부는 원수가 외나무다리에서 만나는 격이라는 말씀입니까?"

"바로 맞혔습니다. 이런 사연이 없었다면 그 모진 매를 맞으면서도 이혼을 하지 않고 끝까지 버티는 이유가 설명이 되지 않습니다."

"그거야말로 참으로 기가 막히는 일이네요."

"기가 막히는 일이 아니고 기가 뚫리는 일이죠."

"그건 또 무슨 말씀이십니까?"

"기 뚫린다는 것은 해결의 돌파구가 열린다는 말이기도 하기 때문입니다."

"아까 선생님께서는 금생에 매맞고 사는 부부는 전생에는 반대의 위치에 있었다고 말씀하셨는데 그렇다면 그 부부는 전생에는 남녀의 위치가 바뀌어 있었다는 말씀인가요?"

"간혹 그런 수가 있기도 하지만 금생의 부부라고 해서 전생에도 반드시 부부 사이였던 것은 아닙니다."

"그럼 어떤 사이였습니까?"

"상전(上典)과 하인(下人), 상급자와 하급자, 고문자(拷問者)와 피고문자(被拷問者), 고부간(姑婦間), 고발자(告發者)와 피고발자(被告發者), 누명을 뒤집어씌운 사람과 누명을 쓴 사람, 살인자와 피살인자 사이 등등입니다. 이렇듯 한이 맺힌 사람들끼리 맺어진 결혼이기 때문에 외부의 간섭에는 아무래도 한계가 있을 수밖에 없습니다.

가령 법에 따라 구타한 쪽이 형사 처벌을 받고 복역을 하다가 사망을 했다면 그 빚은 금생에 청산이 되지 못했으므로 그다음 생으로 넘어가게 됩니다. 왜냐하면 이 현상계(現象界)에서는 인과율(因果律)을 어길 수 있는 것은 아무 것도 없기 때문입니다."

"그럼 어떻게 처신하는 것이 제일 좋겠습니까?"

"아까도 말했지만 욕심과 집착을 버리고 마음을 완전히 비우면 해결책이 훤히 내다보일 것입니다. 어디까지나 자업자득(自業自得)이요 자작자수(自作自受)이기 때문입니다. 남을 때리고 학대하고 괴롭혔으면 그 대가는 반드시 받아야 합니다. 남이 대신 받을 수는 없는 일입니다. 그것은 내 병을 남이 대신 앓아줄 수 없고 나 대신 남이 죽어줄 수 없는 것과 같습니다."

"그러나 선생님, 이 세상에서 매맞고 사는 부부 중에서 과연 몇 프로나 그러한 인과응보를 알고 있겠습니까?"

"다만 일 프로도 그것을 알고 있는 사람이 없다고 해도 인과응보의 이치에는 추호의 변함도 있을 수 없습니다. 그러니까 그 모진 매를 맞으면서도 이혼을 못 하고 매맞고 사는 여자는 비록 잠재의식으로나마 전생의 업보에 대한 보상심리를 무의식적이지만 느끼고 있는 경우입니다. 더구나 개인주의가 극도로 발달한 오늘날의 신세대들 중에 매맞고 사는 여자는 별로 없습니다. 그렇다고 해서 그녀가 갚아야 빚이 탕감된 것은 결코 아닙니다."

"그럼 금생에 못 갚은 빚은 어떻게 됩니까?"

"다음 생으로 넘어가는 수밖에 없습니다. 대인관계에서 오늘 갚아야 할 돈을 못 갚았으면 내일 갚아야 하고 이달에 갚아야 할 빚을 청산 못 했으면 내달에 갚아야 하는 것과 다르지 않습니다."

"그럼 빚을 청산하지 못하는 한 언제까지나 그러한 불편한 관계는 지속될 수밖에 없다는 얘긴가요?"

"반드시 그렇지만은 않습니다."

"다른 방법이 있다는 말씀인가요?"

"그럼요."

"어떤 건데요?"

"진실을 알아버리면 아무리 실타래처럼 헝클어지고 꼬인 복잡한 원수지간이라도 한순간에 무산될 수도 있습니다."

"그 진실이라는 것이 어떤 것인데요?"

"현상계에서 벌어지는 모든 사건들은 알고 보면 한 자락 꿈에 지나지 않는다는 것을 깨닫는 겁니다. 이 세상에서 벌어지는 온갖 사연들이나 현상들이 알고 보면 전부가 다 이기심과 욕심과 집착에서 발단이 되었다는 것을 알게 되는 순간, 사람과 사람 사이의 원한이나 증오 따위가 모두가 다 한갓 몽환포영(夢幻泡影)에 지나지 않는다는 것을 깨닫게 되는 겁니다.

그렇게 되면 제아무리 불구대천의 원수라고 해도 한갓 환상에 지나지 않는다는 것을 알게 됩니다. 이렇게만 된다면 제아무리 한이 맺힌 전생의 원수들이라도 일순간에 모든 원한이 햇볕에 눈 녹듯 녹아버리게 될 것입니다. 따라서 가정 폭력의 근본적인 해결책은 부부가 다 같이 미망(迷妄)에서 깨어나는 길밖에는 다른 방법이 없습니다."

"그렇다면 하필이면 전생의 원수들이 부부로 만난다는 것은 무엇을 뜻합니까?"

"그들 부부가 다 같이 해결해야 할 숙제를 섭리가 제공해준 것이라고 보면 됩니다. 이 숙제를 올바르게 풀어내면 다시는 원수 같은 거 맺지 않아도 된다는 것을 깨닫게 하자는 섭리의 작용이라고 보면 틀림이 없습니다."

"그러나 가정 폭력 사태에 휘말려 있는 부부들 중에서 그것을 깨닫는 부부가 과연 몇 명이나 되겠습니까?"

"깨닫지 못하면 할 수 없는 일입니다. 평안 감사도 자기 싫으면 그만인데 어떻게 하겠습니까?"

"그럼 어떻게 됩니까?"

"깨달을 때까지 현상계에서 생로병사의 윤회를 거듭하면서 그런대로 살길을 찾아 가는 수밖에 없습니다. 그러나 모든 존재의 종착점은 진리를 깨닫는 데 있다는 것만은 틀림이 없습니다. 앞으로 어느 정도의 세월이 흐를지는 모르는 일이지만 어느 때인가는 그 지점에 도달하고야 말 것입니다."

"그게 뭔데요?"

"지혜로운 사람은 미망(迷妄)의 고통을 덜 당하고 미련한 사람은 미망의 고통을 오래도록 감수하는 겁니다. 하늘나라니 천국이니 극락이니 열반이니 피안이니 하는 곳은 바로 이 미망의 고통에서 벗어난 곳입니다. 그곳에는 생로병사(生老病死)도 시간도 공간도, 시비(是非)도 선악(善惡)도 없는 곳이니 고통 따위가 있을래야 있을 수도 없습니다."

생사고락(生死苦樂)의 문제

1996년 3월 8일 금요일 −5∼5℃ 흐림

오후 3시. 7명의 수련생이 내 서재에서 정좌를 하고 있었다. 그중에서 박명희라고 하는 중년 여자 수련생이 말했다.

"선생님, 전 요새 수련이 잘되지 않습니다."

"수련이 안된다뇨. 어떻게 말입니까?"

"요즘은 어쩐지 전과는 달리 단전이 달아오르지도 않고 새벽 달리기를 해도 힘만 들고 자꾸만 숨만 차옵니다. 도대체 왜 그렇게 잘되던 수련이 이렇게 안되는지 모르겠습니다. 하도 힘이 드니까 어떤 때는 수련을 집어치울까 하는 생각이 문득 들 때가 있습니다. 이럴 때는 어떻게 하죠?"

"추울 때가 있으면 더울 때가 있고 오르막이 있으면 내리막이 있고 어두운 밤이 있으면 밝은 낮이 있는 것과 같이 수련도 반드시 기복이 있게 마련입니다. 만약에 수련이 한결같이 처음부터 끝까지 똑같은 상태로 진행이 된다면 지루해서 못합니다. 수련이 안될 때가 있으니까 잘될 때가 있지, 언제나 똑같은 상태라면 잘되는 것도 없고 잘 안되는 것도 없어지게 될 것입니다.

사람의 한평생을 보아도 세월 좋고 끝발 날릴 때가 있고 그렇지 않고 굶기를 밥 먹듯 하는 곤고한 세월을 보낼 때가 반드시 있게 마련입

213

니다. 만약에 어떤 사람이 부잣집에 태어나서 고생이라는 것은 손톱만큼도 해 보지 않고 일생을 처음부터 끝까지 편안하게 마쳤다면 그 사람은 인생을 제대로 살았다고 할 수 있겠습니까? 물론 그런 사람이 실제로 존재할 수도 없는 일이지만 있다고 해도 그것처럼 무의미한 생애는 없을 것입니다. 그런 사람은 한평생을 다 보내 보아도 인생의 의미가 무엇인지 자기는 무엇 때문에 살았는지 아무 것도 모르는 채 한 생애를 끝내게 될 것입니다.

수련도 마찬가지입니다. 잘될 때가 있고 잘 안될 때도 있어야지 잘되는 것이 무엇이고 잘 안되는 것이 무엇인지를 알게 되고 거기에서 교훈을 얻고 귀중한 체험을 쌓게 됩니다. 수련이 잘 안되면 왜 그런가 생각을 해 보고 궁리도 해 보고 사색도 해 보는 동안 자기 잘못도 발견하게 되고 새로운 진로도 모색하게 됩니다. 그러는 사이에 그야말로 보옥과도 같은 귀중한 자기만이 알 수 있는 체험을 쌓게 됩니다."

"그래도 수련이 잘 안될 때는 괴롭거든요."

"그 말 잘하셨습니다. 괴로움이 무엇인지 모르는 사람이 즐거움이 무엇인지 알 수 있겠습니까?"

"글쎄요."

"글쎄요가 아니라 좀더 깊이 생각해 보십시오. 괴로움도 맛보고 즐거움도 맛을 보아야 그 두 가지 감정에서 동시에 벗어날 수가 있지 않겠습니까?"

"그러니까. 선생님은 괴로우면 괴로운 대로 깊은 뜻이 있다는 말씀입니까?"

"바로 맞추셨네요. 괴로움이 올 때는 그것을 피하려고 하지 말고 정면으로 당당하게 받아들이십시오. 찾아온 괴로움이 피한다고 해서 되는 것이라고 생각해서는 안 됩니다. 오히려 피하려고 하면 할수록 점점 더 악착같이 달려드는 그림자같이 따라붙게 될 것입니다. 하긴 괴로움은 즐거움의 그림자이니까요. 더울 때는 더워야 하고 추울 때는 추워야 합니다. 더위가 왔다고 냉방기만 가동한다든가 피서만 가려고 한다면 더위를 당장 피할 수는 있겠지만 더위를 이기는 힘은 영영 기르지 못하게 됩니다. 더위를 이길 능력이 없다는 것은 그만큼 몸도 의지도 약하다는 증거입니다."

"선생님의 말씀을 들으면 이 세상의 괴로움은 실재(實在)하는 게 아니라는 말씀 같습니다. 한발 깊이 생각해 보면 진정한 의미의 괴로움은 있을 수 없다는 얘기 아닙니까?"

"아주 옳은 지적을 해 주셨습니다. 그런 것을 보고 문제의 정곡(正鵠)을 찔렀다고들 흔히들 말합니다. 냉정하게 말해서 괴로움이라든가 즐거움이라는 것은 사람의 관념이 만들어낸 착각 같은 것이라고 보는 것이 정확합니다."

"그렇다면 선생님, 실제로 고락(苦樂)이라는 것은 없다는 말씀인가요?"

"그렇습니다. 고락이란 인간의 머리가 만들어 낸 것이지 실상(實相)으로 존재하는 것은 아닙니다."

"그럼 제가 느끼는 고통이나 괴로움도 실존하는 것이 아니라는 말씀인가요?"

"그렇습니다."

"그럼 석가가 인생은 고해(苦海)라고 한 말은 어떻게 된 것일까요?"

"그건 석가가 몰라서 그렇게 말한 것이 아닙니다."

"아니 그럼 알면서도 그렇게 말했다는 말씀입니까?"

"중생을 깨우치려고 인생을 고해로 알고 있는 중생의 입장에서 말했을 뿐입니다. 왜 요즘 신문광고에 보면 '눈높이 선생님' 얘기가 나오지 않습니까? 선생님이 아이들의 눈높이에서 사물을 보아야 아이들의 처지를 이해할 수 있다는 얘기와 똑 같습니다. 그러나 실제로 석가는 색즉시공(色卽是空)이요 공즉시색(空卽是色)이라고 말함으로써 절대의 진리를 가르쳐 주지 않았습니까?"

"그럼 제가 느끼는 괴로움은 어떻게 되는 겁니까?"

"그건 박명희 씨가 느끼는 착각입니다."

"착각이라구요?"

"착각이라는 말이 귀에 거슬리면 집착이라고 해도 됩니다. 이것은 무엇을 말하는고 하니 괴로움은 없다면 없는 거고 있다면 있는 거란 말입니다. 반망즉진(返妄卽眞)한 사람의 눈으로 볼 때는 괴로움은 사람이 만들어낸 착각입니다. 이것이 착각이고 집착이라는 것을 깨달은 사람에게는 괴로움은 괴로움이 아닙니다. 괴로움은 괴로움이 아니라는 것을 깨달은 사람에게는 그렇지 않는 중생들이 느끼는 괴로움은 괴로움이 아닙니다."

"그런 일이 실제로 현실 세계에서 있을 수 있는 일일까요?"

"있을 수 있구말구요. 똑같은 교통사고를 당하여 외아들을 잃은 두 어머니가 있었는데 한 어머니는 아들의 죽음 앞에 초연했습니다. 그러나 다른 한 어머니는 슬픔과 충격을 이기지 못하고 몸부림쳐 통곡하다가 정신을 잃고 화병까지 들어 몸져누웠습니다. 한쪽은 슬픔에 휘말려 쓰러졌는데, 다른 한쪽은 똑같은 비극을 당하고도 끄떡도 않고 버티어 나갈 수 있었습니다."

"그건 어떻게 된 겁니까?"

"한쪽은 마음이 확 트였고 다른 한쪽은 마음이 꽉 막혀 있다고 할 수 있습니다. 이처럼 마음먹기에 따라 객관적으로는 똑같은 비중의 비극이라 해도 그것을 대하는 태도는 하늘과 땅의 차이를 나타내게 됩니다.

천생연분의 아내의 죽음을 놓고 어떤 사람은 슬픔을 이기지 못하여 동반자살을 감행하는 수도 있고 또 어떤 사람은 격심한 심적 충격에서 헤어나지 못하고 중풍에 걸려 오래 못 살고 세상을 하직하는 경우도 있습니다. 그러나 장자(莊子)와 같은 도인은 사랑하는 아내의 주검을 앞에 놓고, 쟁반을 두들기면서, 새 생명의 탄생을 노래하고 있었다고 합니다. 이처럼 슬픔과 괴로움을 대하는 사람들의 태도가 천차만별인 것은 그것을 대하는 사람들의 마음도 천차만별이라는 것을 말해 줍니다.

이것을 보면 인간의 괴로움이라는 것은 일정한 실체가 없음을 말해 주고 있습니다. 그렇습니다. 괴로움이란 그것을 느끼는 사람에게만 따라붙은, 실체가 없는 허깨비에 지나지 않습니다. 이 허깨비의 정체를 깨달은 사람은 어떠한 난관이나 비극 앞에서도 흔들리지 않습니다. 고락(苦樂)만 그런 것이 아닙니다. 생사(生死), 시비(是非), 부귀영화(富貴榮華), 선악(善惡), 유무(有無)도 그렇습니다.

우리의 오감(五感)과 육감(六感)으로 감지할 수 있는 삼라만상(森羅萬象)은 따지고 보면 전부 다 몽환포영(夢幻泡影)에 지나지 않습니다. 그리하여 남는 것은 오직 참나, 한, 니르바나, 진리, 하느님이라는 절대의 진리밖에는 없습니다.

도인(道人), 철인(哲人), 성현(聖賢), 대인(大人), 도덕군자(道德君子)란 바로 이것을 깨우친 사람을 두고 말하는 겁니다. 그 대표적인 성현들이 단군, 석가, 공자, 노자, 예수 같은 사람들입니다. 이들 다섯 성현들 중에서 유감스럽게도 단군만이 세계적인 성인으로 알려져 있지 않을 뿐입니다. 그렇다고 해서 조금도 안타까워할 필요는 없습니다. 『천부경』, 『삼일신고』, 『참전계경』이 있는 한 다 때가 되면 알려지게 되어 있으니까요.

자, 그럼 박명희 씨는 어떻게 생각합니까? 고락(苦樂)이라는 것은 사람의 마음속에 미망(迷妄)의 형태로 있는 것이지 실제로 존재하는 것은 아니라는 내 말이 이해가 됩니까?"

"물론 선생님 말씀만 들으면 틀림없이 고락은 마음먹기에 달려 있다는 것은 알 것 같은데요."

"그럼 무엇이 문제입니까?"

"실제로 현실은 그렇지 않지 않는가 생각됩니다."

"무슨 말인지 알겠습니다. 그러나 구도자(求道者)는 현실을 따르기는 하되 그것을 실체로 인정하지는 않습니다. 왜냐하면 우리가 알 수 있는 모든 사물, 상대세계(相對世界)의 모든 것은 물거품에 지나지 않는다는 것을 직관(直觀)으로, 지혜(知慧)로 그리고 실체험과 관을 통해서 알고 있기 때문입니다. 진실과 그것을 가린 미망을 알고 있으니까 고(苦)라는 것도 사실은 미망의 산물임을 알고 있습니다.

고(苦)가 있다고 생각하는 사람은 온갖 인생고, 예컨대 생로병사(生老病死)를 실제로 받아들이니까 고통을 느끼게 되지만, 고통을 실재(實在)하는 것으로 받아들이지 않는 사람에겐 중생(衆生)들이 느끼는 고통이 실제로 가슴에 와닿지 않습니다. 그렇다고 해서 성현들은 중생들의 고통을 전연 모르는가 하면 그렇지는 않습니다. 지금은 제아무리 성현이고 도인이라고 해도 그들도 깨닫지 못한 중생이었을 때가 있었으니까 그 고통을 모를 리가 없습니다. 자기는 실제로 고통을 느끼지 않으면서도 남의 고통을 제 고통처럼 알아주는 것을 동체대비(同體大悲)라고 합니다."

"동체대비는 왜 생깁니까?"

"동체대비라는 말은 원래 불교 용어입니다. 진리는 둘이 아니고 하나라는 것을 깨달은 사람에게는 나와 남이 따로 없습니다. 만물만생(萬物萬生)이 알고 보니 하나라는 것을 깨달은 사람은 이웃의 고통이 곧 내 고통으로 느껴지게 됩니다. 역사적으로 볼 때 진리를 깨달은 성현들이 목숨까지도 아까워하지 않고 진리를 전파하는 데 진력한 것은 바로 이 동체대비(同體大悲) 정신 때문입니다. 그러나 미망(迷妄)에서 헤어나지 못하고 있는 중생과 성현들이 느끼는 고통은 질적으로 다릅니다."

"어떻게 다릅니까?"

"중생들이 느끼는 고통은 생로병사(生老病死)에 휘말려 있는 고통이고, 도인들이 느끼는 동체대비의 고통은 생로병사에서 벗어난 뒤 아직도 미망 속에서 허덕이는 이웃에 대한 연민의 정이라고 할까, 하여튼 이것을 불교에서는 대자대비(大慈大悲) 또는 동체대비(同體大悲)라고 합니다.

나와 남은 한몸인 데, 나만은 참나를 깨달아 생로병사의 고통에서 벗어났다고 해도 그렇지 못한 이웃의 처지를 보면 마음이 편할 리가 없습니다. 그래서 어떻게 해서든지 다른 중생들도 자기 자신처럼 진리를 깨달아 생로병사에서 벗어나게 해야 되겠다는 사명감을 갖게 됩니다. 석가는 바로 이 때문에 왕자자리도 마다하고 무려 45년간이나 자신이 깨달은 진리를 펼치는 데 이바지했고, 예수 같은 이는 그 일 때문에 자신의 목숨까지도 서슴지 않고 십자가의 제물로 바쳤습니다.

물론 공자, 맹자, 노자, 장자도 자신들이 깨달은 진리를 어떻게 해서든 이웃에게 알리려고 애쓴 것도 마찬가지 이유에서입니다. 환웅 할아버지나 단군 할아버지는 자신들이 수도 끝에 깨달은 진리를 국가 경영을 통해서 펼치려고 애썼습니다. 그것이 이른바 재세이화(在世理化) 홍익인간(弘益人間)이라는 건국이념이었습니다.

지금으로부터 5893년 전에 세워진 이 국가 창건 이념은 그것이 진리이기 때문에 그렇게 많은 세월이 흘렀건만 지금까지도 조금도 빛이 바래지 않고 참신함을 더해주고 있습니다. 더구나 요즘 선진국 진입과, 민족과 국토 통일을 눈앞에 두고 있는 우리에게도 재세이화 홍익인간을 넘어설 수 있는 진리파지(眞理把持) 정신을 달리 구해 볼 수 없는 것은 바로 이 때문입니다."

"고락(苦樂)이라는 것은 인간이 만들어 낸 미망의 산물이라는 것까지는 무슨 말씀인지 알 것 같습니다. 고락은 그렇다 쳐도 생사(生死)는 어떻습니까? 생사도 미망의 산물일 수 있을까요?"

"물론입니다. 사실 인생 문제에 있어서 가장 중요한 것은 생사에 관한 것인데. 그것 역시 알고 보면 미망(迷妄)의 산물임에 틀림이 없습니다. 생불생(生不生)이요 사불사(死不死)라는 말은 그래서 나온 것입니다."

"사불사(死不死)를 깨달으면 죽지 않으려고 아둥바둥할 필요도 없다는 얘기가 되겠네요."

"물론이죠. 반망즉진(返妄卽眞)한 사람은 그렇습니다. 사람은 원래 이 세상에서 살만큼 살다가 죽으려고 태어난 것이지 육체를 가지고 영원히 살려고 태어난 것은 아닙니다. 사람들은 어떻게 하든지 수명만을 연장시키는 것을 최고의 미덕(美德)인줄 알고 있는 것 같은데, 잘못 생각한 겁니다. 다시 말해서 인간은 오래 살려고 이 세상에 태어난 것이 아닙니다."

"그럼 무엇 때문에 사람은 이 세상에 태어났을까요?"

"반망즉진하기 위해서입니다."

"반망즉진이 뭔데요?"

"반망즉진(返妄卽眞)이란 『삼일신고(三一神誥)』 마지막 부분에 나오는 말인데, 지금까지 세계에서 제일 먼저 나온 경전의 핵심 부분입니다. 사람이 사는 목적을 단지 네 개의 글자로 표현했습니다. 반망즉진(返妄卽眞)이란 글자 그대로 미망(迷妄)을 반납하고 진리(眞理)를 깨닫는다는 말입니다.

인생의 목적은 바로 반망즉진하는 겁니다. 『삼일신고』가 문자화된 것이 지금부터 근 5천 9백년 전 일입니다. 그로부터 3천 5백년쯤 뒤에 나타난 불교와 유교의 경전들도 신통하게 이와 흡사한 말을 써놓았습니다."

"그게 어떤 말인데요?"

"불교에서 말하는 견성해탈(見性解脫)이 바로 반망즉진을 말하는 겁니다. 표현만 달랐지 내용은 똑같은 말입니다. 견성(見性)이 반망(返妄)이고 해탈(解脫)이 즉진(卽眞)입니다. 또 유교의 경전인 『대학(大學)』에도 이와 흡사한 말이 나와 있습니다.

　'대학지도(大學之道)는 재명명덕(在明明德), 재친민(在親民), 재지어지선(在止於至善)'이란 말이 『대학(大學)』 첫머리에 나오는데, 여기 나오는 재명명덕(在明明德)이 바로 반망즉진과 표현만 달랐지 내용은 똑같은 겁니다. 여기서 명덕(明德)이야말로 진리(眞理) 그 자체를 말합니다. 따라서 명명덕(明明德)은 진리인 명덕(明德)을 가리고 있는 미망을 걷어버리고 그 본래의 밝은 덕을 밝히는 것을 말합니다. 반망즉진(返妄卽眞)을 그대로 되풀이해 놓았습니다.

　그래서 재명명덕(在明明德)이라는 네 글자 전체를 해석하면 대학지도는 명덕 즉 진리를 밝히는 데 있다는 말입니다. 그렇습니다. 인생의 목적은 조금도 어렵게 생각할 필요가 없습니다. 쉽게 말해서 잘못된 생각이며 고정관념인 미망을 걷어버리고 진리를 깨닫는 데 있다는 말입니다.

〈34권〉

삼공선도 초청 강연

단기 4329(1996)년 5월 10일 9~21°C 해, 구름

오후 7시부터 삼공선도 본원(초선대, 招仙臺)에서 초청 강연을 했다. 작년 11월 1일 개원식에 참석한 이래 두 번째 방문이다. 그동안 수련생이 꾸준히 늘어나 지금은 등록 인원이 150명이나 된다. 6시 반경에 도장에 도착했을 때는 백 명 가까이 되는 회원들이 모여 있었다.

초청 강연이 있기 전에 청띠와 황띠 수여식이 있었다. 청띠는 기문 (氣門)이 열린 수련생에게 수여하는 것이고, 황띠는 임독맥이 열린 수련생에게 주는 것이었다. 청띠가 7명, 황띠가 3명이었다. 청띠와 황띠를 받은 사람들의 심정을 나는 알만했다.

나 역시 10년 전에 초보자로서 모 도장에 다닐 때 청띠와 황띠 받는 사람들이 얼마나 부러웠었는지 몰랐다. 그때 그 도장에서는 청띠와 황띠 수여 기준이 얼마나 까다로웠는지 초보자에게는 하늘의 별따기었다. 그래서 수련생들은 누구나 청띠나 황띠 따는 것을 얼마나 자랑스럽게 여겼었는지 모른다.

청띠와 황띠를 이규행 회장에게서 받은 회원들은 띠 수여식이 끝나

자 각기 수련생들 앞에 나와서 자신들이 선도에 입문한 이래 실제로 체험한 이야기들을 조금도 과장 없이 들려주었다. 도장에 나와서 얼마 안 되어 기운을 느끼면서부터 당뇨병, 고혈압, 신경통, 간염, 중풍, 각종 심인성 질병, 비만증 같은 고질병들이 어느 사이에 씻은 듯이 나아 버렸고, 잃었던 건강을 되찾자 모든 일에 자신감을 갖게 되었다는 것이다.

모두가 직접 겪은 생생한 체험담이었다. 시간이 한정되어 있어서 비록 짤막하기는 하지만 듣는 사람들에게 크나큰 감동을 주었다. 띠를 받은 사람들은 이구동성으로 삼공선도를 알게 된 것을 천만다행으로 생각한다고 말했다. 이렇게 좋은 것이 있다는 것을 뒤늦게 알게 된 것이 원망스러울 정도라고 했다. 후배들에게는 이런 원망을 다시 심어주지 않기 위해서라도 삼공선도를 보급하는 데 발벗고 나설 용의가 있다고 말했다. 그리고 이렇게 좋은 삼공선도가 우리 조상들에 의해서 창안되어 계승되어 내려온 것을 생각할 때 무한한 자부심을 느낀다고 말했다.

또한 삼공선도는 불교, 유교, 기독교 같은 외래 종교에서는 도저히 맛볼 수 없는 새로운 경지를 열어주었다고 말하는 사람도 있었다. 모든 외래 종교들이 주장하는 것은 마음공부 하나뿐인데, 삼공선도는 마음공부 이외에 기공부와 몸공부의 세 가지가 조화를 이루어야 한다는 것을 실제로 경험을 해보고 나서야 그 탁월한 우수성을 절실히 깨닫게 되었다고 말했다.

체험담을 들려준 사람들 중에는 『선도체험기』라는 책을 써서 삼공선도를 알게 해준 필자와 함께 이렇게 직접 수련을 할 수 있도록 도장을 열어준 이규행 회장에게 유독 고마움을 표시하는 수련생도 있었다. 그런가 하면 어떤 수련생은 이런 말을 들려주었다.

"저는 학교 다닐 때도 그랬고 대학을 마치고 회사에 들어가서도 언제나 남들과 잘 어울리지를 못하고 겉돌기만 했었는데요, 『선도체험기』를 읽고 초선대에 나와서 수련 받기 시작하면서 완전히 백팔십도 다른 사람이 되어 버렸습니다. 저를 그렇게 변화시킨 원인이 된 것은 남을 위해 유익한 일을 해주는 것이 나를 위하는 것이고 나와 관련되어 일어나는 모든 불상사는 전부 다 내 탓이라는 생활 태도로 모든 일에 임하니까 아무리 엉클어진 실타래처럼 꼬여 들었던 복잡한 문제도 그야말로 요술처럼 술술 잘 풀리는 것이었습니다.

그전에는 언제나 저는 저 자신만 생각했었습니다. 도대체 남을 생각한다거나 남을 위해 봉사하는 것하고는 완전히 담쌓은 생활을 해 왔습니다. 그런데 『선도체험기』를 읽고 초선대에 나오기 시작하면서부터 남을 진지하게 생각하게 되었습니다. 제가 회사 동료들에게서 고립된 원인이 바로 나만을 위해 왔기 때문이라는 것을 알게 된 겁니다. 이때부터 저는 제 주위에 있는 저와 늘 일상생활을 같이하는 이웃들에게 관심을 기울이게 되었습니다. 이웃이 지금 절실히 원하는 것이 무엇인가 하는 것에 주의를 기울이게 되었습니다. 제 마음이 그런 쪽으로 향하게 되자 지금까지 몰랐던 여러 가지 사실들을 알게 되었습니다.

이웃이 지금 절실히 필요로 하는 것이 무엇인가를 알게 되면서 어쩐지 그 일이 제 일처럼 여겨졌습니다. 그래서 열심히 그 이웃의 일을 저 자신의 일처럼 도와주었습니다. 그러자 상대는 얼마나 고마워하는지 몰랐습니다. 그 사람과는 금방 친해지게 되었습니다.

그러자 이번에는 그가 제 일을 꼭 자기 일처럼 생각해 주는 것이었습니다. 결국 남을 위해 준 것이 나 자신을 위해 준 결과가 된 것을 알 수 있었습니다. 이렇게 되자 이웃 동료들과 마음까지도 아예 툭 터놓고 지내는 사이가 되었습니다. 그동안 알게 모르게 쌓이고 쌓였던 갖가지 스트레스가 막혔던 수챗구멍 뚫리듯 확 뚫려버렸습니다.

제가 이런 생활 태도를 갖게 되면서 지금까지 저를 싫어하고 기피했던 동료나 상사들이 전부 다 환한 웃음 띤 얼굴로 저를 맞이해 주는 겁니다. 저는 천국이 따로 없다는 것을 알았습니다. 제가 마음을 바꾸니까 제 주변 환경은 말할 것도 없고 저를 둘러싼 사람들의 마음까지도 바뀐다는 것을 알게 되었습니다. 제 인생관을 이처럼 바꾸어 놓게 해주신 『선도체험기』 저자이신 김태영 선생님과 삼공선도의 이규행 회장님에게 특별히 이 자리를 빌어 감사를 드리는 바입니다."

청띠, 황띠를 딴 사람들은 말할 것도 없고 그들의 체험담을 한마디라도 흘릴세라 열심히 귀담아 듣고 있는 백 명 가까이 되는 수련생들의 진지한 표정을 살펴본 나는 삼공선도의 밝은 앞날을 보는 것 같아서 기분이 그지없이 흐뭇했다. 초선대야말로 사람을 환골탈태(換骨奪胎)하게 하는 거대한 인간 용광로를 방불케 했다. 드디어 내가 그들의 앞에 설 차례가 되었다.

"오늘 청띠와 황띠 받은 분들에게 충심으로 축하를 드립니다. 방금 여러분들의 체험담을 듣고 저는 깊은 감동을 받았습니다. 그것은 제가

『선도체험기』를 통해서 꼭 독자들에게 전하고자 했던 메시지가 이제 방금 들은 여러분의 체험담 속에 그대로 녹아 있었기 때문입니다.

저는 일전에 어떤 방문객하고 대화를 나누다가 무슨 말 끝에 그 방문객에게 믿는 종교가 무엇입니까 하고 물었습니다. 그랬더니 그 사람은 자기네 집안은 대대로 기독교를 믿지만 자신은 하나님을 믿지 않는다고 대답하면서 선생님은 종교가 무엇입니까 하고 물었습니다.

뜻밖의 질문을 받은 저는 종교가 없다고 말하기도 쑥스럽고 해서 내 종교는 '남을 위하는 것이 나를 위하는 것'이라는 생활 철학을 실천하는 것이 저의 종교라고 대답했습니다. 그랬더니 그것은 생활의 좌우명이지 어떻게 종교가 될 수 있느냐면서 종교는 믿음이 전제가 되어야 하지 않느냐는 겁니다. 그래서 저는 생활신조는 얼마든지 믿음이 될 수 있다고 말했습니다. 왜냐하면 생활신조 역시 믿음이 전제가 되어야 하기 때문입니다. 이것을 나는 아주 간단하게 역지사지방하착(易地思之放下着)이라고 말합니다. 여기다가 또 한마디 더 보태면 여인방편자기방편(與人方便自己方便)이 됩니다.

백 가지 계명이며 팔정도, 육바라밀, 계정혜, 10계명, 주기도문 같은 온갖 주문이며 수행법들이 전부 다 이 두 개의 금언(金言) 속에 전부 다 녹아 있습니다. 사리사욕보다는 공공의 이익에 일상생활의 주안점을 두고 이를 실천할 때 여러분 각자의 의식 속에서는 서서히 혁신이 일어나게 될 것입니다. 사욕보다는 공익이 우선일 때, 부분보다는 전체가 우선인 생활을 실천할 때 여러분의 구도심은 점점 더 여러분 자신의 중심 속에 자리잡고 있는 참나 쪽으로 한발한발 더 다가가게 될

것입니다. 우리 인생의 궁극적인 존재 이유는 바로 이 참나를 찾는 겁
니다.

이것을 우리 조상인 환인, 환웅 할아버지들은 반망즉진(返妄卽眞)이
라고 지금부터 6천 년 전에 문자화된 『삼일신고』에서 가르쳤습니다.
풀어서 말하면 미망(迷妄)에서 깨어나 참나(眞我)를 찾는 겁니다. 이것
을 또 성통공완(性通功完)이라고도 말했습니다. 성(性)은 진리를 말하
니까 진리를 꿰뚫는 공(功)을 완성한다는 뜻입니다.

이러한 일이 있고 나서 3천 5백 년쯤 시간이 흐른 뒤에 인도의 석가
모니는 인생의 궁극적인 목표는 견성성불(見性成佛)하는 데 있다고 말
했습니다. 또 그 무렵에 공자는 인생의 최후 목적은 극배상제(克配上
帝)하는 데 있다고 말했습니다. 이 말은 자기 자신의 가아(假我)를 극
복하여 하느님인 진아(眞我)와 하나가 되는 것을 말합니다. 그로부터
다시 5백 년쯤 뒤에 중동에 나타난 예수는 인생의 목표는 성령으로 거
듭나는(聖靈重生) 데 있다고 말했습니다. 이 말은 성령으로 거듭난다
는 뜻입니다.

신기하게도 이들 각각 국적이 다른 성인들은 3천 5백 년 내지 4천 년
전의 시차를 두고 똑같은 내용의 말을 함으로써 진리는 국경과 종교를
초월한 곳에 있음을 입증해 보였습니다. 그뿐만 아니라 시간과 공간까
지도 초월하여 이들 성인들이 말한 진리에 도달하는 가장 확실한 마음
공부의 방편이 바로 자리이타(自利利他), 상부상조(相扶相助) 정신을
실천하는 거였습니다. 남의 유익이 왜 나의 유익이 될 수 있는가 하는
것은 인간의 본래면목(本來面目)인 자성(自性)을 본 사람은 누구나 다

아는 일입니다.

본래면목 속에서는 너도 없고 나도 없습니다. 오직 하나가 있을 뿐입니다. 그 하나 속에서는 생로병사(生老病死)도 생사왕래(生死往來)도, 선악(善惡)도 갈등(葛藤)도, 시간도 공간도, 유무(有無)도 없습니다. 이중에서 중인(衆人)이 가장 실천하기 쉬운 것이 남을 나처럼 생각하는 것이고, 이웃을 위하는 것이 나를 위하는 것 즉 여인방편자기방편(與人方便自己方便)임을 깨닫고 이를 일상생활에서 밥 먹듯이 잊지 않고 실천하는 겁니다.

시골 사람이 서울 사람이 되고 싶으면 서울 사람이 하는 일을 똑같이 따라하면 됩니다. 서울 사람은 태어날 때부터 정해진 것은 아닙니다. 비록 서울에서 태어났다고 해도 지방에서 자라나면 지방 사람입니다. 그와 마찬가지로 진리와 하나가 된 도인(道人)이나 철인(哲人), 성인(聖人)이 되고 싶은 사람은 그들이 하는 일을 본따서 그대로 실천하면 됩니다. 누구든지 태어날 때부터 도인은 아니기 때문입니다.

마라톤 선수들은 누구나 다 똑같은 스타트 라인에서 똑같은 신호 소리를 듣고 출발합니다. 누가 우승자가 되느냐 하는 것은 결승점을 통과한 뒤에야 알 수 있습니다. 태어날 때부터 우승자는 없다는 말입니다. 인생의 우승자인 반망즉진한 사람이 되는 지름길이 바로 다른 것이 아닙니다. 바로 남을 내 몸처럼 생각하고 남을 위하는 것이 나를 위하는 것이라는 신조를 실천하는 겁니다.

이것이 제가 『선도체험기』에서 제일 많이 강조한 겁니다. 역지사지방하착(易地思之放下着), 여인방편자기방편(與人方便自己方便)입니다.

이것이 바로 『선도체험기』가 시종일관 주장하는 마음공부의 방편입니다. 조금 전에도 이것을 실천하여 새로운 인생의 지평을 연 분의 체험담을 여러분들은 들었습니다.

우리나라에 들어와 있는 불교와 기독교에서도 마음공부의 중요 방편으로 염불, 주문, 참선, 기도, 명상, 팔정도, 육바라밀, 계, 정, 혜 등을 실천하고 있습니다. 여러분들 중에는 종교인들도 많이 계십니다. 어떤 방편을 택하든지 그것은 전적으로 여러분 각자의 자유입니다. 그러나 어떤 종교를 믿든 간에 『선도체험기』가 제시하는 역지사지방하착과 여인방편자기방편은 한번 시험해 볼 가치가 있다고 봅니다. 일상생활의 좌우명이니까 어떤 종교와도 충돌하는 일은 있을 수 없을 뿐만 아니라 모든 종교가 주장하는 박애정신이나 이타정신과도 일치하고 있습니다.

그다음에 『선도체험기』가 주장하는 것이 기공부와 몸공부입니다. 이 두 가지는 외래 기성 종교에는 없는 수행법입니다. 조금 전에 들은 체험담 속에서 기운을 느끼기 시작하면서 각종 성인병과 난치병에서 벗어났다는 얘기가 나왔는데, 그것은 조금도 과장이 없는 진실 그대로입니다. 각종 난치병에서 벗어날 수 있는 지름길은 기공부의 주요 방편인 단전호흡과 몸공부입니다. 저는 몸공부를 실천하기 위해서 등산, 달리기, 도인체조, 오행생식을 실천하고 있습니다. 저는 지금까지 인류가 발견하여 온 온갖 수행법을 하나도 빼지 않고 일일이 다 실험을 해 보고 나서 이것이 과연 옳은 방법이구나 하는 확신이 선 것만을 『선도체험기』에 썼습니다.

그러니까 저는 민족종교를 포함한 어떠한 종교적인 편견이나 민족 또는 국가 이기주의와도 관련이 없습니다. 오직 실천을 해 보고 효과가 있느냐 없느냐에만 관심을 두었을 뿐입니다. 여기서 빼놓을 수 없는 가장 중요한 것은 과거의 무수한 고승(高僧)이나 성직자들 중에서는 비록 마음공부가 어느 정도 되어 진리를 깨칠 수 있었다고 해도 기공부와 몸공부가 제대로 안 되어 절름발이 성인(聖人) 또는 반쪽 도인(道人)이 된 사람들이 수없이 많았다는 사실입니다.

이렇게 말해 놓고 보니 제가 지난 6년 동안, 33권이나 써온『선도체험기』의 요점을 전부 다 말해버렸습니다. 이것을 더 간단하게 요약하면 마음공부, 기공부, 몸공부라는 세 가지 공부를 통하여 참나를 찾자는 겁니다. 이것은『삼일신고』삼공훈(三功訓)에 나오는 '철(哲)은 지감(止感), 조식(調息), 금촉(禁觸)하야 일의화행(一意化行) 반망즉진(返妄卽眞) 발대신기(發大神機)하나니 성통공완(性通功完)이 시(是)니라' 한 것을 그대로 우리들 자신들의 현실 생활에 알맞게 옮겨 놓은 것에 지나지 않습니다. 지금부터 6천 년 전에『삼일신고』가 문자화될 무렵 우리 조상들은 마음공부를 지감(止感), 기공부를 조식(調息), 몸공부를 금촉(禁觸)이라고 했습니다.

지금까지 수많은 도인과 성인들이 지병을 청산 못 한 채 유명을 달리하게 된 근본 이유는 인간은 원래 마음, 기, 몸(心, 氣, 身) 세 가지로 구성되어 있다는 것을 몰랐었기 때문입니다. 또 대부분의 기존 성인과 도인들은 마음이 있고 몸이 있다는 것은 인정했으면서도 기(氣)가 있다는 것은 인정하려 들지 않았습니다. 바로 이 때문에 어떤 종교에서는 기공부하는 사람을 외도(外道), 이단자(異端者) 취급을 하고 사갈시(蛇蝎視)합니다. 이런 비뚤어진 편견 때문에 그들은 고질병에서 평생 벗어날 수 없었던 겁니다. 이것은 기를 느끼고 운용해 본 사람이면 누구나 다 아는 일입니다.

그런데 놀라운 일은 이처럼 중요한 마음공부, 기공부, 몸공부라는 서로 뗄래야 뗄 수 없는 불가분리의 관계에 있는 수행법을 내세운 것은 한국 선도밖에는 없다는 겁니다. 전 세계의 어떠한 종교나 심신수련법도 이 세 가지 공부를 삼위일체가 되어 동시에 해야 한다는 것을 한국 선도처럼 명확하게 규정해 놓은 일이 일찍이 없었습니다.

나는 삼공선도가 직접 체험해 보니 과연 옳았기 때문에 주장하는 것이지 한국 고유의 심신수련법이라고 해서 덮어놓고 권장하는 게 아니라는 것을 꼭 밝혀두고 싶습니다. 이상으로 서론을 대신하고 지금부터는 예정대로 여러분이 그동안 수련을 해 오면서 평소에 궁금해 하던 사항들을 질문해 주시기 바랍니다."

질문 : 선생님 저는 당근과 바나나만 먹으면 기운이 아주 잘 쌓입니다. 왜 이러한 현상이 일어나는지 궁금합니다. 그리고 제 경우에는 당근과 바나나를 계속 먹어도 되는지요?

응답 : 당근과 바나나는 오행상으로 보면 둘 다 상화(相火)에 속하는 식품입니다. 따라서 이들 두 가지 식품이 유독 많이 당긴다는 것은 심포삼초에 무슨 이상이 있다는 징조입니다. 다 아시다시피 인체는 하나의 소우주입니다. 인체 자체가 정교한 컴퓨터처럼 작동하여 자체의 이

상을 판단하여, 무슨 식품을 보충해야 한다는 것을 알고 그 두 가지 식품을 흡수하도록 몸에 신호를 보내는 겁니다. 그것이 말하자면 식욕으로 나타납니다. 당근과 바나나가 질문자의 몸에 좋다는 것은 그것만 먹으면 몸에 기운이 쌓이는 것만 보아도 알 수 있습니다. 그러니까 식욕이 당기는 대로 먹어도 좋습니다.

질문 : 혹시 그것을 너무 많이 먹어서 몸에 해로운 일은 없겠습니까?

응답 : 그런 일은 없습니다. 그 두 가지 식품이 더이상 몸에 필요치 않을 때가 오면 질문자의 소우주인 인체가 먼저 알아차리고 그만 먹으라는 신호를 보낼 것입니다.

질문 : 어떻게 신호를 보내는데요?

응답 : 더이상 당근과 바나나가 입에 당기지 않을 것입니다. 그때 가서 먹지 않으면 됩니다. 그러니까 우리는 안정된 마음으로 구미에 당기는 대로 먹고, 싫으면 먹지 않으면 됩니다. 서양 속담에 '병은 하느님이 고치고 돈은 의사가 받는다'는 말이 있습니다. 우리는 자연의 욕구대로 먹기만 해도 최소한 중병에는 걸리지 않게 되어 있습니다. 이것이 인체가 가지고 있는 고유한 자연치유능력입니다.

그런데 문제는 가공식품입니다. 가공식품에는 방부제를 비롯하여 유해색소와 같은 인체에 해로운 화학물질이 들어 있어서 이것이 소우주인 인체의 신호체계에 이상과 혼란을 일으킵니다. 자연식품을 먹었더라면 그런 일이 없었을 텐데 가공식품을 먹기 때문에 비만증을 일으키어 몸이 자꾸만 불어나는데도 식욕은 더욱더 왕성해지는 수가 있습니다. 이것은 틀림없이 소우주인 인체의 신호체계에 고장이 났기 때문입니다. 요즘 인스턴트 가공식품 좋아하는 어린이들 중에 유독 비만증이 많은 것은 그 때문입니다.

질문 : 그럴 때는 어떻게 해야 비만증에서 벗어날 수 있겠습니까?

응답 : 원인이 가공식품 때문이니까 그걸 먹지 말아야 합니다. 그래야만 소우주의 정상적인 신호체계가 회복됩니다. 될수록 가공하지 않은 자연식품을 먹이고 운동을 시켜야 합니다. 운동을 하지 않아서 과도한 지방질이 몸안에 축적되면 그것이 원인이 되어 소우주의 신호체계에 이상을 일으킬 수 있기 때문입니다. 식품에 대한 질문은 이 정도로 하고 다른 질문을 받겠습니다.

질문 : 『선도체험기』를 읽어보면 빙의령 얘기가 많이 나옵니다. 사람에게는 누구에게나 그 사람을 보호해 주는 보호령이 있다고 하는데, 어떻게 돼서 빙의령들이 들어올 수 있도록 내버려두는지 이해를 할 수 없습니다. 제 질문이 혹시 어리석었다면 용서해 주시기 바랍니다.

응답 : 좋은 질문해 주셨습니다. 조금도 어리석은 질문이 아니니 안심하시기 바랍니다. 보호령은 영적으로 지정받은 피보호자를 지켜주는 임무를 띠고 있는 것은 사실이지만 그 피보호자의 인과응보에까지 관여하지는 않습니다. 석가모니와 같은 대성인도 전생에 자기도 모르게 바늘로 이 한 마리를 찔러 죽인 인과로 심한 등창으로 고생을 많이 했다고 합니다.

빙의령이 들어오는 것은 인과응보 때문입니다. 금생에 아무에게도 원한을 산 일이 없다면 틀림없이 전생에 남에게 원한을 산 일이 있었을 겁니다. 빙의령이 들어와서 전생의 원한을 갚는 것은 과거생의 빚을 청산하는 것과 같습니다. 다시 말해서 과거생에 쌓은 업장에서 벗어나는 수도의 과정입니다. 빙의당한 사람은 고생을 하겠지만 그것이 업장에서 벗어나는 공부가 됩니다. 보호령은 피보호자가 영적으로 성장되는 공부를 지도하는 것이 주 임무라는 것을 명심하시기 바랍니다. 빙의령은 결과적으로는 빙의당한 사람을 공부시키자는 데 그 목적이 있습니다.

이것도 모르고 사람들은 흔히 빙의나 접신이 되면 무당이나 목사, 스님, 초능력자에게 찾아가서 많은 몇백 몇천만 원씩 돈을 들여 굿을 하든가, 천도재를 올리든가 안수기도를 받든가 제령을 받든가 하는데, 이것은 일시적인 효과는 있을지 모르지만 근본적인 해결은 되지 않습니다.

질문 : 그럼 어떻게 하는 것이 근본적인 해결책이 될 수 있겠습니까?

응답 : 수련을 해야 합니다. 빙의나 접신이 되는 것은 대체로 수련을 하라는 신호로 보아야 합니다. 수도에 전념함으로써 도력이 높아지면 우리는 빙의나 접신에서 근본적으로 벗어날 수 있습니다.

질문 : 무슨 말씀인지 잘 이해가 되지 않는데요. 좀더 알기 쉽게 말씀해 주셨으면 합니다.

응답 : 빙의령이나 접신령을 일종의 채찍으로 비유하겠습니다. 여섯 살 난 어린이가 종아리에 회초리를 맞는다면 굉장한 통증을 느낄 것입니다. 그러나 대학생이 되어 같은 회초리를 맞는다면 별로 통증을 느끼지 않게 될 것입니다. 이처럼 빙의령은 수련 정도가 낮은 사람에게는 큰 부담이 되지만 수련이 많이 된 사람에게는 별로 부담이 되지 않

습니다. 수련을 많이 하여 도력이 높은 사람에게는 빙의령 따위는 전연 문제가 되지 않습니다.

질문 : 그런데 접신이 하도 심해서 인사불성이 되어 무당도 스님도 목사도 초능력자도 속수무책이고 병원에서도 손을 완전히 들어버린 중증 정신병자는 어떻게 하는 것이 좋겠습니까?

응답 : 진인사대천명(盡人事待天命)이라고 하지 않았습니까? 업장이 너무 무거워서 그렇게 된 것인데 인력으로 어떻게 하겠습니까?

질문 : 왜 그런 불치의 정신병에 걸리는 걸까요?

응답 : 과거생에 남의 속을 뒤집어 놓는 일을 너무 많이 하여 많은 사람을 미치게 했기 때문입니다.

질문 : 수련을 하려고 해도 인사불성이니 그것도 불가능한 일이고 끝내 제정신을 차리지 못한다면 한평생을 그대로 허송세월하는 거 아닙니까?

응답 : 과거생의 죄업을 그런 식으로 갚는다고 보면 됩니다. 지옥고(地獄苦)라는 것이 다른 것이 아니고 바로 이런 것입니다. 그만큼 죄의 대가를 치뤘으니 다음 생은 좀 달라질 겁니다. 그 얘기는 이 정도로 하고 다음 질문 받겠습니다.

질문 : 선생님 저는 삼공선도 덕분에 선도가 좋다는 것은 확실히 알았는데, 이 좋은 것을 저 혼자만 알고 있기에는 정말 양심의 가책을 받게 됩니다. 어떻게 하면 선도를 효과적으로 많은 사람들에게 보급할 수 있을까요?

응답 : 여러분도 다 아시는 바와 같이 우리나라에는 세계의 온갖 종

교들이 다 들어와서 제가끔 치열한 전도(傳道) 경쟁을 벌이고 있습니다. 어떤 극성스런 종교의 전도사는 아무나 붙잡고 자기네 종교를 믿지 않으면 죽어서 지옥에 간다고 협박을 합니다. 버스나 전철 칸에서 하도 극성스럽게 선교 활동을 벌이는 통에 책을 읽을 수도 없고 조용히 사색을 할 수도 동행과 대화를 나눌 수도 없습니다. 그래서 종교에 관심이 없는 사람들도 전도사라고 하면 넌더리를 냅니다. 선도가 제아무리 좋다고 해도 전도사가 전도하는 식으로 해서는 절대로 먹혀 들지 않습니다.

질문 : 그럼 어떻게 하는 것이 좋겠습니까?

응답 : 상대가 무엇을 절실히 필요로 하는가 하는 것을 우선 파악한 뒤에 머리를 잘 써서 접근해야 합니다. 선도는 마음을 편안하게 하고 몸을 건강하게 해 주는, 현실적으로 누구나 필요로 하는 심신 수련법입니다. 일단 알고 나면 누구나 싫어할래야 싫어할 수 없는 겁니다.

현대의학으로는 도저히 고칠 수 없는 고질병으로 고민하는 사람이 있으면 우선 건강부터 찾게 하는 것이 그 사람에게는 가장 절실한 것이니까 그것을 해결하는 방편으로 선도수련을 권해 봅니다. 이때도 머리를 잘 써야 합니다. 전도하는 냄새를 피우면 누구나 싫어하므로 어디까지나 체험담을 바탕으로 다른 무엇보다도 건강부터 찾을 수 있도록 도와주어야 합니다. 가정불화로 고민하는 동료가 있으면 그 고민을 해결하는 유력한 방법을 제시해 줌으로써 당사자 스스로 선도에 관심을 가질 수 있게 해 주어야 합니다.

사람의 모든 정신적 고민의 근본 원인은 과욕(過慾)에 있고 그것이

지나치면 육체의 병으로까지 발전하게 되어 있음을 알게 해주어야 합니다. 바꾸어 말해서 정신적인 고민은 과욕에서 나오고 그것이 육체의 병으로 발전하는데, 육체의 병은 과욕 이외에 운동 부족이 큰 몫을 다하고 있습니다. 선도라고 하는 것은 우선 마음이 편해지고 몸이 건강해지는 것이 그 목적입니다. 그래서 마음의 병이든지 몸의 병이든지 그 해결 방법은 마음과 기와 몸을 다스리는 것으로 귀결하게 됩니다.

질문 : 그렇다면 전염병의 경우는 어떻게 됩니까? 전염병까지도 과욕에 그 원인이 있다고 말할 수 있는 것은 아니지 않겠습니까?

응답 : 그렇지 않습니다. 전염병도 아무에게나 무작정 옮겨지는 것은 아닙니다. 전염병 역시 자기와 파장이 맞는 사람을 골라서 옮겨가게 되어 있습니다. 그것은 똑같은 조건 속에서도 어떤 사람은 전염병에 걸리고 어떤 사람은 걸리지 않는 것만 보아도 알 수 있습니다.

질문 : 그렇다면 사람이 병에 걸리는 근본 원인은 어디에 있다고 보십니까?

응답 : 첫째 원인은 마음에 있습니다. 허준 선생의 『동의보감』에 보면 다음과 같은 말이 있습니다. "과노상간(過怒傷肝)이요, 과경상담(過驚傷膽)이요, 과희상심(過喜傷心)이요, 과사상비(過思傷脾)요, 과우상폐(過憂傷肺)요, 과공상신(過恐傷腎)"이라고 했습니다. 무슨 말인고 하니, 지나치게 성을 내면 간장을 상하게 하고, 지나치게 놀라면 담장을 상하게 하고, 지나치게 골치썩히면 비장을 상하게 하고, 지나치게 근심 걱정을 하면 폐장을 상하게 하고, 지나치게 무서워하면 신장을 상하게 한다는 말입니다.

238

질문 : 그러니까 성내고 기뻐하고, 골치 썩히고 근심걱정하고, 무서워하고 놀라는 것을 적절히 조절만 할 수 있으면 병이 안 날 수도 있다는 말씀인가요?

응답 : 물론입니다. 『삼일신고』에 보면 "지감(止感), 조식(調息), 금촉(禁觸)하면 반망즉진(返妄卽眞)하고 성통공완(性通功完)할 수 있다"고 했습니다. 지감은 여섯 가지 감정인 희구애노탐염(喜懼哀怒貪厭) 즉 기쁨, 두려움, 슬픔, 노여움, 탐욕, 혐오감을 조절하는 것을 말합니다.

이 여섯 가지 감정만 통제할 수 있으면 누구나 질병에 걸리지 않습니다. 그런데 이 여섯 가지 감정은 마음의 작용으로서 눈에 보이지 않습니다. 하지만 이 눈에 보이지 않는 마음을 어떻게 먹느냐에 따라 위에 말한 여섯 가지 감정이 일어나기도 하고 일어나지 않기도 합니다.

마음이 과욕(過慾)을 부리든가 집착(執着)을 하게 되면 온갖 부정적(否定的)인 작용을 하게 됩니다. 이것이 병의 형태로 나타나게 되는데, 마음은 원래 형체라는 것이 없으므로 그 마음의 외부적 표현인 몸에 형상화될 수밖에 없습니다. 이것이 이른바 병이라고 하는 겁니다. 그러니까 마음이 건전한 사람은 병이 날 수가 없습니다. 그래서 마음이 건전하면 그 외부적이고 가시적(可視的) 표현인 몸도 건전할 수밖에 없습니다.

방금 마음이 건전하면 몸도 건전하다고 했는데, 거기서 한걸음 더 나아가, 마음과 몸은 상부상조, 상호보완적인 관계에 있습니다. 그래서 마음이 건전하면 몸도 건강한 것과 같이 몸이 건전하면 마음도 역시 건전해지게 되어 있습니다. 건강한 몸에 건강한 마음이 깃든다는 말은 이래서 생겨난 것입니다.

질문 : 그러나 그 건강한 몸을 늘 유지할 수 있는 것은 마음의 작용이 아니겠습니까?

응답 : 물론입니다. 그래서 일체유심조(一切唯心造)라고 불경에서는 말하고 있습니다. 마음은 몸이 없어져도 그대로 있습니다. 마음은 육체를 초월한 곳에 있습니다. 마음은 육체를 만들기도 하고 없애기도 합니다. 병을 만들기도 하고 병을 없애기도 합니다. 마음의 작용 여하에 따라 성인(聖人)이 되기도 하고 중인(衆人)이 되기도 하고, 악한 사람이 되기도 하고 선한 사람이 되기도 합니다.

그러나 성인이 되려면 마음이 어떠한 것에도 얽매이지 않고 자유자재로워야 합니다. 자재(自在)한 마음이 바로 성통한 마음, 견성하고 해탈한 마음입니다. 이 자재한 마음속에는 생로병사가 깃들 수 없습니다. 생불생(生不生)이고 사불사(死不死)이기 때문입니다. 우리가 종교를 믿고 수행을 하는 목적은 생사(生死), 시공(時空), 유무(有無)를 초월한 자재(自在)한 마음을 갖기 위해서입니다.

그러나 우리는 태어나면서부터 유한(有限)한 육체를 뒤집어쓰고 나왔습니다. 이것은 유한한 육체를 숙제로 이용하여 무한한 마음의 자재를 얻으라는 사명이 우리들에게 주어진 것을 의미합니다. 다시 말해서 유한을 극복하여 무한에 도달하라는 임무를 우리들 각자는 띠고 태어난 것입니다.

질문 : 선생님 그러나 초심자에게 그렇게 어려운 얘기를 하면 먹혀

들겠습니까?

응답 : 옳은 지적을 해 주셨습니다. 발등에 떨어진 불과 같은 현실적 문제를 안고 있는 사람에게 이런 근본적인 얘기를 해 봤자 먹혀들기 어려울 것입니다. 그러나 사람은 누구나 잠재적으로 구도심을 갖고 있다는 것을 알아야 합니다. 선도를 통하여 건강을 회복한 뒤에는 누구나 반드시 인간 존재의 근원적인 문제에 의문을 품게 되어 있습니다. 그때를 대비해서도 우리는 항상 이 정도의 마음의 준비는 하고 있어야 합니다. 건강은 구도에 이르기 위한 기초적인 단계에 지나지 않기 때문입니다.

질문 : 자재(自在)한 마음만 가질 수 있다면 누구나 아무 문제될 것이 없을 것 같은데, 그 자재한 마음을 가질 수 있으려면 어떻게 해야 합니까?

응답 : 마음을 비우면 그 비운 자리에 자동적으로 자재로운 마음이 들어차게 되어 있습니다. 그렇게 되면 더이상 과욕이나 집착 같은 것은 생겨나게 되어 있지 않습니다.

질문 : 마음을 비운다는 것이 구체적으로 어떻게 하는 겁니까?

응답 : 마음을 비운다는 것은 마음속에서 욕심을 몰아낸다는 뜻입니다.

질문 : 욕심을 마음속에서 몰아낸다는 것이 말이 쉽지 그게 아무나 할 수 있는 일은 아니지 않습니까?

응답 : 절대로 그렇지 않습니다. 누구나 그렇게 하겠다고 마음을 먹으면 그렇게 할 수 있습니다. 일전에 어떤 수련생이 찾아와서 이런 질

문을 했습니다. 자기는 회사 내의 많은 동료들과 친해지고 싶은데 그것이 마음먹은 대로 되지 않는다고 하면서 어떻게 하면 그렇게 될 수 있느냐고 물었습니다. 왜 그런 생각을 하게 되었느냐고 물었더니 회사 안에서 자기는 늘 외톨이여서 늘 소외감을 느낀다고 했습니다. 이 소외감에서 벗어나기 위한 방법을 알려달라는 것이었습니다.

한마디로 이기심에서 벗어나면 된다고 말해주었더니 어떻게 하면 이기심에서 벗어날 수 있겠느냐고 물었습니다. 그래서 만사에 있어서 나보다 남을 먼저 생각하는 습관을 붙이면 된다고 말해 주었습니다. 내가 내 이익만 챙기면 이웃에게서 점점 더 멀어질 수밖에 없고, 내가 나보다도 이웃의 이익을 먼저 챙겨 주게 되면 이웃과 점점 더 가까워질 수밖에 없다고 말해 주었습니다.

백문이불여일견(百聞而不如一見)이라는 말이 있지만 백문이불여일행(百聞而不如一行)이란 말도 있을 수 있습니다. 나한테서 이런 말 백 번 들어 보았자 한 번 실천해 보는 것보다 못하다고 말해 주었습니다. 그는 다행히도 내 말을 진지하게 받아들였습니다. 석 달쯤 뒤에 나타난 그는 처음 왔을 때와는 얼굴이 우선 딴판이었습니다. 그의 얼굴에서 그림자처럼 드리워 있던 침울한 기색이 씻은 듯이 사라지고 맑게 갠 하늘처럼 환하고 안정된 기운을 느낄 수 있었습니다.

'나를 생각하는 대신에 늘 이웃을 생각하게 되자 할일이 너무도 많았습니다'하고 그는 말했습니다. '저는 이웃에게 도움이 되는 일이라면 사양치 않았습니다. 그렇게 되자 전에는 저를 소 닭 보듯 하던 사람들이 저에게 다정한 미소를 보내주었습니다. 저는 마음이 저절로 즐거워

졌습니다. 전에는 회사에 나가는 것이 소가 도살장에 들어가는 기분이
었는데 지금은 마치 천국에 들어가는 것처럼 마음이 즐거워졌습니다.
남을 위하는 것이 결국은 나를 위하는 것이라는 선생님의 말씀의 진의
를 이제는 알 것 같습니다.'

그의 말보다는 그의 맑은 얼굴이 먼저 그가 지금 처한 상태를 더 잘
설명해 주고 있었습니다. 이렇게 말하면서 그는 왜 이런 일이 일어나
는지 그 이유를 알고 싶다고 말했습니다. 여러분은 그 이유를 알겠습
니까?

일동 : (침묵)

응답 : 그럼 내가 말하겠습니다. 남을 나처럼 생각하고 행동했더니
그렇게 마음이 즐거워졌다는 것은 애당초 남과 나는 따로 있었던 것이
아니었기 때문입니다. 그렇습니다. 진리의 세계에서는 남과 내가 따로
있는 것이 아니고 모두가 하나입니다. 사욕(私慾) 때문에 수많은 세월
동안 서로 갈라져 등지고 살았던 사람들이 알고 보니 부모 형제자매들
이었다는 것과 같습니다.

아니 그 이상입니다. 부모 형제자매로 갈라지기 전의 한몸이니까요.
어찌 그것뿐이겠습니까? 그 진리의 세계 속에서는 사랑도 미움도 더이
상 존재하지 않습니다. 선도 악도, 정의도 불의도, 천사와 악마도, 생
(生)과 사(死)도, 오고 감도, 시간과 공간도 유무(有無)도 없습니다.

질문 : 유무도 없다는 것은 무슨 뜻입니까?

응답 : 물질도 비물질도 실은 하나라는 뜻입니다. 공즉시색(空卽是
色)이요 색즉시공(色卽是空)이라는 말입니다. 이것을 물리학적으로 말

하면 눈에 보이지 않는 에너지 즉 마음은 눈에 보이는 물질과 같다는 뜻입니다. 하나인 우주 에너지의 근원 즉 마음은 알고 보면 우주의 삼라만상 그 자체라는 뜻입니다.

질문 : 그것을 깨달았을 때와 깨닫지 못했을 때의 차이는 어떻게 다릅니까?

응답 : 그것을 깨달은 사람은 진리 즉 신불(神佛)처럼 자재할 수 있지만 깨닫지 못한 사람은 현상에 구속당하여 언제까지나 집착과 과욕의 노예가 될 뿐입니다.

질의응답에 열중하다가 보니 어느덧 예정시간을 훨씬 지나 있었다. 아쉽기는 하지만 이 정도로 끝내고 다음을 기약할 수밖에 없었다.

정도(正道)와 사도(邪道)

1996년 5월 28일 화요일 16~28℃ 맑음

오후 3시. 충남 보령에서 올라온 박성희라는 중년 여성 수련자가 물었다.

"선생님, 수련을 하다가 신령의 도움을 받아도 되겠습니까?"

"왜 그런 말씀을 하십니까?"

"사실은 수련 중에 천신(天神)이라고만 자신의 정체를 밝힌, 그림에서 본 것 같은 고귀한 선녀의 모습을 한 신령이 나타나서 자기를 받들어 모시기만 하면 저를 도와주겠다고 합니다."

"그래 뭐라고 대답을 했습니까?"

"며칠만 기다리라고 했습니다. 제가 오늘 선생님을 찾은 것은 사실은 그 문제를 의논드리기 위해서입니다."

"그래도 현혹당하지 않으시고 이곳을 찾아오신 것은 잘하신 일입니다. 다음에 또 그런 일이 있으면 이곳에 찾아오실 필요도 없이 일언지하(一言之下)에 단호하게 거절을 하시면 됩니다. 수련은 어디까지나 수련자 자신이 스스로 알아서 하는 것이지 신령이나 천신의 도움을 받아서 하는 것은 아닙니다."

"그래도 자기의 도움을 받으면 10년 할 것도 단 며칠 안으로 끝낼 수 있다고 하던데요."

"그게 다 일종의 유혹입니다. 그런 유혹에 넘어가면 이미 구도자라고는 할 수 없습니다. 수도는 누구의 도움을 받아서 공짜로 되는 것은 결코 아닙니다. 공짜로 되는 수련은 있을 수도 없는 일이지만 만약에 있다고 하면 그거야말로 엉터리입니다.

사이비 교주들은 흔히 말합니다. 범인(凡人)들은 몇 번 죽었다가 깨어나도 할 수 없을 만큼 어려운 것인데, 자기가 10년 또는 20년 각고 끝에 그 비법을 터득했으므로 선택받은 제자들에게만 특별히 전수한다고 합니다. 어떤 사람은 3천만 원 또는 1억 원을 내면 그 비법을 남몰래 전수해 주겠다고 합니다. 이게 다 쉽게 무슨 일을 성취해 보겠다는 인간의 약점을 이용한 일종의 사기행각이요 치부행위에 지나지 않습니다. 신령이든 인간이든 그런 사기행각에 넘어가면 안 됩니다.

그래서 일찍이 임제 선사(臨濟禪師)는 수련 중에 스승이 나타나면 스승을 죽이고 조상이 나타나면 조상을 죽이고 부처가 나타나면 부처를 죽이라고 했습니다. 수련이란 어디까지나 수련자 자신이 인내력, 지구력, 극기력을 최대한으로 발휘하여 진리를 탐구하여 가는 과정과 그러한 과정을 거쳐서 마침내 자신의 본래 면목을, 광부가 막장에서 보석을 캐어내듯, 직접 자기 힘으로 찾아내야만 그것이 진정한 자기 것이 되는 것이지 남이 가져다주는 것은 자기 것일 수 없는 가짜일 뿐입니다."

"그러면 수련 중에 단군 할아버지가 나타나서 도와주겠다고 해도 거절해야 될까요?"

"물론입니다. 수련 중에 단군 할아버지가 나타나면 임제 선사가 말한 대로 없애버리면 됩니다."

"단군 할아버지를 어떻게?"

"진짜 단군 할아버지라면 수련 중에 그렇게 나타나시지도 않습니다. 우리나라에는 단군 할아버지의 신(神)이 지폈다는 사람이 많습니다. 어떤 사람은 단군 할아버지의 신이 자기 몸에 내려와 계시다면서 무슨 말인지 도저히 알아들을 수 없는 방언을 지껄이는 사람도 있습니다. 그러나 알고 보면 전부 다 가짜입니다. 진짜 단군 할아버지라면 절대로 그렇게 자손들에게 빙의되거나 접신이 되지 않습니다."

"그럼 전부 다 가짜 단군 할아버지가 접신이 되었다는 말씀인가요?"

"물론입니다. 진짜 단군 할아버지라면 자손들이 단지 지감(마음공부), 조식(기공부), 금촉(몸공부) 수련을 통해서 자기 자신처럼 성인의 반열에 오르기를 바라지 자신을 받들고 숭배해 주기를 바라지는 않습니다."

"선생님, 그렇다면 우리 동네에는 80 고령의 할머니가 지난 30년 동안 단군 할아버지 동상을 모셔놓고 매일 치성을 드리고 있는데 그건 어떻게 된 겁니까?"

"그 할머니가 평소에 늘 뭐라고 말합니까?"

"단군 할아버지의 신이 내려와 계시다면서 어떤 때는 이상한 목소리로 할아버지의 말씀을 전해줍니다. 현대인이 도저히 알아들을 수 없는 숫자풀이도 하고 예언도 하고 합니다."

"어떤 예언들을 하십니까?"

"대개 우리나라의 앞날에 대해서 예언들을 많이 하십니다."

"그럼 그 예언들이 맞았습니까?"

"맞는 것도 있고 틀린 것도 있습니다."

"그것 보십시오. 예언은 믿을 것이 못됩니다. 신주(神主)의 예언이든 역학자의 예언이든지 간에 참고는 할지언정 믿어서는 안 됩니다. 그런 거 믿기 시작하면 구도자가 아니고 점쟁이가 되어버린다는 것을 알아야 합니다. 점을 잘 치는 것은 어디까지나 하나의 잡술(雜術)은 될 수 있을지언정 도(道)와는 관계가 없는 겁니다. 도는 그것을 구하는 사람을 생멸이 없는 영원한 생명을 얻게 하지만, 잡술은 기껏해야 돈벌이나 시켜주고 명성이나 중병을 얻게 할 뿐입니다."

"그럼 선생님 그 80 고령의 할머니는 가산을 몽땅 정리하여 지난 30년 동안이나 단군 할아버지를 모셔왔는데, 그렇다면 지금까지 헛일을 해왔다는 말씀입니까?"

"구도자의 길이 정도(正道)고 신주(神主)를 모시는 길이 사도(邪道)라면 사도를 걸어온 것이 틀림없습니다."

"그럼 그 할머니가 불쌍해서 어떻게 하죠? 무슨 방법이 없을까요?"

"본인이 잘못된 길을 걷고 있다는 것을 깨닫기 전에는 다른 좋은 방법이 있을 수 있겠습니까?"

"그럼 할머니가 잘못되었다는 것을 깨닫기만 하면 좋은 방법이 있을 수 있겠습니까?"

"물론입니다. 그러나 너무 고령이 되어 놔서 그런 일이 가능할지 의문입니다. 하긴 도(道)의 세계에서 나이는 상관이 없으니까 기적 같은 일이 일어나지 말라는 법도 없긴 합니다만."

"그 할머니가 자신의 잘못을 깨닫기만 하면 선생님께서 도와주실 수 있겠습니까?"

"그거야 그때 가 봐서 할 일이고 우선 급한 것은 할머니 자신이 가짜에게 속았다는 것을 깨우치는 일입니다. 가짜가 가짜임을 안다는 것은 진짜를 볼 수 있는 준비가 되었다는 것을 말하니까요."

"그렇게도 심성이 고운 할머니가 그처럼 감쪽같이 가짜에게 속고 있다는 생각을 하니 너무 허무합니다. 왜 그런 일이 일어나는지 모르겠습니다."

"욕심 때문입니다."

"욕심 때문이라뇨. 그 할머니는 법 없이도 사실 분인데요."

"사기꾼에게는 그렇게 순진한 사람이 오히려 좋은 목표가 됩니다. 대체로 사람이란 순진할수록 어리석은 경향이 있는데, 이 어리석음 역시 일종의 욕심에서 나온 겁니다."

"어리석음이 어떻게 욕심이 될 수 있을까요?"

"어리석음은 게으름과 무지와 부주의에서 나오는데, 이것도 따지고 보면 성급한 욕심이 그 주범입니다. 탐진치(貪瞋痴)를 불교에서는 수도를 방해하는 삼독(三毒)이라고 하는데 탐욕, 성냄, 어리석음을 말합니다. 알고 보면 성냄과 어리석음의 뿌리는 탐욕에 있습니다."

"이젠 이해를 할 수 있겠습니다. 그런데 선생님 그 할머니가 너무 고령이어서 금생에는 잘못을 깨닫지 못하시면 어떻게 되는거죠?"

"그거야 어쩔 수 없는 일이죠. 다음 어느 생에라도 깨달을 때가 반드시 있을 겁니다."

"그 할머니에게 어떻게 말하면 좋겠습니까?"

"바른길은 언제나 스스로 자기중심 속에서 자신의 본래면목을 찾아내는 것임을 알아듣도록 설명해 드려야 합니다."

"무슨 말인지 알아듣지 못할 것 같은데 어쩌죠?"

"알아들을 때까지 기다려야죠."

"그 문제는 그 정도로 우선 끝내 놓고 다른 질문을 하나 드리겠습니다."

"어서 말씀하세요. 무슨 질문이든지 좋습니다."

"저는 원래 집이 먼 곳에 떨어져 있어서 자주 선생님을 찾아뵙지는 못합니다. 그저 한 달에 한두 번 정도가 고작입니다. 그런데 오늘은 그런 사람이 없지만 어떤 때는 제가 보기에는 선생님한테 와서 수련을 받을 만한 가치가 없는 사람이 여기 와서 앉아 있는 경우가 있습니다. 선생님께서는 그런 무자격자에게도 다른 수련생과 동일하게 기운을 주시는데, 무엇 때문에 그렇게 하시는지 이해를 할 수 없습니다.

선생님은 지금의 위치에 서실 때까지 얼마나 남모르는 각고(刻苦)의 세월을 많이 보내셨습니까? 그렇게 애써서 성취하신 고귀한 기운을 왜 함부로 아무에게나 주시는지 이해를 할 수 없습니다. 저 같으면 절대로 그렇게 하지 않겠습니다."

"그럼 박성희 씨는 찾아오는 사람에게 어떤 사람에게는 기운을 주고 어떤 사람에게는 기운을 안 줍니까?"

"그럼요. 무엇 때문에 기운 받을 자격도 없는 사람에게 그 고귀한 기운을 함부로 주십니까? 저는 자격 없는 사람에겐 찾아오지도 못하게 하고 전화도 못 하게 아예 완전히 차단을 해버립니다. 그런데 선생님께서는 『선도체험기』 다 읽고 담배 끊고 기운 느끼고 오행생식하는 사람은 무조건 다 받아들이니까 그 가운데에는 별별 저질 인간들이 다 끼어들어 오게 되어 있습니다."

박성희 씨는 나를 찾는 수많은 수련자들 중에서 유난히 기 감각이 예민하다. 그녀는 바로 그 기 감각 하나로 사람의 보이지 않는 내면의 인격을 알아맞추는 능력을 가지고 있다.

"박성희 씨 말에 일리가 있습니다. 그러나 전구에 전깃불이 들어오면 그 빛이 닿는 범위 안에 들어가는 모든 사물은 그 빛을 받게 되어 있습니다. 그 전깃불이 그 범위 안에 들어 있는 것들 중에서 어떤 것은 비춰주고 어떤 것은 비춰주지 않는 일은 있을 수 없습니다. 마음이 어두운 사람도 빛을 쐬면 어두웠던 마음이 밝아질 수 있습니다. 그 전깃불은 반드시 마음이 밝아진 사람만 비추어 주는 것은 아닙니다.

처음부터 마음이 밝은 사람도 있지만 그와 반대로 마음이 어두운 사람도 있습니다. 한 발자국이라도 먼저 공부하여 마음이 밝아진 사람은 어떻게 하든지 이들 마음이 어두운 사람의 마음을 밝게 해 줄 의무가 있습니다."

내 말이 끝났는데도 아무 말 없이 한동안 앉아있던 박성희 씨가 무겁게 입을 열었다.

"선생님 말씀을 새겨듣고 보니 아무래도 제 소견이 짧았던 것 같습니다."

이때 옆에 앉아 있던 손오기라는 중년 남자 수련생이 말했다.

"선생님 저도 뭐 하나 여쭈어 봐도 되겠습니까?"

"좋습니다."

"아까 단군 할아버지 동상을 모시는 할머니 얘기가 나왔는데, 그 할머니하고 신주(神主) 모시는 무당하고는 어떻게 다릅니까?"

"다를 거 조금도 없습니다. 접신(接神)이 되었다는 점에서는 똑같습니다."

"그럼 그 할머니도 무당이라는 말씀입니까?"

"그럼요. 보통 무당하고는 조금 격이 다르지만 무당은 무당입니다."

"그런데 선생님, 단군이 모두 마흔일곱 분으로 『단군세기』에는 나와 있지 않습니까?"

"그렇죠."

"그럼 그 마흔일곱 분들 중에서 어느 단군인지 어떻게 알 수 있습니까?"

"우리가 흔히 단군 할아버지라고 하면 초대 단군이신 단군왕검을 말합니다. 삼대경전을 강론하신 초대 단군 할아버지는 공자나 붓다나 예수보다도 2천 년 이상의 선배 성인(聖人)이십니다. 성인이 자손에게 빙의되거나 접신되는 일은 상상도 할 수 없는 일입니다. 그 나머지 마흔여섯 분의 단군 중에도 성인의 반열에 드시는 단군들이 많습니다. 빙의나 접신이 될만한 수준이라면 그 여러 단군들 중에서도 도력이 낮은 분들일 겁니다."

"그래도 그 할머니가 모시는 단군 할아버지는 초대 단군이라던데요."

"그거야 단군 할아버지의 초상으로 전해져 내려오는 것은 초대 단군 하나밖에 없으니까 그럴 수밖에 없겠죠."

"그런데 어떤 무당의 신당(神堂)에 가보면 공자, 석가, 예수 상을 다른 여러 신상들과 나란히 모셔놓는 수도 있는데 그건 어떻게 된 겁니까?"

"만약에 공자, 석가, 예수의 신이 정말 그 무당에게 지펴서 그런 상을 모셔놓았다면 그거야말로 가짜일 것입니다. 가짜가 진짜 행세를 하고 그 무당에게 지핀 겁니다. 진짜 성인들은 무당에게 지피는 일은 있을 수 없기 때문입니다."

"선생님, 그런 것은 저에게는 별로 현실적인 것은 아닙니다. 제가 오늘 선생님을 찾아 뵌 것은 다른 일로 의논을 드릴 것이 있기 때문입니다."

"그렇습니까. 어서 말씀해 보세요. 이중에 손오기 씨를 개인적으로 아는 분은 없을 테니까 마음 놓고 말씀하세요."

직장 상사와의 알력

"사실은 직장의 상사와의 관계가 매끄럽지를 못합니다. 좋은 해결 방법이 없을까요?"

"나는 수도자로서보다는 손오기 씨와 똑같은 직장생활을 경험한 하나의 인생 선배로서 말하는데요. 어떤 일이 있어도 직속 상관에게 적대감을 품지 않도록 해야 합니다."

"저는 뭐 유독 직속 상사에게 적대감 같은 것을 품어본 일은 없습니다. 그저 그 사람은 그 사람이고 나는 나라는 생각밖에 없습니다."

"그런 사고방식 자체가 잘못된 겁니다."

"잘못되다뇨?"

"어떻게 직장의 직속 상사가 그 사람은 그 사람, 나는 나가 될 수 있습니까. 좋든 싫든 간에 한 배를 탄 공동운명체가 아닙니까? 너는 너, 나는 나라는 생각 자체가 일종의 적대감 비슷한 겁니다."

"그럼 어떻게 하는 것이 좋겠습니까?"

"상사가 시키는 모든 일에 정성을 다해야죠. 그리고 너무 공사(公私)를 구분하려고 따지지 말아야 합니다. 가능하면 인간적으로라도 유대감을 갖도록 해야 합니다. 나는 18세에서 58세까지 군대생활을 포함해서 40년 세월을 늘 상관을 모시는 조직생활을 해 왔습니다. 지금 와서 가만히 그 40년을 되돌아보면 지극히 짧은 기간 이외에는 상사에게 적대감이나 불만을 품지 않았을 때가 거의 없었습니다.

상사는 부하가 입으로 노골적으로 불만을 표시하지 않아도 느낌으로 다 알게 되어 있습니다. 그러니 사이가 좋아질 리가 없습니다. 왜 이런 일이 일어났을까? 곰곰이 따져보면 별것도 아닌 자존심 때문이었습니다. 내가 만약 지금 다시 그 시절로 되돌아갈 수 있다면 절대로 그 서푼어치도 안 되는 자존심 때문에 상사와 불화를 빚는 현명치 못한 짓을 되풀이하지는 않을 겁니다."

"선생님께서 지금 만약에 제 처지라면 어떻게 하시겠습니까?"

"상사의 마음에 들도록 모든 일에 적극적으로 성의를 다할 것입니다. 시키는 일에도 정성껏 잘할 뿐만 아니라 한국 사회에서 오래 전부터 전해져 내려오는 모든 관행도 충실히 따를 것입니다. 상사의 생일이나 추석, 설날 같은 때 자그마한 선물이라도 들고 찾아가 인간적인 유대도 다질 것입니다. 나는 지난 40년 동안 이러한 관행을 무시했기 때문에 언제나 국외자(局外者) 취급을 당하여 항상 상사의 눈 밖에 났었고 조직에 변동이 있을 때마다 제일 첫 번째 정리 대상에 올라 있었습니다."

"아무리 그렇다고 해도 실력이 있으면 상사도 어떻게 할 수 없는 것이 아니겠습니까?"

"옳은 말씀입니다. 그러나 아무리 실력이 있다고 해도 상사와 잘못 사귀어 미운털이 박히면 언제 어떤 기회에 경쟁자가 나타나서 어떻게 될지 모릅니다. 그 알량한 자존심 때문에 이런 일이 벌어집니다. 잘 생각해 보십시오. 자존심이란 것이 무엇입니까? 따지고 보면 이기심의 덩어리에 지나지 않습니다. 이것만 미련 없이 벗어 던지면 주위 사람들과 얼마든지 사이좋게 지낼 수 있는데 그것 때문에 늘 문제가 되고 있습니다.

'나'만 벗어 던지면 만사가 다 수월하게 해결될 텐데 그 '나'를 벗어 던질 용기가 없기 때문에 우리는 항상 주위 사람들과 갈등을 빚으면서 불편하기 짝이 없는 하루하루를 지겹게 살아가고 있는 겁니다. 밑에 있는 사람이 윗사람을 헐뜯기나 하고 불평만 해 보았자 돌아오는 것은 언제나 깨지는 일밖에 없습니다. 지금이라도 그 알량한 '나'를 과감히 벗어 던지고 상사의 처지가 되어 자기 자신을 살펴보기 바랍니다. 그리고 다른 동료 직원들의 입장에서 자기를 냉정하게 바라보기 바랍니다. 이때 비로소 손오기 씨는 자기 자신의 참모습을 접하게 될 것입니다. '나'에 사로잡혀 있을 때는 우물 안 개구리처럼 한정되어 있던 시야가 무한히 넓어지는 것을 감지하게 될 것입니다."

"만약에 상사가 부당한 짓을 할 때는 어떻게 해야 합니까?"

"부당한 짓이란 구체적으로 어떤 것을 말합니까?"

"가령 정실 인사를 했다든가 부당한 금품 상납을 요구한다든가 하는 경우 말입니다."

"그런 때도 성급하게 부정적인 판단만을 내릴 것이 아니라 여러 가지 여건을 충분히 고려하여 신중하고 현명하게 대처해야 할 것입니다. 그가 하는 행위가 회사를 위한 일인지 회사를 배신하는 짓인지, 그리고 공공의 이익에 명백히 역행하는 행위인가를 관찰한 뒤에 공명정대하게 판단을 내려야 합니다. 양식(良識)을 가지고 있는 정상적인 사람이라면

256

자기 자신의 묘혈을 파는 무리한 짓이나 더욱이 범죄 행위는 저지르려
고 하지 않을 것입니다. 상사의 의도를 따라야 한다고 해서 그의 범죄
행위까지 방조하라는 말은 아닙니다. 그러나 상사가 명백한 부정행위
를 저지르지 않는 한 그에게 등을 돌릴 필요까지는 없습니다."

"선생님께서는 결국은 상사와 사이좋게 지내라는 얘기를 하시는데
구체적으로 어떻게 하는 것이 사이좋게 지내는 것이라고 보십니까?"

"첫째는 상사가 시키는 일에 무조건 거부반응부터 보이는 짓을 하지
말아야 합니다. 이런 일은 어떤 일이 있어도 피해야 합니다. 상사가 시
키는 일은 무조건 받아들이는 습관을 붙여야 합니다. 거부반응은 보이
지 않는다고 해도 상사가 무슨 일을 시키면 꼭 습관적으로 이의를 다
는 사람이 있습니다.

이것 역시 절대로 피해야 합니다. 이의를 달거나 거부반응을 보이기
전에 우선 긍정적으로 받아들이는 습관을 붙여야 합니다. 시키는 일을
해보고 나서 문제점이 발견되면 그때 가서 이의를 달더라도 늦지 않습
니다. 그렇게 하는 것이 부하된 자로서 상사를 보좌하는 기본적인 태
도입니다."

"하지만 선생님, 상사가 시키는 일에 누가 보아도 명백한 하자가 있을
때는 무조건 일을 시작한 뒤에 시행착오를 일으킨 것처럼 하기보다는
아예 처음부터 바로잡고 들어가는 것이 더욱더 능률적이 아닐까요?"

"그건 옳은 말씀입니다. 상사가 명백한 착오를 일으켰을 때는 처음
부터 시정을 하는 것이 옳습니다. 그러나 그것도 상사가 시키는 일을
일단 기꺼이 수락한 뒤의 일입니다. 그렇게 하는 걸 싫어하는 상사가

어디에 있겠습니까? 싫어하기는커녕 오히려 유능한 부하 직원을 만났다고 반가워할 것입니다.

두 번째는 가능하면 그 상사와 인간적으로도 친해지는 것이 좋습니다. 경조사에는 물론이고 명절이나 생일, 그 밖의 돌잔치 같은 행사에도 빼놓지 않고 참가하는 것이 좋습니다. 이렇게 자주 사적인 만남이 빈번할수록 인간적인 유대도 두터워지게 됩니다.

이 세상을 가장 현명하게 살아나가는 사람들을 가만히 살펴보면 예외 없이 자기에게 도움을 줄 수 있는 사람과 가까이 지내는 것을 알수 있습니다. 생각해 보십시오. 자기에게 도움을 줄 수 있는 사람이 누구겠습니까. 친척이나 친지의 소개로 취직이 되는 경우를 빼놓고는 경쟁시험을 통하여 취직을 하게 됩니다. 이때 그에게 제일 도움이 될 수 있는 사람은 뭐니뭐니 해도 직장의 상사입니다.

아무 배경도 없이 순전히 실력으로 회사에 들어온 사람에게는 자기를 알아줄 사람은 직장의 상사밖에 더 있겠습니까. 그 상사의 눈에 드느냐 못 드느냐에 따라 그의 인생행로는 크게 달라지게 될 것입니다. 이러한 귀중한 존재를 보고 너는 너, 나는 나라는 태도를 취한다는 것은 대단히 위험한 발상이 아닐 수 없습니다.

기회 있을 때마다 상사를 개인적으로라도 자주 찾도록 하세요. 자주 찾아보라고 했다고 해서 갈 때마다 빈손으로 덜렁덜렁 찾아가는 실례를 저지르면 안 됩니다. 어떤 이유에서든지 남의 집에 방문할 때는 절대로 빈손으로 가는 일이 없도록 해야 합니다. 남들은 다 선물을 들고 오는데 유독 어떤 사람만이 번번이 빈손으로 오면 우선 그 집의 관리자인 주부의 눈에 금방 뜨이게 됩니다. 주부의 입을 통해서 곧 상사의 귀에도 그 사실이 전달되게 되어 있습니다.

자기가 아쉬운 일이 있어서 찾아오면서도 한두 번도 아니고 열 번 스무 번씩 찾아와서 한두 시간씩 시간을 빼앗고 차 대접까지 받으면서도, 일정한 수입이 있는 경제적으로 독립한 사람으로서, 매번 빈손으로 온다면 그 사람은 누가 보아도 얌채형이나 구걸형임에 틀림이 없습니다. 이 세상에 도대체 그런 사람을 좋아할 사람이 어디에 있겠습니까?

이렇게 밴댕이 소가지처럼 앞뒤가 꽉 막힌 사람은 어디에 가더라도 기피 인물로 낙인이 찍혀버리고 맙니다. 어떠한 상사도 이러한 사람을, 제아무리 실력이 있다고 해도, 유능한 부하로 삼으려고는 하지 않을 것입니다. 이 세상의 어떠한 스승이라도 그러한 사람을 자기의 충실한 제자로 보려고 하지는 않을 것입니다."

"그건 왜 그렇습니까?"

"그런 얌체형이나 구걸형 인간이 그 스승한테 기운이나 많이 받을 뿐, 마음공부는 전연 안 되어 있다면 그 수련자는 틀림없이 저급령에 빙의되거나 접신이 되어 무당이나 점쟁이가 아니면 사이비 교주로 풀려버릴 것이 불을 보듯이 뻔하기 때문입니다.

남을 생각할 줄 모르고 제 뱃속만 채우려는 사람, 스승에게 도움이나 은혜를 입고도 고마움을 표시할 줄 모르는 사람은 기공부가 잘될 경우 백발백중 사이비 교주가 되어 이 사회에 막심한 폐해를 끼치는 독버섯이 되는 수밖에 다른 길이 없기 때문입니다. 이러한 사람이 자주 자기집에 드나든다는 정보를 입수한 상사나 스승이 그런 사람을 어떻게 대하게 될지는 물어보지 않아도 뻔한 일입니다."

"그런데, 선생님, 저도 사실은 몇 번 상사의 집에 선물을 사 들고 가
본 일이 있거든요. 그런데 상사 부부가 그런 걸 왜 사오느냐고 빈손으
로 와도 된다면서 그런 거 사 들고 오려면 다시는 오지 말라고 합니다."

"그래서 그다음부터는 빈손으로 갔습니까?"

"네, 그런 거 사 들고 오려면 다시는 오지 말라고까지 말하는데 또
선물을 사가지고 가기도 좀 뭣하드라고요."

"그래 빈손으로 갔더니 반응이 어떻습디까?"

"어쩐지 분위기가 좀 썰렁한 것 같아서 자연히 다시는 찾지 않게 되
더라고요."

"그런 사람을 보고 뭐라고 하는지 아세요?"

"뭐라고 하는데요?"

"순진하고 미련하다고 합니다. 아니 도대체 생각을 좀 해 보십시오.
선물 들고 간 손님 보고 다음에 올 때 또 가지고 오라고 말하는 사람이
어디 있겠습니까? 그런 걸 뭘 하려고 가지고 왔느냐? 그런 거 사 들고
오려면 다시 오지 말라고 하는 것은 순전히 고맙다는 인사말에 지나지
않습니다. 그것을 곧이곧대로 듣고 다음에 빈손으로 가는 사람이 도대
체 세상에 어디 있습니까? 그러니까 상사의 눈에 날 수밖에 더 있겠습
니까.

상사와 인간적으로 친해지는 것도 따지고 보면 다 자기 자신을 위한
일인데 그러한 자리에 가는 사람이 빈손으로 간다는 것은 구걸형(求乞
型) 인간만이 하는 짓입니다. 이 세상에서 구걸형 인간을 좋아하는 사

람이 어디에 있겠습니까? 잘 좀 생각해 보십시오. 왜 그런 일이 벌어지는지 아시겠습니까?"

"글쎄요. 왜 그렇죠?"

"모든 것을 자기중심으로만 생각하기 때문에 그런 착오를 일으키게 되는 겁니다. 그런 때는 상사와 그 상사의 부인의 입장에서 자기를 바라봐야죠. 그래야만이 자기 자신의 진상이 드러나게 되어 있습니다. 역지사지방하착(易地思之放下着) 하라는 말을 『선도체험기』에서 귀에 못이 박히도록 들었을 텐데, 손오기 씨는 그 책을 1권서부터 33권까지 읽었다면서도 실은 가장 중요한 핵심을 놓친 겁니다.

이 세상에 공짜가 있다고 생각한다면 그거야말로 크나큰 망상이요 착각입니다. '나'에서 벗어나지 못하는 한 영원히 그 망상과 착각에서는 벗어날 수 없을 것입니다. 선도의 첫걸음도, 사회생활과 회사생활의 첫걸음도 바로 이 자기중심적인 사고방식에서 벗어나는 겁니다.

그렇게 하자면 어떤 일이 있든지 구걸형(求乞型) 인간에서 벗어나 최소한 거래형(去來型) 인간은 되어야 합니다. 상사의 호감을 공짜로 사려고 해서는 절대로 안 된다는 말입니다. 가는 것이 있어야 오는 것이 있지 않겠습니까? 이 세상에 맨입으로 되는 일은 절대로 없다는 대원칙만은 무슨 일이 있어도 꼭 알아두어야 합니다.

어떤 사람은 동료나 상사에게 어려운 부탁을 하여 성사가 되었는데도 적절한 인사를 차릴 줄 모릅니다. 화장실 갈 때 다르고 나올 때 다르다고 부탁할 때는 다급했었는데 일단 성사가 된 다음에는 별로 급할 것 없으니까 느긋해집니다. 그것 뭐 조금 수고한 것 가지고 이 다음에 때가 되면 나도 그만한 보상을 해주면 되지 하고는 인사를 차릴 줄 모릅니다.

이렇게 되면 벌써 그 사람은 그의 부탁을 들어 준 동료나 상사의 눈밖에 나버립니다. 나중에 신세를 갚는 것은 갚는 것이고, 당장은 인사부터 차려야 그게 제대로 된 인간이라는 것을 알아야 합니다. 이처럼 사람과 사람 사이의 관계는 주고받는 것만 제대로 미루지 않고 처리할 줄 알아도 별로 큰 마찰 없이 저절로 굴러가게 될 것입니다.

이 사회에 성공한 사람들을 유심히 살펴보면 이처럼 주고받는 일에 한 치의 어김도 없습니다. 무슨 일에든지 거래를 정확히 할 줄 아는 사람은 절대로 남에게서 깔보이는 일이 없을 뿐만 아니고 어디에 가든지 남의 호감을 사고 존경을 받게 되어 있습니다. 어떤 사람은 이런 것을 약삭빠른 속물(俗物)이라고 경멸할지 모르지만 절대로 그렇지 않습니다. 세속에서뿐만 아니라 도(道)의 세계에서도 이것을 무시하면 어디에 가든지 발붙일 자리가 없게 됩니다.

이런 것은 어렸을 때부터 부모가 자식에게 철저하게 가르쳐야 합니다. 부모에게서 제때에 가르침을 받지 못했으면 관찰을 통해서 스스로 알아서 습득을 해야 합니다. 그런데 이러한 기본적인 소양을 갖추지 못하고 세상에 나오면 누구도 그것을 가르쳐 주려고 하지 않습니다. 스승도 제자에게 이런 것을 가르치기는 거북하기 짝이 없는 일입니다."

"그건 왜 그렇습니까?"

"탐욕을 부린다는 오해를 살까 봐서 뻔히 상대방의 결점을 알면서도 누구도 직접 말해주려고 하지 않습니다."

"탐욕을 부린다는 것은 무슨 뜻입니까?"

"제아무리 제자라고 해도 그런 말을 하면 스승 자신이 금품이 탐나서 그런다는 오해를 받기 싫으니까 그렇습니다. 그 밖에도 금품 문제를 함부로 거론하기가 치사한 생각이 들어서 누구든지 입을 열려고 하지 않습니다."

"그럼 부모에게서 가르침을 받을 기회를 놓친 사람은 어떻게 해야 합니까?"

"별수 없이 스스로 터득해야죠. 거래(去來)의 원칙을 깨닫는 사람은 출세도 할 수 있고 성통공완도 할 수 있는 것만은 틀림이 없습니다.

(사실은 부모에게서 그런 것을 배울 기회를 놓친 사람들이 알아들으라고 나는 지금 굉장한 위험 부담을 안고도 어쩔 수 없이 이렇게 장황한 글을 쓰고 있는지도 모른다. 마음만 열린다면 수련은 일취월장할 수 있는 사람이 바로 거기에 걸려서 맨날 제자리걸음을 하고 있는 것이 안타까워서 이렇게라도 하지 않으면 그의 잘못을 일깨워줄 방법이 없기 때문이다.

이 글을 읽고 당사자들이 자신의 잘못이 무엇인지 깨닫기만 한다면 나는 다소 오해를 받는 한이 있더라도 그것을 감수할 용의가 있다. 주고받는 것을 제대로 하는 사람이 마음이 열린 사람이고, 주고받는 것을 제대로 하지 못하는 사람이 마음이 막힌 사람이다. 마음이 꽉 막힌 사람이 천국에 들어가기는 낙타가 바늘구멍에 들어가기보다 더 어려운 것은 틀림이 없다.

예수가 부자가 천국에 들어가기는 낙타가 바늘구멍에 들어가기보다 더 어렵다고 했지만 나는 그렇게 생각하지 않는다. 욕심에서 떠난 부자는 얼마든지 천국에 들어갈 수 있지만 마음이 앞뒤가 꽉 막힌 사람은 절대로 하늘나라에 들어갈 수 없기 때문이다. 하늘나라에 들어가는 것이야말로 영원한 생명을 얻는 것이다.)

남에게서 받고 싶으면 우선 자기 것을 주는 방법부터 알아야 합니다. 'Give and take'라는 영어 속담도 있지 않습니까? 삼척동자라도 다 아는 것을 의외에도 성인이 되어 경제적으로 독립까지 한 어엿한 중견 전문 직업인이 모르고 있다면 말이 됩니까. 이것을 모르기 때문에 남의 눈총을 받고 상사의 눈 밖에 나고, 항상 주위 사람들의 미움을 산다면 그에게는 얼마나 큰 불행이겠습니까? 미움까지는 사지 않는다고 해도 늘 이웃과의 사이가 삐꺽대거나 껄끄럽게 됩니다.

직장의 상사와 같이 언제나 많은 방문객을 받는 사람은 척 보면 벌써 한눈에 그 사람이 구걸형인지 거래형인지 알아봅니다. 자기 잇속만 차릴 줄 아는 얌체형이나 구걸형을 좋아할 사람은 이 세상에 어디에도 없다는 것을 알아야 합니다. 사람은 우선 눈치가 빨라야 무슨 일에서든지 성공을 거둘 수 있습니다. 누가 나에게 냉랭한 눈길을 보낸다든지 언짢은 눈치를 보일 때는 그렇게 하는 상대방에게 대뜸 반발을 하거나 그를 미워하거나 그에게서 멀리 떠나기 전에 나 자신에게 무슨 잘못이 없는가를 잘 살펴보아야 합니다.

상대방의 처지에서 냉정하게 나를 바라보면 나 자신의 결점이 무엇인지 그 사람의 눈에는 내가 어떻게 비치고 있는가 하는 것이 금방 환하게 드러나게 되어 있습니다. 이때가 중요합니다. 자기의 결점이 정확히 무엇인가를 알고 이것을 고치려고 하는 사람은 분명히 싹수가 있습니다. 그러나 이때 상대방에게 총구를 돌리는 사람은, 진화 단계로 보면 아직도 단세포 생물 정도에 머물러 있다고 보아야 합니다. 상대의 처지에서 자기를 바라볼 줄 모르는, 무지막지한 사람은 애당초 선도수련을 하겠다는 마음을 먹지 않는 것이 차라리 좋습니다. 이기심과 욕심을 가지고는 되는 일이 아무 것도 없기 때문입니다."

"그래서 선생님께서 역지사지방하착(易地思之放下着)하고 여인방편 자기방편(與人方便自己方便) 하라고 늘 말씀하시는군요."

"바로 그겁니다. 지금까지 33권이 나온 『선도체험기』가 앞으로 몇 권이나 더 나올지 모르지만 나는 '상대편의 처지에서 나를 바라보고, 모든 것은 내 탓으로 돌려라' 그리고 '남을 위해주는 것이 바로 나를 위해주는 것이다'라는 두 가지 명제가 늘 핵심이 되어야 할 것입니다. 이 두 가지 진리를 일상생활에서 실천하는 것이 바로 영원한 생명으로 들어가는 지름길이기 때문입니다."

"그 두 가지 명제를 일상생활에서 실천하면 어떤 결과를 얻을 수 있습니까?"

"수련의 최대의 장애물인 욕심에서 차츰차츰 벗어날 수 있습니다. 우선 '나'를 객관화할 수 있다는 것은 '나'에서 벗어나고 마음을 비우는 첫걸음이기 때문입니다."

백두산 산신령

1996년 6월 23일 일요일

관광 넷째 날, 정확히 새벽 세 시에 나는 잠에서 깨어났다. 열두 시가 넘어 잠이 들었으니까 근 세 시간은 숙면을 취한 것이다. 그런데 깨어나 보니 오만성 씨는 어느새 이불을 개어놓고 배낭까지 다 꾸려놓고 앉아있었다.

"아니 왜 벌써 일어났습니까?"

"잠자리가 바뀌어서 그런지 통 잠을 이루지 못했습니다. 그런데 선생님은 어떻게 그렇게 쿨쿨 코까지 고시면서 부러울 정도로 숙면을 취하십니까?"

"코고는 소리에 잠 못 드신 거 아닙니까?"

"아니 그럴 정도는 아니었습니다. 제가 워낙 민감해서 그렇지 옆 사람이 깰 정도는 아니었습니다."

"나 역시 선도수련 하기 전에는 오만성 씨와 똑 같이 잠자리만 바뀌면 통 잠을 못 이룰 정도로 예민했었는데, 운기조식(運氣調息)과 대주천(大周天)이 되고 피부호흡이 된 뒤로는 아무데서나 때만 되면 잠을 잘 잡니다."

"선도수련이 그렇게 좋은 줄은 미처 몰랐습니다."

이때 주인아주머니가 와서,

266

"밤새 안녕하셨음메?"

"네, 아주머니도 안녕하셨습니까?"

"네에. 잠자리가 불편하셨겠음메."

"아뇨. 난 잘 잤는데요."

여름이지만 동트기 훨씬 전이라 밖은 지척을 분간할 수 없었다. 벌써 오행산악회원은 주차장으로 모이라는 마이크 소리가 온 마을에 울려 퍼지고 있었다. 우리는 서둘러 짐을 꾸리고 아주머니와 작별인사를 하고는 집을 나섰다. 아주머니가 그렇게 간절히 소원하던 웅담을 못 팔아 준 것이 못내 서운했지만 어쩔 수 없었다.

각자 지정된 차에 올라 인원 점검을 마치고 나자 어느덧 출발시간인 3시 30분이 되었다. 전조등을 켠 네 대의 버스가 마을 사람들의 환송을 받으면서 백두산을 향해 서서히 만보 마을을 떠났다. 이제 3시간만 비포장도로를 달리면 백두산 입구에 도착한다고 한다. 이른 새벽이라 일행들은 대부분이 간밤에 못다 잔 잠을 자려고 눈들을 감고 있었다. 오래간만에 차 안이 조용했다. 노래하는 사람도 없었고 노래를 부르라고 채근하는 사람도 없었다. 내가 평소에 제일 좋아하는 명상하기 적합한 분위기였다. 옆자리에 오만성 씨도 꾸벅꾸벅 졸고 있었다.

평생에 한 번 올까 말까 한 백두산 등정이다. 이왕이면 날씨가 개어 그 웅장하고 신비스럽다는 우리 민족의 성지(聖地)인 백두산 천지를 볼 수 있으면 좋으련만. 날씨만 개면 볼 수 있겠지. 제발 날씨만 개어 주기를 나는 속으로 빌었다.

이때 내 머릿속에는 어제 늦은 저녁 식사를 들 때 김춘식 원장이 느닷없이 내가 백두산 산신령을 부를 수 있으며 산신령에게 명령만 하면 날씨는 틀림없이 개일 것이라고 한 말이 떠올랐다. 물론 농담으로 한 말이겠지만 어디 밑져야 본전이라고 한번 백두산 산신령을 불러나 볼까 하는 충동이 일었다. 그다음 순간 나는 호흡을 가다듬고 두 눈을 감은 채,

'백두산 산신령, 백두산 산신령 나와라…….'

마치 무전기 호출이라도 하듯 나는 명상 상태에서 계속 불렀다. 이렇게 몇 분간이나 흘렀을까 내 영안(靈眼)에는 한 점의 밝은 빛의 덩어리가 떠오르더니 점점 커지다가 어느새 황소만한 크기의 하얀 호랑이로 변신하는 것이었다. 눈부신 한 마리의 백호(白虎)였다. 백호는 나한테 호출당한 것이 황송스럽다는 듯이 연신 머리를 조아리면서 앞발을 꿇어 엎드리는 것이었다. 마치 무슨 분부라도 내려달라는 듯한 몸짓이었다.

'오늘 백두산 날씨를 개이게 할 수 있겠느냐?'

하고 마음속으로 묻자 백호는 머리를 수없이 조아리면서 그렇게 하겠다는 복종의 뜻을 표시하는 것이었다.

'됐다. 그렇다면 꼭 그렇게 어김없이 시행하렸다. 알겠느냐!'

백호는 기다렸다는 듯이 또 머리를 조아려 순종할 뜻을 표시하는 것이었다. 그러나 어딘가 미심쩍은 생각이 들어 다시 한 번 다짐했다.

'어서 틀림없이 그렇게 시행하도록 하라!'

백호는 또 다시 수없이 머리를 조아린 뒤에 화면에서 사라졌다. 독자들 중에는 이 대목을 읽고 나를 보고 살짝 돌았다고 생각할 분들이

있을지도 모른다. 그러나 나는 애초에『선도체험기』제1권을 1990년도 1월에 발간할 때 머리말에서 밝혔듯이 내가 수련 중에 보고 경험한 사실들을 하나도 숨김없이 한 작가의 양심에 따라 밝힐 뿐이다. 따라서 내가 쓴 글을 믿고 안 믿는 것은 독자 스스로 선택할 문제이다.

그건 그렇고 명상 상태에서 깨어난 나는 맨정신으로 곰곰이 생각해 보았다. 아니 그렇다면 백두산 산신령은 백호란 말인가? 다른 사람에 겐 어떤 모습으로 나타날지 모르지만 나에게는 백호인 것만은 틀림이 없었다. 그리고 보니 어디선가 백두산 산신령은 백호라는 글을 읽어본 일이 있는 것도 같았다. 그렇다면 도대체 백두산 산신령이란 어떤 존재인가?

사람에게는 각자에게 그를 수호해 주는 보호령이 있듯이 산천에는 제각기 그곳을 보호해 주는 에너지의 응집체가 있는 것이다. 어찌 산천뿐이겠는가. 바다에는 예부터 용왕(龍王)이 있어 자기의 관할 구역을 지켜주는 것이다. 산, 내, 바다뿐이 아니고 나라에도 가문에도 단체에도 지역사회에도 각기 수호신이 있는 것이다.

우리 눈에 보이는 온갖 형상들은 사실은 우리 눈에 보이지 않는 본체(本體)의 변용(變容)이요 쓰임에 지나지 않는 것이다. 우리 눈에 보이는 하늘은 실은 우리 눈에 보이지 않는 원판(原版)의 복사판에 지나지 않는 것이다.『참전계경』제2조의 다음 구절은 바로 그것을 말해 주는 것이다.

"해, 달, 비, 바람, 번개는 모습 있는 하늘이고, 형체가 없어서 보이지도 않고 소리가 없어서 들을 수도 없는 것은 모습 없는 하늘이니라. 이 모습 없는 하늘을 하늘의 하늘이라고 하는데, 이것이 곧 하느님이니라. 사람이 하늘을 공경하지 않으면 하늘이 사람에게 응하지 않으니 이는 마치 풀과 나무가 비, 이슬, 서리, 눈을 맞지 못하는 것과 같느니라."

사람을 지켜주는 보호령과 산을 지켜주는 산신령은 이 보이지 않는 하늘의 임명을 받은, 우리의 육안으로는 보이지 않는 에너지의 응집체인 것이다. 그렇다면 백두산 산신령은 꼭 백호의 모습으로만 나타날까? 전연 그렇지 않다. 사람에 따라, 기질에 따라, 근기에 따라 천태만상으로 나타날 수도 있는 것이다. 어떤 때는 신선(神仙)으로 또 어떤 때는 선녀와 같은 미인으로 또 어떤 때는 희귀한 꽃으로 나타날 때도 있는 것이다. 그것이야 어쨌든 나에게는 유독 백호의 모습으로 나타난 백두산 산신령의 다짐을 받아서 그런지 오늘 백두산 천지에서는 적어도 비는 오지 않을 것이라는 확신이 들었다.

비록 비포장도로이기는 하지만 이른 새벽이어서 그런지 앞이 펑 뚫려있어 차는 거침없이 속력을 놓았다. 한 시간쯤 달리자 훤히 동이 터오기 시작했다. 좌우에는 키 높은 미인송과 만주 자작나무 산림이 우거져 있었고 맑고 수량이 풍부하고 전연 오염되지 않은 개울물이 힘차게 흘러가고 있었다.

이 땅은 지금부터 근 6천 년 전 배달국 시대부터 단군조선, 부여, 고구려, 발해국에 이르기까지 우리 민족이 대대로 살아온 땅이었고 1920년대에는 이 근처에서 청산리 전투, 봉오동 전투에서 김좌진 부대와 홍범도 부대가 왜군을 괴멸시키기도 했지만 바로 이 때문에 우리 동포들이 왜군에 의해 잔혹한 보복을 당해 숱하게 피를 흘린 곳이기도 하다. 지금도 관할은 중국이라고 하지만 연변조선족자치주라고 하여 우리 겨레들이 행정을 꾸려가고 있는 땅이다.

그래서 그런지 산과 내, 나무, 풀 한 포기까지 예사롭게 보이지 않았다. 더구나 백두산은 고조선의 단군왕검이 나라를 세운 땅이 아닌가? 그리하여 백두산은 배달민족이면 누구나 한번 가보고 싶어하는 민족의 성지요 영산(靈山)이 아닌가? 그 몽매에도 그리던 거룩한 고향을 찾는다고 생각하니 은근히 가슴이 뛰는 것은 어쩔 수 없었다.

드디어 날이 활짝 밝았다. 구름은 군데군데 떠 있었지만, 하늘은 맑았다. 모두가 날씨가 개었다고 환성을 올렸다. 그런데 차가 또 한참 달리면서 엷은 구름층이 하늘을 덮기 시작하긴 했지만 여기저기 뚫려 있는 구름층 사이로 푸른 하늘이 보이는데도 부슬비가 내리기 시작하는 것이 아닌가. 이렇게 되면 천지를 보기는 어려울 것 같았다. 차 안에서는 이번에는 실망의 소리가 여기저기서 일었다.

아니 이렇게 되면 백두산 산신령이 나에게 한 약속은 어떻게 된단 말인가? 나는 속으로 새벽에 보았던 산신령을 불러, "도대체 어떻게 된 것이냐?"고 물었다. 그러자 곧 텔레파시로 대답이 전달되어 왔다.

"염려 마십시오. 비는 오지 않을 것이고 날씨는 갤 것입니다."

"정말 그렇단 말인가?"

"틀림없습니다. 절 믿어주십시오."

산신령의 장담이었다. 그러는 사이 부슬비는 어느새 걷히고 다시금 햇볕이 눈부셨다.

"야아, 해가 나왔다!"

"하늘이 우리의 애타는 마음을 알아주는 모양이네!"

차 안에서는 날씨의 변동에 따라 일희일비가 교차되었다. 빗방울과 햇볕이 몇 번 더 숨바꼭질을 하다가 마침내 하늘이 활짝 개었다. 다행히도 차가 고장 나지 않고 씽씽 잘 달린 덕분에 예정시간보다 이르게 6시 조금 넘어서 백두산 등산로 입구에 도착했다. 입구에는 장백산 호텔이라는 현대식 호텔 단지가 들어서 있었고, 그 옆에는 관광객을 태우고 천지까지 오르내리는 미제 지프차 수십 대가 대기하고 있었다. 우리는 지프차 한 대에 5, 6명씩 분승하여 백두산 천지를 향해 올라가기 시작했다.

백두산은 함경북도와 함경남도 그리고 만주와의 경계선 사이 장백산맥(長白山脈)의 동쪽에 솟아있는 한국에서 제일 높은 산이다. 해발 2,744미터. 정상에는 천지(天池)가 있는데, 이 물이 서쪽으로 압록강, 동으로 두만강, 동북으로는 송화강의 원류가 되고 있다. 입구에서 천지까지 오르는 데 한 시간쯤 걸리고 차비가 1만 원씩이라고 한다. 중국인과 일본인도 간간히 섞여 있지만 대부분의 관광객이 한국인이라고 한다. 중국은 바로 이 백두산 때문에 가만히 앉아서 막대한 외화를 벌어들이고 있는 것이다.

우리를 실은 지프차는 백두산 정상을 향해 완만하게 갈지자 모양으로 뚫려 있는 콘크리트 도로를 따라 힘차게 달려 올라가고 있었다. 해발 2744미터의 정상까지 도보로 오르려면 훈련된 산악인이라고 해도 다섯 시간 정도는 잡아야 할 것이다. 그러나 지프차로 단 한 시간여 만에 올라가게 되니 나처럼 평소에 등산으로 몸이 다져진 사람에게는 싱

겁기 짝이 없었다. 산길이 하도 완만하여 도보로 오른다고 해도 지루할 것만 같았다. 자동차도로는 그저 밋밋한 경사지를 뚫고 뱀처럼 꾸불꾸불 자꾸만 이어지고 있었다.

고도가 높아질수록 수목의 키들은 점점 낮아지고 있었다. 우리가 지금 올라가는 천문봉 자동차도로는 북경 아시아게임을 앞두고 개설되었다고 한다. 근 한 시간쯤 달렸을 때 고도 2천 미터의 백두산 수목 한계선을 통과하고 있었다. 진작부터 빽빽하던 가문비나무, 이깔나무 숲이 점점 키가 낮아지더니 수목 한계선서부터는 갑자기 칼로 잘라버린 듯이 숲이 낮아지면서 한 뼘 정도밖에 안 되는 들쭉나무, 가솔송, 곱향나무, 떨기나무, 그리고 시허연 몸뚱이를 드러낸 허리가 꼬불꼬불한 산자작나무와 그 아래로는 키 작은 노랑 만병초, 담자리 꽃들로 이루어진 덤불숲을 이루고 있었다.

수목 한계선에서 문득 차창을 통해 뒤를 보니 그 아래는 아득한 천리수해(千里樹海)가 장엄하게 펼쳐져 있었다. 저 나무바다를 말 타고 달리면서 마음껏 기개를 펼쳤을 고조선과 고구려와 발해의 무사들의 거친 숨결이 귓가에 스치는 것 같다. 선조들이 피땀 흘려 이룩해 온 생활 영역을 지금까지 지켜오지 못한 후손의 한 사람인 나 자신이 선조들에게는 자꾸만 죄인처럼 느껴졌다.

그러나 바로 이 수목 한계선을 지나면서부터 햇볕이 눈부시던 날씨에도 불구하고 갑자기 10미터 앞이 보이지 않는 짙은 안개 속을 뚫고 차는 달리고 있었다. 그 안개는 마치 비행기나 차량에서 뿜어낸 소독용 분무와도 같이 한 지역을 뒤덮고 있었다.

그때부터 지프차는 전조등을 켜고 앞에서 달려 내려오는 차를 피하여 조심조심 기어 올라가고 있었다. 이윽고 우리는 산정에 가까운 주차장에 도착했다. 차를 내리자 수목 한계선을 지나면서 조금씩 가빠오던 호흡 곤란 현상이 한층 더 심해졌다. 2천 7백 미터의 고도(高度)에서 느끼는 일종의 산소결핍 현상인 것 같았다. 이곳이 바로 바람이 세기로 이름난 흑풍구라는 곳이라고 한다. 풍속이 초속 60 내지 70미터라고 한다.

6월 23일이면 초여름이건만 이곳은 산정에 희끗희끗 잔설이 보이는 늦겨울이었다. 게다가 바람까지 모질게 불어대니 체감온도는 영하 10도는 되는 것 같았다. 그렇게 바람이 불어대건만 안개는 여전이 시야를 가로막고 있었다. 나무는 고사하고 풀 한 포기 보이지 않는 붉으스름한 왕모래도 아니고 자갈도 아닌 그 중간의 도토리알만한 화산토가 깔려 있었다. 미리 준비한 등산용 바람막이 잠바를 하나 껴입었는데도 강풍과 추위로 몸은 쉴 새 없이 덜덜 떨려왔다. 그러나 일행들은 누구 하나 불평하는 이 없이 일제히 정상을 향해 줄달음질쳐 갔다.

"야아! 여기가 백두산 천지다!"

하고 먼저 올라가서 고함치는 사람도 있었다. 우리보다 먼저 온 관광객은 없었다. 그러나 속속 뒤따라온 지프에서 내린 일행 120명이 어느덧 정상을 뒤덮기 시작했다. 나는 '백두산 천지'라고 누군가가 외친 곳을 향해 올라갔다. 과연 '백두산 천지(白頭山天池)'라고 한글과 한자로 붉은 페인트를 칠한 돌비석이 여기저기 서 있었다.

그러나 아무리 백두산 천지라고 하면 무엇 한단 말인가. 10미터 앞을 안개 때문에 볼 수 없으니 우리는 눈먼 장님과 진배없었다. 일생에 한 번 있을까 말까 하는 절호의 기회인데 하필이면 이렇게 안개가 담뿍 낄 줄이야 어떻게 상상이나 할 수 있었단 말인가? 망원경들이 곳곳에 설치되어 있었지만 안개 때문에 무용지물이었다. 나는 새벽에 만보 마을을 떠날 때 나타났던 백두산 산신령을 맘속으로 불렀다.

"산신령! 어떻게 된 건가. 나한테 분명히 날씨는 개인다고 하지 않았는가?"

"그렇습니다. 날씨는 지금도 분명히 개어 있습니다."

"그런데, 어떻게 돼서 이렇게 안개가 짙게 끼어 10보 앞을 분간할 수 없단 말인가?"

"그건 안개 때문이지 날씨가 개지 않았기 때문은 아닙니다."

"그렇다면 안개를 개이게 할 수 없는가?"

"그건 제 능력으로도 어떻게 할 수 없는 일입니다."

"하지만 잠시라도 안개를 걷힐 수 없겠는가."

"힘써 보기는 하겠지만 자신은 없습니다."

"부탁이니 제발 좀 어떻게 해 보게."

"알았습니다. 선생님."

이런 무언의 대화가 있은 뒤에 나는 계속 안개 걷히기를 촉구했다. 그러나 안개는 쉽사리 걷히지 않았다. 때마침 조선족 동포 관리인이 지나가기에 물어보았다.

"날씨는 분명히 개었는데도 이렇게 안개가 늘 낍니까?"

"그렇고말고요. 날씨 개는 것하고 안개 개는 것하고는 관계가 없습니다. 아무리 날씨가 좋아도 이곳 천지는 이처럼 안개가 늘 끼어있습니다."

"그건 왜 그렇습니까?"

"수면과 수면 위의 공기와의 온도 차이 때문에 그렇습니다. 백두산 천지는 난로 위에 올려놓은 큰 냄비 속의 물과 같다고 보면 틀림없습니다. 지하에서 솟아오른 온수가 수면 위의 찬 공기와 마찰을 일으키면서 안개를 일으키니까요. 난로의 열로 가열된 냄비 속의 물은 점점 온도가 올라가면서 김이 서리는 것과 흡사한 현상입니다."

"그럼 백두산 천지를 보려면 어떻게 하면 됩니까?"

"이 아래 호텔에서 며칠이고 묵으면서 기다려야 합니다. 이곳은 기후 변동이 하도 심해서 순식간에 안개가 걷혔다가도 금방 다시 끼어버립니다."

"그럼 어떤 때에 안개가 걷히게 됩니까?"

"난로 위에 올려놓은 냄비에서 일어나는 김을 누가 위에서 혹 불어버려야 하는 것처럼 높은 하늘에서 바람이 아래로 내리불지 않으면 천지의 안개는 걷히지 않습니다."

"그건 특이한 기후 현상이 아닙니까?"

"그렇습니다. 그래서 날씨도 개고 안개도 걷히는 날은 일년 통틀어 며칠 되지 않습니다."

일행들은 사진 찍느라고 정신들이 없었다. 나는 유명인사라고 해서 사진 좀 같이 찍자고 하여 여기저기 불려 다니느라고 숨 돌릴 틈도 없었다. 그러는 가운데 오행산악회에서는 미리 준비해간 간소한 제수를 차려 놓고 천제를 지내려 촛불을 켰는데, 강풍 때문에 자꾸만 꺼졌다. 종이로 바람막이를 하고 나서야 간신히 촛불을 당길 수 있었다. 바람과 추위로 덜덜 떨리는 몸으로 마음들이 붕 떠 있었으므로 무슨 일이든지 차분하게 하기는 어려웠다. 단지 천지신명과 선조님들에게 우리들 일행의 마음의 정성을 바칠 뿐이다.

천제를 지낸 뒤에 젊은 한 쌍의 오행산악회 젊은이의 전통 결혼식이 거행되었다. 백두산 천지가에서 결혼식을 올리는 그들 부부에게는 평생 잊을 수 없는 좋은 추억거리가 될 것이다. 기발한 착상이 아닐 수 없었다. 일행은 그 강풍과 추위 속에서도 혼인식을 끝까지 지켜보며 충심으로 그들의 행복한 장래를 빌어주었다.

그다음에는 오행산악회 주최로 벌이는 환경정화 운동의 일환으로 천지 주변과 물가의 쓰레기를 줍는 행사가 시작되었다. 바로 이때였다.

"야아! 천지가 보인다!" 하는 외침이 일제히 터졌다.

모든 사람들의 시선이 한꺼번에 천지 쪽으로 쏠렸다. 과연 그 두터운 안개의 배일이 서서히 벗겨지면서 백두산 천지가 그 장엄하고 엄숙하고 신비로운 자태를 차츰차츰 드러내고 있었다. 과연 황홀하면서도 경건한 마음이 저절로 깊숙한 곳에서 솟구쳐 오르는 감격적인 순간이었다. 백두산 산정에서 바로 눈앞에 펼쳐지는 그 신비로운 광경은 그야말로 경이적이었다. 물론 나는 과거 사진으로는 백두산 천지를 익히 보아왔지만 현장에서 직접 보는 그 모습은 필설(筆舌)로 표현하기가 어려웠다.

특히 안개의 베일이 서서히 벗겨지는 천지의 그 신비한 광경은 지금껏 사진으로도 본 일이 없었다. 오히려 완전히 개인 날에는 지금 눈앞에 전개되는 안개의 베일에서 서서히 벗어나는 그윽하고 유현(幽玄)하고 신령(神靈)스러운 천지의 모습은 보기 어려울 것이다. 또 그러한 광경을 카메라에 포착하기는 사실상 불가능할 것이다. 그것은 백일하에 보는 미인의 자태와 박명(薄明) 속에서 베일에 반쯤 가려진 미인의 수줍고 신비로운 자태와의 차이와도 같았다.

백두산 천지는 어떻게 생겼는가? 최대 수심이 348미터, 평균 수심이 213.3미터, 최대 길이 4.64킬로미터, 최대 너비 3.55킬로미터, 둘레가 14.4킬로미터로 서울에 있는 여의도만한 넓이의 호수가 해발 2194미터의 화산 분화구 속에 자리 잡고 있다. 천지 주위는 백운봉, 옥주봉, 제운봉, 층암봉, 금병봉, 서일봉, 백암봉, 자하봉, 비류봉, 병사봉 같은 높고 낮은 산봉우리들로 비잉 둘러싸여 있다. 북한과 중국과의 협정에 의해 지금 천지의 3분의 2가 북한의 영역으로 되어 있다. 우리는 지금 중국의 길림성 안도현 쪽에 있는 산정에 서 있는 것이다.

그러나 안개의 베일이 백두산 천지의 3분의 2쯤까지 벗겨져 나간다고 생각될 즈음이었다. 이게 어찌된 일인가? 그 안개는 다시금 천지의 모습을 뒤덮어 버리고 말았다. 그러니까 천지가 그 신비로운 자태를 드러낸 시간은 불과 20초밖에 되지 않았다. 모두가 아쉬움으로 발버둥쳤다. 그러자 잠시 후에 그 아쉬움을 달래기라도 하듯 전번과 비슷한 광경이 다시 한 번 더 연출되었다.

안개 끼지 않는 맑은 날에 천지 건너편 북한 쪽을 망원경으로 보면 장군봉 옆 산마루에도 사람들이 바글바글하고 그 한가운데에 돌기둥

같은 것이 우뚝 서 있다고 하는데, 그것이 바로 김일성 동상이라고 한다. 중국인들은 외국 관광객들을 유치하여 어떻게 하든지 한푼이라도 더 돈을 벌어들이려고 혈안이 되어 있는데 반하여, 그들은 인민들이 굶어 죽어가는데도 고작 독재자의 우상화 놀이에 백두산 천지를 이용하고 있는 것이다.

한 개의 관광 팀이 천지에 머무를 수 있는 시간은, 일정한 요금을 내고 난 뒤 한 시간으로 한정되어 있지만, 우리는 특별히 요금을 더 내고 한 시간을 더 연장하면서 다시 안개가 걷히기를 학수고대했건만 끝내 그 소원은 이루어지지 않았다. 시간이 되자 우리는 현장을 떠나지 않을 수 없었다. 우리는 주차장에 내려와서 다시 지프차를 타고 하산 길에 접어들었다. 관리 요원들은 대부분의 관광객들이 천지를 못 보고 내려가는 것이 상례인데 그 정도나마 천지를 볼 수 있었던 것은 대단한 행운이라고 말했다.

그런데 차를 타고 내려오면서 곰곰이 생각해 보니 내가 어젯밤에 백두산 산신령 얘기에서부터 오늘 새벽에 있은 일과 조금 전까지 벌어졌던 일이 아무래도 찜찜하고 개운치 않았다. 그동안 아무리 생각해도 나는 정상(正常)에서 이탈한 잘못된 길을 걸어 왔다는 느낌이 문득 들었다. 평소의 내 신념과는 정반대되는 빗나간 길을 걸어 온 나 자신을 알게 된 것이다. 산신령 농담에 간단히 넘어간 나 자신이 얼마나 어리석었던가 하는 것을 새삼 깨닫게 된 것이다.

우리가 백두산 정상에서 잠시나마 천지의 모습을 볼 수 있었던 것이 과연 백두산 산신령의 도움 때문이었는지는 몰라도 결과적으로 내가 원했던 것은 제대로 이루어지지 못한 것이다. 완전한 천지의 모습을 마음껏 유감없이 감상하는 데는 실패한 것이다. 백두산 산신령의 말대로 자기에게는 안개를 걷히게 할만한 능력이 없고 아까 우리에게 잠깐 보여주었던 그 광경은 산신령이 무리한 힘을 다한 결과였다면 나는 분명히 번지수를 잘못 짚은 것이요, 컴퓨터 키를 잘못 두드린 것밖에는 되지 않는다.

무엇이 잘못 되었을까? 나는 한 시간 내내 차를 타고 내려오면서 여기에 의식을 집중했다. 역시 문을 두드리니까 해답이 나왔다. 백두산 천지의 안개를 걷히게 하려면 백두산 산신령이 아니고 그보다 더 지위가 높은 다른 신명(神明)을 불러야 한다는 것을 알게 되었다. 가령 중앙관서를 비유한다면 장관급에게 시켜야 할 일을 겨우 과장급에게 주문한 꼴이 되고 만 것이다.

그리고 또 하나 이번 경험으로 뼈저리게 깨닫게 된 것은 이런 종류의 일은 분명 신통력(神通力), 도술(道術) 또는 초능력 분야에 속하는 일이라는 사실이었다. 호풍환우(呼風喚雨)하고, 해의 운행을 잠시 멈추고, 죽은 사람을 살리고, 난치병을 고치고, 앉은뱅이를 일으켜 세우고, 물 위를 걷고, 물을 술로 바꾸고, 먼 곳에 있는 물건을 감쪽같이 이동시키고 하는 것은 구도(求道)와는 아무 상관도 없는 일종의 도술(道術)이라는 사실이다.

그리고 도술은 어디까지나 하나의 기술이지 진리를 깨닫는 것과는 전연 차원이 다르다는 것이다. 도술은 쉽게 말해서 비행기 조종술, 자동차 운전 기술, 중장비 조작술, 항해술, 컴퓨터 조작술, 무대 조명술,

둔갑술, 축지법, 차력술, 요술, 마술, 검술, 창술, 사격술과 같이 반복된 숙련으로 이루어지는 습득된 기술이라는 엄연한 사실이다.

만약에 어떤 사람이 천지에 올라가서 자욱하게 끼어 있는 안개를 도술을 부려 말끔히 걷히게 했다면 그 사람은 그렇게 할 수 있는 비결 즉, 그만한 일을 할 수 있는 신장(神將)이나 신명(神明)을 부릴 수 있는 능력을 터득했기 때문인 것이다. 그런 비결을 터득한 일도 없는데 갑자기 그러한 능력을 갖게 되었다면 틀림없이 접신(接神)이 된 경우이다.

그런데, 나는 그러한 비결이나 기술 또는 접신을 지금까지 경원시해오다가 어젯밤에 갑자기 옆에서 나를 충동하는 바람에 나도 모르게 우쭐해서 아무런 습득 과정도 없이 밑져야 본전격으로 즉흥적으로 시도해 본 것이다. 활이라곤 생전 만져보지도 않던 사람이 옆에서 누가 부추기는 바람에 아무 생각 없이 무모하게 활줄을 당겨 화살을 날린 것과 다름이 없었다. 그러한 화살이 과녁을 제대로 맞출 리가 없었다.

그것은 일종의 교만이요 치기(稚氣)요 객기였다. 교만, 치기, 객기가 다 부질없는 욕심임은 더 말할 나위가 없다. 아무런 사전 준비 없이 충동적으로 저지른 교만이 성공을 거둘 리가 없는 것은 당연한 일이었다. 만약에 어떤 구도자가 장님 문고리 잡는 식으로 그렇게 충동적으로 저지른 교만한 행위가 성공을 거두었다면 어떻게 되었을까? 만약에 어떤 구도자가 요행 백두산 천지의 안개를 걷게 할 수 있는 능력을 가진 신명을 불러, 가는 날이 장날이라고 처음 부린 도술이 적중했더라면 어떻게 되었을까?

그는 어줍지 않게 처음 시작한 일이 성공을 거두자 자만심에 도취되어 이번에는 그 도술을 사용하여 죽어가는 사람을 살렸다고 치자. 그 일로 매스컴을 타게 되고 대번에 큰 명성을 얻어 그의 집 앞은 순식간에 전국에서 몰려든 난치병 환자로 문전성시를 이루게 될 것이다. 멋모르고 그 난치병 환자들을 치료해 주었다간 인근 개업의들의 강력한 반발을 사게 되어 결국 돌팔이로 고소를 당하게 될 것이다. 그 구도자는 그때부터 어쩔 수 없이 세속적인 환경에 말려들어 구도와는 점점 멀어지게 될 것이다. 신통력에 탐닉하게 되면 자연 인과응보의 이치에서 멀어지게 되어 허황된 교만에 빠져버리게 된다.

이렇게 되면 구도자로서는 실패한 인생을 살게 될 것이다. 구도의 최후 목표는 반망즉진(返妄卽眞)하여, 생사를 극복하고 영원한 생명을 차지하는 것이다. 그러자면 하나인 진리를 깨달아야 한다. 그래야 할 그가 고작 도술이나 부리는 초능력에 말려든다면 기껏 사이비 교주나 무당이나 한갓 초능력자로 낙착이 되어버리고 말 것이다.

백두산 천지의 안개를 걷히게 하고 죽은 사람을 살리는 도술을 아무리 잘 부린다고 해도 자기중심 속에서 진리를 깨닫지 못하는 한 그는 여전히 생로병사의 윤회에서 벗어나지 못할 것이고 언제까지나 생로병사를 반복할 것이다. 이렇게 되면 구도자로서는 완전히 실패이다. 거발한 환웅천황, 단군왕검, 석가모니, 공자, 노자, 장자, 소크라테스, 디오게네스, 역대 조사(祖師)들, 톨스토이, 간디, 다석 류영모, 소태산 박중빈 같은 국내외의 수많은 성현들은 신통술이나 도술 같은 초능력을 말변지사(末邊之事)로 여기고 구도(求道)에서 제외해 버린 것은 바로 이 때문인 것이다.

사람들은 초능력 현상에 일시적인 관심이나 흥미는 느낄지 몰라도 그것을 통해서 생사를 뛰어넘는 진리를 깨달으려고는 하지 않는다. 가령 어떤 사람이 초능력을 구사하여 사형선고를 받은 암환자를 완치했다고 치자. 그 사람은 그 일로 하여 고작 2, 30년의 육체 생명을 연장했다고 해도 그것은 그가 영원한 생명을 얻는 것과는 하등의 상관이 없는 것이다.

바로 그 때문에 초능력은 구도자의 입장에서 보면 유치원생들의 하찮은 소꿉장난에 지나지 않는다. 고작 판 안에서 벌어지는 일에 지나지 않기 때문이다. 판 안이라는 것은 시간과 공간 물질이 지배하는 상대세계, 유위(有爲)의 현상계 안을 말하는 것이다. 판 밖의 일, 시공과 물질을 벗어난 절대의 세계, 무위(無爲)의 절대계에서는 아무런 구실도 못하는 것이 초능력이다.

따라서 진정한 구도자에게는 육체 생명을 연장한다든가 백두산 천지의 안개를 걷히게 한다든가 하는 일은 아무런 의미도 없다. 백두산 천지에 안개가 끼어 있으면 있는 대로 좋고 없으면 없는 대로 좋은 것이다. 우리 눈앞에 벌어지는 일체의 자연현상은 다 그럴 만한 이유가 있어서 그렇게 된 것이고 그것은 그것대로 충분한 존재 가치가 있는 것이다. 그것을 인위적으로 바꾸려고 하는 것은 어리석은 인간의 교만이요 부질없는 욕심에 지나지 않는다.

있는 그대로가 진리 그 자체인데 무엇 때문에 인공을 가하여 그것을 바꾸려는 허황된 시도로 시간과 노력을 낭비한단 말인가? 초능력으로 현상을 바꾸려고 하는 것은 뿌리는 그대로 놓아둔 채 잎과 가지만 건드리는 격이다. 뿌리를 바꾸어야 한다. 그러자면 마음을 바꾸어야 한다. 왜냐하면 모든 현상은 우리의 마음의 반영이기 때문이다.

마음을 바꾸면 어느덧 근본도 바뀌게 되어 있다. 따라서 진리는 이미 존재하는 현상 속에 내재해 있는 것이다. 존재하는 모든 것이 가장 정확하게 진리를 반영하고 있기 때문이다. 도술을 익히려 애쓰기보다는 우리의 마음을 진리와 일치시키려고 애쓰는 것이 바른길이다.

우리의 마음을 진리와 일치시키려면 어떻게 해야 하는가? 마음속에서 욕심을 비우면 된다. 마음을 비우고 남을 나 자신처럼 사랑하는 정도에 따라 진리의 힘이 실리게 된다. 신령(神靈), 신장(神將), 신명(神明)은 마음을 비운 정도에 따라 자기네들을 부리려는 사람에게 봉사하게 되어 있다. 그러므로 마음을 많이 비운 만큼 이들 신중(神衆)들의 존경을 받게 된다.

공직자가 사사로운 개인 용무로 부하 직원을 부린다면 잘 움직이려 하지 않을 것이다. 신령들도 구도자가 사사로운 개인 용무나 교만이나 치기 때문에 자기네들을 부리려고 한다면 잘 복종하려고 하지 않을 것이다. 그러나 진리를 전파하는 거룩한 일에는 서로 발 벗고 나서려고 할 것이다. 진리를 전파하는 일이란 어떤 것인가? 중생제도, 하화중생, 재세이화, 홍익인간이 바로 그것이다.

백두산 천지에 대한 아무런 사전 정보도 준비도 없이 단지 농담으로 한 남의 부추김에 현혹되어 경솔하게 백두산 산신령을 부른 나는 실패의 쓴 잔을 마시기도 했지만 결과적으로 여러 가지로 많은 공부를 할 수 있었다. 이 일로 인하여 나는 새로운 경험을 쌓게 되었고 미처 모르고 있던 많은 사실들을 알게 되었다.

그러나 이 세상에 공짜라는 것은 절대로 없다는 것도 새삼 깨닫게 되었다. 백두산 산신령은 내 요구를 성의껏 들어 준 대가를 톡톡히 받아간 것이다. 그날 새벽에 나에게 들어온 백두산 산신령은 무려 한 달 동안이나 머물러 있다가 떠났다. 결론적으로 말해서 그와 나는 서로 주고받은 것이다. 다시 말해서 그가 나를 도운 대신 나는 그를 도와준 것이다. 상부상조가 바로 그런 것이다. 사람과 신중(神衆) 사이에도 이런 일이 있을 수 있다는 것 역시 나에게는 새로운 경험이었다.

【독자의 편지】

대마초로 시작된 젊은 날의 방황

허 규

휴산(休算)

휴산은 헤아리지 않는 것이다. 소원이 있어서 정성을 드리는 사람이 문득 정성 들이기 시작한 날을 헤아리면서 꽤 시간이 흘렀는데도 아무런 감응이 없으니 억울하다고 말한다면 이것은 정성을 드리지 않은 것과 같다. 무릇 쉬지 않고 정성을 다하는 사람은 정성을 드리기 시작한 날을 헤아리지 않으며 마치는 날도 계산하지 않느니라. (『참전계경』 32조)

아무런 소용이 없으니 억울하다고 시간만 헤아림은 정성을 드리지 않음과 같다. 무슨 효험이 있기만을 기대하면서 조바심을 친 것이 아니었던가 하는 마음에 아예 덮어두고 정성만 드리기로 한 것이 엊그제라……!

헌데 이렇게 체험기를 쓴다는 것이 다분히 주관적이라서 자칫하면 저 잘났다고 주접을 떠는 글이 될 수도 있고 또한 그렇게 내세워서 얼굴을 붉힌들 시간만 헤아리는 내 모습만 적나라하게 드러난다는 사실에 주저할 수밖에 없었는데, 다 같이 공부하자는 의미로 그간의 일들을 있는 그대로만 써보라는 선생님의 독려도 있고 도(道)를 구하는 사람들끼리 무슨 얘긴들 어떻겠는가 하는 마음에 변명도 할 겸 자책도 하면서 이런 계기로 그간의 먼지를 깨끗하게 닦아 놓는 것이라고 스스로 용기를 북돋워 과거로 거슬러 올라가 봅니다.

우선 대학교 학창 시절부터 시작하는 것이 좋을 듯합니다. 누구나 그렇듯이 한순간의 빈틈도 없이 치달아 왔던 시험공부에 부모님이 원하는 대학에 붙고 나서 찾아오는 빈 시간과 빈 공간은 주체할 수 없는 방종과 반항으로 연결되어 감수성이 강한 대학 시절을 얼룩지게 하곤 합니다. 시골에서 중학교 때부터 서울 유학을 온 나에게 부모님의 바램은 당시만 해도 유신 시대라 '데모하지 말라', '데모하면 신세 망친다'로 일관되어 데모만 안 하는 것도 효도하는 것이었습니다.

경찰들은 길거리에 쫙 깔려 장발 단속에 불심 검문을 하는 통에 방구석에 틀어박혀 인생이 어떻고 예술이 어떻다며, 뜻이 통하는 친구들끼리 모인 자리에 자연스럽게 끼어든 것이 대마초라는 마약이었습니다. 그때는 아직 대마초를 피우는 것이 마약이라고 붙잡혀 가고 사회 문제가 되는 시기가 아니었기에 죄의식 없이 받아들여졌고 그것은 더욱더 진지한 교감을 맛보게 해주는 매개체가 되었던 것입니다.

우리는 자유인이어야 하고 한국의 자유를 정착시켜야 한다며 긴 머리에 당고 바지를 입고 청계천 시장에서 백판(불법 레코드판)을 수집하여 온종일 음악에 심취되는 것이 젊음의 멋으로 대변되었을 때입니다. 하기사 조금만 머리가 길어도 장발 단속에 백차(경찰차) 신세를 져야 했던 시절이니 젊음은 깊게 숨어서 독버섯같이 음지를 향유하고 있었습니다. 밝은 대낮에는 아예 바깥출입을 포기하고 끼리끼리 골방에 모여 불심즉 마삼근(佛心卽麻三斤)이라.

부처님 같은 마음이 되자며 대마초를 피운 후 음악에 몸을 맡기면 실타래같이 풀려 넘실대는 리듬을 타고 놀다 나와 보면 한나절은 족히 지나갑니다. 때론 가부좌 틀고 적묵(寂黙)의 세계로 들어가 환상과 환청 등 꿈같은 무지개를 타고 다녔고, 기운을 집중시켜 한곳으로 몰아가면 젊은 근력은 한올한올 기혈이 유통되면서 근육 하나하나가 살아나 헐크가 된 듯 축제 때 육체미 대회(보디빌딩 대회)에 출전해서는 인기상도 받고 했습니다.

이렇게 마약은 성취욕과 충족감을 부추기며 욕심껏 탐닉할 수 있는 힘을 갖고 깊숙이 자리잡고 있었습니다. 이소룡의 기합 소리가 예사롭지 않았고, 김정호의 애절한 노랫말은 귓속말로 죽음을 재촉하는 향연이었을 것입니다.

비록 마약으로 터득한 기(氣)의 정체지만 그래도 친구들이 '쟁이 기질'들이 있어서 정신적인 교감을 중시했던 탓에, 지금은 인사동에서 책장사도 하고 밥장사도 하고 있지만, 신기루 같은 기의 장난에 놀아난 대학 시절은 낙제하는 고배를 마셔 가면서 남들보다 1년씩 더 다녀야 했던 콤플렉스를 남긴 채 군대를 가게 됨에 이르러 잠시 대마초에서 벗어날 수 있었습니다.

하지만 사회에 나가서 다시 옛친구들을 만나면 결국 또 그 꼴인데 그때는 이른바 마약사범으로 수많은 연예인들이 붙잡혀 갔고 사회적으로 지탄의 대상이 되다 보니 철저히 혼자만의 세계를 구축하면서 대마와의 인연은 계속되었습니다.

어릴 때 꿈이 화가가 되는 것이었습니다. 결혼을 한 후 고향에 내려와 사업을 하면서도 그 꿈을 버리지 못해 배우게 된 것이 글씨 공부입니다. 글씨 공부(서예)도 결국은 가 보면 기(氣)라 할 수 있는데, 밤새워 글씨를 쓰다가 대마초를 한 모금 먹고 써보면 천변만화 ― 서법(書法)의 진수가 이해되는 것이 남들이 따라잡을 수 없게 일취월장이었습니다.

관리를 철저히 하면서 밤마다 글씨를 핑계 삼아 나만의 향락에 빠졌습니다. 이제는 이만하면 어디에 내놓아도 훌륭한 예술품이 될 것이란 자만심에 백일기도를 올리듯 3개월을 작정하고 서예대전에 출품한다고 밤이면 밤마다 출품작을 쓰느라고 대마는 말할 것도 없고, 밤 3~4시쯤 힘이 딸리면 독한 술로 돌려 가면서 기란 기는 모두 짜내어 죽자 살자 써 나갔습니다.

그러던 어느 날 자고 나서 일어나려는데 몸이 움직여지지 않고 목을 가눌 수가 없는 것이었습니다. 통증도 아니고 마비도 아닌 완전히 탈진 상태에서 기운이 꽉꽉 막히는 것이었습니다. 일어나 앉으면 숨도 못 쉬겠고, 빙빙 천장이 돌아가는 것이 이것은 어떻게 말로 표현이 안 되는 것이었습니다. 가까운 정형외과를 찾아가 봐도 아무런 이상이 없다 하는데 당사자는 꽉꽉 막혀서 숨도 못 쉬겠고 등짝에다 말뚝을 박아놓은 듯 결려오는 것이 도저히 사무실에 앉아 있다는 것이 불가능해졌습니다.

　서울에 올라가 종합적인 진찰을 받아보았지만 아무 이상도 없다고
하고, 용하다는 한의원을 찾아가 봐도 엉뚱한 소리만 하는 것이 내 스
스로 마약 때문이라고 실토할 수도 없는 것이었습니다. 그런데 그렇게
막히고 숨도 못 쉬는 고통을 주는데 그것을 한 모금만 피우면 다시 숨
통이 트이는 것이 이제는 진짜 '하느님 아버지'였습니다. 완전한 노예
가 된 것입니다.

　"아! 제발 숨 좀 쉬고 살아봤으면 여한이 없겠다."

　자책의 날을 보내며 어떻게 이 구렁텅이에서 벗어날 수 있는 것인지 — 암
담했습니다. 이제 모든 것을 끊어버리고 새로 출발한다며 몇 달간 여
행을 떠나서 모든 것을 잊어보지만 집에만 돌아오면 꽉꽉 막히는 것이
꼭 귀신 장난하는 것 같은 것이었습니다. 체력을 보강하면 될 것이라
는 어렴풋한 결론에 학창 시절에 좋아했던 바디 빌딩과 단전호흡을 본
격적으로 시작하면서 보약도 먹고 온통 이 고통을 풀어놓는 데 집중을
하지만 해도 해도 너무한 것이 그 고통에서 벗어날 수 없는 것이었습
니다.

　그런 날들로 5년여가 지나자 이제는 모든 게 거짓말인 것 같고 어깨
를 들썩이며 바듯바듯 숨만 쉬는 내 모습이 나도 몰라라 포기해 버렸
습니다. 그냥 평생을 짊어지고 가리라 체념할 수밖에 없었습니다.

　그렇게 지내던 어느 날 책방에 우연히 들러 손에 잡힌 것이 『선도체
험기』였는데 그냥 훑어만 보고 외면을 했습니다. 그 간에 하도 여러 책
들에 속아서 단전호흡이나 기(氣)에 대한 책은 모두 읽어보았고 하느

라고 했는데 내 몸은 이렇게 되었으니 이제는 기라는 글자만 보아도 거부감이 생기고 억울한 생각마저 들던 때라 그런 책을 다시 본다는 것이 용납이 안 되었던 것이었습니다.

그러던 며칠 후 다시 그 책을 찾은 것은 20여 권씩이나 무슨 거짓말을 해 놓을 것이 있나 궁금도 하고 혹시나 20여 권까지 썼을 때는 무언가 있는 것은 아닌지 반신반의하면서 처음 보게 된 것이『선도체험기』 시리즈 제 18권입니다.

18권 ─ 빙의 얘기가 나오는데 이것은 내 얘기라! 여태껏 풀지 못했던 업보라 포기했던 고행을 얘기하고 있는 것이었습니다. 깜짝 놀라서 1, 2권부터 보기 시작, 3권까지 읽어보고 흥분된 마음으로 당장 찾아간 것이 단전호흡 도장입니다. 첫날 도장에 나가서 지감 수련을 하는데 이미 그것은 옛날부터 알고 있었던 감각이었습니다. 그 감각을 체계화시켜 놓고 차례차례 풀어나가는 것에 금방 동화되어 평생회원이 되었습니다.

영동에 있는 ○○원까지 가서도 스스로 되돌아보지만 이번만은 풀릴 것 같은 것이 마약을 안 하고도 그런 기감을 느낄 수 있다는 확신이 있었던 것입니다. 특히 도인체조는 경직되어 있던 근육을 많이 풀어놓았고 머리는 아주 맑아지는 것이 조심조심 숨도 제대로 쉴 것 같았습니다.

그런데 될듯될듯 하면서도 안 되는 것이 숨 좀 쉴만하면 엉겨오고 무슨 특별 수련이라고 해서 받아 보았자 그것이 그것인 것이 더이상의 진전이 안 되었습니다. 그 간에 도장에서 추천했던 책들 때문에 밀어

놓았던 『선도체험기』를 다시 꺼내어 읽어 나가니 실체가 드러나는 것이었습니다. 내가 성급했다는 것을 깨닫고 이제는 진짜 실수하지 않겠다는 마음에 20권까지 나와 있는 체험기를 토씨 하나 놓치지 않고 읽어 나갔습니다.

어느새 나는 아침 조깅을 하고 담배도 끊고 책을 읽는 때는 꼿꼿이 허리를 펴고 단전호흡을 하면서 솔솔 불어오고 있는 청량한 기운을 백회로 음미하고 있는 것이었습니다. 그래도 철저하게 접근하리라는 마음으로 김태영 선생님이 요구하는 사항을 실천해 나가면서 오행생식을 하기 위해 생식원부터 찾아갔습니다. 3개월 코스로 생식 강의도 한다 하기에 첫날 가서 무작정 신청하고 돌아왔습니다.

시골에서 그것도 사업을 해 가면서 일주일에 두 번씩 자리를 비운다는 것이 쉽지는 않았지만 달게 받아들이고 불똥 튀기듯 시간을 잘 쪼개면서 수강을 했습니다. 물론 일산에 가서 정관 복원수술도 받고 저녁이면 어김없이 103배를 하면서 내 스스로 이제 되었다 싶을 때까지 밀고 나갔습니다. 생식 강의가 거의 끝날 때쯤에서 조심스런 마음으로 김태영 선생님께 전화하여 허락을 받고 목욕 재개하고 선생님 앞에 앉았습니다.

빙의라! ― 삿갓 쓰고 흰 도포를 입고 있다는데, 그냥 집중만 하고 있으란다. 3시간쯤 지났을까? 나는 바다에 나가서 누군가의 유골을 화장해서 바다에 뿌리고 바람에 날리는 누군가의 영혼과 개운하게 작별을 하고 있었습니다.

이제 나았는가?

그렇게 될 것이라고 굳게 믿어서인지 좋은 것 같은데 어딘가 완전한 것이 아니었습니다. 집에 내려오는 동안에도 수십 번 고개를 돌려보고 심호흡을 하면서 확인해 보지만 분명 풀렸는데 시간이 지날수록 다시 엉켜온다는 것이 확연히 감지되었습니다.

결국 그래도 풀렸다는 희망은 철저한 오행생식과 더불어 등산, 도인체조로 박차를 가하고 『선도체험기』는 읽고 또 읽어 나갔으며 『선도체험기』에 소개된 책들을 모두 섭렵해 들어갔습니다. 이렇게 되니까 우선 집안에 화목한 기운이 감돌았습니다. 오행생식으로 바뀐 식단과 함께하는 도인체조는 육체적으로나 정신적으로 가족들 모두 건강을 찾아가는 지름길이 되었습니다.

그러하길 1년쯤 하였을 때 대주천 수련이 있었습니다. 온몸이 확 달궈지는 뜨거운 기운을 느끼며 한 바퀴 돌린 후 백회에다 벽사문을 장치하다가 질문을 하게 된 즉 선생님 왈, "연연하지 말라"는 것이었습니다. 아니. 어떻게 여기까지 왔는데 연연하지 말라는 것인가? 오매불망 언제 대주천이 될 것인가 열망하는 수많은 사람들이 줄 서 있는데 "연연하지 말라니……." 이것이 저의 화두가 됩니다.

쓸어버려라…….

요즘 내가 좋아하는 책이 『한마음 요전』입니다. 부드럽게 장중하게 기운을 통해서 들어오면서도 한 치의 양보도 없는 치열함이 있어 좋습니다. 우리집 가훈을 '냅둬유'로 하자고 농담할 정도로 입에 발려서 최면된 탓인지 그렇게 그냥 내버려두면 될 일이라 생각되어 이제는 쓸어버려도 되겠다는 용기가 생겼습니다.

돌이켜보면 기운을 느껴서 의통이 되고 병을 고쳐서 오래 살 수 있는 것 또한 한낱 욕심에 지나지 않는다는 것입니다. 그 욕심의 근원이 어디에 있는 것입니까? 이제야 스스로에게 어디까지 왔는지를 질문해 봅니다. 몇 걸음에 왔는가라는 선문답에 앞서 있어야 될 물음! 그것은 어디로 갈 것이었느냐는 것이었습니다.

사람이 태어나 어디로 갈 것인가 하는 단순한 질문을 이제야 진지하게 답해 보는 것입니다. 성통공완이라 하지만 그것은 어디고 지금 내가 있는 곳은 어딘가 하는 의문에 대한 답을 스스로 하게 됐다는 것입니다. 저 불쌍한 환자가 내 전생의 모습일 수도 있고 날아가는 똥파리 또한 나일 수 있다는 가정을 하면서 똥파리 하나 죽이는 데도 의미를 부여하고 아픈 사람 돌봐주는 모습으로 나라는 사람을 바꿔 나갈 수 있다.

하지만 궁극에 가서 무위의 세계는 자연 그대로라면 나 또한 자연이 되어 내가 없는 내 모습을 상상해 보면 아직은 수용할 수 없는 인간으로서 욕심이 남은 탓인지, 그래도 살아 숨쉬는 지금의 내 모습이 더 소중한 것이 아닌가 하는 앙금이 남아 하나 됨을 100% 수용하지 못하고 있는 내 모습을 보게 되는 것입니다. 당신은 죽어 태어나지도 않은 절대 개념 속으로 들어가 환생의 고통을 뛰어넘는 것이 목표라 한다면 선뜻 수용할 수 있겠습니까?

미지의 세계.

그곳에서 삼망이 착근하여 내가 형성되었기에 그곳으로 환원시키는 것이 삶의 종착역이라는 회의는 꼬리에 꼬리를 물고 나를 놓아주지 않았습니다.

삶에 대한 애착?

공상 망상 쓸데없는 생각으로 답이 없는 질문 속에 빠져 있던 어느 날 그날도 똑같이 아침 조깅을 하면서 그런 질문을 하고 있었습니다. 이렇게 힘겹게 내가 왜 아침 조깅을 하고 있는 것인가? 성통공완을 하기 위해선가?라는 질문에 나 스스로 피식 웃고 말았습니다. 세상에 미쳐도 단단히 미친놈이었습니다.

그런 모습을 보면서 다시 질문을 해보았습니다. 왜 달리고 있는가? 지금 내가 달리고 있는 것은 성통공완을 하려고 달리고 있는 것은 아니었습니다. 지금 내가 몸공부, 마음공부, 기운공부를 한다고 해서, 성통공완이 된다고 해서 내가 달라질 것은 하나도 없는 것이었습니다. 도사가 되고 의통이 된다고 해서 한 치도 세상이 변한 것은 없다는 사실이었습니다.

나는 나일 뿐이고 내가 이렇게 달리기를 하고 있는 것은 단지 내가 편하려고 하는 것이라는 단순한 답을 얻고서야 모든 잡념이 떨쳐져 나가는 개운함을 느낄 수 있었습니다. 그렇습니다. 내가 하고 있는 이 공부는 내가 편해지고 내 마누라가 편해지며 자식이 편해지고 내 주위의 모든 사람이 편해지는 자연 그 상태.

전혀 욕심이 가해지지 않은 자연의 상태로 살 수 있는 최선의 방편이란 것이었습니다. 더불어 내가 왜 인간으로, 내가 왜 이렇게 살아야 되느냐의 해답은 인과의 법칙이 주어진 나의 과제일 뿐이고, 어디서 어떻게 태어나고 죽고 하는 문제는 종착역과는 하등의 관계도 없다는 사실이었습니다.

마치 심장을 움직이고 싶다 해서 내 마음대로 심장 움직이고 멈추고 할 수 없듯이 이는 자율적으로 돌아가는 인간의 자율신경 체계와 같이 내가 행하는 모든 행위에 대한 결과로서 주어지는 인과법칙일 뿐이지 결코 내가 성통공완을 하겠다고 해서 성통공완이 되는 것은 아니라는 것이었습니다.

내가 할 수 있는 최선은 단지 주어진 내 여건 속에서 자연 그대로 욕심 없이 그냥 내버려둔 상태에서 살 수 있다면 그것이 무위(無爲)의 세계요, 함 없이 할 수 있는 생활이 가장 편한 생활이란 것이었습니다.

이렇게 몸공부를 해서 건강한 육체를 소유하며 마음공부로 내 주위 사람들을 이해할 수 있고 기운공부로 언제나 화평하고 안정되고 온화한 분위기를 유지할 수 있으므로 해서 얻어지는 욕심 없는 세계를 지금 내가 달리고 있는 종착역으로 귀착시킴으로 해서야 모든 의심이 풀려나가는 것이었습니다.

무위(無爲).

한 일 없이 할 수 있는 선문답에 자신 있게 답할 수 있는 욕심 없는 나. 욕심 없이 행할 수 있는 일거수일투족. 그런 의미로 해서 바라본 기(氣)란 정체는 한낱 욕심에 놀아난 꼭두각시라! 기란 놈의 놀아남에 정신이 **빼앗겨** 마약도 마다 않고 욕심부렸던 모습을 확인하는 순간 달아오르는 어리석음은 10년간 공부 도루 아미타불이란 것을 실감하게 되는 것입니다.

마음공부, 기공부, 몸공부. 이제는 실천하는 것뿐입니다. 진리는 항상 너무 단순한데 그것을 실천하지 못하는 나 아닌 나 때문에 문제가 됩니다. 실천해야만 살아있는 진리가 되어 생명이 됨을 우리의 진아는 알고 있습니다. 이제 헤아릴 필요 없이 그냥 돌아가는 대로 정성을 다해서 정성 그 자체마저도 의식할 필요 없는 생활로 돌아가면 우리는 무위의 세계를 가고 있는 것입니다.

『참전계경』의 휴산(休算)은 이를 깨우친 성인들의 잠언일 것입니다.

1997년 2월
허 규 올림

＊ 위 글을 보낸 허규 씨는 현역 수필가이며 약사로서 약국과 오행 생식 대리점을 함께 경영하면서도 굳이 필자에게 찾아와서 생식을 처방받는 등 수련에 정성을 쏟은 결과 1년 만에 대주천 경지를 통과하게 되었다. 위 글은 그의 진솔한 『선도체험기』이다.

〈35권〉

부부란 무엇인가

1996년 7월 5일 금요일 20~26℃ 구름, 해

오후 3시경, 내 서재에는 6명의 수련생이 정좌를 하고 있었다. 남자 넷, 여자 둘이었다. 남자 수련생 중의 한 사람이 물었다.

"진리는 무엇입니까?"

"우리 자신의 마음의 중심입니다."

"진리는 눈으로 볼 수 있습니까?"

"우리 눈에 보이는 일체의 사물이 전부 다 진리 그 자체의 가시적(可視的), 외부적 표현입니다."

"그럼 진리는 어디에 있습니까?"

"우리 눈에 비치는 삼라만상을 있게도 하고 없게도 할 수 있으면서도 육안으로는 보이지 않는 것이 진리입니다."

"그런데 왜 진리는 우리 눈에는 보이지 않습니까?"

"우리에게는 마음이 있습니까, 없습니까?"

"마음이야 누구나 다 가지고 있는 것이 아닙니까?"

"그렇다면 그 마음이 우리 눈에 보입니까?"

298

"보이지는 않지만 우리는 어떤 사람의 안색을 보고 지금 그가 무슨 마음을 품고 있다는 것을 대충은 알 수 있는 거 아닙니까?"

"그렇습니다. 내 몸은 내 마음의 가시적인 표현입니다. 내 몸을 보면 지금의 내 마음의 상태를 가늠해 볼 수 있습니다. 사람에게는 마음이 있어서 몸을 다스리는 것과 마찬가지로 우주에는 우주의 마음이 있어서 우주를 다스리고 있습니다. 이 우주를 움직이는 마음의 중심이 바로 진리입니다.

우리가 우리 마음을 육안으로는 볼 수 없지만 우리 마음이 존재하면서 우리를 지배하고 있는 것은 알고 있는 것처럼, 우리는 우주의 마음을 육안으로는 볼 수 없지만 우주의 마음은 우주를 여전히 지배하고 있는 것은 틀림없다는 것을 알고 있습니다."

"그 우주의 마음이 방금 진리라고 말씀하셨는데 그 진리는 우리 인간에게 어떻게 작용하고 있습니까?"

"인과응보의 원리를 통해서 일점일획의 오차도 없이 정확하게 작용하고 있습니다."

"그 인과응보는 어떤 구체적인 방식으로 우리 인간에게 작용합니까?"

"선복악화(善福惡禍), 청수탁요(淸壽濁夭), 후귀박천(厚貴薄賤)의 형태로 우리에게 작용합니다. 선복악화는 착한 사람은 복을 받고 악한 사람은 화를 불러들인다는 말이고, 청수탁요는 기운이 맑은 사람은 오래 살고 기운이 흐린 사람은 일찍 요절한다는 말이고, 후귀박천은 후덕한 사람은 존귀해지고 박덕한 사람은 천박해진다는 말입니다. 여기서 선청후(善淸厚)가 악탁박(惡濁薄)을 딛고 일어설 때 우리는 반망즉

299

진(返妄卽眞)의 길로 들어설 수 있습니다. 우리가 수련을 하는 목적은 바로 이 때문입니다."

"선생님, 진아(眞我)에는 어떻게 하면 도달할 수 있습니까?"

"반망즉진하는 것이 바로 진아에 도달하는 길입니다."

"반망즉진은 무엇을 말합니까?"

"미망에서 벗어나 진리를 깨닫는 것을 말합니다."

"진아는 무엇입니까?"

"진리를 깨달은 개체적인 생명을 말합니다."

"그럼 영혼과 진아는 어떻게 다릅니까?"

"영혼은 사람이 육체라고 하는 겉옷을 벗었을 때 남는 생명체입니다. 그 영혼이 진아에 도달했느냐 도달하지 못했느냐 하는 것은 별개의 사항입니다. 어떤 사람이 수련에 용맹정진을 거듭한 끝에 진리를 깨달은 뒤에 육체를 버렸다 해도 영혼은 남게 됩니다. 그러나 그 영혼의 질은 범인과 철인의 질이 다르듯이 다를 수밖에 없습니다. 철인(哲人)의 영혼은 악탁박(惡濁薄)이 세탁되어 선청후(善淸厚)만 남아 있다면, 중인(衆人)의 영혼은 선악(善惡), 청탁(淸濁), 후박(厚薄)이 서로 뒤섞여 잡탕을 이루고 있습니다. 진리를 깨달은 영혼이 진아이고 진리를 미처 깨닫지 못한 영혼은 진아가 아니라 가아(假我)입니다."

"그렇다면 같은 영혼인데도 진아가 있고 가아가 있을 수 있다는 말씀입니까?"

"그렇습니다."

"그렇다면 가아의 영혼도 영원히 살 수 있습니까?"

"가아든지 진아든지 하나의 생명체인 이상 진정한 의미에서의 생사 (生死)는 존재하지 않습니다. 다시 말해서 생명은 영원합니다."

"그런데, 왜 진리를 깨달은 사람은 생로병사(生老病死)에서 벗어나 있고 진리를 깨닫지 못한 사람은 생로병사의 윤회를 언제까지나 되풀이한다고 말하는지 모르겠습니다."

"밝아진 눈으로 보면 생로병사 같은 것은 존재하지 않습니다. 그것은 인간의 욕심과 망상이 만들어낸 허깨비에 지나지 않습니다. 진리를 깨닫지 못한 범인(凡人)들은 욕망 때문에 있지도 않은 생로병사의 쳇바퀴 속에 말려들어가 윤회의 고해(苦海) 속에서 허위적대는 것입니다.

그렇게 허위적대면서 생로병사를 끊임없이 되풀이하는 것 역시 일종의 생명활동임에는 틀림이 없습니다. 그러한 고통스러운 생명활동은 진리를 깨닫는 순간까지 무한정 계속될 것입니다. 결론적으로 말해서 생로병사가 비록 밝은 눈으로 보면 존재하지 않는다고 해도, 있다고 느끼는 사람에게는 있는 겁니다. 그러한 사람에게는 생로병사는 언제까지나 따라다닐 수밖에 없습니다."

"선생님의 눈에도 생로병사는 존재하지 않습니까?"

"흐린 눈으로 보면 존재하고 밝은 눈으로 보면 분명히 존재하지 않습니다."

"그럼, 있는 것도 아니고 없는 것도 아니라는 말씀입니까?"

"생로병사는 범인에게는 분명히 있고 철인에게는 확실히 없습니다."

"그럼 있는 사람에게는 있고, 없는 사람에게는 없다는 말씀입니까?"

"맞습니다."

"그럼 이것도 저것도 아니라는 말씀입니까?"

"진리는 이분법(二分法)이나 흑백논리(黑白論理)로는 인식할 수 없습니다. 어느 한쪽에 붙잡히거나 치우치면 진실은 보이지 않게 마련이니까요. 이분법과 흑백논리에서도 벗어나야 진상이 눈 안에 들어오게 되어 있습니다."

"그 이분법과 흑백논리에서 벗어나려면 어떻게 해야 합니까?"

"마음을 깨끗이 비우면 됩니다."

"선생님 저는 다른 질문을 하나 하겠습니다."

무역회사 상무로 있다는 40대 중반의 윤주형 씨가 말했다.

"좋습니다."

"선생님 저는 선도를 떠나서는 살 흥미를 못 느끼고 있는데도 집사람은 결사적으로 훼방을 놓고 있으니 어떻게 하면 좋겠습니까?"

"도인이 되려면 마누라 하나쯤은 내 사람으로 만들어놓아야 하는데 윤주형 씨는 선도수련에만 몰두한 나머지 아내를 적으로 만들어 놓았습니다."

"제 집사람이 선생님한테 전화로 여러 번 실례를 저지른 것을 잘 알고 있습니다."

윤주형 씨가 가정불화로 가출을 할 때마다 그의 아내는 나에게 전화를 하여 나 때문에 남편이 이상한 길로 빠졌다면서 온갖 비난을 다 퍼붓고 야유와 행패를 부렸지만 나는 그 말을 일체 윤주형 씨에게는 말하지 않았었다. 그가 조만간 나에게 무슨 상의를 해올 것으로 알았기 때문이었다.

"공정한 눈으로 볼 때 부인은 그래도 남편인 윤주형 씨를 이해하려고 그분 나름으로는 무척 애를 쓴 흔적이 보이는데 윤주형 씨는 그 방면에서는 부인을 못 따라가는 것 같습니다."

"어떤 점에서 그렇다고 생각하십니까?"

"부인은 남편인 윤주형 씨를 따라 우리집에 와서 생식을 한 달분 처방받아간 일도 있었습니다."

"그건 제가 사이비 종교에 빠진 것이나 아닌가 하고 알아보려고 온 것입니다. 그때 처방받은 생식은 몇 번 먹어보더니, 그게 어디 짐승의 사료지 사람이 먹을 것이냐면서 쓰레기통에 내던져버렸습니다."

"그래도 나한테까지 찾아온 성의가 어딥니까. 그것뿐이 아닙니다. 부인께서는 『선도체험기』도 정독은 하지 않았지만 대충 훑어보신 것 같았습니다. 물론 그 내용을 제대로 파악한 것은 아니지만 그래도 나름대로 이해하려는 성의는 보였습니다."

"『선도체험기』를 훑어보고 집사람이 뭐라고 했는지 아십니까?"

어른에게 절할 줄 모르는 이방인

"뭐라고 했는데요?"

"저 같은 순진한 사람 미쳐버리기 알맞게 되어 있다고 했습니다. 그리고 그날 선생님한테 찾아왔을 때 말입니다. 수련생들이 선생님한테 절하는 것을 보고 사이비 교도들이 아니면 어떻게 살아있는 사람에게 그렇게 큰절을 할 수 있느냐고 했습니다."

"그 점은 우리나라 고래의 풍습을 모르고 하는 말입니다. 절이라는

303

것은 꼭 죽은 사람에게만 하는 것이 아니라 살아있는 부모나 스승이나 임금에게도 필요할 때는 하게 되어 있었던 것인데, 아마도 어렸을 때부터 기독교 가정에서 자라났으므로 제자가 스승에게 절하는 것이 무척 낯이 설어서 그랬을 것입니다. 그럴 때는 남편인 윤주형 씨가 부인에게 우리나라 전래의 풍습을 잘 알아듣게 설명을 해주었어야 했습니다. 어떻습니까? 부인은 설날 같은 때 조부모님이나 친부모에게 세배도 하지 않습니까?"

"몇 대째 내려오는 기독교 집안이라 절하는 풍습은 아예 없어진 것 같습니다."

"그렇다면 텔레비전에 나오는 명절 풍습이나 그 흔한 사극 같은 것도 안봅니까?"

"좌우지간에 이상하게도 기독교적이 아닌 것은 아무리 우리 고유의 전통 예절이라고 해도 무시하고 경멸하는 되지 못한 가풍이 흘러내려오고 있는데, 집사람은 어렸을 때부터 그런 것만 보고 자라서 그런지 우리 것이라면 무조건 거부하는 묘한 기피증에 걸려있습니다."

"그래도 아내는 어디까지나 아내입니다. 그러한 아내를 반려로 택하고 즐거우나 괴로우나 평생을 같이하기로 엄숙히 서약을 한 이상 아내의 의사를 전적으로 무시하는 것은 안 되는 일입니다. 더구나 가장 가까운 위치에 있는 아내를 적으로 만들어서는 더욱더 안 될 일입니다."

"그러면 제가 선도수련 하는 것을 하나에서 열까지 무조건 반대만 일삼는데 어떻게 처신을 해야 되겠습니까?"

"나도 부인의 항의 전화를 벌써 여러 번 받아 보았는데, 부인은 부인

나름대로 그럴 만한 이유가 있더군요."

"도대체 뭐라고 했습니까?"

"첫째 『선도체험기』를 읽기 전에는 남편은 안 사람의 말이라면 콩을 팥이라고 해도 곧이듣고 모든 일에 고분고분했었는데, 그 책(『선도체험기』)에 미쳐 버린 뒤부터는 그렇게도 잘 나가던 교회에는 아예 발을 뚝 끊었다는 겁니다.

두 번째로 그 책을 읽고, 오행생식을 하고 등산과 조깅과 도인체조를 한 뒤로는 자기 아내와 잠자리를 같이 하는 일이 아예 없어졌다는 겁니다. 고2에 다니는 둘째 애가 2층에서 떨어져서 다리가 부러져서 입원을 했는데도 간호할 생각은 않고 등산 간다고 배낭 메고 나가더라는 겁니다.

이게 어떻게 미친 사람이 아니고 제대로 정신이 있는 사람이 할 짓이냐는 겁니다. 이것이 전부 다 『선도체험기』 저자 때문에 생긴 일이니 당신이 책임을 지고 남편을 제자리로 돌려보내라는 주문이었습니다.

세 번째 불만은 오행생식이라는 이상한 쌀가루를 먹기 시작한 뒤부터는 자기 마누라가 정성 들여 만든 음식은 아예 거들떠보지도 않으니 가정을 꾸려나갈 재미도 흥미도 의미도 잃었다는 겁니다.

네 번째로 단전호흡과 등산과 도인체조를 하고부터는 처자식들과 일체 대화가 없어졌다는 겁니다. 어쩌다가 텔레비전을 보면서도 정신은 딴 데 가 있는지 눈을 딱 감고 앉아서 아랫배만 불룩불룩 내밀면서 괴상야릇하게 숨을 쉬는 통에 징그럽고 역겨워서 못 견디겠다는 겁니다.

자기 자신뿐만 아니라 아이들도 아빠가 왜 저렇게 되었느냐면서 무서워서 못 견디겠다고 말한답니다. 그리고 도인체존가 뭔가 하는 거 말입니다. 집안에서는 그런 흉칙한 체조를 일절 못 하게 했더니 밤에 식구들이 잠든 사이에 몰래 일어나 거실에서 깜깜한 어둠 속에서 그 체조를 하는 것을 밤중에 화장실에 가던 딸애가 발견하고는 기절초풍을 하는 통에 집안에 난리가 난 일이 한두 번이 아니랍니다. 아이들이 아빠가 무서워서 못살겠다고 한답니다.

다섯 번째로는 선도를 한 뒤부터는 교회에도 안 나가고 가족들의 모임 같은 데도 안 나가니까 친지들에게서 소외당할 뿐만 아니고, 직장에서도 기인(奇人) 취급을 당하여 그 좋은 재벌 그룹 직장까지도 그만두고 이름도 없는 중소기업에 겨우 붙어있는 실정이라고 합니다.

이 밖에도 부인께서는 좀 신경과민적인 반응을 일으키는 경향도 있더군요. 예를 들면 등산과 조깅한 뒤에 벗어놓은 옷에서 풍겨오는 고약한 땀냄새에 질려서 못살겠다는 둥, 남편이 가끔 뀌는 지독한 방귀의 악취(惡臭)로 미칠 지경이라는 둥, 어떤 때는 김치만을 한 대접씩이나 미친 듯이 먹어 치우는 바람에 식구들이 놀라 자빠질 정도였다는 둥 굳이 남에게 밝히지 않아도 될 일을 숨김없이 털어 놓더군요.

게다가 한술 더 떠서 나를 보고 당신이 남편을 이 지경으로 만든 범인이니까 앞으로는 절대로 남편이 당신 집에 오지 못하게 엄히 단속할 것이며 만약에 이렇게 경고를 했는데도 남편이 당신한테 계속 출입한다면 가만히 있지 않겠다고 으름장을 놓더군요."

"뭐라고 으름장을 놓았습니까?"

"자기 오빠의 친구들 중에 검찰이 여러 명 있는데, 나를 사이비 교주요 가정파괴범으로 정식으로 고발하겠다는 겁니다."

"저런, 철없는 여편네가 그런 소리를 다 했군요. 그래서 선생님께서
는 뭐라고 말씀하셨습니까?"

"검찰에 고발하시고 싶으면 해야지 별수 있느냐고 말했죠. 고발하시
겠다는 분을 내가 무슨 수로 말리겠습니까? 안 그래요?"

"그랬더니 뭐라고 하던가요?"

"검찰에 고발당하고 싶지 않으면 앞으로는 어떤 일이 있든지 남편이
당신 집에 얼씬도 못하게 엄하게 단속해 달라는 겁니다. 이것만 꼭 자
기한테 약속한다면 검찰에 고발하는 것은 재고하겠다고 했습니다."

"그래, 선생님께서는 뭐라고 말씀하셨습니까?"

"아니 아주머니 잘 좀 생각해 보십시오. 자기가 낳은 친아들 딸도 마
음대로 할 수 없는 세상인데, 내가 어떻게 처자식을 거느린 남의 집 가
장을 보고 이래라 저래라 함부로 말할 수 있겠느냐고 했습니다."

"그러니까 제 집사람이 뭐라고 하던가요?"

"앞으로 남편이 또 당신 집에 출입하면 검찰에 고발하는 수밖에 없
다고 했습니다. 그래서 내가 아주머니도 맘대로 못하는 남편을 어떻게
내가 맘대로 오라 가라 할 수 있겠느냐면서 나는 절대로 그럴 수 없으
니 알아서 하라고 했습니다.

그리고 그 말끝에 내가 보기에는 윤주형 씨는 그만하면 남편으로는
이렇다 할 결격 사유가 없다고 말해 주었습니다. 이 말에 부인께서는
펄쩍 뛰면서 반발을 하시기에 윤주형 씨는 내가 보기에는 지극히 정상
적이라고 말해 주었습니다. 그 이유로 첫째, 윤주형 씨는 이 세상의 모

든 아내들이 제일 싫어하는 주색잡기(酒色雜技)에 빠지는 일은 적어도 없지 않느냐고 말해 주었습니다. 두 번째로 모든 아내들이 제일 싫어하는 것이 술만 취하면 주사를 부리고 아내를 두들겨 패는 못된 버릇인데, 윤주형 씨는 그런 일은 일체 없지 않느냐고 말해 주었습니다. 세 번째로 이 땅의 모든 아내들이 가장 싫어하는 것이 생활비를 벌어다 주지 못하고 실업자로 빈둥대는 주제에 의처증에 사로잡혀 아내를 달달 볶는 것인데, 윤주형 씨는 그래도 생활비는 충실히 벌어다 주니 가장 구실은 제대로 하지 않느냐고 말해 주었습니다."

"그러니까 뭐라고 했습니까?"

"그건 말도 안 된다는 겁니다. 아무리 돈을 잘 벌어오면 뭐하느냐면서 아내를 생과부로 만드는 것은 다른 것은 아무리 잘해도 남편 자격이 없다는 겁니다. 사실 다른 것은 얼마든지 나도 반박을 할 수 있었는데 이 한마디에는 나도 할말이 별로 없더군요. 아예 출가를 단행했다면 모르지만 일단 가정생활을 남들과 똑같이 영위하면서 선도수련을 하려면 무엇보다도 이 같은 아내의 합법적인 요구를 무시하면 안 됩니다.

정 그럴 수밖에 없는 사정이라면 아내에게 충분한 사전 양해를 얻어 내어 적어도 그런 불만은 잠재울 수 있어야 합니다. 아무리 생각해도 이것은 윤주형 씨의 불찰이라고 봅니다. 부인은 이것을 마지막 불만 사항으로 내세웠지만, 사실은 이게 첫 번째 불만인 것 같았습니다."

"『선도체험기』에는 이 경우 접이불루(接而不漏)만 할 수 있으면 해결이 되는데 저는 아직 그 경지에는 이르지 못했고 만약에 사정(射精)이라도 하면 수련이 허사가 될 것 같아서 아내 곁에 접근을 할 수 없었습니다."

"아니, 그렇다면 도대체 부인 곁에 안간 지가 얼마나 되었습니까?"

"제가 『선도체험기』를 읽기 시작한 것이 벌써 2년이 되었으니까 그 동안에 마누라 옆에 가지 않은 것은 사실입니다."

"다른 것은 몰라도 그거 하나는 분명 잘못한 것인데요. 선도를 한다고 해서 아내의 정당한 요구를 거절한다는 것은 남편으로서는 입이 열 개 있어도 변명의 여지가 없습니다."

"그럼 선생님 제 경우 어떻게 해야 합니까?"

"여자는 대체로 40대 후반에 접어들면 갱년기가 슬슬 다가오기 시작합니다. 갱년기가 시작되면 생리적으로 엄청난 변화를 겪게 됩니다. 월경이 끊어지면서 애액(愛液)의 분비가 급격히 줄어들어 정상적인 성행위도 못 하게 됩니다. 그러나 그렇게 되기 직전까지는 시들기 전의 화려한 단풍이나 낙화(落花) 전의 요염한 꽃처럼 일시적으로 강한 성욕을 느끼게 됩니다.

제가 보기에는 부인께서는 지금 그러한 단계에 있지 않나 생각됩니다. 바로 이렇게 중요한 시기에 남편이 남편 구실을 무려 2년간이나 못했으니 말이나 됩니까? 내가 보기에는 그래도 부인은 정숙한 편입니다. 이럴 경우 남편이 제 구실을 못 하여 바람이 나서 가정이 파탄이 나는 일이 얼마나 많이 신문에 보도가 되고 있습니까?

만약에 윤주형 씨가 한 달에 한 번씩 아니 두 달에 한 번씩이라도 부인과 잠자리를 같이 했더라면 아무 일도 없었을 것입니다. 그런데, 2년은 너무했습니다. 부인이 격분한 것도 당연합니다."

"아니, 그럼 선생님, 한 달에 한 번이나 두 달에 한 번씩은 마누라 옆에 가도 괜찮을까요?"

"괜찮구말구요. 그 정도는 비록 사정(射精)을 한다고 해도 수련에는 별로 지장이 없습니다. 그러는 사이에 수련이 자꾸만 진전이 되어 대주천이 정착이 되면 비록 교접을 하더라도 사정량은 점점 줄어들게 될 것입니다. 그러다가 어느 시점에 도달하면 접이불루 상태에 도달하게 되어 있습니다.

남편 구실 제대로 하라

접이불루가 마음대로 안 된다고 해도 부인은 곧 갱년기에 접어들게 되어 있습니다. 피부에서 탄력이 사라지고 잔주름이 늘어나기 시작하고 화장발이 받지 않는 사태가 벌어지는가 하면 규칙적인 운동을 하지 않는 경우에는 골다골증에 걸려 자칫하면 골절을 당하는 불상사를 겪게 됩니다.

갑자기 인생이 허무해지고 모든 일이 시들해지게 됩니다. 이때 남편은 아내를 위로하고 듬직한 인생의 반려자로서의 부동의 위치를 견지해야 합니다. 그런데도 불구하고, 선도수련이나 한답시고 그와는 정반대의 길을 걷고 있다면 아내의 심정이 어떻겠나 생각해 보아야 합니다.

일단 갱년기에 접어들면, 윤주형 씨가 부인 곁에 가고 싶어도 부인은 그것을 별로 달갑게 여기지 않게 될 것입니다. 그때는 생리적으로 더이상 남성을 받아들일 수 없는 상태가 될 테니까요. 그때에 부인은 남편이 가까이 오는 것을 오히려 부담스럽게 여기게 될 것입니다. 그렇게 되기 전에는 남편 구실 제대로 해야 할 것입니다."

"잘 알겠습니다. 그건 그렇고, 저는 선도수련을 한 후로는 교회에는 나가기 싫어졌는데, 그건 어떻게 하죠. 사실 전 원래 크리스천은 아니었는데, 순전히 아내와 결혼하기 위해서 세례를 받았거든요. 종교 문제에 눈뜨기 전에는 아내가 가자는 대로 고분고분 교회에 따라나가곤 했습니다만 종교의 실상을 좀 알게 된 후로는 딱 가기 싫어졌거든요."

"그렇다고 해서 부인의 의견을 무시하는 것은 현명하지 않습니다."

"그렇다면 가기 싫어도 가야 한다는 말씀입니까?"

"그럼요. 그래야지요."

"대한민국에는 종교의 자유가 있는데, 그건 너무하지 않습니까?"

"윤주형 씨가 기독교인을 아내로 맞이한 이상, 그리고 그러한 분을 아내로 맞이하기 위해 세례까지 받은 이상 부인과의 약속은 이행해야 합니다."

"아니 그럼 가기 싫은데도 가야 한다는 말입니까?"

"그렇구말구요. 만약에 윤주형 씨가 부인의 요구를 무시하고 끝까지 교회에 나가지 않는다면 아내와의 약속을 어긴 실없는 남편이 될 것입니다. 아내에게 배신자가 되기보다는 아내와의 약속을 지켜야 합니다."

"그래도 저는 그럴 수는 없습니다."

"왜요?"

"싫은 것을 억지로 하는 위선자가 되고 싶지 않기 때문입니다."

"배신자가 되기보다는 위선자가 되는 편이 나을 때도 있습니다. 그리고 이것을 알아야 합니다. 지구상의 모든 고등 종교는 진리를 깨달는 것을 목표로 하고 있습니다. 예수는 하늘나라에 들어가기 위해서는 성령으로 거듭나야 한다고 했습니다. 이 말이 바로 진리를 깨달아야 한다는 말을 기독교식으로 표현한 것입니다.

그런 의미에서 이 지구상의 모든 종교의 최후의 지향점은 같습니다. 단지 그 최후 목적지에 도달하는 방편이 다를 뿐입니다. 모든 길은 로마로 통해 있다는 말이 있는 것처럼, 모든 종교의 길은 진리 즉, 하나님, 부처님, 니르바나, 하늘, 하나, 천주(天主), 알라, 아트만, 자성(自性), 신(神), 도(道), 진공묘유(眞空妙有), 부모미생전본래면목(父母未生前本來面目)과 통하게 되어 있습니다.

따라서 어떠한 종교를 기피한다는 것은 자기 방식만 고집하는 지극히 배타적인 사고방식이 아닐 수 없습니다. 결국 앞으로 모든 종교는 하나로 통합되게 되어 있습니다. 자기 것만을 고집하고 자기네 방식만을 제일이라고 우기는 종교는 결국 이 세상에서 살아남지 못하게 되어 있습니다.

실례를 들어 예수님의 십자가의 보혈만이 죄를 사하여 준다든가, 부처님의 가피력(加被力)만이 행복을 가져다준다든가 하는 고정관념은, 백두산 정상에 오르는 데는 자기네가 닦아놓은 길이 아니면 올라갈 수 없다고 생억지를 부리는 것과 똑같습니다. 생각이 좁고 마음이 우물 안에 갇혀 있는 일부 신도들은 이러한 독단과 옹고집에 사로잡혀 맹신자, 맹종자, 광신도가 되어 사회에 큰 물의까지 일으킵니다.

진리는 하나밖에 없습니다. 이 진리를 태양이라고 할 때, 어느 특정 종교가 보는 태양만이 진짜 태양이고 다른 종교인이 보는 태양은 전부

다 가짜라는 논리가 통할 수 없는 것과 같이 자기네 종교가 믿는 방식으로만이 진리에 도달할 수 있고 그렇지 않는 사람들은 모조리 지옥에 떨어질 수밖에 없다고 하는 것은 그야말로 구제불능의 미신일 수밖에 없습니다. 최근에 미국의 샌디에고에서 30명이나 집단자살을 한 '천국의 문' 광신도들이 그 좋은 예입니다. 일본의 옴 진리교, 우리나라의 오대양교 같은 것도 이러한 부류입니다.

누구를 믿어야만이 구원을 받을 수 있다든가, 누구를 의지해야만이 진리에 도달할 수 있다는 식의 믿음을 우리는 타력신앙(他力信仰)이라고 합니다. 타력신앙은 인류의 의식 수준이 매우 유치한 단계에 있을 때만이 효력을 갖게 되어 있습니다. 그것은 마치 미성년자는 부모나 남의 보호를 받아야 한다는 것과 같습니다. 그러나 철이 들고 성년이 되면 누구나 스스로 자립하기를 원합니다. 이때 타력신앙은 자력신앙(自力信仰)으로 바뀌게 되어 있습니다.

따라서 의식 수준이 낮은 층이나 그러한 시대 환경에서 태어난 종교일수록 타력신앙을 강조하는 경향이 뚜렷하고, 의식 수준이 높은 층이나 시대 환경을 상대로 한 종교나 수련 방법일수록 자력신앙을 강조하는 경향이 있습니다. 따라서 누구의 힘이나 능력이 아니면 안 된다는 식의 타력종교는 인지(人智)가 발달하면 할수록 설 땅을 잃게 될 것입니다.

왜냐하면 구경각(究竟覺)은 타력이 아니라 자력으로 되는 것이기 때문입니다. 남의 마음이 아니라 내 마음이 나 자신을 만들기 때문입니다. 내가 진리를 깨닫느냐 못 깨닫느냐 하는 것도 순전히 나 자신의 마음먹기에 달려 있기 때문입니다. 따라서 타력신앙의 미신에서 벗어날 때만 우리는 우물 안 개구리 신세에서 벗어날 수 있습니다. 우리를 구속하는 미신과 옹고집에서는 어떤 일이 있어도 벗어나야 비로소 우리는 어떠한 종교든지 폭넓게 수용할 수 있는 마음의 여유를 갖게 됩니다.

이렇게 마음을 툭 터놓고 자기중심만 꽉 잡고 있으면 불교의 사원에 앉아 있든 천주교 교당에 앉아 있든 개신교 교회에 앉아있든, 천도교나 증산교 도장이나 원불교 교당에 앉아 있든지 조금도 마음이 불편할 이유가 있을 수 없습니다."

"그런데 무엇 때문에 저는 교회에 가기가 그렇게도 싫은지 모르겠습니다."

"그건 아직도 마음이 실개천처럼 좁아서 한 군데로만 흐르고 있기 때문입니다."

"그럴 때는 어떻게 해야 합니까?"

"마음의 벽을 완전히 허물어버려야 합니다. 그래야 대해(大海)처럼 마음이 툭 트여 모든 것을 다 받아들일 수 있습니다."

"만약에 기독교도 처녀가 불교도 청년을 사랑하여 불교도 집안의 며느리로 들어가게 되었다면 어떻게 처신을 해야 합니까?"

"좀더 구체적인 실례를 들어 말해 보세요."

"신랑은 결혼을 해도 신앙의 자유는 보장하겠다고 약속을 했는데도 막상 시집을 가고 보니까 아직도 정정한 시할머니가 시집의 정신적인 지주가 되어 모든 것을 다스리고 있었습니다. 아무리 기독교도라도 해도 일단 불교도 집안에 시집을 왔으면 마땅히 불교도 집안의 가풍을 따

314

라야 하고 조상에게 제사도 지내야 한다면서 교회에는 일절 나가지 못하게 엄하게 단속을 한다면 그 새댁은 어떻게 처신을 해야 하겠습니까?"

"일단은 시할머니의 의견을 존중하여 하자는 대로 따라야 합니다."

종교적 고정관념 벗어나야

"그러나 그 새댁은 유아 세례를 받은 정통 기독교 집안에서 어렸을 때부터 자라났으므로 불교적인 분위기에 쉽사리 적응하지 못하고 심한 갈등을 겪게 됩니다. 이럴 때 그 새댁은 어떻게 처신을 해야 될 것인지 말씀해 주십시오."

"시할머니가 절에 가자고 하면 절에 순순히 따라 가면 될 것입니다."

"만약에 불상 앞에서 108배를 같이 하자고 하면 어떻게 합니까?"

"그거야 같이 따라 하면 될 것이 아니겠습니까?"

"그런데, 문제가 그렇게 간단치 않습니다."

"왜요?"

"어려서부터 기독교적 분위기 속에서 자라난 그 새댁은 불상 앞에서 절을 하든가 제사 때 제수 장만하는 것이 우상 숭배라는 고정관념 때문에 양심상 도저히 할 수 없다고 할 때는 어떻게 하느냐 그겁니다."

"불상에게 절하는 것과 제사 때 조상 신위에게 절하는 것은 절대로 우상 숭배가 아닙니다. 불상에게 절하는 것은 기독교도가 십자가 앞에서 기도하는 것과 똑같은 일종의 종교 예식이고, 제사 때 절하는 것은 조상에 대한 효도 행위에 지나지 않습니다. 새댁은 좀 어렵기는 하겠지만 바로 이 점을 깨달아야 합니다. 진리를 깨닫지 못하여 생각이 짧은 배타적인 일부 목사들의 잘못된 설교에 길들여져서 예불(禮佛)과 제사 때 절하는 것을 우상 숭배로 알고 있었다면 그 잘못된 관념에서 한시바삐 벗어나야 합니다.

기독교도 처녀가 불교도 총각한테 시집을 가기로 작정을 했으면 사전에 이 정도의 공부는 마땅히 했어야 합니다. 어떠한 종교든지 오랜 세월을 이어져 내려오는 동안 구경각(究竟覺)에 도달하지 못한 배타적이고 이기적이고 무지한 성직자들에 의해 오도(誤導)된 관념에서 빨리 탈피하지 않으면 앞으로 지구촌이 한 가족이 되는 상부상조, 공생공영의 시대에 살아남을 수 없게 될 것입니다. 한마디로 말해서 어떠한 종교적인 편견에서도 벗어나야 합니다."

"그렇다면 종교에 대한 기본 관념부터 달라져야 한다는 말씀이 아닙니까?"

"맞습니다. 내가 믿는 종교의 방식대로만 해야 구원을 받을 수 있다든가, 내가 하는 대로 해야만 진리를 깨달을 수 있다든가 하는 고정관념에서만 벗어날 수 있으면 어떠한 종교적인 장애나 마찰이든지 능히 극복해 나갈 수 있게 될 것입니다."

"만약에 불교도 신랑이 기독교 집안에 데릴사위로 들어갔다면 어떻게 되겠습니까?"

"그거야 기독교도 처녀가 불교도 집안에 시집갔을 때와 같은 요령으로 처신하면 아무런 마찰도 있을 수 없습니다. 요컨대 진리에 대한 확고한 믿음 속에 중심을 잡고 있으면 오뚝이나 금강불괴신(金剛不壞身)이나 부이처럼 어떠한 색다르고 생소하고 이질적인 종교적 환경에 처하더라도 능히 슬기롭게 극복해 나갈 수 있을 것입니다. 이것이 모든 종교들이 지구상에서 한 가족으로 공생공존할 수 있는 길입니다. 앞으로 이러한 흐름에 저항하는 어떠한 종교든지 살아남을 수 없게 될 것입니다."

"그러나 그것이 말이 쉽지 현실은 그렇지 않지 않습니까?"

"그건 과거의 일입니다. 지금은 우리나라에서도 기독교 개신교, 천주교, 불교, 민족종교들의 협조가 날이 갈수록 잘 긴밀해지고 있습니다. 실례를 들면 북한동포 돕기 운동에 6대 종단이 공동으로 참여한다든가, 팔만대장경을 전산화하는 운동에 천주교 교회가 적극 참여한다든가 하는 것은 이러한 공존공영의 정신을 잘 반영하는 것이 아닐 수 없습니다. 앞으로 어떠한 종교든지 이와 같은 종교 사이의 협조 운동에 불참한다면 이 땅에 깊이 뿌리내리기 어려울 것입니다. 무릇 종교란 인간의 삶을 유익하고 풍요롭게 하는 데 기여해야지 그것을 방해하거나 걸림돌이 되어서는 절대로 안 됩니다.

그러나 불행하게도 지금까지 우리나라에 들어온 외래 종교들 중의 일부에 지나치게 탐닉한 일부 신자들은 바로 그 종교의 배타성에 발목이 잡히어 맹신자, 맹종자, 광신도가 되든가, 심한 갈등과 마찰과 고민에 사로잡혀 건전한 삶이 오히려 위협받는 일이 너무나도 많습니다.우리는 무슨 일이 있어도 이 따위 종교적인 편견과 배타성에서 벗어나야 합니다.

일본인들은 결혼식은 기독교식으로, 장례식은 불교식으로 하고, 복을 빌 때는 일본 민족종교인 신도(神道)를 따르고 있습니다. 개개인이 누구나 세 가지 종교를 공유하고 있으므로 어떠한 종교와도 마찰이나 갈등을 일으키는 일이 없습니다. 그들은 활연대오(豁然大悟)하여 대각(大覺)에 이르는 것과는 관계없이 모든 종교를 세속적인 행복을 위하여 이처럼 지혜롭게 효과적으로 이용하고 있습니다. 우리처럼 특정 종교의 사슬에 묶여 자유를 구속당하고 있는 것보다는 얼마나 현명한지 모릅니다.

세계적인 기업가인 현대그룹의 정주영 회장은 『시련은 있어도 실패는 없다』는 그의 자서전에서 자기는 초상집에 문상을 갔을 때 그 집이 기독교 집안이면 기독교식으로 머리 숙여 눈감고 묵상을 하고, 불교나 유교 집안이면 재래식으로 엎드려 재배한다고 했습니다. 이렇게 눈치껏 상주의 종교적 취향에 맞추어 문상을 하면 상주는 더없이 좋아하고 따뜻이 맞이해 준다고 말했습니다.

마음의 중심만 잡고 있으면 물 흐르듯이 유연하게 처신할 수 있습니다. 어떠한 종교와 맞닥뜨리더라도 하등의 갈등이나 마찰을 일으킬 필요가 없습니다. 따라서 윤주형 씨도 특정 종교에 대한 기피증 같은 것에서 한시바삐 벗어나야 합니다.

과학이 인간생활을 유익하게 하는 데 목적이 있는데도 자칫 빗나가면 핵무기 같은 것이 등장하여 인류의 생존 자체를 위협하는 것처럼, 종교 역시 인류를 유익하게 하는 데 마땅히 기여해야 하는데도 불구하고 인간이 특정 종교의 맹신자가 되든가, 종교를 정치나 기업의 이기적인 목적에 이용하려 들면 그것이 도리어 인간의 삶을 불편하게 하고 마침내 종교전쟁으로까지 번져서 숱한 생명을 앗아가는 비극을 연출하게 됩니다. 이것이야말로 크나큰 불행이 아닐 수 없습니다. 그러나 현명한 사람은 얼마든지 이러한 불행에서 벗어날 수 있다 그겁니다."

"교회 문제는 그렇다 치고 아내가 별식을 만들어 놓고 자꾸만 먹으라고 하면 어떻게 해야 되겠습니까? 저는 사실 오행생식을 한 뒤로는 익은 음식을 먹으면 속이 체한 것처럼 거북하고 불편하거든요."

"부인이 남편을 생각하여 정성 들여 장만한 요리라면 비록 먹고 싶지 않더라도 먹는 시늉이라도 하는 아량을 보여야 합니다. 아무리 생식이 좋다고 해도 그럴 때는 주식만은 생식을 한다고 해도 반찬은 부인이 만든 것을 맛보는 성의는 보이는 것이 부부간의 예의가 아니겠습니까? 그런데도 윤주형 씨는 부인이 애써서 만든 음식을 아예 처음부터 거들떠보지도 않고 엉뚱하게도 김치만 한 대접씩 마파람에 게 눈 감추듯 하니까 기가 막히지 않을 수 없었을 것이고, 자존심까지도 심하게 상했을 것입니다.

윤주형 씨는 선도 수련자이기 이전에 처자를 거느린 한 가정의 가장이라는 것을 항상 염두에 두어야 합니다. 윤주형 씨 자신은 구경각(究竟覺)을 위해서는 다른 것은 별로 중요하지 않다고 생각할지 모르지만 부인은 화목하고 단란한 가정을 꾸려나가는 것을 인생의 전부라고 생각할지도 모릅니다. 그러한 부인의 정당한 요구에는 윤주형 씨는 흔쾌히 호응해 주는 아량을 보여주어야 합니다."

"무슨 말씀인지 이해를 하겠습니다. 아무래도 그 말씀을 들으니까 제가 가장으로서 마땅히 다해야 할 의무를 너무나 소홀히 한 것 같습니다. 이 점은 깊이 명심하겠습니다. 그런데, 선생님, 제가 가족들과 다정하게 이야기를 나누지 않는 것은 사실입니다. 허지만, 선생님, 가족들과는 인생관과 취미와 사고방식이 달라졌으니까 서로 공감대가 형성되지 않는데 어떻게 대화를 나눌 수 있겠습니까?"

"그렇다고 해서 가족들과 말 한마디 나누지 않는다는 것은 이상한 일입니다. 윤주형 씨는 한 가정의 안위를 책임진 가장이라는 것을 잠시도 잊어서는 안 됩니다. 가장은 마땅히 그 가정을 이끌어나가는 지도자입니다. 가정을 원만하게 이끌어나가자면 부단히 아내와 자식들의 동정에 일일이 관심을 기울이고 무엇이 잘되어 가고 있고 무엇이 잘못되어 가고 있는가 하는 것을 늘 파악하고 문제가 있으면 그 해결책을 강구해야 합니다. 그러자면 부단한 대화가 필요합니다. 기독교 장로가 대통령에 당선이 되었다면 수많은 유권자를 거느린 불교, 유교, 민족종교 지도자들과도 돈독한 유대를 유지해야 합니다.

윤주형 씨는 선도수련을 하기 전에는 분명히 가족들과 대화를 유지했던 것 같습니다. 그런데 수련을 시작하면서 180도로 확 달라져 버렸으니 가족들에게는 가히 충격적인 사건이 아닐 수 없었을 것입니다. 이것은 부인과 자녀들의 입장에서 곰곰이 생각해 보면 곧 알 수 있을 것입니다. 윤주형 씨는 자기 자신의 수련만 생각했지 처자식의 처지에는 지금껏 거의 무관심했다는 것을 알 수 있습니다. 솔직히 말씀해 보세요. 내 말이 틀렸습니까?"

"아뇨. 선생님 말씀이 조금도 틀리지 않습니다. 까놓고 말해서 저는 가장은 생활비만 벌어다 아내에게 주면 모든 것이 저절로 잘 굴러갈 줄 알았습니다."

"그래 지금 가정이 잘 굴러가고 있다고 보십니까?"

"아뇨."

"어디가 잘못되었다고 보십니까?"

"이렇게 문제가 선생님한테까지 비화되기 전에 수습했어야 하는 건데 모두가 제 불찰입니다. 조기에 역지사지방하착(易地思之放下着) 할 수 있었더라면 이런 사태까지 가지 않고도 해결할 수 있는 건데, 여러 가지로 죄송스럽게 됐습니다."

"기회 있을 때마다 가족들과 늘 대화를 나누도록 힘쓰고 아내가 행복을 느끼게 하는 것도 가장이 마땅히 다해야 할 의무 사항입니다. 자녀들은 차치하고 가정 안에서 적어도 아내만은 확실히 자기편이 되게 해야만이 가장으로서의 권위를 세울 수 있습니다. 아내의 존경을 받지 못하는 한 제대로 된 가장이라고 할 수 없습니다. 그뿐 아니라 올바른 구도자도 도인도 될 수 없다는 것을 알아야 합니다. 원만한 가정을 꾸려나가는 것도 하나의 수련입니다. 아내의 존경을 받는 가장은 자녀들로부터도 존경을 받게 되어 있습니다.

악처를 만드는 것도 현처를 만드는 것도 전적으로 남편에게 달려 있습니다. 가정을 원만하게 이끌어나갈 자신이 없으면 밤중에 담을 넘어 도망이라도 치는 것이 차라리 낫습니다. 그러나 이것은 인간적으로 보면 참으로 무책임하고 후안무치한 배신행위가 아닐 수 없을 것입니다. 그럴 작정이었으면 처음부터 결혼을 하지 말았어야 합니다."

"그러나 제 경우에는 결혼을 할 무렵에는 구도심(求道心)이 전연 없었거든요. 그때 지금과 같은 심정이었더라면 결혼을 절대로 하지 않는 건데 후회막급입니다."

"비록 구도심이 없을 때 결혼을 했다고 해도 일단 가정을 이룬 이상 가장으로서의 책임은 면할 길이 없습니다."

"그렇다면 야반에 처자식을 내버리고 담을 넘어 도망친 석가모니나 효봉 스님이나 성철 스님 같은 성인들은 어떻게 됩니까?"

"아무리 도를 닦아 성불했다고 해도 자기가 지은 업장이야 어디 가겠습니까?"

"그럼 성불한 사람도 업의 대가를 치뤄야 한다는 말씀입니까?"

"당연한 일이죠. 석가모니 같은 분은 부왕도 유모도 아내도 아들도 그리고 친척들이 줄줄이 그를 따라 출가를 단행하여 구도의 길에 들어섰지만, 그렇지 않고 평생 부모나 처자의 가슴속에 한을 남긴 성인들도 많습니다. 그러니까 일단 결혼의 인연을 맺은 이상 그 굴레에서 아무런 대가도 치르지 않고 벗어날 수는 없습니다.

윤주형 씨도 처자의 가슴속에 원한을 심어 놓지 않으려면 지금부터라도 늦지 않으니까 가정에 충실해야 합니다. 수신제가치국평천하(修身齊家治國平天下)라고 했는데, 가정 하나 제대로 다스리지 못한대서야 어떻게 도인이라는 말을 들을 수 있겠습니까?"

"아무리 노력을 해도 아내는 의연히 제가 오행생식하고 단전호흡, 등산, 달리기, 도인체조 하는 것을 끝까지 반대하면 어떻게 합니까?"

윤주형 씨는 아무래도 자신이 없다는 듯이 말했다.

"무슨 일이든지 머리를 잘 쓰면 해결 안 되는 일이 없습니다."

"어떻게 말입니까?"

"상대에게서 받기 위해서는 우선 어떻게 해야 합니까?"

"……?"

"서양 속담에 Give and take라는 말이 있지 않습니까? 아내에게 양보만 얻어낼 생각을 하지 말고 아내가 나에게서 원하는 것이 무엇인가를 파악한 뒤에 그것을 충족시키는 데 전력을 기울이도록 하세요. 지성이면 감천이라고 했습니다. 사람이 지극한 정성을 다하면 하늘도 감동하게 되어 있는데, 하물며 아내를 감동시킬 수 없다고 해서야 말이 됩니까?"

"그렇게만 하면 되겠습니까?"

"아내를 일단 감동시켜 놓은 뒤에 협상을 하면 됩니다."

양보 받으려면 먼저 양보하라

"양보를 받으려면 먼저 상대에게 양보를 하라는 말씀이군요."

"그렇습니다. 가는 말이 고와야 오는 말이 곱다는 것은 인생살이의 기본입니다. 이것만 철저히 이행해도 어떠한 인생 문제에든지 실패하는 일은 없을 것입니다. 인생살이에도 결혼생활에도 수련에도 기필코 성공할 수 있는 비결이 무엇인지 아십니까?"

"그게 뭡니까?"

"남이 나에게 무엇을 안 해 준다, 무엇을 주지 않는다고 불평만 할 것이 아니라 내가 남을 위해서 무엇을 했고 무엇을 줄 수 있는가를 늘 염두에 두고 그것을 실천하는 겁니다. 이런 일을 일상생활화 하다가 보면 어느덧 남을 위하는 것이 곧 나 자신을 위하는 길이라는 사실을 알게 될 것입니다.

아내와 갈등이 있을 때도 항상 아내의 처지에서, 아내의 사고방식의 수준에서 나를 바라보면 무엇이 잘못되었는지 저절로 환히 드러나게 되어 있습니다. 그리고 두 사람 사이에 무슨 문제가 생겼을 때는 무조건 내 탓이라고 생각하면 해결의 실마리는 잡히게 되어 있습니다."

"역지사지방하착(易地思之放下着) 하라는 말씀이군요."

"잘 알고 계시는군요."

"또 남을 자기 자신처럼 사랑하라는 뜻인 애인여기(愛人如己)하라는 말씀이구요."

"그것도 알고 계시군요."

"그것뿐이 아닙니다. 남을 이롭게 하는 것이 자기 자신을 이롭게 하는 것이라는 의미인 여인방편자기방편(與人方便自己方便)이기도 하구요."

"아니 그렇게 잘 알고 계시면서 무엇 때문에 부인하고 그러한 갈등을 빚고 계십니까?"

"다 잘 알기는 하면서도 실천은 못하고 있습니다."

"무엇 때문에 그런지 아십니까?"

"아뇨. 아직은 잘 모르고 있습니다."

"잘 생각해 보십시오. 무엇 때문인지."

"제가 생각이 짧아서 그렇겠죠."

"무엇 때문에 생각이 짧아졌다고 보십니까?"

"지혜롭지 못해서겠죠."

"무엇 때문에 지혜롭지 못했는가를 생각해 보았습니까?"

"아뇨."

"그것을 화두(話頭)로 참구(參究)해 보십시오."

"왜 나는 지혜롭지 못할까? 하고 말입니까?"

"네. 지금 윤주형 씨에게 그것 이상 절실한 문제가 어디에 또 있습니까?"

"없습니다."

"그럼 그것을 숙제로 삼아 풀어 보십시오. 그처럼 실생활에서 발생하는 절박한 의문을 하나하나 풀어나가는 것이 그야말로 살아있는 공부가 됩니다."

"선생님 제가 지혜롭지 못했던 것은 제 이기심이 제 혜안(慧眼)을 가렸기 때문이 아닌지 모르겠습니다."

"그렇게 어정쩡하게 말하지 말고 확신을 갖고 단정적으로 말해 보십시오."

"결국 제 욕심이 저 자신의 지혜의 눈을 가린 것이 틀림없습니다."

"좋습니다. 바로 그런 깨우침이야말로 백 마디의 명구(名句)보다도 몇백 배 더 소중합니다. 이 세상에 태어나 단 하루를 살다가 가는 한이 있더라도 방금 윤주형 씨가 자기 입으로 직접 말한 '제 욕심이 저 자신의 지혜의 눈을 가렸다'는, 그야말로 실체험에서 우러나온 알토란 같은 진리를 깨닫기만 한다면 아쉬울 것은 아무 것도 없을 것입니다."

"선생님께서 그렇게 손수 알아주시니 정말 힘이 나는 것 같습니다."

무소불위의 여의봉

"남이 알아주든 알아주지 않든 그것이 무슨 문제가 되겠습니까? 윤주형 씨는 이제 그러한 깨달음을 얻은 이상 이제 그 누구도 **빼앗아** 갈 수 없는 무소불위(無所不爲)의 여의봉(如意棒)을 거머쥔 것입니다. 이제 그 여의봉만 제대로 사용한다면 어떠한 난관이라도 능히 스스로 헤쳐나갈 수 있을 것입니다. 방금 윤주형 씨가 검어 쥔 여의봉은 앞으로 자꾸만 이용하면 점점 더 신령(神靈)스러운 능력을 구사하게 되어 마침내 생사까지도 뛰어넘을 수 있게 해 줄 것입니다."

"과찬이 아니신지 모르겠습니다."

"아니, 조금도 과찬이 아닙니다. 그 여의봉을 유익하게 쓰면 쓸수록 윤주형 씨의 눈을 켜켜이 가리고 있던 욕망의 베일들은 한 꺼풀씩 한 꺼풀씩 벗겨져 나가게 될 것입니다. 그 베일이 거의 다 벗겨지게 될 즈음에는 마침내 생사를 뛰어넘는 지혜의 눈이 활짝 열리게 될 것입니다.

바로 며칠 전에 『선도체험기』를 14권까지 읽은 현역 한의사로 개업을 하고 있다는 80세의 아주 정정한 노인이 찾아 온 일이 있었습니다. 그분은 친구인 안현필 옹을 만나 자리에서 '자네는 150년 장수에 도전장을 내놓고 있지만 오행생식을 하는 『선도체험기』 저자는 600세 장수에 도전장을 내놓고 있다더라'고 했더니 두 눈이 휘둥그래졌다고 했습니다. 그런데 그 말을 듣고 저는 심히 마음이 불편하고 곤혹스러웠습니다."

"아니 왜요?"

"생자필멸(生者必滅)이 아닙니까? 150세를 살면 어떻고, 6백 세를 살면 어떻고, 6천 세를 살면 어떻고, 6만 세를 살면 어떻습니까. 하긴 천상에는 3십만 년의 수명을 누리는 천신(天神)도 있다고 합니다만, 제아무리 오래 산다고 해도 유한한 육체 생명인 이상 길고 짧은 차이만 있을 뿐 그 이상의 의미는 없습니다."

"그 이상의 의미라뇨?"

"150세고 6백 세고 6천 세고 6만 세고 3십만 세고 전부 다 현상계의 판 안의 도토리 키 재기에 지나지 않는다는 말입니다. 유한한 육체 생명에 집착할 것이 아니라 우리는 생사를 초월한 영원한 생명을 회복해야 합니다."

"그게 그렇게 쉽게 얻을 수 있는 일일까요?"

"윤주형 씨가 방금 잡은 여의봉만 놓치지 않는다면 그것은 떼어놓은 당상입니다."

"욕심과 이기심에서만 벗어나면 누구나 그렇게 될 수 있다는 말씀인가요?"

"그렇구말구요. 어떻습니까? 윤주형 씨는 욕심이 지혜를 가리고 있다는 것을 깨닫고 나서 지금 마음이 그러기 전에 비해서 어떻습니까?"

"좀 편안해진 것 같습니다."

"바로 그겁니다. 비록 갈등이 생기더라도 그전처럼 흔들리지 않고 균형감을 느낄 수 있다면 마음은 그만큼 평안해진 겁니다. 바로 이 평안한 상태가 여의봉을 잡고 있다는 증거입니다."

"혹시 그 여의봉을 놓쳐버리는 경우도 있을 수 있는 것이 아닐까요?"

"왜 없겠습니까? 그럴 수도 있습니다."

"어떤 경우인데요?"

"욕심이 다시금 윤주형 씨의 지혜의 눈을 가릴 때입니다. 그 순간 지금과 같은 마음 편안함은 사라지게 될 것입니다."

"어떻게 하면 그 여의봉을 다시는 놓치지 않을 수 있을까요?"

"그건 순전히 윤주형 씨가 마음먹기에 달려 있습니다. 욕심을 버리면 여의봉은 언제까지나 윤주형 씨 손에 쥐어져 있을 것이고, 욕심을 움켜잡으면 그 순간 여의봉은 어느 사이에 손아귀에서 빠져나가 있을 것입니다.

어떤 미모의 여교사가 처녀 때 연애를 하여 사내아이를 낳았습니다. 그런데 그 아이 아버지는 무책임하게 도망을 쳤습니다. 할 수 없이 그 여교사는 있는 재산을 다 털어 홀로된 친척 아주머니에게 아이의 양육을 맡기고 법관이며 아주 독실하고 근엄한 기독교 신자인 변호사와 결혼을 하여 두 딸을 낳고 부유하고 단란한 가정을 이루고 살았습니다. 어느덧 26년의 세월이 흘렀습니다."

"물론 그 여자는 새 신랑에게 자신의 과거를 털어놓지 않았겠죠?"

"그야 물론이죠. 이 땅의 여학생 쳐놓고 토마스 하디의 『테스』라는 소설을 읽지 않은 사람은 없을 것입니다. 주인공 테스는 신랑에게 과거를 고백했기 때문에 그것이 걸림돌이 되어 평생 불행한 삶을 살았어야 했습니다. 결혼한 여자가 결혼 전의 불미한 과거를 남편에게 고백하지 않는 것은 이미 철칙이 되어 있습니다. 이렇게 하는 것이 비록 세속적이긴 하지만 가장 슬기로운 삶의 지혜라고 보편적으로 생각되기 때문입니다. 그 여자도 예외는 아니었습니다."

"아예 결혼 전에 모든 것을 다 솔직하게 고백하는 것이 차라리 낫지 않겠습니까?"

"물론 그렇게 하는 것이 가장 이상적이긴 하지만 아직도 수천 년 내려온 남존여비 사상에 젖어있는 남성들에게는 그것이 하나의 큰 부담이 될 수도 있습니다. 바로 그 때문에 결혼 자체가 불발로 끝날 수도 있구요. 또 여자 편에서 볼 때는 아까운 혼처를 놓치고 싶지 않은 욕심도 작용할 수 있구요. 과거를 숨기고 살자니 그 여자는 항상 죄의식에 사로잡혀 하루도 마음 편할 날이 없었습니다. 하루하루가 살얼음판을 딛는 것 같은 아슬아슬하고 불안한 나날이었습니다.

그러던 어느 날 혼전(婚前)에 낳은 아이의 양모가 폐암으로 입원을 하여 수술을 받지 않으면 죽을 수밖에 없게 되었는데 수술비용 5천만 원이 없어서 난처한 지경에 빠져 있다는 연락을 받게 됩니다. 여자는 고민 끝에 평소에 준비해 두었던 비상금에다가 패물을 팔고도 모자라 여기저기서 빚을 내어 수술비를 마련해 주었습니다. 그러나 양모는 끝내 숨을 거두면서 생모와의 약속을 어기고 양아들에게 그의 생모가 따로 살아 있다는 것을 알리고 숨을 거둡니다.

택시 운전사로 취직하여 어려운 생활을 근근이 이어가는 그녀의 아들은 생모가 있다는 사실을 알고는 수소문 끝에 드디어 그녀의 정체를 알아내어 마침내 생모를 찾게 되고, 이상한 낌새를 알아챈 남편의 추

궁을 받자 궁지에 몰린 아내는 솔직하게 과거를 털어놓습니다. 경악한 남편은 철석같이 믿었던 아내에게 씻을 수 없는 배신감을 느끼고 가출을 단행하여 별거생활에 들어가게 됩니다. 여자는 남편을 찾아가 죽은 듯이 하인처럼 집안일만 할 테니까 아이들을 위해서라도 같이 살게 해달라고 간청을 하지만 남편은 일언지하에 거절해버립니다."

"남편은 독실하고 근엄한 기독교 신자라고 하지 않았습니까?"

"물론입니다."

"그리고 그 여자가 결혼 후에 부정한 짓을 한 것은 아니지 않습니까?"

"부정은커녕 남편과 가정 그리고 아이들의 양육에만 전력투구해 온 현모양처였습니다. 남편은 나이가 50대니까 적어도 30년 이상 기독교를 충실히 믿어 왔다고 하면서도 그의 마음은 일반 비기독교인과 조금도 다름이 없었을 뿐만 아니라 오히려 더 모진 데가 있었습니다.

예수는 간음한 여인에게 돌질하는 군중을 향하여 죄 없는 자 있으면 돌을 던지라고 했더니 모두가 슬금슬금 사라져 버렸습니다. 이 세상에는 잘못이 없는 사람은 하나도 없음을 보여줍니다. 또 용서를 구하는 이웃에게 일곱 번씩 일흔 번이라도 용서해 주라고 했고 실제로 예수는 그러한 생활을 했습니다. 그런데, 30년 이상 예수를 독실하게 믿어왔다는 사람이 그만 일로 아내를 용서할 수 없다면 그는 예수를 잘못 믿은 것밖에는 안 됩니다."

"그렇게 된 근본 원인은 어디에 있다고 보십니까?"

"그 남자는 예수를 믿은 것이 아니고 예수교도의 허울을 쓴 채 기복신앙(祈福信仰)에 매달려 있었기 때문입니다. 종교의 가면을 쓴 채 이기심과 욕심만 잔뜩 길러온 것밖에는 되지 않습니다."

"선생님께서는 결국 이런 사람도 지혜의 여의봉을 잡을 수 있다고 보십니까?"

"물론입니다."

"어떻게 말입니까?"

"그거야 마음먹기에 달린 것이 아닙니까? 지금이라도 욕심만 버리면 그 순간에 지혜의 여의봉을 잡을 수 있습니다. 그러나 요조숙녀인 줄만 알았던 아내에게 사생아가 있다는 것을 안 순간 파탄이 왔습니다. 왜 그런지 아십니까?"

"왜 그렇죠?"

"남편은 아내를 자기와 대등한 인격체로 본 것이 아니고 자신의 소유물로 보았기 때문입니다. 그 때문에 말할 수 없는 깊은 상실감을 느낀 것입니다. 이것은 또 그의 자존심에 깊은 상처를 입힌 것입니다. 그리고 남편은 그 원인을 순전히 아내의 배신 탓으로만 돌린 것입니다. 그러나 아내를 자기와 대등한 인격체로 본다면 아내의 혼전(婚前) 사생활에 대해서는 아무리 남편이라고 해도 왈가왈부할 권리가 없습니다.

혼전에 있었던 일은 고백할 수도 있고 안 할 수도 있습니다. 그것은 어디까지나 아내의 자유의사에 속하는 일입니다. 남편이 아내와 결혼을 한 것은 그녀의 과거가 아니라 그녀의 현재이기 때문입니다. 그런데도 굳이 과거를 따진다면 그것은 마치 지난 시대의 노예주가 노예의 과거지사를 문제 삼는 것과 같습니다. 노예는 대등한 인격체가 아니고 소유물이기 때문입니다.

　결국 파탄의 원인은 아내라고 고집하는 한, 아내에 대한 불신과 원망의 골은 점점 더 깊어지고 아무데서도 해결의 실마리는 찾을 수 없게 될 것입니다. 부당한 소유욕이 빚어낸 비극입니다. 문제는 사건 자체에 있는 것이 아니고 그것을 해석하는 사고방식 속에 있는 것입니다."

　"그래서 자업자득이라는 말이 나온 모양입니다."

　"옳습니다."

　"그럼 여자는 어떻게 됐습니까?"

　"별거에 들어간 남편을 찾아가 용서를 빌었지만 끝내 거절을 당하자 잘못은 자기에게 있으니까 가출할 사람은 자기라고 말하고 집을 나와 어느 지방도시의 식당의 주방에서 일을 하게 됩니다. 일이 고되긴 했지만 남편에게 과거를 고백하지 못한 일을 참회하는 생활을 하면서부터 그녀는 결혼한 지 26년 만에 처음으로 진정한 마음의 평화를 찾을 수 있었습니다.

　위선의 가면을 과감하게 벗어 던지자 그녀는 누구 앞에서도 떳떳이 나설 수 있었습니다. 사생아인 아들도 자기 때문에 식당에서 고된 일을 하는 생모를 진정으로 존경하게 됩니다. 위선의 가면 그것이 바로 이기심이요 욕심의 산물임은 더 말할 것도 없습니다. 지난 26년 동안 항상 위축되었었고 잔뜩 주눅만 들어왔던 그녀의 생활에 진정한 활기가 찾아온 것입니다."

　"그럼, 남자는 어떻게 됐습니까?"

　"아내가 가출을 단행하자 다시 집으로 들어왔습니다만 아직도 아내에게 심한 배신감을 느끼고 있는 그는 마음이 편할 리가 없습니다. 큰딸이 몹시 아파서 아내가 찾아와 며칠간 집에 묵으면서 딸을 간호하게 해달라고 해도 그는 단호히 거절해버립니다. 이번 분란의 원인을 오직 아내 탓으로만 돌리는 한 그는 언제까지나 마음이 편안치 못할 것입니다."

"그건 왜 그럴까요?"

"이번 사건을 놓고 볼 때 모든 원인을 오직 자기 탓으로 돌리고 참회의 생활로 들어간 여자는 진정한 마음의 평화를 찾았는데, 그와는 반대로 자기는 하나도 잘못이 없고 전적으로 아내의 배신 탓으로만 돌린 남편은 계속 불안과 괴로움에 시달리고 있습니다."

"그 원인이 어디에 있다고 보십니까?"

"어떠한 경우에도 분란의 원인을 남의 탓으로 돌리는 한 불안과 번뇌와 괴로움이 따르고, 모든 원인을 오직 자기 자신의 탓으로 돌리는 한 항상 마음의 평화와 함께 새로운 삶의 용기를 얻을 수 있기 때문입니다."

"그렇다면 이번 가정 파탄의 원인이 아내에게만 있는 것이 아니고 남편에게도 똑같이 있다는 말씀인가요?"

"물론입니다."

"그러나 누가 보아도 이번 사건의 원인 제공자는 남자가 아니고 여자이며, 가해자는 여자이고 피해자는 어디까지나 남자가 아닙니까?"

"그것은 지극히 세속적이고 피상적인 관찰의 결과에 지나지 않습니다."

"그렇다면 남자에게도 이런 일을 당할 만한 업장 같은 것이 과거세에 축적되어 있었다는 말씀입니까?"

"물론입니다."

"왜 그렇다고 보십니까?"

"원인 없는 결과란 있을 수 없기 때문입니다."

"아니, 그렇다면 전생에 이미 지금과 같은 일이 일어나지 않을 수 없는 원인이 차곡차곡 마련되어 있었다는 얘기가 아닙니까?"

"바로 그겁니다."

"어쩌면 그럴 수가!"

여자 수련생이 마치 새로운 개안(開眼)이라도 한 듯 두 눈을 호동그랗게 떴다.

"그것이 바로 인과응보의 이치입니다. 그래서 인과응보의 실상만 환히 깨닫고 있어도 이미 깨달음에 도달했다고 할 수 있습니다. 만약에 남자가 진짜로 예수의 삶을 따르는 예수교 신자라면 이런 경우 응당 아내를 용서해 주어야 합니다. 아내를 진정으로 용서할 수 있으려면 자기도 잘못이 있다는 것을 깨닫지 않으면 거의 불가능한 일입니다."

"그렇다면 무슨 일이 생기든지 모든 원인은 나한테 있다는 것을 어떻게 알 수 있습니까?"

"그것을 누구나 아주 손쉽게 알 수 있는 방법이 있습니다."

"그게 뭔데요?"

내 탓으로 돌릴 때 평화가 온다

"사건의 원인을 남의 탓으로 돌렸을 때와 내 탓으로 돌렸을 때 어느 쪽이 진정으로 마음이 편안한가를 비교하여 보면 곧 알 수 있습니다. 어떤 사람과의 관계에서 무슨 문제가 생겼을 때 그것을 상대의 잘못으

334

로 돌렸을 때 마음이 편안한가, 아니면 내 탓으로 돌렸을 때 마음이 편안한가를 편견 없이 냉정하게 비교해보면 알 수 있습니다. 백발백중 남의 탓으로 돌렸을 때에는 아마도 처음에는 일시적인 이득 때문에 좋아할지 모르지만 결국은 마음이 괴로울 것입니다."

"왜 그럴까요?"

"진리에 반하는 일이기 때문입니다. 인간의 본성은 원래 미망(迷妄)에 사로잡히기 전에는 진리 그 자체이니까요. 남의 탓으로 돌리는 짓이 옳은 일이라면 마음이 불안할 리가 없습니다. 이때 마음이 불안한 것을 보통 우리는 양심의 가책을 받는다고 말합니다. 이 양심이라고 하는 것이 알고 보면 진리인 것입니다.

그러나 내 탓으로 돌릴 때 처음에는 비록 아쉽고 무엇을 잃어버린 것 같은 상실감을 느낄지 모르지만 결국은 마음의 평안을 느끼게 되는 것은 그렇게 생각하는 것이 진리와 부합되기 때문입니다."

"그런데, 선생님, 다른 것은 전부 다 이해를 할 수 있겠는데, 방금 말씀하신 가정 파탄의 책임이 남편에게도 있다는 것이 저에게는 확실하게 가슴에 와닿지를 않는데요."

"천생연분이라는 말이 무엇을 뜻하는지 아십니까?"

"글자 그대로 하늘이 맺어준 인연이라는 뜻이 아닙니까?"

"물론 천생연분(天生緣分)이라고도 하지만 하늘 천 자 대신에 일천 천 자를 써서 천생연분(千生緣分)이라고 쓰기도 합니다. 이 말은 부부는 말 그대로 천 번의 생(生)을 같이 살아온 연분이라는 뜻입니다."

"아니 그렇다면 부부는 과거생에 천 번이나 부부로 같이 살아온 인연이 있다는 말입니까?"

"뭐 꼭 부부로만 같이 살아왔다기보다는 좌우간에 같은 공간 속에서 서로 떨어질 수 없는 유기적인 생활을 같이해온 것은 틀림이 없습니다. 그것이 부모 자식 사이일 수도 있고, 가까운 친척이나 이웃일 수도 있고 은수간(恩讐間)일 수도 있다는 말입니다. 그리고 부모 자식 사이는 5백 생을 같이 살아온 인연이라고 합니다."

"그럼 부모 자식 사이보다도 부부는 더 많은 생을 같이 살아왔다는 말이 아닙니까?"

"그렇습니다. 그런데도 사람들은 흔히 부모 자식 사이는 피로 맺어졌으니까 끊을래야 끊을 수 없는 혈연이지만 부부는 돌아서면 남남이라고 말합니다. 그러나 알고 보면 이것은 매우 피상적인 관찰에 지나지 않습니다. 사실 알고 보면 부모 자식 사이보다 부부 사이는 두 배나 더 많은 전생을 같이 살아온 사이라는 것을 알아야 합니다. 사실 부부는 40년 50년 이상을 같이 살 수 있어도 부모 자식 사이는 고작 20여 년을 같이 살 수 있을 뿐입니다. 그래서 부부는 부모와 자식을 있게 만든 한 차원 더 높은 인연인 것입니다.

따라서 부부는 부모 자식 사이보다 더 질긴, 숙명으로 맺어질 수밖에 없는 인과응보를 타고난 것입니다. 그러니까 부부 사이에 일어난 모든 일은 어느 한쪽에만 책임이 있는 것은 결코 아닙니다. 금생에 만약에 아내에게서 깊은 배신감을 느꼈다면 그는 전생에 아내에게 그만한 배신감을 안겨준 대가라는 것을 알아야 합니다.

원인 없는 결과란 있을 수 없기 때문입니다. 남편이 이것을 알게 되면 아내에게 배신감을 느끼고 말고 할 꼬투리도 없게 됩니다. 이것을 알고 나면 부부 사이는 책임을 전가하고 말고 할 수도 없는, 한 배를 탄 유기적이고 불가분의 공동 운명체임을 알 수 있습니다. 부부 사이에 일어난 어려움은 어떤 경우에도 상대에게 책임을 떠넘길 성질이 아닌, 공동으로 머리를 맞대고 서로 위로해 가면서 해결책을 모색해야 합니다."

"그런데도 불구하고 요즘은 결혼한 지 한 달도 안 되어 심지어는 신혼여행 도중에 이혼을 너무나 쉽게 하는 경향이 점점 더 보편화되어 가고 있는데, 이 점은 어떻게 생각하십니까?"

"그것은 부부의 질기디 질긴 인연을 모르고 새로운 업장만 자꾸 쌓아올리는 어리석기 짝이 없는 철부지와 같은 행위입니다. 금생에 부부가 맺어진 것은 그것을 통해서 과거의 업장을 해소하라는 숙제와 같은 것입니다. 그런데도 불구하고 그렇게 쉽사리 이혼을 하는 것은 자신에게 맡겨진 숙제가 풀기 어렵다고 도망치는 것과 같습니다. 도망친다고 해서 숙제를 풀지 않고 어물쩍하고 넘길 수 있는 일은, 겉보기에는 혹시 있을 수 있을 것 같지만, 인과응보의 세계에서는 어림도 없는 일입니다.

숙제가 풀기 싫다고 도망을 치면 일시적으로는 해방감을 느낄 수도 있겠지만 미구에 더 큰 업장이 기다리고 있다는 것을 알아야 합니다. 그래서 기독교 성경에도 '하나님이 맺어준 것을 사람이 함부로 끊을 수 없느니라'고 나와 있습니다. 학교에서 선생님이 맡겨준 숙제를 풀지 않고 도망친 학생은 다음에 더 어렵고 힘든 숙제를 맡게 될 것입니다."

"일단 맺어졌으면 검은 머리가 파뿌리 되도록 어떻게 하든지 잘살아야겠군요."

"물론입니다. 그렇게 살면서 큰 깨달음을 얻어 다시는 이생에 부부로 태어나지 않게 해야 할 것입니다."

"그런데도 어떤 잉꼬부부들은 다시 태어나도 부부가 되겠다고 하는데, 그건 어떻게 보십니까?"

"그렇게 되는 것이 소원이라면 그렇게 되고 말 것입니다. 그러나 그것은 인생의 목적을 기껏 다음 생에도 부부로 태어나 이 지상에서 행복하게 사는 것으로 한정한 것에 지나지 않습니다. 그러나 알고 보면 인생의 참목적은 부부생활을 통하여 진리를 깨달으라는 것이지 언제까지나 세세연년 이 땅 위에서 생로병사의 윤회가 반복되는 부부생활만 되풀이하라는 것이 아니라는 것을 모르고 하는 말입니다.

그것은 마치 유치원 남녀 어린이가 소꿉장난에만 재미를 붙여, 진급할 생각은 하지 않는 것과 같습니다. 부부생활은 기나긴 인생의 한 단계에 지나지 않습니다. 자꾸만 반복을 해야 할 단계가 아니라 빨리 졸업하고 다음의 좀더 높은 단계로 올라가야 할 디딤돌로 삼아야 합니다."

"그럼 인생의 최후 목적은 무엇입니까?"

"구경각(究竟覺)에 도달하는 겁니다."

"구경각이란 무엇입니까?"

"다시는 생로병사(生老病死) 따위를 되풀이하지 않는 경지입니다."

"어떻게 하면 그렇게 될 수 있을까요?"

"우선 그렇게 하겠다고 마음을 작정하는 것이 가장 중요합니다. 다

시 말해서 도심(道心)을 품는 것을 말합니다."

"그다음은 어떻게 해야 합니까?"

"나보다는 남을 먼저 위할 줄 알아야 합니다. 다시 말해서 공익을 제일 우선시하는 것을 말합니다. 사욕과 독단에서 벗어나는 것을 말합니다. 기업도 공익을 우선시하면 무한한 발전을 가져올 수 있습니다. 장사해서 번 돈을 종업원 월급 올려주고 생산시설에 재투자하고 새로운 상품을 끊임없이 창출하여 사회에 환원한다면 그 기업은 영원히 망하지 않고 계속 발전할 수 있습니다. 국가도 마찬가지입니다. 욕심에 사로잡히면 망하고 공익을 우선시하면 반드시 흥하게 되어 있습니다.

부부도 각자 개인의 이익보다는 배우자를 먼저 생각하는 한 절대로 파탄이 올 수 없을 뿐만 아니라 남들이 부러워하는 좋은 부부가 되어 다 같이 영원한 생명을 얻을 수 있게 될 것입니다. 나보다 상대를 먼저 생각해 주고 서로가 서로를 위해 줄 때만이 부부관계는 무한한 생명력을 발휘할 수 있게 될 것입니다."

"선생님 논리대로라면 이혼은 절대로 하지 말고 어떻게 해서든지 사이좋게 백년해로해야 한다는 말이 됩니까?"

"우리가 살고 있는 이 상대적인 세상에서는 절대라는 말은 있을 수 없습니다. 아이들 장난 같은 이혼은 금물이지만 백날을 두고 생각해 보아도 도저히 결혼생활을 지속할 수 없다고 양쪽이 다 합의했다면 어쩔 수 없이 이혼을 해야겠죠.

결혼이란 숙제와도 같다고 했습니다. 그 숙제를 아무리 풀려고 노력을 해도 지금의 실력으로는 도저히 풀 자신이 없을 때는 잠시 유보해

두었다가 실력이 좀더 향상된 뒤에 재도전해 볼 수도 있는 것입니다. 그렇게 하는 것이 실력도 없으면서 풀리지 않는 숙제와 힘겨운 씨름을 언제까지나 계속하는 것보다는 훨씬 더 효율적이라는 말입니다. 이것은 요즘 무분별하게 유행하는 즉석 이혼과는 차원이 다른 것입니다."

"부부 싸움에 대해서는 어떻게 생각하십니까?"

"부부 싸움은 칼로 물 베기라는 말이 있지만 이것은 양자 사이에 든든한 애정과 신뢰가 있을 때 얘기입니다. 비록 오해 때문이라고 해도 양자 사이의 애정과 신뢰에 금이 가 있을 때는 부부 싸움은 금물입니다. 애정과 신뢰가 있을 때는 내외간의 어떠한 폭언과 욕지거리도 단솥에 물 치기지만, 그렇지 않을 때는 스트레스가 차곡차곡 쌓이게 마련입니다."

"제가 묻는 것은 바로 그런 때를 말합니다."

"그런 때는 둘 사이의 애정과 신뢰가 되살아날 때까지 어느 한쪽이든지 먼저 깨달은 쪽이 못 이기는 척하고 져주어야 합니다."

"구체적으로 어떻게 하는 것이 져주는 겁니까?"

"상대가 아무리 싸움을 걸어오더라도 맞상대를 해 주지 않으면 됩니다. 맞상대를 하지 말라고 했다고 해서 아무 말 않고 냉소적인 자세로 앉아 있으면 상대의 분기를 더 돋구어주는 것이 되니까 지극히 겸손한 자세로 진지하게 상대의 말에 귀를 기울이는 겁니다."

"그러면서도 일절 대꾸를 않는다는 말씀입니까?"

"그렇게 하면 상대를 무시한다는 오해를 살 수도 있으니까 그럴 수는 없고 꼭 필요한 짤막한 대답만 하고 주로 들어주는 쪽을 택합니다.

이처럼 겸손하게 나오면 아무리 격분했던 상대도 계속 몇 시간씩 떠들어 대는 사이에 어지간히 스트레스가 풀리게 될 것이고 나중에는 더이상 떠들어 댈 것도 없게 됩니다. 아내를 사랑한다면 적어도 이 정도의 인내력은 발휘할 수 있어야 합니다.

그런데 대부분의 경우, 상대가 억지를 쓴다고 하여 마주 화를 내고 자리를 피해버리면 맞받아치는 것보다는 낫겠지만 소기의 목적을 달성할 수는 없습니다. 그러나 비록 억울한 소리를 해도 끝까지 들을 수 있으면 확실한 승리를 거둘 수 있을 것입니다."

지는 것이 바로 이기는 것

"그게 지는 게 아니고 이기는 겁니까?"

"지는 게 바로 이기는 겁니다."

"상대가 폭력을 행사할 때는 어떻게 합니까?"

"상대가 아무리 고약하다고 해도 상대를 자극하거나 약 올리지 않는데 무조건 폭력을 휘두르지는 않습니다."

"그런데도 불구하고 무조건 폭력부터 휘두르고 보는 사람도 있거든요. 그럴 때는 어떻게 해야 합니까?"

"그런 때는 상대의 정신 상태를 정상이라고 볼 수 없습니다. 정신에 이상이 생긴 사람은 적절한 보호를 받아야 할 환자로 취급되어야 합니다. 양측 부모와 친인척들과 상의하여 적절한 치료를 받도록 조처를 취해야 할 것입니다. 그러나 상대가 일시적인 정신착란이나 격분으로 폭력을 휘두를 때는 맞을 만하면 맞아주는 것이 참으로 상대를 이기는

341

길이기도 합니다.

아무리 부부 사이라고 해도 상대에게 폭력을 휘두르는 것은 형사상의 범법행위이기 때문입니다. 폭력을 휘둘러 상대에게 상처를 입혔다면 그것 자체가 크나큰 약점이 되어 평생 상대에게 쥐어 살 수도 있습니다. 이때 승리자는 결국 매맞고도 참을 수 있었던 쪽이 될 것입니다. 지는 것이 이기는 것입니다. 참는 쪽이 이기는 쪽입니다."

"가장 훌륭한 부부 사이는 어떤 것일까요?"

"금생을 부부관계의 마지막 단계로 하고 이것을 디딤돌로 하여 그 윗 단계로 뛰어오르는 겁니다."

"그 윗 단계가 뭔데요?"

"진리를 깨닫는 겁니다."

"진리란 무엇입니까?"

"진리란 무아(無我)요 무심(無心)입니다."

"무아와 무심은 어떻게 다릅니까?"

"결국은 같은 말입니다."

"그럼 무심은 뭡니까?"

"나(我)가 없는 상태입니다."

"가장 원만한 부부관계를 한마디로 정의한다면 무엇이라고 할 수 있을까요?"

"무게의 중심을 나에게 두지 말고 상대에게 두어야 합니다."

"무엇 때문에 그래야 합니까?"

"나에게 중심을 두면 모든 것이 막혀버리고 고인 물처럼 썩어버려

부부가 공멸(共滅)하지만 상대에게 무게의 중심을 두면 막힌 것이 트이고 고였던 물이 흐르고 신선한 기운이 끊임없이 순환하여 상부상조, 공생공영이 이루어지게 됩니다. 순환하는 것은 끝없이 살리는 것이고 영원히 발전하는 겁니다.

어찌 부부관계에만 이러한 원칙이 적용되겠습니까? 부부 사이에선 상대에게 무게의 중심을 두어야 하는 것처럼, 대인관계에 있어서는 언제나 상대에게 무게의 중심을 두어야 올바른 순환이 이루어집니다."

"그렇다면 인간과 동물 관계에서는 무게의 중심을 어디에 두어야 합니까?"

"지금까지 서구 문명은 인간중심주의를 고수해 왔습니다. 그 결과 모든 동물들은 인간을 위해서만 그 존재 가치가 있었던 것입니다. 그 결과 지금 지구상의 동물들은 나날이 멸종되어 가고 있습니다. 어찌 동물뿐이겠습니까? 식물도 광물도 마찬가지입니다. 인간중심주의를 고수한 결과 자연은 나날이 파괴일로를 걷고 있습니다.

자연환경은 하루가 다르게 파괴되어 이대로 가다가는 멀지 않은 장래에 인류는 지구상에서 생존할 수 없는 지경에 도달하게 됩니다. 이것이 인간중심주의를 고집해온 결과입니다. 인간과 자연은 공존공생하는 것이고 상부상조하는 것이고 서로 조화를 이루어 발전하는 것이지 한쪽이 다른 한쪽을 지배하고 이용하는 것이 아닙니다."

"그렇다면 인간중심주의는 잘못되었다는 말이 아닙니까?"

"물론입니다. 인류는 너무나 뒤늦게야 인간중심주의가 얼마나 잘못되어 있었던 것인가를 깨달아 가고 있습니다. 동물 보호운동, 식물 보호운동, 지구환경 보존운동의 필요성이 등장한 것은 이러한 깨달음에 바탕을 두고 있습니다. 인간중심주의는 결국 인간도 자연도 함께 죽게 만들었을 뿐입니다. 사람도 자연도 다 함께 잘살아야지 인간만 잘살 수는 없는 것입니다. 아내와 남편, 인간과 인간, 국가와 국가, 인간과 자연도 다 같은 원리 위에서 생존하고 있습니다."

인간의 능력으로 해결하지 못할 인간의 문제는 절대로 존재하지 않는다. - 미켈란젤로 -

작심 3일 10번으로 베트남어 끝내기

베트남어 끝내기 기초회화

랭기지플러스

왜 작심삼일인가?

세상에 계획을 안 세우거나 못 세우는 사람은 없다.

올 여름엔 다이어트를 해야지, 베트남어를 꼭 마스터해야지, 올해
엔 책 좀 많이 읽어야지...

이번에는 꼭 해야지! 이번만큼은 기필코 해야지! 다짐하고 또 다짐
하지만 그러나 마음먹은 일을 끝까지 해내는 사람은 정작 드물다.

오죽하면 작심삼일이라는 사자성어까지 있지 않은가.

'나는 왜 3일을 넘기지 못하는 걸까' 자책도 해보지만

작심삼일이면 또 어떤가?

비록 3일 만에 끝나는 작심이라도

아예 시작도 안 하는 것보다는 훨씬 낫지 않은가?

우선 3일, 일단 시작이라도 해보자.

> 작심 1단계 작심삼일이라도 좋다. 일단 작심하자.
>
> 작심 2단계 딱 3일만 목표에 집중하고 그 다음은 쉬자.
>
> 작심 3단계 딱 10번만 작심하자.

딱 3일씩 10번만 작심해보자.

언젠가 포기했던 베트남어 끝내기의 길이 열리도록!

어렸을 때부터 배워온 영어를 성인이 된 이후까지 배우고 있는 경우를 흔히 볼 수 있을 정도로 외국어를 배운다는 것은 참 쉬운 일이 아닙니다. 베트남어는 우리가 늘 접해왔던 언어가 아니므로 비교적 생소할 수는 있지만 알파벳에 기반을 두고 있는 언어이므로 영어에 익숙한 우리에게 큰 거부감이 들지 않는 언어입니다. 저도 처음 베트남어를 접했을 당시 낯설기는 해도 익숙한 알파벳들이니까 그래도 '할만은 하겠다'라고 생각했었으니까요.

여러분의 베트남어 학습 목적이 출장/업무, 여행, 유학, 베트남 현지 생활 등 각기 다르겠지만 결국 궁극적인 목표는 '베트남 사람과의 대화'이겠죠. 익숙하지 않은 낯선 외국어를 대화가 가능할 수 있을 만큼의 수준으로 만들려면 그만큼의 노력이 필요합니다. 하지만 공부라는 것이 또 마음처럼 잘 안되기도 하죠. 바쁜 생활, 개인 사정으로 인해 책의 앞 부분만 보고 덮어버리고, 결국 그렇게 책 1권도 끝내지 못한 채 처음 결심했던 의지 마저 사그라지는 경우가 종종 있습니다.

그런 분들을 위해서 제가 한 가지 부탁을 드리겠습니다. 작심 3일을 딱 10번만 해보십시오. 이렇게 총 30일만 투자하면 베트남 회화에서 필요한 문장들을 쉽고 재미있게 익혀 구사할 수 있습니다. 이 책은 제가 직접 몸으로 느끼고 경험한 실제 베트남 현지 생활을 통해 꼭 필요한 표현들만 모아 〈상황별 주제 5과〉+〈장소별 주제 5과〉 총 10과로 구성한 책입니다. 여러분들이 베트남에 갔을 때 맞닥뜨릴 수 있는 여러 가지 상황을 설정하여 회화를 구성하고 생생한 생활 정보까지 습득할 수 있도록 했습니다. 처음 베트남어를 시작하시는 분, 혹은 베트남어를 이미 알고 있는데 회화 위주의 공부를 원하시는 분께 적극 추천 드립니다.

모쪼록 이 책이 베트남에서 생활 혹은 베트남 출장, 사업, 유학 등 베트남어 회화를 공부하고자 하는 많은 분들께 큰 도움이 되길 바랍니다.

저자 김효정

이번 작심삼일에서
배울 내용에 대한 소개예요.
가벼운 마음으로 쭉 읽어보세요.

다섯 번째 작심삼일

일상

Bạn ăn cơm chưa?
식사하셨어요??

Chưa. Tôi chưa ăn.
아직이요. 아직 밥 안 먹었어요

일상

베트남 북부는 4개절, 베트남 남부는 2개절로 날씨는 베
트남 사람들에게서 빼놓을 수 없는 화젯거리죠. 이렇듯
날씨 뿐만 아니라 시간, 일상생활에서 가장 많이 사용하는
표현들을 익혀 베트남 사람과 자연스럽게 대화를 시도
해 보세요!

DAY 1 시간
Mấy giờ chúng ta gặp?
우리 몇 시에 만나요?

DAY 2 날씨
Thời tiết hôm nay như thế nào?
오늘 날씨가 어때요?

DAY 3 일상대화
Bạn ăn cơm chưa?
식사하셨어요?

이번 작심삼일에서 배울 내용을
삽화로 재미있게 표현했어요.

이번 작심삼일에서
배울 주요 문장들입니다.

QR코드를 찍으면
동영상 강의와 원어민 발음을
들을 수 있어요.

오늘 배울 핵심 문장이예요.

회화문을 통해 핵심 문장이
어떤 상황에서 쓰이는지 살펴봅니다.
오디오를 들으며 여러 번 반복하여
따라 말해주세요!

기본 회화문의 구체적인 쓰임과
주의해야할 문법을 함께 설명합니다.

해당 주제에서 핵심 문장 외에
꼭 알아야할 표현들도 함께 배워봐요!
오디오를 들으며
여러 번 반복하여 따라 말해주세요!

★ sisabooks.com에 들어가시면 무료로 원어민 발음을 들으실 수 있습니다.
sisabooks.com 접속 → '랭기지플러스' 클릭 후 로그인 → 상단의 'MP3도서' 클릭
→ 도서 목록에서 '작심3일 10번으로 베트남어 끝내기' 클릭

응용 대화로 활동능력 UP!! 🎧 05-2

A **Mấy giờ rồi?**
몇 시 됐어요?

> ⚠️ 그 외 시간 표현
> ruồi 딱/넘 → 9 giờ ruồi (9시 반)
> kém 모자라다 → 1 giờ kém 10 (1시 10분 전)

B **9 giờ 15 phút rồi.**
9시 15분 됐어요.

A **Thứ mấy bạn đi Việt Nam?**
무슨 요일에 당신은 베트남에 가요?

> ⚠️ 요일
> chủ nhật 일요일
> thứ hai 월요일
> thứ ba 화요일
> thứ tư 수요일
> thứ năm 목요일
> thứ sáu 금요일
> thứ bảy 토요일

B **Chủ nhật tuần sau.**
다음주 일요일이요.

A **Ngày mấy bạn chuyển nhà?**
몇일에 당신은 이사세요?

B **Ngày 11 tháng 2.**
2월 11일이요.

> ⚠️ 날짜는 ngày 일 + 숫자
> tháng 월 + 숫자, năm 년 + 숫자
> 순으로 읽는다.
> 숫자가 앞에 위치하는 경우
> 날짜가 아닌 기간의 의미
> võ 있음 + tháng (개월)

phút 분(시각)   thứ 요일   tuần sau 다음주   ngày 일(날)
chuyển nhà 이사하다

94 다섯 번째 작심삼일 · 일상

앞의 '표현 더하기'에서
학습했던 문장들을
회화를 통해 한번 더 확인하여
어떤 상황에서 사용이 되는지
쉽고 명확하게 익힐 수 있어요.
오디오를 들으며 여러 번 반복하여
따라 말해주세요!

확인 문제를 통해
앞서 배운 표현들을 빈칸에 채워보고
알맞은 뜻끼리 연결하여 복습합니다.
내 것이 될 때까지
소리내며 복습합니다.

확인 문제로 복습해 봐요.   🎧 정답 p.170

1 다음 문장을 베트남어로 말하면서 써 보세요.

① 몇 시 됐어요?

_____ rồi?

② 무슨 요일이에요?

_____ mấy?

③ 며칠이에요?

_____ mấy?

④ 언제요?

_____ !

2 알맞은 의미와 연결하세요.

① ngày 4 tháng 3 •   • A 오후 3시

② 3 giờ chiều •   • B 3월 4일

③ sáng chủ nhật •   • C 일요일 아침

DAY 1 · 시간 95

7

목차

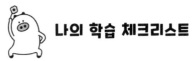

나의 학습 체크리스트

	DAY 1	DAY 2	DAY 3
★ 첫 번째 작심삼일	☐ _____ ☐ _____	☐ _____ ☐ _____	☐ _____ ☐ _____
★ 두 번째 작심삼일	☐ _____ ☐ _____	☐ _____ ☐ _____	☐ _____ ☐ _____
★ 세 번째 작심삼일	☐ _____ ☐ _____	☐ _____ ☐ _____	☐ _____ ☐ _____
★ 네 번째 작심삼일	☐ _____ ☐ _____	☐ _____ ☐ _____	☐ _____ ☐ _____
★ 다섯 번째 작심삼일	☐ _____ ☐ _____	☐ _____ ☐ _____	☐ _____ ☐ _____

예시와 같이 학습한 내용을
간단히 적어 체크리스트를 완성해 보세요.

1 / 4	✓
□ 가족관계 묻기	
□ Bạn kết hôn chưa?	

DAY 1 **DAY 2** **DAY 3**

⭐
**여섯 번째
작심삼일**

- □ _____
- □ _____

- □ _____
- □ _____

- □ _____
- □ _____

⭐
**일곱 번째
작심삼일**

- □ _____
- □ _____

- □ _____
- □ _____

- □ _____
- □ _____

⭐
**여덟 번째
작심삼일**

- □ _____
- □ _____

- □ _____
- □ _____

- □ _____
- □ _____

⭐
**아홉 번째
작심삼일**

- □ _____
- □ _____

- □ _____
- □ _____

- □ _____
- □ _____

⭐
**열 번째
작심삼일**

- □ _____
- □ _____

- □ _____
- □ _____

- □ _____
- □ _____

베트남어를 공부하기 전에
알고 넘어가야 할

네 가지!

문장의 첫 글자나 고유명사만 대문자로 사용합니다.

A(a)	K(k)	U(u)
Ă(ă)	L(l)	Ư(ư)
Â(â)	M(m)	V(v)
B(b)	N(n)	X(x)
C(c)	O(o)	Y(y)
D(d)	Ô(ô)	
Đ(đ)	Ơ(ơ)	
E(e)	P(p)	
Ê(ê)	Q(q)	
G(g)	R(r)	
H(h)	S(s)	
I(i)	T(t)	

1 단모음

a	(긴) 아	우리말의 [아] 발음입니다. ⑩ an[안], ban[반]
ă	(짧은) 아	우리말의 [아] 발음보다 짧게 발음하며 끝자음과 결합합니다. ⑩ ăn[안], băn[반]
â	(짧은) 어	우리말의 [어] 발음이며 짧게 끊듯이 발음합니다. ⑩ âm[엄], vân[번]
e	애	우리말의 [애] 발음이며 약간 입을 옆으로 넓게 벌립니다. ⑩ en[앤], se[쌔]
ê	에	우리말의 [에] 발음이며 약간 입을 위 아래로 넓게 벌립니다. ⑩ êp[엡], mê[메]
i	(짧은) 이	우리말의 [이] 발음이며 짧게 발음합니다. ⑩ bai[바이], hai[하이]
y	(긴) 이	우리말의 [이] 발음이며 길게 발음합니다. ⑩ bay[바이], hay[하이]
o	어+(오)	우리말에 없는 발음으로 [어]에 가까우며 앞뒤에 a,e 모음이 붙는 경우 [오] 와 가깝게 발음합니다. ⑩ bo[버], hoa[호아]
ô	오	우리말의 [오] 발음입니다. ⑩ vô[보], nô[노]
ơ	(긴) 어	우리말의 [어] 발음이며 목에 힘을 약간 준 채로 길게 발음합니다. ⑩ sơ[써], lơ[러]
u	우	우리말의 [우] 발음입니다. ⑩ lu[루], nu[누]
ư	으	우리말의 [으] 발음입니다. ⑩ hư[흐], xư[쓰]

iê	이에	우리말의 [이에] 발음입니다. 예 biê[비에], miê[미에]
uye	우이애	우리말의 [우이애] 발음입니다. 예 luye[루이애], huye[후이애]
uyê	우이에	우리말의 [우이에] 발음입니다. 예 luyê[루이에], huyê[후이에]
ươ	으어	우리말의 [으어] 발음입니다. 예 vươ[브어], nươ[느어]
uô	우오	우리말의 [우오] 발음입니다. 예 huô[후오], muô[무오]
ia	이어	우리말의 [이어] 발음이며 남부에서는 [이아]로 발음합니다. 예 bia[비어], mia[미어]
ua	우어	우리말의 [우어] 발음이며 남부에서는 [우아]로 발음합니다. 예 vua[부어], mua[무어]
ưa	으어	우리말의 [으어] 발음이며 남부에서는 [으아]로 발음합니다. 예 hưa[흐어], xưa[쓰어]

➡ 북남으로 긴 베트남 지형 특성 상 북부와 남부 간의 발음, 단어, 성조의 차이가 있지만 지역 간 의사소통에는 문제가 되지 않습니다. 본 책에서는 수도 하노이를 중심으로 한 북부 발음 으로 표기합니다.

1 첫자음 1

b	ㅂ	우리말의 [ㅂ] 발음으로 입술끼리 부딪혀 소리냅니다. 예 bu[부], bê[베]
v	ㅂ(v)	[ㅂ] 발음에 가깝지만 영어의 v와 같이 윗니를 아랫 입술에 살짝 댄 마찰음 소리가 납니다. 예 va[바], vô[보]
s	ㅆ	우리말의 [ㅆ] 발음입니다. 남부에서는 sh[시]소리로 나는 경향이 있습니다. 예 su[쑤], sư[쓰]
x		우리말의 [ㅆ] 발음입니다. 예 xa[싸], xe[쌔]
h	ㅎ	우리말의 [ㅎ] 발음입니다. 예 hu[후], hơ[허]
m	ㅁ	우리말의 [ㅁ] 발음입니다. 예 mơ[머], mă[마]
n	ㄴ	우리말의 [ㄴ] 발음입니다. 예 nô[노], nư[느]
l	ㄹ	우리말의 [ㄹ] 발음입니다. 예 li[리], lă[라]

c	ㄲ	[ㄲ] 발음과 비슷하나 약간 짧게 발음합니다. ⑩ cu[꾸], ca[까]
k		⑩ ki[끼], ke[깨]
qu	꾸	[꾸] 발음이며 qu가 하나의 자음이기 때문에 qua는 [꾸어] 가 아닌 [꾸아]로 발음합니다. ⑩ quô[꾸오], quê[꾸에]
đ	ㄷ	[ㄷ] 발음이지만 목에 힘을 주어 발음합니다. ⑩ đư[드], đô[도]
d	ㅈ(z)	영어 z과 같이 혀 끝을 윗 잇몸에 대어 소리냅니다. 남부에서 는 y[이]로 발음합니다. ⑩ di[지], du[주]
r	ㅈ(z)	영어 z과 같이 혀 끝을 윗 잇몸에 대어 소리냅니다. 남부에서 는 r[ㄹ]로 발음합니다. ⑩ ro[저], ru[즈]
gi	지(zi)	[지] 발음이며 d, r과 마찬가지로 영어 z과 같이 혀 끝을 윗 잇몸에 대어 소리냅니다. gi가 하나의 자음이기 때문에 gia 는 [지어]가 아닌 [지아]로 발음합니다. ⑩ gio[지어], giơ[지어]
g	ㄱ	[ㄱ] 발음이지만 목에 힘을 주어 발음합니다. ⑩ gư[그], gâ[거]
gh	ㄱ	[ㄱ] 발음이지만 목에 힘을 주어 발음합니다. g와 발음은 같 지만 뒤에 오는 모음이 e, ê, i만 올 수 있습니다. ⑩ ghe[개], ghi[기]
kh	ㅋ	우리말의 [ㅋ] 발음이지만 목에 힘을 주어 발음합니다. ⑩ kho[커], khư[크]
t	ㄸ	[ㄸ] 발음이지만 우리말보다는 짧고 약하게 발음합니다. ⑩ tô[또], ti[띠]
th	ㅌ	우리말의 [ㅌ] 발음입니다. ⑩ thâ[터], thu[투]

tr	ㅉ	[ㅉ] 발음이지만 우리말보다는 짧고 약하게 발음합니다. ⓔ tra[짜], tru[쯔]
ch	ㅉ	[ㅉ] 발음이지만 우리말보다는 짧고 약하게 발음합니다. ⓔ chô[쪼], che[째]
nh	ㄴ	우리말의 [니] 발음입니다. ⓔ nhe[니애], nhơ[니어]
ng	ㅇ	[응] 발음입니다. ⓔ ngư[응으], ngâ[응어]
ngh	ㅇ	[응] 발음입니다. ng와 발음은 같지만 뒤에 오는 모음이 e, ê, i만 올 수 있습니다. ⓔ nghe[응애], nghi[응이]
p	ㅃ	[ㅃ] 발음이나 앞자음으로 오는 경우는 외래어를 제외하고는 거의 없습니다. ⓔ pin[삔]
ph	ㅍ(f)	[ㅍ] 발음이지만 영어의 f처럼 윗니로 아랫입술을 물어서 발음해야 합니다. ⓔ phơ[퍼], phu[푸]

-m	-ㅁ	[ㅁ] 발음 받침입니다. ⑩ cơm[껌], tâm[떰]
-n	-ㄴ	[ㄴ] 발음 받침입니다. ⑩ đan[단], trên[쩬]
-p	-ㅂ	[ㅂ] 발음 받침입니다. ⑩ nôp[놉], săp[쌉]
-t	-ㄷ	[ㄷ] 발음 받침입니다. ⑩ môt[몯], đăt[닫]
-ch	-익	[익] 발음 받침입니다. 남부에서는 [ㄱ] 발음 받침입니다. ⑩ sach[싸익], khach[카익]
-nh	-잉	[잉] 발음 받침입니다. 남부에서는 [ㄴ] 발음 받침입니다. ⑩ anh[아잉], nhanh[니아잉]
-c	-ㄱ	[ㄱ] 발음 받침입니다. ⑩ lac[락], rac[작] 단, 자음+o/ô/u+c 일 경우 마지막 입 모양을 다물며 발음합니다. 이 경우 이 책에서는 'ㅂ'으로 발음 표기합니다. ⑩ côc[꼽], luc[룹]
-ng	-ㅇ	[ㅇ] 발음 받침입니다. ⑩ mang[망], dưng[증] 단, 자음+o/ô/u+ng 일 경우 마지막 입 모양을 다물며 발음합니다. 이 경우 이 책에서는 'ㅁ'으로 발음 표기합니다. ⑩ bung[붐], hông[홈]

★ 베트남어 성조

성조 이름	음 특징	성조 부호	뜻
Thanh không dấu [타잉 콤 저우]	평평한 '솔' 음	ma	귀신
Thanh sắc [타잉 싹]	평평한 음에서 서서히 상승하는 음	má	볼, 엄마
Thanh huyền [타잉 후이엔]	부드럽고 천천히 하강하는 음	mà	그런데
Thanh hỏi [타잉 허이]	포물선을 그리듯이 아래로 내렸다가 끝 음을 살짝 올리는 음	mả	무덤
Thanh ngã [타잉 응아]	급격히 하강 후 다시 급격히 상승시키는 음	mã	말
Thanh nặng [타잉 낭]	강하고 급격히 내리 찍는 음	mạ	벼, 모

★ 녹음을 들으면서 아래 6성조의 음을 따라하세요.

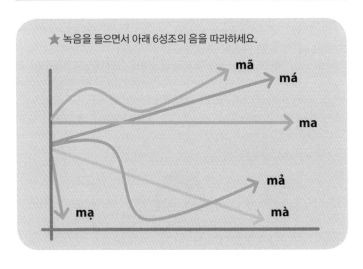

베트남에서 '나', '너' 서로의 호칭은 나이와 성별로 정해집니다. 이 책에서는 '나'를 tôi[또이]로 상대방인 '당신'은 bạn[당신]으로 모두 표기하며 실제 대화 시에는 상대방과의 관계를 고려하여 바꿔 사용하면 됩니다.

1, 2인칭 단수

tôi[또이]	나
bạn[반]	당신
ông[옴]	할아버지, 지위가 높은 남성 뻘
bà[바]	할머니, 지위가 높은 여성 뻘
chú[쭈]	아저씨 뻘
cháu[짜우]	조카, 손자, 손녀 뻘
anh[아잉]	오빠, 형 뻘
chị[찌]	언니, 누나 뻘
cô[꼬]	아줌마, 아가씨 뻘 / 여자 선생님
thầy[터이]	남자 선생님
em[앰]	동생 뻘

chúng ta [쭘 따]	우리 (청자 포함)
chúng tôi [쭘 또이]	우리 (청자 불포함)
chúng em [쭘 앰]	저희 (청자 불포함)

3인칭 ★★

3인칭은 1, 2인칭 뒤에 ấy를 붙여 '그~'로 표현한다.

1, 2인칭	뜻	3인칭
ông[옹]	할아버지, 지위가 높은 남성 뻘	
bà[바]	할머니, 지위가 높은 여성 뻘	
chú[쭈]	아저씨 뻘	
cháu[짜우]	조카, 손자, 손녀 뻘	
anh[아잉]	오빠, 형 뻘	ấy[어이]
chị[찌]	언니, 누나 뻘	
cô[꼬]	아줌마, 아가씨 뻘 / 여자 선생님	
thầy[터이]	남자 선생님	
em[앰]	동생 뻘	

★ 베트남어 숫자

0 không [콤]

1 một [몯]

2 hai [하이]

3 ba [바]

4 bốn [본]

5 năm [남]

6 sáu [싸우]

7 bảy [바이]

8 tám [땀]

9 chìn [찐]

10 mười [므어이]

숫자 규칙

★ 15 이상부터 일의 자리의 5는 năm이 아닌 lăm으로 써요.

15 mười năm (×) → mười lăm

★ 20 이상부터 10의 자리는 mười가 아닌 mươi로 써요.

20 hai mười (×) → hai mươi

★ 21 이상부터 일의 자리의 1은 một이 아닌 mốt으로 써요.

21 hai mươi một (×) → hai mươi mốt

큰 단위 숫자 ⭐

백 단위 trăm [짬]	**100** một trăm **200** hai trăm
천 단위 nghìn[응인](= ngàn[응안])	**1.000** một nghìn **2.000** hai nghìn
만 단위 ___ +nghìn(ngàn)	**10.000** mười nghìn **20.000** hai mươi nghìn
십만 단위 ___ +nghìn(ngàn)	**100.000** một trăm nghìn **200.000** hai trăm nghìn
백만 단위 triệu [찌에우]	**1.000.000** một triệu **2.000.000** hai triệu

0 읽는 법 ⭐

- 일반적으로 0은 không
- 십의 자리에 위치한 0은 linh[링] 혹은 lẻ[래]
  - 예) 103 một trăm linh(=lẻ) ba
    6205 sáu nghìn(=ngàn) hai trăm linh(=lẻ) năm
- 백의 자리에 위치한 0은 không trăm
  - 예) 9025 chín nghìn(=ngàn) không trăm hai mươi lăm
    7081 bảy nghìn(=ngàn) không trăm tám mươi mốt

첫 번째 작심삼일

인사

반 코애 콤
Bạn khỏe không?
잘 지내요?

사람과 사람 사이에서 가장 기본적인 예절이라고 할 수 있는 것이 인사죠! 베트남에서도 인사는 유대 관계를 위해 매우 중요합니다. 첫 번째 작심삼일에서는 처음 만났을 때, 알고 지내던 사람과 안부를 묻고 답할 때, 헤어질 때 사용하는 유용한 인사 표현을 배워봐요!

DAY 1

처음 만났을 때

씬 짜오 반 뗀 라 지
Xin chào! Bạn tên là gì?
안녕하세요! 당신 이름이 뭐예요?

DAY 2

안부 묻고 답할 때

반 코애 콤
Bạn khỏe không?
잘 지내요?

DAY 3

헤어질 때

핸 갑 라이
Hẹn gặp lại.
다시 만나요.

DAY 1

처음 만났을 때

씬 짜오 반 뗀 라 지
Xin chào! Bạn tên là gì?

안녕하세요! 당신 이름이 뭐예요?

🎧 01-1

기본 회화로 말문을 터봐요~

A
씬 짜오 반 뗀 라 지
Xin chào! Bạn tên là gì?

안녕하세요! 당신 이름이 뭐예요?

B
씬 짜오 또이 뗀 라 낌
Xin chào! Tôi tên là Kim.

안녕하세요! 내 이름은 낌이에요.

---

bạn 1)당신 2)친구 3)너(친구 사이)　　**tên** 이름　　**là~** ~이다　　**gì** 무엇　　**tôi** 나

1 첫만남에 예의를 갖춰서 인사해야 하는 상황이라면 예의를 나타내는 xin을 chào(인사하다)와 함께 결합하여 인사를 건넵니다. 꼭 예의를 갖추지 않아도 되는 편한 상황이라면 xin을 빼고 chào 뒤에 bạn(당신)을 붙여 'chào bạn'이라고 인사할 수 있습니다. 만약 친근하게 인사를 건네고 싶되 나보다 연장자인 남자의 경우에는 'chào anh', 연장자인 여자의 경우에는 'chào chị'라고 인사를 건네면 됩니다.

2 처음 만난 경우 공식적인 자리라면 '만나서 반갑습니다(아래 추가 표현)'이라고 인사할 수도 있지만 일반적인 상황에서는 친해지기 위한 과정으로 개인적인 정보를 묻는 편입니다. Bạn(당신) tên(이름) là(~이다) gì(무엇)이 합쳐져 '이름이 무엇이에요?'라고 묻고 그 대답으로는 'Tôi tên là+이름'으로 대답합니다.

01-2

표현 더하기

절 부이 드억 갑 반
- **Rất vui được gặp bạn.**
만나서 반갑습니다.

절 부이 드억 람 꾸앤 버이 반
- **Rất vui được làm quen với bạn.**
당신과 알게 되어 매우 기뻐요.

더이 라 자잉 티엡 꾸어 또이
- **Đây là danh thiếp của tôi.**
이것은 나의 명함이에요.

또이 거이 반 니으 테 나오 더이
- **Tôi gọi bạn như thế nào đấy?**
당신을 뭐라고 부를까요?

꾸에 반 어 더우
- **Quê bạn ở đâu?** 당신 고향은 어디예요?

Tip 베트남 인사 주의사항
- 나이 많은 사람부터 어린 사람 순으로 인사를 한다.
- 비즈니스 만남에서는 두 손으로 악수를 하며 동시에 고개를 약간 숙인다.
- 여자에게는 먼저 악수를 청하지 않고 여자가 먼저 하는 경우에만 한다.

Tip 베트남 사람들은 첫 만남에 서로의 출신을 많이 묻는 편이에요.

응용 대화로 활용능력 UP!!

A 또이 씬 자잉 티엡 꾸어 반 드억 콤
Tôi xin danh thiếp của bạn được không?
당신의 명함을 주실 수 있나요?

B 벙 더이 라 자잉 티엡 꾸어 또이
Vâng. Đây là danh thiếp của tôi.
네. 이것은 나의 명함이에요.

A 또이 거이 반 니으 테 나오 더이
Tôi gọi bạn như thế nào đấy?
당신을 뭐라고 부를까요?

B 하이 거이 또이 라 란
Hãy gọi tôi là Lan.
란이라고 불러주세요.

> **Tip** 베트남 사람의 이름은
> [성+중간 이름+이름]이에요. 예를 들어
> Nguyễn Văn Long[응우옌 반 럼]
> 이라면 일상 대화에서는 이름인 Long
> 으로 상대방을 부르면 됩니다.

A 꾸에 반 어 더우
Quê bạn ở đâu?
당신 고향은 어디예요?

B 어 하 노이
Ở Hà Nội.
하노이에 있어요.

---

xin 청하다　　danh thiếp 명함　　của~ ~의　　được 되다　　Vâng 네
đây 이것　　gọi 부르다　　như thế nào 어떻게　　의문사+đấy 의문사 강조
Hãy+동사 ~하세요　　quê 고향　　ở 1.~에 위치해있다 2.~에서
đâu 어디(의문사)

확인 문제로 복습해 봐요.

I 다음 문장을 베트남어로 말하면서 써 보세요.

① 안녕하세요!

_____!

자신의 상황에 맞게
빈칸을 채우시면 더 좋습니다.

포기 금지

② 당신 이름이 뭐예요?

Bạn _____ là _____?

③ 내 이름은 낌이에요.

Tôi _____ Kim.

④ 만나서 반가워요

Rất _____ được _____ bạn.

2 알맞은 의미와 연결하세요.

① Tôi gọi bạn như thế
nào đấy? •

② Tôi xin danh thiếp
của bạn được
không? •

③ Quê bạn ở đâu? •

• A 당신의 명함을 주실 수
있나요?

• B 당신 고향은 어디예요?

• C 당신을 뭐라고 부를까요?

DAY 2

안부 묻고 답할 때

반 코애 콤
Bạn khỏe không?

잘 지내요?

🎧 01-4

기본 회화로 말문을 터봐요~

반   코애   콤
A Bạn khỏe không?

잘 지내요?

또이 코애   깜 언
B Tôi khỏe. Cảm ơn.

나는 잘 지내요. 고마워요.

---

khỏe 건강한   Cảm ơn 감사하다

꼭 필요한 **포인트**만 콕 집어줄게

1. 'Bạn(당신) khỏe(건강한)' 뒤에 không을 붙이면 '당신은 건강해요?'라는 의문문이 되는데 'Bạn khỏe không?'은 '잘 지내요?'의 의미로 안부를 전하는 의미뿐만 아니라 일상 속에서 흔히 사용하는 인사로도 사용됩니다.

2. Bạn khỏe không? 이라는 질문을 받은 경우 잘 지내거나 상태가 좋다면 'Tôi khỏe(나 건강해)'로 대답할 수 있습니다. 그리고 나의 안부를 걱정해주는 상대방에게 고마운 마음을 표현하기 위해 'Cảm ơn(감사합니다)'도 함께 대답합니다.

: 🎧 : 01-5

 표현 더하기

- 빙   트엉
  Bình thường. 그럭저럭요.

- 번   테
  Vẫn thế. 똑같지요 뭐.

> **Tip** không이 술어(형용사, 동사) 앞에 위치하게 되면 '안~해요'의 부정문이 됩니다. (비교: không이 술어 뒤에 위치하면 '~해요?'의 의문문)

- 또이   **콤**   코애
  Tôi không khỏe. 안 건강해요.(잘 못 지내요.)

- 홈   나이   반   테   나오
  Hôm nay bạn thế nào? 오늘 당신은 어때요?

- 자오   나이   반   테   나오
  Dạo này bạn thế nào? 요즘 당신은 어때요?

A Bạn khỏe không?
반 코애 콤
잘 지내요?

B Vẫn thế. Cảm ơn. Còn bạn?
번 테 깜 언 건 반
똑같지요 뭐. 고마워요. 그러는 당신은요?

A Bình thường.
빙 트엉
그럭저럭요.

- -

A Hôm nay bạn thế nào?
홈 나이 반 테 나오
오늘 당신은 어때요?

B Rất tốt.
젇 똗
매우 좋아요.

- -

A Lâu quá không gặp. Dạo này bạn thế nào?
러우 꾸아 콤 갑 자오 나이 반 테 나오
오랜만이에요. 요즘 당신은 어때요?

B Rất tệ.
젇 떼
매우 안 좋아요.

---

vẫn+형용사 여전히 ~하다   thế 그러한   Còn+상대방 그러는 당신은요?
hôm nay 오늘   thế nào 어때   rất+형용사 매우 ~한   tốt 좋은
lâu 오랜   형용사+quá 매우 ~한   gặp 만나다   dạo này 요즘   tệ 안 좋은

확인 문제로 복습해 봐요.

I **다음 문장을 베트남어로 말하면서 써 보세요.**

① 잘 지내요?

Bạn _____?

② 나는 잘 지내요.

Tôi _____.

표기 금지 ★ 자신의 상황에 맞게 빈칸을 채우시면 더 좋습니다.

③ 그럭저럭요.

_____.

④ 오늘 당신은 어때요?

_____ bạn _____?

2 **알맞은 의미와 연결하세요.**

① Rất tốt. • • A 요즘 당신은 어때요?

② Dạo này bạn thế nào? • • B 오랜만이에요.

③ Lâu quá không gặp. • • C 매우 좋아요.

헤어질 때

핸 갑 라이
Hẹn gặp lại.

다시 만나요.

  01-7

기본 회화로 말문을 터봐요~

또이 파이 디 버이 지어 땀 비엘
A Tôi phải đi bây giờ. Tạm biệt.

이제 가야겠군요. 잘 있어요.

땀 비엘 핸 갑 라이
B Tạm biệt. Hẹn gặp lại.

잘 가요. 다시 만나요.

phải+동사 ~해야한다   đi 가다   bây giờ 지금   hẹn 약속하다

꼭 필요한 **포인트**만 콕 집어줄게

1 헤어질 때 인사로 Xin chào 혹은 chào bạn과 같이 만났을 때 인사를 사용할 수도 있지만 tôi(나) phải(~해야 한다) đi(가다) bây giờ(지금, 이 제)을 합쳐 '나는 이제 가야해요'의 표현을 사용할 수 있어요. Tạm biệt 은 tạm(잠시) biệt(이별하다)가 합쳐져 '잘 가요' 혹은 '잘 있어요'의 의 미가 됩니다.

2 Hẹn gặp lại는 hẹn(약속하다) gặp(만나다) lại(다시)가 합쳐져 '다시 만 나는 것을 약속하다', 즉 '다시 만나요'의 표현으로 헤어질 때 사용하는 인사입니다.

🔊 01-8

표현 더하기

- 쭉 몯 응아이 똗 라잉
  Chúc một ngày tốt lành. 좋은 하루 되세요.

- 또이 베 네
  Tôi về nhé! 나 (집에) 갈게요!

- 반 디 껀 턴 네
  Bạn đi cẩn thận nhé! 조심히 가세요!

- 런 싸우 갑 네
  Lần sau gặp nhé! 다음에 만나요!

- 핸 갑 반 홈 더
  Hẹn gặp bạn hôm đó! 그 날 봐요!

응용 대화로 활용능력 UP!!

A 또이 베 네
Tôi về nhé!
나 (집에) 갈게요!

B 으 반 디 껀 턴 네
Ừ! Bạn đi cẩn thận nhé!
응! 조심히 가!

A 런 싸우 갑 네
Lần sau gặp nhé!
다음에 만나요!

B 핸 썸 갑 라이
Hẹn sớm gặp lại!
조만간 다시 봐요!

A 부오이 너이 쭈옌 텃 라 부이
Buổi nói chuyện thật là vui.
얘기 즐거웠어요.

B 쭉 몯 응아이 똗 라잉 땀 비엔
Chúc một ngày tốt lành. Tạm biệt.
좋은 하루 되세요. 잘 가요.

---

về 돌아가다　～nhé ~할게요　Ừ 응　cẩn thận 조심스러운
lần sau 다음번　sớm 일찍　buổi nói chuyện 얘기　thật 진짜
chúc 빌다　một ngày 하루　tốt lành 좋은

확인 문제로 복습해 봐요.

첫 단계! 자신감 UP

l 다음 문장을 베트남어로 말하면서 써 보세요.

① 잘 가요/잘 있어요.

_____ .

② 다시 만나요.

_____ .

> 포기 금지
>
> ☆ 자신의 상황에 맞게
> 빈칸을 채우시면 더 좋습니다.

③ 이제 가야겠군요.

Tôi _____ bây giờ.

④ 나 갈게요!

Tôi _____ !

2 알맞은 의미와 연결하세요.

① Bạn đi cẩn thận nhé!   •   • A 다음에 만나요!

② Chúc một ngày tốt lành! •   • B 좋은 하루 되세요!

③ Lần sau gặp nhé!   •   • C 조심히 가세요!

인사말을 공부한 당신
이 정도는 말할 수 있다!

1 상대방과 처음 만난 당신! 상대방의 이름이 무엇인지 어떻게 물어볼 수 있을까요?

2 상대방의 안부를 묻고 싶은 당신! '잘 지내요?'라고 어떻게 물어볼 수 있을까요?

정답 **1_**Bạn tên là gì? **2_**Bạn khỏe không?

아들아~
너는 계획이
다 있구나!

아버지,
저는 3일만
공부할 거예요!

소개

베트남 사람은 우리가 한국인인지, 중국인인지, 일본인인지 헷갈릴 수 있습니다. 우리에게 국적을 물어온다면 자랑스럽게 '한국인입니다'라고 말할 수 있어야겠죠? 두 번째 작심삼일에서는 국적, 직업, 사는 곳, 나이와 같은 개인 정보와 가족 구성원의 정보까지 소개하는 방법을 알아보도록 해요! 추가적으로 베트남에서 생활하게 될 경우 나의 베트남 생활에 대해 베트남 사람과 어떤 대화를 나눌 수 있는지도 함께 알아볼까요?

DAY 1

개인

또이 라 응으어이 한 꾸옥
Tôi là người Hàn Quốc.
나는 한국인이에요.

DAY 2

가족

반 껟 혼 쯔어
Bạn kết hôn chưa?
결혼했어요?

DAY 3

베트남 생활

또이 어 비엩 남 남 탕 조이
Tôi ở Việt Nam 5 tháng rồi.
베트남에 있은지 5달 됐어요.

DAY 1 개인

또이 라 응으어이 한 꾸옥
Tôi là người Hàn Quốc.
나는 한국인이에요.

 ∩ 02-1

기본 회화로 말문을 터봐요~

반 라 응으어이 쭘 꾸옥 아
A Bạn là người Trung Quốc à?
당신은 중국인입니까?

콤 또이 라 응으어이 한 꾸옥
B Không. Tôi là người Hàn Quốc.
아니요. 나는 한국인이에요.

나는
한국인이에요

---

người 사람　　Trung Quốc 중국　　~à ~가 맞습니까?　　Hàn Quốc 한국

1. 'Bạn(상대방) là(~이다) người(사람) Trung Quốc(중국)'은 '당신은 중국인이다'라는 문장이며 문장 끝에 à(습니까?)를 붙이면 Bạn là người **Trung*Quốc** à? '당신은 중국인입니까?'라는 의미가 됩니다.

2. Không은 '아니요'의 의미이며 긍정 답변 '네'는 Vâng[벙]입니다. Tôi(나) là(~이다) người(사람) Hàn Quốc(한국)으로 내 국적에 대해 얘기할 수 있습니다.

어휘 국가명

비엘 남 **Việt Nam** 베트남	라오 **Lào** 라오스	득 **Đức** 독일
녇 반 **Nhật Bản** 일본	깜뿌찌어 **Campuchia** 캄보디아	투이 씨 **Thuy Sĩ** 스위스
미 **Mỹ** 미국	다이 로안 **Đài Loan** 대만	이 **Ý** 이탈리아
팝 **Pháp** 프랑스	언 도 **Ấn Độ** 인도	떠이 반 냐 **Tây Ban Nha** 스페인
타이 란 **Thái Lan** 태국	아잉 **Anh** 영국	응아 **Nga** 러시아

: 🎧 02-2

표현 더하기

- 반 라 응으어이 느억 나오
Bạn là người nước nào? 당신은 어느 나라 사람이에요?

- 반 람 응에 지
Bạn làm (nghề) gì? 당신은 무슨 일을 해요?

- 냐 반 어 더우
Nhà bạn ở đâu? 당신 집은 어디에 있어요?(당신은 어디에서 살아요?)

- 반 바오 니에우 뚜오이
Bạn bao nhiêu tuổi? 당신은 몇 살이에요?

- 반 씽 남 바오 니에우
Bạn sinh năm bao nhiêu? 당신은 몇 년생이에요?

응용 대화로 활용능력 UP!!

A 반 람 응에 지
Bạn làm (nghề) gì?
당신은 무슨 일을 해요?

B 또이 라 씽 비엔
Tôi là **sinh viên**.
나는 대학생이에요.

여휘 직업

년 비엔 꼼 띠
nhân viên công ty 회사원
박 씨
bác sĩ 의사
지암 돔
giám đốc 사장
지아오 비엔
giáo viên 선생님

A 냐 반 어 더우
Nhà bạn ở đâu?
당신은 어디에서 살아요?

B 냐 또이 어 꾸언 몯
Nhà tôi ở quận 1.
내 집은 1군에 있어요.

> **Tip** nhà 는 '집'으로 '당신의 집은 어디에 있어요?'라는 의미가 됩니다. nhà 대신 công ty[꼼 띠]회사 혹은 trường[쯔엉] 학교를 넣으면 상대방의 회사, 학교의 위치에 대해 물어볼 수 있어요!

A 반 바오 니에우 뚜오이
Bạn bao nhiêu tuổi?
당신은 몇 살이에요?

B 또이 바르어이 뚜오이
Tôi 30 tuổi.
30살이에요.

> **Tip** bao nhiêu(얼마나 많이) 뒤에 tuổi(나이)가 합쳐져 나이에 대해 물을 수 있어요. 답변 시 (나)+숫자+tuổi로 답하면 됩니다.

---

làm 1.하다 2.일하다 3.만들다　　nghề 직업　　gì 무슨, 무엇　　sinh viên 대학생
nhà 집　　quận 군, 구

확인 문제로 복습해 봐요.

| 다음 문장을 베트남어로 말하면서 써 보세요.

① 나는 한국인이에요.

Tôi là _____ .

② 당신은 무슨 일을 해요?

Bạn _____ (nghề) _____ ?

③ 나는 회사원이에요.

Tôi là _____ .

포기하면 안 되지~

포기 금지

④ 당신 집은 어디에 있어요?

_____ bạn _____ ?

2 알맞은 의미와 연결하세요.

① Nhà tôi ở quận 1. •

② Bạn bao nhiêu tuổi? •

③ Bạn là người nước nào? •

• A 내 집은 1군에 있어요.

• B 당신은 어느 나라 사람이에요?

• C 당신은 몇 살이에요?

DAY 2 가족

반 껠 혼 쯔어
Bạn kết hôn chưa?
결혼했어요?

 🎧 02-4

기본 회화로 말문을 터봐요~

A
반 껠 혼 쯔어
Bạn kết hôn chưa?
결혼했어요?

B
조이 또이 껠 혼 조이
Rồi. Tôi kết hôn rồi.
네. 나는 결혼했어요.

---

kết hôn 결혼하다

1 'Bạn(당신) kết hôn(결혼하다)' '당신은 결혼하다' 뒤에 chưa를 붙이면
'당신은 결혼했어요?'라는 의문문이 되어 현재 기혼 상태인지 미혼 상
태인지 묻는 표현이 됩니다. kết hôn 외에 lập gia đình[럽 지아 딩],
có gia đình[꺼 지아 딩], lấy vợ[러이 버], lấy chồng[러이 쫌]도 결혼
하다의 의미이며 lấy vợ는 남자의 입장에서, lấy chồng은 여자의 입장
에서 결혼하다의 의미로만 사용합니다.

2 '~chưa?'에 대한 답변으로 긍정일 경우 Rồi[조이], 부정일 경우
Chưa[쯔어]로 답할 수 있으며 '나는 결혼했어요.'라고 대답할 경우 문
장 끝에 rồi를 붙입니다.

🔵: 02-5

 표현 더하기

또이 쯔어 껟 혼
● **Tôi chưa kết hôn.**   나는 아직 결혼 안 했어요.

지아 딩 반 꺼 머이 응으어이
● **Gia đình bạn có mấy người?**   당신의 가족은 몇 명이에요?

반 꺼 머이 껀
● **Bạn có mấy con?**   자식이 몇 명 있어요?

반 당 쏭 버이 지아 딩 아
● **Bạn đang sống với gia đình à?**   당신은 가족과 살고 있나요?

지아 딩 꾸어 반 테 나오
● **Gia đình của bạn thế nào?**   당신의 가족은 어때요?

> **Tip** 베트남 사람들은 가족을 중요시
> 여기기 때문에 가족의 안부를 물어봐 주는
> 것에 대해 고맙게 생각합니다.

응용 대화로 활용능력 UP!!

🎧 02-6

A _{지아} _딩 _반 _꺼 _{머이} _{응으어이}
Gia đình bạn có mấy người?
당신의 가족은 몇 명이에요?

B _{지아} _딩 _{또이} _꺼 _본 _{응으어이}
Gia đình tôi có 4 người.
우리 가족은 4명이에요.

A _꺼 _{니응} _{아이}
Có những ai?
누구 누구 있어요?

B _보 _매 ★_{아잉} _{짜이} _바 _{또이}
Bố, mẹ, anh trai và tôi.
아빠, 엄마, 형, 그리고 나요.

- -

A _반 _꺼 _{머이} _껀
Bạn có mấy con?
자식이 몇 명 있어요?

B _몯 _껀
1 con.
한 명이요.

A _반 _당 _쏭 _{버이} _{지아} _딩 _아
Bạn đang sống với gia đình à?
당신은 가족과 살고 있나요?

B _콤 _{또이} _당 _쏭 _몯 _밍
Không. Tôi đang sống một mình.
아니요. 나는 혼자 살고 있어요.

★ **어휘 가족**

- - - - - - - - - - - - - - - - - - -

_옴
ông 할아버지

_바
bà 할머니

_보
bố 아버지

_매
mẹ 어머니

_{아잉} _{짜이}
anh trai 형, 오빠

_앰 _{짜이}
em trai 남동생

_찌 _{가이}
chị gái 누나, 언니

_앰 _{가이}
em gái 여동생

_쫑
chồng 남편

_버
vợ 아내

_껀 _{짜이}
con trai 아들

- - - - - - - - - - - - - - - - - - -

_껀 _{가이}
con gái 딸

_옴 _{노이}
ông nội 친할아버지

_바 _{노이}
bà nội 친할머니

_옴 _{응오아이}
ông ngoại 외할아버지

_바 _{응오아이}
bà ngoại 외할머니

_박
bác 백부, 백모

_쭈
chú 숙부, 고모부, 이모부

_꼬
cô 고모

_지
dì 이모

_{꺼우}
cậu 외삼촌

---

gia đình 가족   có+명사 ~가 있다   mấy 몇(수량 의문사)

những+명사 ~들(복수)   ai 누구, 누가   và ~와/과   con 자식

đang+동사 ~하는 중이다   sống 살다   với~ ~와 함께   một mình 혼자

확인 문제로 복습해 봐요.

│ 다음 문장을 베트남어로 말하면서 써 보세요.

① 결혼했어요?

Bạn ＿＿＿＿＿＿＿＿＿＿＿＿＿ ?

포기하면 안 되지~

포기 금지

② 나는 결혼했어요.

Tôi ＿＿＿＿＿＿＿＿＿＿＿＿＿ .

③ 당신의 가족은 몇 명이에요?

＿＿＿＿＿＿ bạn ＿＿＿＿＿＿＿＿＿ ?

④ 우리 가족은 3명이에요.

＿＿＿＿＿＿ tôi ＿＿＿＿＿ 3 ＿＿＿＿＿ .

2 알맞은 의미와 연결하세요.

① Tôi có 2 con. •

• A 나는 혼자 살고 있어요.

② Tôi đang sống một mình. •

• B 나는 아직 결혼 안 했어요.

③ Tôi chưa kết hôn. •

• C 나는 자식 2명이 있어요.

DAY 3 베트남 생활

또이 어 비엗 남 남 탕 조이
Tôi ở Việt Nam 5 tháng rồi.
베트남에 있은지 5달 됐어요.

🎧 02-7

 기본 회화로 말문을 터봐요~

반 어 비엗 남 러우 쯔어
A Bạn ở Việt Nam lâu chưa?
베트남에 얼마나 있었어요?

또이 어 비엗 남 남 탕 조이
B Tôi ở Việt Nam 5 tháng rồi.
베트남에 있은지 5달 됐어요.

5달
됐어요~

~lâu chưa? ~가 얼마나 됐어요?　　 tháng 월, 개월

꼭 필요한 **포인트**만 콕 집어줄게

Ⅰ 베트남에 얼마나 있었는 지 물어볼 때 bạn(당신) ở(~에 머무르다) Việt Nam(베트남) lâu chưa(얼마나 오래됐어?)를 합쳐 물어봅니다. ở 대신 ở lại[어 라이]를 쓸 수 있으며 lâu chưa 대신 'được bao lâu rồi'[드억 바오 러우 조이] 혹은 bao lâu rồi[바오 러우 조이]를 쓸 수 있습니다.

2 기간에 대해 얘기할 때 숫자+tháng(개월) 뒤에 rồi를 붙이면 '그 기간 만큼 되었다'라는 의미가 됩니다. '~개월' 외에도 기간 표현 시 숫자+ngày(일)[응아이], 숫자+tuần(주)[뚜언], 숫자+năm(년)[남] 도 참고로 알아두세요!

 표현 더하기 🎧 02-8

- 또이 머이 덴 비엣 남 넨 콤 비엣
  Tôi mới đến Việt Nam nên không biết.
  나는 베트남에 막 와서 잘 몰라요.

- 또이 너이 띠엥 비엣 못 쭏 토이
  Tôi nói tiếng Việt một chút thôi.
  나는 베트남어 조금 밖에 못해요.

- 또이 콤 히에우
  Tôi không hiểu. 나는 이해가 안가요.

- 반 너이 쩜 라이 드억 콤
  Bạn nói chậm lại được không?
  천천히 다시 말씀해줄 수 있나요?

- 까이 나이 띠엥 비엣 너이 니으 테 나오
  Cái này tiếng Việt nói như thế nào?
  이거 베트남어로 어떻게 말해요?

🎧 02-9

응용 대화로 활용능력 UP!!

A
반 어 비엣 남 라우 쯔어
Bạn ở Việt Nam lâu chưa?

베트남에 얼마나 있었어요?

B
또이 머이 덴 비엣 남 못 뚜언 조이
Tôi mới đến Việt Nam. **1 tuần** rồi.

나는 베트남에 막 왔어요. 1주 됐어요.

> **어휘** 기간 표현
>
> 띠엥
> **1 tiếng**: 1시간
> 응아이
> **1 ngày**: 하루
> 뚜언
> **1 tuần**: 1주
> 탕
> **1 tháng**: 1개월
> 남
> **1 năm**: 1년

A
반 너이 드억 띠엥 비엣 콤
Bạn nói được tiếng Việt không?

베트남어 할 수 있어요?

B
또이 너이 띠엥 비엣 못 쭡 토이
Tôi nói tiếng Việt một chút thôi.

나는 베트남어 조금 밖에 못해요.

> **어휘** 언어
>
> 띠엥 아잉
> **tiếng Anh** 영어
> 띠엥 한
> **tiếng Hàn** 한국어
> 띠엥 쭘
> **tiếng Trung** 중국어
> 띠엥 녇
> **tiếng Nhật** 일본어

A
까이 나이 띠엥 비엣 너이 니으 테 나오
Cái này tiếng Việt nói như thế nào?

이거 베트남어로 어떻게 말해요?

B
라 아오 자이
Là '**Áo dài**'.

'아오 자이'예요.

> **Tip** 베트남의 전통의상인 아오자이는 áo(윗옷)+dài(긴), 긴 윗옷이라는 의미로 명절 및 중요한 행사뿐만 아니라 일상생활에서도 흔히 볼 수 있습니다.

---

mới+동사 막~했다   nói 말하다   동사+được ~할 수 있다
tiếng Việt 베트남어   một chút 조금, 잠깐   ~thôi ~일 뿐이다   cái này 이것

54 두 번째 작심삼일 · 소개

확인 문제로 복습해 봐요.

| **다음 문장을 베트남어로 말하면서 써 보세요.**

① 베트남에 얼마나 있었어요?

Bạn _____ Việt Nam _____?

② 나는 베트남에 막 와서 잘 몰라요.

Tôi _____ Việt Nam nên _____.

③ 나는 베트남어 조금 밖에 못해요.

Tôi _____ thôi.

> 포기하면
> 안 되지~
>
> 포기 금지

④ 천천히 다시 말씀해줄 수 있나요?

Bạn _____ được không?

2 **알맞은 의미와 연결하세요.**

① Cái này tiếng Việt
nói như thế nào? •

• A 이거 베트남어로 어떻
게 말해요?

② Tôi không hiểu. •

• B 베트남에 있은 지 5달
됐어요.

③ Tôi ở Việt Nam 5
tháng rồi. •

• C 나는 이해가 안가요.

소개하는 말을 공부한 당신
이 정도는 말할 수 있다!

1 상대방의 집이 어디인지 궁금한 당신! 집이 어디에 있는지 어떻게 물어
볼까요?

2 베트남 사람의 말이 너무 빨라서 잘 못 알아 들은 당신! 천천히 다시 말
해달라고 어떻게 요청할까요?

정답 1_Nhà bạn ở đâu? 2_Bạn nói chậm lại được không?

쓸데없는 짓
하지 말고
이거 3일만 해봐!!

세 번째 작심삼일

제안/격려/기원

베트남에서는 설날이 가장 큰 명절인데요. 새해를 맞아 '새해 복 많이 받으세요'라는 표현을 베트남 사람에게 사용한다면 매우 기뻐할 것입니다. 기원 표현 뿐만 아니라 제안/격려하는 상황에서 쓸 수 있는 유용한 표현을 세 번째 작심삼일에서 배워보도록 해요!

DAY 1

제안
바이 지어 쭘 따 디 안 껌 네
Bây giờ chúng ta đi ăn cơm nhé?
지금 우리 밥 먹으러 갈까요?

DAY 2

격려
등 부온 네
Đừng buồn nhé!
슬퍼하지 마세요!

DAY 3

기원
쭉 믕 씽 녓
Chúc mừng sinh nhật!
생일 축하해요!

DAY 1

제안

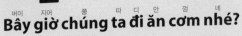

버이 지어 쭘 따 디 안 껌 네
Bây giờ chúng ta đi ăn cơm nhé?

지금 우리 밥 먹으러 갈까요?

기본 회화로 말문을 터봐요~

:🎧: 03-1

A 버이 지어 쭘 따 디 안 껌 네
Bây giờ chúng ta đi ăn cơm nhé?

지금 우리 밥 먹으러 갈까요?

B 똣
Tốt.

좋아요.

법카로 쏜다~~

coff

ăn 먹다   cơm 밥   ~nhé ~하자

1. bây giờ(지금) chúng ta(우리) đi(가다) ăn(먹다) cơm(밥), '지금 우리는 밥 먹으러 간다' 문장 뒤에 nhé를 붙이면 '우리~하자'의 제안의 의미가 되어 '지금 우리 밥 먹으러 가자!' '지금 우리 밥 먹으러 갈래?'의 의미가 됩니다.

2. 긍정의 답변으로 Vâng(네)라고도 할 수 있지만 긍정적인 느낌을 더 표현하기 위해 tốt(좋은)으로 대답 가능합니다.

03-2

표현 더하기

- 버이 지어 반 자잉 콤
  Bây giờ bạn rảnh không? 지금 한가해요?

- 쭘 따 쌔 갑 어 더우
  Chúng ta sẽ gặp ở đâu? 우리 어디서 만날까요?

- 홈 나이 갑 테 나오
  Hôm nay gặp thế nào? 오늘 만나는 거 어때요?

- 반 무온 디 우옹 까 페 콤
  Bạn muốn đi uống cà phê không?
  당신은 커피 마시러 가고 싶어요?

- 꾸오이 뚜언 나이 반 쌔 람 지
  Cuối tuần này bạn sẽ làm gì?
  이번 주말에 당신은 뭐할 거예요?

A 버이 지어 반 자잉 콤
Bây giờ bạn rảnh không?
지금 한가해요?

B 씬 로이 또이 당 번
Xin lỗi. Tôi đang bận.
죄송해요. 지금 나는 바빠요.

A 쭘 따 쌔 갑 어 더우 ★
Chúng ta sẽ gặp ở đâu?
우리 어디서 만날까요?

B 너이 나오 꿈 드억
Nơi nào cũng được.
어디든 상관 없어요.

어휘 장소

꿈 비엔
công viên 공원

나 싸익
nhà sách 서점

나 터
nhà thờ 성당

냐 항
nhà hàng 고급식당

쩌
chợ 시장

꾸안 안
quán ăn 일반식당

꾸안 까 페
quán cà phê 카페

A 꾸오이 뚜언 나이 반 쌔 람 지 ★★
Cuối tuần này bạn sẽ làm gì?
이번 주말에 당신은 뭐할 거예요?

B 또이 쯔어 꺼 핸
Tôi chưa có hẹn.
아직 약속이 없어요.

어휘 여가 생활

디 주 릭
đi du lịch 여행 가다

무어 쌈
mua sắm 쇼핑하다

쩌이 곤
chơi gôn 골프 치다

쌤 핌
xem phim 영화 보다

우옹 비어
uống bia 맥주 마시다

라이 쌔
lái xe 드라이브하다

---

rảnh 한가한   xin lỗi 죄송하다   bận 바쁜   sẽ+동사 ~할 것이다   nơi 장소

cuối tuần 주말   có hẹn 약속이 있다

확인 문제로 복습해 봐요.

| 다음 문장을 베트남어로 말하면서 써 보세요.

1. 지금 우리 밥 먹으러 갈까요?

   _____ chúng ta _____ ?

2. 지금 한가해요?

   _____ bạn _____ không?

3. 우리 어디서 만날까요?

   Chúng ta sẽ _____ ?

4. 오늘 만나는 거 어때요?

   Hôm nay _____ ?

자신의 상황에 맞게 빈칸을 채우시면 더 좋습니다.

2 알맞은 의미와 연결하세요.

1. Nơi nào cũng được.　•

2. Cuối tuần này bạn　•
   sẽ làm gì?

3. Bạn muốn đi uống　•
   cà phê không?

•　A 어디든 상관 없어요.

•　B 이번 주말에 당신은
   뭐할 거예요?

•　C 당신은 커피 마시러
   가고 싶어요?

DAY 2

격려

등 부온 네
Đừng buồn nhé!

슬퍼하지 마세요!

🎧 03-4

기본 회화로 말문을 터봐요~

또이 부온 쩻 디 드억
A Tôi buồn chết đi được.

슬퍼 죽겠어요.

등 부온 네
B Đừng buồn nhé!

슬퍼하지 마세요!

---

buồn 슬픈   chết 죽다   Đừng + 형용사/동사 ~하지 마

64   세 번째 작심삼일 · 제안/격려/기원

1 buồn(슬픈) 뒤에 chết đi được을 붙이면 '∼해 죽겠다'의 의미로 어떤 상태나 감정의 의미를 강조하는 경우에 사용합니다.

2 đừng은 '∼하지 마'의 부정 명령으로 뒤에 형용사나 동사가 옵니다. đừng은 직설적인 느낌이 강하므로 맨 뒤에 nhé를 붙여 부드럽게 표현할 수 있습니다. Đừng buồn nhé 외에 Đừng lo lắng nhé![등 러 랑 녜](걱정하지 마!), Đừng bỏ cuộc nhé![등 버 꾸옥 녜](포기하지 마!)를 격려 표현으로 사용할 수 있어요.

🎧 03-5

 표현 더하기

- 꼬 렌
  Cố lên! 파이팅!

- 머이 비엑 쌔 온 토이
  Mọi việc sẽ ổn thôi. 모두 잘 될거예요.

- 반 옌 떰 디
  Bạn yên tâm đi! 안심해!

- 싸우 껀 므어 쩌이 라이 쌍
  Sau cơn mưa trời lại sáng. 비 온 후에 날이 개어요.

- 터이 지안 쪼이 디 머이 트 쌔 똣 댑 헌
  Thời gian trôi đi, mọi thứ sẽ tốt đẹp hơn.
  시간이 해결해 줄 거예요.

:🎧 03-6

응용 **대화**로 **활용능력** UP!!

A 또이 당 또이 맏 또이 무이
Tôi đang **tối mắt tối mũi**.

너무 정신이 없어요.

> **Tip** 우리나라 속담 중
> '눈 코 뜰 새 없다'라는 말이 있듯이
> tối(어두운) mắt(눈) tối(어두운) mũi(코)
> 는 '눈과 코가 어둡다'라는 뜻으로 바쁜
> 상황에서 사용할 수 있는 표현입니다.

B 꼬 렌
Cố lên!

파이팅 하세요!

A 또이 무온 컵
Tôi muốn khóc.

울고 싶어요.

B 등 컵 네 머이 비엑 쌔 온 토이
Đừng khóc nhé! Mọi việc sẽ ổn thôi.

울지 마세요! 모두 잘 될거예요.

A 또이 람 싸오 더이
Tôi làm sao đây?

나 어떡하죠?

B 반 엔 떰 디 터이 지안 쪼이 디 머이 트 쌔 똗
Bạn yên tâm đi! Thời gian trôi đi, mọi thứ sẽ tốt

댑 헌
đẹp hơn.

안심해요! 시간이 해결해 줄 거예요.

---

muốn 원하다   khóc 울다   mọi 모든   việc 일   ổn 안정된
làm sao 어찌하다   yên tâm 안심하다   thời gian 시간
trôi (시간이)흐르다   thứ 것   tốt đẹp 좋은   형용사+hơn 더~한

확인 문제로 복습해 봐요.

정답 187쪽

1 다음 문장을 베트남어로 말하면서 써 보세요.

1 슬퍼 하지 마세요!

_____ nhé!

2 걱정 하지 마세요!

_____ nhé!

3 파이팅!

_____ !

4 모두 잘 될거예요.

_____ sẽ _____ thôi.

2 알맞은 의미와 연결하세요.

1 Tôi làm sao đây? •   • A 나 어떡하죠?

2 Sau cơn mưa trời lại sáng. •   • B 안심해요!

3 Bạn yên tâm đi! •   • C 비 온 후에 날이 개어요.

DAY 2 · 격려 67

기원

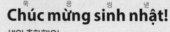

쭉 릉 씽 녇
Chúc mừng sinh nhật!

생일 축하해요!

🎧 03-7

기본 회화로 말문을 터봐요~

쭉 릉 씽 녇
A **Chúc mừng sinh nhật!**

생일 축하해요!

깜 언 니에우
B **Cảm ơn nhiều!**

정말 고마워요!

---

chúc mừng 축하하다   **sinh nhật** 생일   **nhiều** 많이, 많은

꼭 필요한 **포인트**만 콕 집어줄게

■ chúc mừng은 '축하하다'의 의미로 단독 사용이 가능하며 구체적으로 축하하는 일, 사건과 관련된 단어를 뒤에 쓸 수 있습니다. sinh nhật은 '생일'의 의미로 'Chúc mừng sinh nhật'은 '생일 축하해요'의 의미입 니다.

② 축하, 기원에 대한 답으로 '감사하다'라고 표현할 때에는 cảm ơn(감사 하다) 혹은 cảm ơn(감사하다) nhiều(많이)를 합쳐 '정말 감사하다'라고 강조하여 표현할 수 있습니다.

🎧 03-8

- Chúc mừng năm mới! 새해 복 많이 받으세요!
  <small>쭙 능 남 머이</small>

- Chúc ngủ ngon! 잘 자요!
  <small>쭙 응우 응언</small>

- Chúc ăn ngon miệng! 맛있게 드세요!
  <small>쭙 안 응언 미엥</small>

- Chúc thành công! 성공을 빌어요!
  <small>쭙 타잉 꼼</small>

- Chúc sức khỏe! 건강을 빌어요!
  <small>쭙 쓱 쾌</small>

표현 더하기

세 번째 잠자는 사람의

응용 대화로 활용능력 UP!!

A Chúc mừng năm mới!
_{쭉 릉 남 머이}

새해 복 많이 받으세요!

> **Tip** 베트남에서의 설날은 1년 중 가장 큰 명절로 한 해의 운을 결정 짓는 중요한 날로 여겨집니다. 설날에 사용하는 덕담 표현을 필수로 알아두세요!

B Cảm ơn nhiều. Chúc vạn sự như ý!
_{깜 언 니에우 쭉 반 쓰 니으 이}

정말 감사해요. 만사형통을 빕니다!

A Trời ơi! Buồn ngủ quá! Tôi đi ngủ nhé!
_{쩌이 어이 부온 응우 꽈 또이 디 응우 녜}

아이고! 너무 졸려! 나 자러 갈게요!

> **Tip** Trời는 '하늘', ơi는 누군가를 부를 때의 '~야, ~씨'의 의미로 영어의 Oh my god!에 해당하는 표현입니다. 어떤 상황에서도 유용하게 쓸 수 있는 표현입니다.

B Chúc ngủ ngon!
_{쭉 응우 응언}

잘 자요!

A Một hai ba dô!
_{몯 하이 바 조}

하나 둘 셋 건배!

> **Tip** 베트남 사람들, 특히 비즈니스맨들은 술자리에서의 유대 관계를 중요시 여기므로 사업이나 일을 목적으로 베트남어를 배우신다면 이 표현들은 필수로 알아두세요!

B Chúc sức khỏe!
_{쭉 쓱 쾌}

건강을 빌어요!

---

năm mới 새해　　vạn sự như ý 만사형통　　trời 하늘　　buồn ngủ 졸린
ngủ 자다　　ngon 맛있는　　sức khỏe 건강

확인 문제로 복습해 봐요.

ㅣ 다음 문장을 베트남어로 말하면서 써 보세요.

1 생일 축하해요!

    Chúc mừng _____!

2 새해 복 많이 받으세요!

    Chúc mừng _____!

3 맛있게 드세요!

    Chúc _____!

4 성공을 빌어요!

    Chúc _____!

포기 금지

자신의 상황에 맞게
빈칸을 채우시면 더 좋습니다.

2 알맞은 의미와 연결하세요.

1 Chúc sức khỏe!   •   • A 잘 자요!

2 Chúc vạn sự như ý!   •   • B 만사형통을 빕니다!

3 Chúc ngủ ngon!   •   • C 건강을 빌어요!

제안/격려/기원의 말을 공부한 당신
이 정도는 말할 수 있다!

1 내일 시험을 보는 상대방에게 '파이팅!'의 격려의 말을 어떻게 할까요?

2 밤이 늦어서 자야 할 시간이에요. 상대방에게 '잘 자요!'라고 어떻게 말할까요?

정답 **1**_Cố lên! **2**_Chúc ngủ ngon!

가뿐

쉬었다 해
10번 금방이야~~

감정 표현

감정이 없는 목석 같은 사람보다는 감정이 풍부해 보이는 사람과 친해지고 싶기 마련입니다. 베트남 사람과의 긴밀한 유대 관계를 위해서도 나의 감정도 잘 표현할 줄 알아야 하는데요. 기분이 좋을 때, 나쁠 때, 놀랐을 때 어떤 표현들을 쓸 수 있는지 함께 알아볼까요?

DAY 1

좋을 때

Tôi rất vui.
나는 매우 기뻐요.

DAY 2

나쁠 때

Tôi không chịu được nữa!
더 이상 못 참겠어!

DAY 3

놀랐을 때

Thật sao?
진짜예요?

DAY 1 좋을 때

Tôi rất vui.

나는 매우 기뻐요.

 기본 회화로 말문을 터봐요~

🎧 04-1

A Bạn mua điện thoại khi nào vậy?

언제 휴대폰을 샀어요?

B Tuần trước. Tôi rất vui.

저번 주에요. 나는 매우 기뻐요.

---

mua 사다   **điện thoại** 전화, 휴대폰   **khi nào** 언제   **tuần trước** 저번 주

1. 의문사 khi nào가 문장 맨 끝에 위치하면 '언제~했어?'의 의미로 과거에 대해 묻는 표현이 됩니다. bạn(당신) mua(사다) điện thoại(전화, 휴대 전화) 문장 뒤에 khi nào가 붙어 '언제 휴대폰을 샀어요?'라는 의미가 되며 vậy는 앞의 의문사 khi nào를 강조하는 역할을 합니다. 의문사 강조 역할로 vậy 대신 thế를 사용하기도 합니다.

2. tuần trước은 '저번 주'의 의미입니다. 기쁨을 표현할 때 rất+형용사를 활용하여 rất(매우) vui(기쁜)이라고 할 수 있으며 rất 외에 vui quá!(매우 기뻐!) 혹은 vui lắm(매우 기뻐!)로 표현 가능합니다.

내 맘대로 작문하기

🎧 04-2

 **표현 더하기**

- **Hạnh phúc quá!** 매우 행복해요!

- **Hay quá!** 매우 잘해요! / 매우 재밌어요! / 매우 좋아요!

- **Buồn cười quá!** 너무 웃겨요!

- **Ngon quá!** 매우 맛있어요!

- **Thật là tuyệt!** 정말 멋져요!

> **Tip** hay는 6가지의 의미가 있어요. 1) 잘하는, 2) 재밌는, 3) 좋은, 4) 자주, 5) 혹은, 6) ~야 아니면 ~야?(선택의문사)

응용 대화로 활용능력 UP!!

Ⓐ **Tôi hát hay không?**
나 노래 잘해요?

> Tip 베트남 사람들은 여가 생활 중의 하나로 노래 부르기를 좋아합니다. 노래방에도 자주 가며 가정집에 노래방 기계가 있을 정도입니다. 만약 베트남 사람의 노래를 듣게 될 기회가 생긴다면 노래를 잘한다고 칭찬을 해보는 것은 어떨까요?

Ⓑ **Hay quá!**
매우 잘해요!

Ⓐ **Bạn đọc cái này đi!**
이거 읽어봐요!

> Tip
> cái đó 그것
> cái kia 저것

Ⓑ **Trời ơi! Buồn cười quá!**
아이고! 너무 웃겨요!

Ⓐ **Bạn ăn được không?**
당신은 먹을 수 있어요?(=먹을만해요?)

Ⓑ **Tất nhiên rồi. Ngon quá!**
당연하죠. 매우 맛있어요!

---

hát 노래하다　　**đọc** 읽다　　**cái này** 이것　　**~đi** ~해라　　**buồn cười** 웃기는
tất nhiên 당연한, 당연히

확인 문제로 복습해 봐요.

1 다음 문장을 베트남어로 말하면서 써 보세요.

① 나는 매우 기뻐요.

Tôi _____.

② 매우 행복해요!

_____ quá!

③ 매우 좋아요!

_____ quá!

④ 매우 잘해요!

_____ quá!

자신의 상황에 맞게
빈칸을 채우시면 더 좋습니다.

포기 금지

2 알맞은 의미와 연결하세요.

① Ngon quá! •   • A 너무 웃겨요!

② Buồn cười quá! •   • B 매우 맛있어요!

③ Thật là tuyệt! •   • C 정말 멋져요!

DAY 2 나쁠 때

Tôi không chịu được nữa!

더 이상 못 참겠어!

🎧 04-4

기본 회화로 말문을 터봐요~

Ⓐ **Tôi không chịu được nữa!**
더 이상 못 참겠어!

Ⓑ **Sao thế?**
왜 그래요?

Ⓐ **Tiền lương của tôi quá bèo!**
내 월급이 쥐꼬리만해요.

---

chịu 참다, 견디다   không+동사+được ～할 수 없다   nữa 더   Sao 왜
tiền lương 월급   bèo 헐값의

꼭 필요한 **포인트**만 콕 집어줄게

1. chịu는 '참다, 견디다'의 의미로 không chịu được은 '참을 수 없다'의 의미입니다. 그 뒤에 nữa(더)가 합쳐져 '더는 참을 수 없다'의 부정적인 뉘앙스의 표현을 나타냅니다.

2. Sao는 '왜?'라는 의문사로 Tại sao, Vì sao와 같은 의미입니다. 의문의 의미를 강조하여 물어보고 싶을 때 의문사 뒤에 thế를 사용합니다.

3. quá는 형용사 앞에 위치한 경우 '지나치게 매우'의 의미로 다소 부정적인 경우를 강조할 때 사용합니다. '가격이 싼'의 의미인 'rẻ'보다 더 헐값의 의미임을 나타낼 때 'bèo'를 사용할 수 있습니다.

어휘 형용사 강조 부사

rất + 형용사	매우~해요.
형용사 + lắm!	매우~해요!
형용사 + quá!	
quá + 형용사!	지나치게 매우~해요!(강조)

🎧 04-5

표현 더하기

- **Khó chịu quá!** 너무 불쾌해요!

- **Xấu hổ quá!** (북부) / **Mắc cỡ quá!** (남부)
  너무 부끄러워요!(너무 창피해요!)

- **Căng thẳng quá!** 너무 스트레스예요!

- **Tôi buồn chết đi được.** 나는 슬퍼 죽겠어요.

- **Tôi muốn ở một mình.** 혼자 있고 싶어요.

Ⓐ   Bạn có chuyện gì?
무슨 일 있어요?

Ⓑ   Chồng tôi không giúp tôi. Khó chịu quá!
내 남편이 나를 안 도와줘요. 너무 불쾌해요!

- -

Ⓐ   Sao có vẻ buồn thế?
왜 그렇게 슬퍼 보여요?

Ⓑ   Bà tôi đã qua đời nên tôi buồn chết đi được.
우리 할머니가 돌아가셔서 슬퍼 죽겠어요.

- -

Ⓐ   Bạn có vấn đề gì không?
무슨 문제라도 있어요?

Ⓑ   Tôi bị mất việc rồi. Tôi muốn ở một mình.
나는 일을 잃었어요. 혼자 있고 싶어요.

---

chuyện 일   chồng 남편   giúp 돕다   khó chịu 불쾌한
có vẻ+형용사 ~해보인다   qua đời 돌아가시다   nên 그래서   vấn đề 문제
bị mất việc 일을 잃다

확인 문제로 복습해 봐요.

I 다음 문장을 베트남어로 말하면서 써 보세요.

① 더 이상 못 참겠어!

Tôi _____ được _____!

② 너무 불쾌해요!

_____ quá!

③ 너무 부끄러워요!(너무 창피해요!)

_____ quá!

④ 너무 스트레스예요!

_____ quá!

> 포기하면
> 안 되지~
>
> **포기 금지**

2 알맞은 의미와 연결하세요.

① Sao có vẻ buồn
  thế?   •   • A 나는 슬퍼 죽겠어요.

② Tôi buồn chết đi
  được.   •   • B 혼자 있고 싶어요.

③ Tôi muốn ở một
  mình.   •   • C 왜 그렇게 슬퍼 보여요?

DAY 3

놀랐을 때

Thật sao?

진짜예요?

:🎧: 04-7

기본 회화로 말문을 터봐요~

A **Tuần sau tôi kết hôn!**
다음주에 나 결혼해요!

B **Thật sao?**
진짜예요?

---

tuần sau 다음주   kết hôn 결혼하다   thật 진짜의
~sao? ~가 맞습니까?(놀람)

1 tuần sau(다음주) tôi(나) kết hôn(결혼하다)가 합쳐져 '다음주에 나 결혼해요'의 의미가 됩니다.

2 thật은 '진짜의'의 의미이며 뒤에 붙은 sao는 '~가 맞습니까?'의 의미로 놀랐을 때 맨 뒤에 붙여 사용합니다.

어휘

tuần trước 지난주
tuần này 이번주
tuần sau 다음주
tháng trước 지난달
tháng này 이번달
tháng sau 다음달
năm trước(=năm qua) 작년
năm nay 올해
năm sau(=sang năm) 내년

 표현 더하기 🎧 04-8

- **Bạn đùa tôi à?** 농담이죠?

- **Không thể nào!** 그럴리가!

- **Thật là ngạc nhiên!** 이렇게 놀라울수가!

- **Tôi không tin.** 난 안 믿어요.

- **Cái gì cơ?** 뭐?

응용 대화로 활용능력 UP!!

 04-9

A Tôi yêu bạn.
사랑해요.

> **Tip** ~à?는 '~맞습니까?'의 의미로 1) ~phải không?, 2) ~đúng không?, 3) ~hả?과 같습니다. 만약 놀란 경우에는 ~sao?를 사용합니다.

B Bạn đùa tôi à?
농담이죠?

- -

A Năm nay tôi 50 tuổi.
올해 나는 50살이에요.

B Thật là ngạc nhiên! Bạn trẻ hơn so với tuổi mà.
이렇게 놀라울수가! 나이에 비해 더 젊어보이시는데요.

- -

A Tôi không có bạn trai.
난 남자 친구가 없어요.

B Tôi không tin.
난 안 믿어요.

---

yêu 사랑하다   đùa 농담하다   năm nay 올해   thật là~ 진짜 ~이다
ngạc nhiên 놀라운   trẻ 젊은   so với~ ~와 비교하여   ~mà ~인데요
bạn trai 남자친구   tin 믿다

확인 문제로 복습해 봐요.

ㅣ **다음 문장을 베트남어로 말하면서 써 보세요.**

① 진짜예요?

_____ sao?

② 농담이죠?

Bạn _____ tôi _____?

③ 그럴리가!

_____ nào!

④ 이렇게 놀라울수가!

Thật là _____!

2 **알맞은 의미와 연결하세요.**

① Cái gì cơ?   •   • A 난 안 믿어요.

② Bạn trẻ hơn so với   •   • B 나이에 비해 더 젊어
   tuổi mà.   보이시는데요.

③ Tôi không tin.   •   • C 뭐?

감정 표현의 말을 공부한 당신
이 정도는 말할 수 있다!

1 코미디 영화의 한 장면이 매우 웃깁니다. '너무 웃겨요!'라고 어떻게 말할까요?

2 일이 잘 안 풀려서 스트레스를 받고 있어요. '너무 스트레스예요!'라고 어떻게 말할까요?

정답 **1**_Buồn cười quá! **2**_Căng thẳng quá!

내가 외국어 공부를 열일곱에 시작했다.

그 나이 때 외국어 시작한 놈들이 백 명이다 치면

지금 나만큼 하는 놈은 나 혼자 뿐이다.

나는 어떻게 여기까지 왔느냐?

3일 공부하고 쉬고,

3일 공부하고 쉬고,

이렇게 10번 했다.

일상

베트남 북부는 4계절, 베트남 남부는 2계절로 날씨는 베트남 사람들에게서 빼놓을 수 없는 화젯거리이죠. 이렇듯 날씨 뿐만 아니라 시간, 일상생활에서 가장 많이 사용하는 표현들을 익혀 베트남 사람들과 자연스럽게 대화를 시도해 보세요!

시간
DAY 1
Mấy giờ chúng ta gặp?
우리 몇 시에 만나요?

날씨
DAY 2
Thời tiết hôm nay như thế nào?
오늘 날씨가 어때요?

일상대화
DAY 3
Bạn ăn cơm chưa?
식사하셨어요?

DAY 1

시간

Mấy giờ chúng ta gặp?
우리 몇 시에 만나요?

 🎧 05-1

기본 회화로 말문을 터봐요~

A Mấy giờ chúng ta gặp?
우리 몇 시에 만나요?

B 3 giờ chiều mai gặp nhé!
내일 오후 3시에 만나요!

---

mấy 몇   giờ 시(時)   (buổi) chiều 오후   (ngày) mai 내일

1 mấy(몇) giờ(시)가 문장 맨 앞에 위치하여 '몇 시에 ~해?'라는 의미가 됩니다. chúng ta(우리) gặp(만나다)와 합쳐져 '우리 몇 시에 만나요?' 의 표현이 됩니다.

2 베트남어로 시간을 표현할 때 작은 단위가 맨 앞에 위치합니다. '내일 오후 3시'는 3 giờ(3시) chiều(오후) mai(내일) 순으로 와야 하는 것이 죠. '오후'와 '내일'을 시간끼리 결합하지 않고 따로 사용할 경우 각각 **buổi chiều**[*], **ngày mai**[**]로 사용합니다. (시간끼리 결합 시 앞에 buổi와 ngày는 생략)

[*]
어휘 시간대
- buổi sáng (아침) 01:00~10:59
- buổi trưa (점심) 11:00~12:59
- buổi chiều (오후) 13:00~18:59
- buổi tối (저녁) 19:00~22:59
- ban đêm (밤) 23:00~24:59

[**]
어휘 날(日)
- hôm kia 엊그제
- hôm qua 어제
- hôm nay 오늘
- ngày mai 내일
- ngày kia 모레

> 🎧 05-2

표현 더하기

- **Mấy giờ rồi?** 몇 시 됐어요?

- **Trong mấy tiếng?** 몇 시간 동안이요?

- **Thứ mấy?** 무슨 요일에요?

- **Ngày mấy?** 며칠이에요?

- **Bao giờ/Khi nào?** 언제요?

응용 대화로 활용능력 UP!!

🎧 05-3

A　Mấy giờ rồi?
몇 시 됐어요?

B　9 giờ 15 phút rồi.
9시 15분 됐어요.

> **어휘** 그 외 시간 표현
>
> rưỡi 절반의 → 9 giờ rưỡi (9시 반)
> kém 모자라는 → 1 giờ kém 10 (1시 10분 전)

A　Thứ mấy bạn đi Việt Nam?
무슨 요일에 당신은 베트남에 가요?

B　Chủ nhật tuần sau.
다음주 일요일이요.

> ★
> **어휘** 요일
>
> chủ nhật 일요일
> thứ hai 월요일
> thứ ba 화요일
> thứ tư 수요일
> thứ năm 목요일
> thứ sáu 금요일
> thứ bảy 토요일

A　Ngày mấy bạn chuyển nhà?
몇일에 당신은 이사해요?

B　Ngày 11 tháng 2.
2월 11일이요.

> **Tip** 날짜는 ngày(일)+숫자,
> tháng(월)+숫자, năm(년)+숫자
> 순으로 옵니다.
> ❗ 숫자가 앞에 위치하는 경우
> 날짜가 아닌 기간이 됨
> VD)숫자+tháng(개월)

---

phút 분(分)　　thứ 요일　　tuần sau 다음주　　ngày 일(日)
chuyển nhà 이사하다

확인 문제로 복습해 봐요.

| **다음 문장을 베트남어로 말하면서 써 보세요.**

1 몇 시 됐어요?

_____ rồi?

2 무슨 요일에요?

_____ mấy?

포기 금지 ☆ 자신의 상황에 맞게 빈칸을 채우시면 더 좋습니다.

3 며칠이에요?

_____ mấy?

4 언제요?

_____ ?

2 **알맞은 의미와 연결하세요.**

1 ngày 4 tháng 3 •　　　　　• A 오후 3시

2 3 giờ chiều 　•　　　　　• B 3월 4일

3 sáng chủ nhật 　•　　　　　• C 일요일 아침

DAY 2

날씨

Thời tiết hôm nay như thế nào?

오늘 날씨가 어때요?

🎧 05-4

기본 회화로 말문을 터봐요~

A Thời tiết hôm nay như thế nào?

오늘 날씨가 어때요?

B Trời nắng.

햇볕이 뜨거워요.

---

thời tiết 날씨　　**hôm nay** 오늘　　**trời** 날씨　　**nắng** 햇볕이 내리쬐는

1. thời tiết(날씨) hôm nay(오늘) 뒤에 như thế nào(어때요)가 합쳐져 '오늘 날씨가 어때요?'의 의미가 됩니다. như는 생략 가능합니다.

2. trời(하늘) 뒤에 날씨와 관련된 표현이 오면 '날씨가~해요'라는 의미가 됩니다. nắng은 '햇볕이 내리쬐는'이라는 의미로 Trời nắng은 '햇볕이 뜨거워요'라는 의미가 됩니다. trời 대신 (날씨)로 바꿔 사용 가능합니다.

어휘 날씨

Trời nóng 날씨가 더워요	Trời âm u 날씨가 흐려요
Trời mát 날씨가 시원해요	Trời ẩm 날씨가 습해요
Trời lạnh 날씨가 추워요	Gió thổi 바람이 불어요
Trời đẹp 날씨가 좋아요(예뻐요)	Tuyết rơi 눈이 내려요
Trời mưa 비가 내려요	Có sấm sét 천둥 번개 쳐요

표현 더하기

05-5

- **Trời mưa to quá!** 비가 엄청나게 쏟아져요!

- **Trông như trời mưa.** 비가 오는 것 같아요.

- **Hết mưa rồi.** 비가 그쳤어요.

- **Trời nóng quá nhỉ.** 날씨가 너무 덥지 않나요.

- **Sao thời tiết lạ thế nhỉ!** 왜 이렇게 날씨가 이상하지!

응용 대화로 활용능력 UP!!

A Trời mưa to quá!
비가 엄청나게 쏟아져요!

> **Tip** 베트남 북부는 봄(mùa xuân), 여름(mùa hè/mùa hạ), 가을(mùa thu), 겨울(mùa đông)의 4계절인 반면 베트남 남부는 우기(mùa mưa), 건기(mùa khô)의 2계절이에요.

B Bạn lấy áo mưa nhé!
우비를 꺼내세요!

A Giờ về đi! Hết mưa rồi.
이제 집에 가요! 비가 그쳤어요.

B Không. Trông như trời mưa.
아니에요. 비가 오는 것 같아요.

A Trời nóng quá nhỉ.
날씨가 너무 덥지 않나요.

B Nóng như thiêu. Khát nước quá!
Mở **điều hòa** giúp tôi.
불에 탈 것처럼 더워요. 너무 목이 말라요!
에어컨 좀 켜주세요.

> **Tip** 남부에서는 에어컨을 máy lạnh 이라고해요

---

mưa 비   to 큰   lấy 꺼내다   áo mưa 우비   giờ 이제, 지금   hết 끝나다
trông như~ ~같아 보이다   ~nhỉ ~하지   nóng 더운   như~ ~처럼, ~같이
thiêu 타다   khát nước 목마른   mở 켜다   điều hòa 에어컨

확인 문제로 복습해 봐요.

Ⅰ 다음 문장을 베트남어로 말하면서 써 보세요.

① 비가 엄청나게 쏟아져요!

☆ 자신의 상황에 맞게
빈칸을 채우시면 더 좋습니다.

포기 금지

_____ to quá!

② 비가 그쳤어요.

_____ rồi.

③ 날씨가 너무 덥지 않나요.

_____ quá nhỉ.

④ 불에 탈 것처럼 더워요.

_____ như _____.

2 알맞은 의미와 연결하세요.

① Mở điều hòa giúp tôi. •   • A 너무 목이 말라요!

② Khát nước quá! •   • B 에어컨 좀 켜주세요.

③ Bạn lấy áo mưa nhé! •   • C 우비를 꺼내세요!

DAY 3 일상대화

Bạn ăn cơm chưa?

식사하셨어요?

🎧 05-7

기본 회화로 말문을 터봐요~

A Bạn ăn cơm chưa?

식사하셨어요?

B Chưa. Tôi chưa ăn.

아직이요. 아직 밥 안 먹었어요.

꼭 필요한 **포인트**만 꼭 집어줄게

1 베트남에서는 '식사하셨어요?'를 일상 생활에서 인사처럼 자주 사용합니다. ăn(먹다)+cơm(밥) 뒤에 완료했는지를 뜻하는 의문사 chưa를 붙여 '밥 먹었어?'의 의미가 됩니다. ăn cơm 대신에 ăn sáng(아침 먹다), ăn trưa(점심 먹다), ăn tối(저녁 먹다)를 사용하기도 합니다.

2 '~chưa?'에 대한 답변으로 긍정일 경우 Rồi, 부정일 경우 Chưa로 답하는 것을 두번째 작심삼일 가족 소개에서도 배웠지요. 만일 '아직 ~안 했다' 문장으로 답하는 경우 'chưa+동사'를 사용하여 chưa+ăn(먹다), '아직 안 먹었다'로 표현합니다.

🎧 05-8

표현 더하기

- Tôi ăn cơm rồi. 밥 먹었어요.

- Hãy ăn nhiều vào nhé! 많이 드세요!

- Hôm nay bạn làm gì? 오늘 뭐해요?

- Bạn đang làm gì? 뭐 하는 중이에요?

- Bạn đi đâu đấy? 어디 가세요?

다섯 번째 작심삼일

A Hôm nay bạn làm gì?
오늘 뭐해요?

B Tôi sẽ ở *nhà.
집에 있을 거예요.

A Bạn đang làm gì?
뭐 하는 중이에요?

B Tôi đang xem *phim.
영화 보는 중이에요.

어휘 영화 종류

phim lãng mạn 로맨스 영화
phim hành động 액션 영화
phim kinh dị 공포 영화
phim hài 코미디 영화
phim khoa học viễn tưởng SF영화
phim ly kỳ 스릴러 영화
phim hoạt hình 만화 영화

A Bạn đi đâu đấy?
어디 가세요?

B Tôi đi chơi.
놀러 가요.

어휘 대체할 수 있는 주요 동사

nói 말하다
đọc 읽다
viết 쓰다
nghe 듣다
nghỉ 쉬다
chờ/đợi 기다리다
thức dậy 일어나다
ngủ 자다
học 공부하다
làm việc 일하다
dọn dẹp 청소하다

ở nhà 집에 있다   xem 보다   phim 영화   chơi 놀다

☀ 정답 188쪽

확인 문제로 복습해 봐요.

I 다음 문장을 베트남어로 말하면서 써 보세요.

① 식사하셨어요?

Bạn _____ ?

② 밥 먹었어요.

Tôi _____ .

☆ 자신의 상황에 맞게 빈칸을 채우시면 더 좋습니다.

포기 금지

③ 아직 안 먹었어요.

Tôi _____ .

④ 오늘 뭐해요?

_____ bạn _____ ?

다섯 번째 장소의

2 알맞은 의미와 연결하세요.

① Tôi đi chơi.　　　　•　　　　• A 뭐 하는 중이에요?

② Bạn đang làm gì?　•　　　　• B 놀러 가요.

③ Bạn đi đâu đấy?　•　　　　• C 어디 가세요?

시간/날씨/일상대화를 공부한 당신
이 정도는 말할 수 있다!

1 오늘 날씨가 너무 더워요. 옆 사람에게 '날씨가 너무 덥지 않나요'라고
어떻게 말할 수 있을까요?

2 상대방에게 식사했는지 어떻게 물어볼 수 있을까요?

정답 1_Trời nóng quá nhỉ! 2_Bạn ăn cơm chưa?

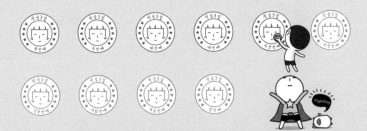

너와 함께 공부한 **3**일이
모두 눈부셨다.

공부가 잘돼서
공부가 잘 안 돼서
공부가 적당해서
모든 날이 좋았다.

누구냐... 넌?

여섯 번째 작심삼일

교통

베트남에서 이동할 때 택시를 타거나 혹은 오토바이 택시인 쌔옴(xe ôm)을 탈 수 있는데요. 목적지와 방향을 얘기하거나 혹은 세워달라는 표현 등을 어떻게 말할 수 있을지 이번 여섯 번째 작심삼일에서 배워보도록 해요!

탈 때

Cho tôi đến chợ Bến Thành.
벤탄 시장으로 가 주세요.

요청할 때

Bạn đi nhanh lên được không?
빨리 가실 수 있나요?

내릴 때

Xuống đây nhé!
여기서 내릴게요!

DAY 1 탈 때

Cho tôi đến chợ Bến Thành.
벤탄 시장으로 가 주세요.

🎧 06-1

기본 회화로 말문을 터봐요~

A Bạn đi đến đâu?
어디 가세요?

B Cho tôi đến chợ Bến Thành.
벤탄 시장으로 가 주세요.

đi đến+장소 ~에 가다   cho tôi+동사 내가~하게 해주세요   đến 도착하다
chợ 시장

1. 베트남에서 외국인이 가장 쉽게 이용할 수 있는 교통 수단은 바로 택시입니다. 요즘은 '그랩'이라는 앱을 통해 목적지를 미리 설정해서 택시를 탈 수 있기 때문에 이런 상황에서는 목적지를 베트남어로 말하지 않아도 되나 급하게 택시를 잡아 타게 되는 경우에는 원하는 목적지를 말할 수 있어야겠죠?

2. 상대방이 đi đến(~에 가다) đâu(어디?)?라고 물었을 때 Cho tôi(내가 ~하게 해주세요) 뒤에 đến(도착하다)을 붙여 'Cho tôi đến+장소(~에 도착하게 해주세요=~에 데려다 주세요)'로 이동하고자 하는 목적지에 대해 표현할 수 있습니다.

🎧 : 06-2

 **표현 더하기**

- Tôi muốn gọi một chiếc tắc xi.   나는 택시 한대 부르고 싶어요.

- Tôi muốn đi khách sạn L.   나는 L호텔에 가고 싶어요.

- Mất bao lâu?   얼마나 걸려요?

- Xa không?   멀어요?

- Bạn bật đồng hồ công tơ mét lên đi!   미터기 켜세요!

A Tôi muốn gọi một chiếc tắc xi.
나는 택시 한대 부르고 싶어요.

> Tip 베트남에서 택시를 타는 경우 불법 택시가 아닌지 주의해야 합니다. 안심하고 탈 수 있는 대표적인 택시 회사는 Mai Linh 혹은 Vinasun이에요.

B Chờ một chút.
잠시 기다리세요.

- -

B Bạn muốn đi đâu?
어디 가고 싶어요?

A Tôi muốn đi sân bay.
공항에 가고 싶어요.

- -

A Bạn bật đồng hồ công tơ mét lên đi!
미터기 켜세요!

B Bật rồi.
켰어요.

---

gọi 부르다   chờ 기다리다   sân bay 공항   bật 켜다
đồng hồ công tơ mét 미터기

확인 문제로 복습해 봐요.

| **다음 문장을 베트남어로 말하면서 써 보세요.**

① 나는 택시 한대 부르고 싶어요.

Tôi muốn _____ một chiếc _____.

② 나는 L호텔에 가고 싶어요.

Tôi muốn _____ L.

③ 얼마나 걸려요?

Mất _____ ?

④ 멀어요?

_____ không?

포기하면 안 되지~

포기 금지

2 **알맞은 의미와 연결하세요.**

① Cho tôi đến chợ   •
Bến Thành.

② Tôi muốn đi sân   •
bay.

③ Bạn bật đồng hồ   •
công tơ mét lên đi!

• A 벤탄 시장으로 가
주세요.

• B 미터기 켜세요!

• C 공항에 가고 싶어요.

DAY 2

요청할 때

Bạn đi nhanh lên được không?

빨리 가 실 수 있나요?

 기본 회화로 말문을 터봐요~

🎧 06-4

A Bạn đi nhanh lên được không?

빨리 가실 수 있나요?

B Không được. Bây giờ bị tắc đường.

안돼요. 지금 길이 막혀요.

---

nhanh lên 서두르다 **bị tắc đường** 길이 막히다

1. 베트남 사람 1명 당 평균 1대의 오토바이를 소유하고 있기 때문에 베트남의 좁은 도로 환경과 맞물려 교통체증 문제가 굉장히 심각한 편입니다. 특히 출퇴근 시간에 도로는 매우 복잡하기 때문에 이동 시간이 예상보다 많이 걸리기도 하는데요.

2. 그래도 급한 상황이라면 말이라도 빨리 가 달라고 할 수 있겠죠? đi(가다) nhanh lên(서두르다) 뒤에 được không?(돼요?)를 붙여 기사 아저씨께 '서둘러 갈 수 있어요?'를 전달할 수 있습니다. 운이 좋으면 빨리 가겠지만 교통 체증에 걸린 상황이라면 không được(안돼요) 혹은 bây giờ(지금) bị tắc đường(길이 막히다)라는 대답을 들을 수도 있습니다. 북부에서는 교통 체증을 tắc đường이라고 표현하고 남부에서는 kẹt xe를 사용합니다.

 **표현 더하기** 🎧 06-5

- Bạn mở điều hòa cho tôi được không?
  에어컨 틀어 줄 수 있어요?

- Bạn đi thẳng nhé! 직진 하세요!

- Bạn rẽ trái nhé! 좌회전 하세요!

- Bạn rẽ phải nhé! 우회전 하세요!

- Bạn quay lại nhé! 유턴 하세요!

응용 대화로 활용능력 UP!!

A Bạn mở điều hòa cho tôi được không?
에어컨 틀어 줄 수 있어요?

B Được chứ.
당연히 되죠.

A Bạn đi thẳng nhé!
직진하세요!

어휘 교통수단

xe ô tô 자동차(북부)	tàu điện ngầm 지하철
xe hơi 자동차(남부)	tàu hỏa 기차(북부)
xe máy 오토바이	xe lửa 기차(남부)
xe buýt 버스	thuyền 배
xe ôm 오토바이 택시	xích lô 인력거
máy bay 비행기	

B Đến đâu?
어디까지요?

A Đến ngã tư.
사거리까지요.

A Bạn quay lại nhé!
유턴하세요!

B Ở đây cấm quay lại.
여기는 유턴 금지예요.

---

mở 켜다   điều hòa 에어컨   ~chứ 당연히 ~하죠   đi thẳng 직진하다
đến~ ~까지   ngã tư 사거리   quay lại 유턴하다   cấm 금지하다

확인 문제로 복습해 봐요.

1 다음 문장을 베트남어로 말하면서 써 보세요.

① 빨리 가실 수 있나요?

Bạn ＿＿＿＿＿＿＿＿＿＿＿ được không?

② 에어컨 틀어줄 수 있어요?

Bạn ＿＿＿＿＿＿＿＿＿＿＿＿＿ được không?

③ 직진 하세요!

Bạn ＿＿＿＿＿ nhé!

④ 좌회전 하세요!

Bạn ＿＿＿＿＿ nhé!

포기하면
안 되지~

포기 금지

2 알맞은 의미와 연결하세요.

① Bạn quay lại nhé! •

② Đến ngã tư. •

③ Bạn rẽ phải nhé! •

• A 유턴 하세요!

• B 우회전 하세요!

• C 사거리까지요.

DAY 3

내릴 때

Xuống đây nhé!

여기서 내릴게요!

 기본 회화로 말문을 터봐요~

🎧 06-7

A Xuống đây nhé! Bạn có thể chờ tôi ở đây được không?

여기서 내릴게요! 여기서 나 기다려줄 수 있어요?

B Ok. Mất bao lâu?

네. 얼마나 걸려요?

A Khoảng 5 phút.

대략 5분이요.

---

xuống 내리다   có thể+동사 ~할 수 있다   chờ 기다리다   mất 걸리다
bao lâu 얼마나 오래   khoảng 대략

1. 택시에서 하차 시 xuống(내리다) đây(여기) 뒤에 nhé를 붙여 가벼운 명령, 제안의 표현이 됩니다. 이동 중에 다른 장소에 잠깐 들릴 경우에는 có thể(~할 수 있다) chờ(기다리다) tôi(나) được không?(가능해요?)를 붙여 물어볼 수 있습니다.

2. 소요 시간에 대해 묻는 경우 mất(시간이 걸리다) bao lâu(얼마나 오래)를 붙여 '얼마나 걸려요?'라는 표현을 사용합니다.

3. khoảng(대략)을 숫자 앞에 붙이며 phút(분)외에 tiếng(시간), ngày(일), tháng(개월), năm(년)도 함께 알아두세요!

 표현 더하기

🎧 06-8

- **Chúng ta gần đến nơi chưa?** 거의 다 왔나요?

- **Hết bao nhiêu tiền?** 전부 얼마예요?

- **Dừng lại ở đây nhé!** 여기서 내릴게요!

- **Bạn có tiền nhỏ không?** 잔돈 있으세요?

- **Cho tôi hóa đơn được không?** 영수증 받을 수 있을까요?

응용 대화로 활용능력 UP!!

🎧 06-9

A Chúng ta gần đến nơi chưa?
거의 다 왔나요?

B Sắp đến rồi.
곧 도착해요.

- -

B Bạn sẽ xuống ở đâu?
어디서 내릴거에요?

A Dừng lại ở đây nhé!
여기서 세워주세요!

- -

B Bạn có tiền nhỏ không?
잔돈 있으세요?

A Không có **tiền nhỏ**.
잔돈 없어요.

> Tip 거스름돈과 잔돈은 달라요!
> 거스름돈은 tiền thối lại(북부)/
> tiền thừa(남부)

---

gần 가까운   đến nơi 도착하다   sắp+동사 곧 ~할 것이다
dừng lại 멈추다   tiền nhỏ 잔돈

1 다음 문장을 베트남어로 말하면서 써 보세요.

① 여기서 내릴게요!

_____ nhé!

포기하면
안 되지~

포기 금지

② 거의 다 왔나요?

Chúng ta _____ chưa?

③ 곧 도착해요.

_____ rồi.

④ 전부 얼마예요?

Hết _____ ?

2 알맞은 의미와 연결하세요.

① Bạn có tiền nhỏ   •   • A 잔돈 있으세요?
   không?

② Cho tôi hóa đơn   •   • B 영수증 받을 수 있을
   được không?   까요?

③ Dừng lại ở đây nhé! •   • C 여기서 세워 주세요!

교통 수단을 이용할 때
사용하는 말을 공부한 당신
이 정도는 말할 수 있다!

1 택시 기사에게 공항에 가고 싶다고 얘기해볼까요?

2 택시 기사에게 길 안내를 하려고 합니다. '좌회전 하세요'라고 어떻게 말할 수 있을까요?

정답 **1**_Tôi muốn đi sân bay. **2**_Bạn rẽ trái nhé!

3일이면 괜찮잖아

식당

Ở đây có món gì ngon?
여기는 무슨 음식이 맛있나요?

Món này ngon nhất.
이 음식이 제일 맛있어요.

식당

오리지널 베트남 음식을 맛보려면 식당에서 쓰는 표현들을 알고 있어야겠죠? 식당에 들어서면서부터 주문하고 계산하기까지 어떤 표현들을 사용할 수 있을까요? 혹시나 고수를 드시지 못해 빼 달라고 말하는 방법을 알고 싶으셨다면 일곱 번째 작심삼일에서 식당과 관련된 모든 유용한 표현을 알려드릴게요!

들어갈 때

DAY 1

Cho 1 bàn 2 người.
2명 앉을 테이블 하나 주세요.

주문할 때

DAY 2

Cho tôi thực đơn.
메뉴 주세요.

계산할 때

DAY 3

Tính tiền nhé!
계산해주세요!

들어갈 때

Cho 1 bàn 2 người.

2명 앉을 테이블 하나 주세요.

 기본 회화로 말문을 터봐요~

🎧 07-1

A Mấy người ạ?

몇 분이세요?

B Cho 1 bàn 2 người.

2명 앉을 테이블 하나 주세요.

---

cho 주다   bàn 테이블

꼭 필요한 **포인트**만 꼭 집어줄게

1. 식당에 들어갔을 때 자리를 안내하기 위해 직원이 '몇 명이에요?'라고 물어올 때 mấy(몇)+người(사람, 명)으로 묻습니다. 인원 수가 10명 이상으로 많아 보인다면 mấy người? 대신 bao nhiêu người?로 묻습니다. 문장 끝에 'ạ'를 붙이면 예의를 갖추는 의미가 됩니다.

2. 답변 시 간단하게 '숫자+người(~명)'으로 답변할 수도 있고, 회화문의 문장과 같이 cho(주다)+1 bàn(1 테이블)+2 người(2명)을 합쳐 '2명 앉을 테이블 하나 주세요'라고도 표현할 수 있습니다.

🎧 07-2

표현 더하기

- Có bàn trống nào không? 빈 자리 있나요?

- Ngồi ở đây được không? 여기에 앉아도 돼요?

- **Cho thêm 2 cái ghế nữa.** 의자 2개 더 주세요.

- Tôi chưa đặt bàn.
  나는 예약을 아직 안 했어요.

  > Tip 노천 로컬 식당에서 식사를 할 때 의자 수가 모자란다면 이렇게 말씀하시면 돼요!

- Tôi đổi bàn được không?
  자리 바꿀 수 있나요?

A Có bàn trống nào không?
빈 자리 있나요?

B Hết bàn rồi. Bạn chờ 5 phút nhé!
자리 다 나갔어요. 5분만 기다리세요!

- -

A Ngồi ở đây được không?
여기에 앉아도 돼요?

B Để tôi dọn dẹp đã.
먼저 치우고요.

- -

A Xin mời vào. Bạn đã đặt bàn chưa?
어서오세요. 예약 하셨어요?

B Tôi chưa đặt bàn.
나는 아직 예약을 안 했어요.

---

trống 빈   nào 어느   hết 끝나다   ngồi 앉다
để tôi＋동사 내가～할게요   dọn dẹp 청소하다   ~đã 일단 ～하다
mời 초대하다   vào 들어오다. 들어가다   đặt bàn 예약하다

확인 문제로 복습해 봐요.

I 다음 문장을 베트남어로 말하면서 써 보세요.

① 2명 앉을 테이블 하나 주세요.

포기 금지 ☆ 자신의 상황에 맞게
빈칸을 채우시면 더 좋습니다.

_____ 1 bàn 2 _____ .

② 빈 자리 있나요?

_____ nào _____ ?

③ 여기에 앉아도 돼요?

_____ không?

④ 의자 2개 더 주세요.

_____ thêm 2 _____ nữa.

2 알맞은 의미와 연결하세요.

① Xin mời vào. •

② Tôi đổi bàn được • không?

③ Tôi chưa đặt bàn. •

• A 나는 아직 예약을 안 했어요.

• B 어서 오세요.

• C 자리 바꿀 수 있나요?

DAY 2 주문할 때

Cho tôi thực đơn.
메뉴 주세요.

 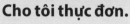

기본 회화로 말문을 터봐요~

: 🎧< 07-4

Ⓐ **Em ơi! Cho tôi thực đơn.**
저기요! 메뉴 주세요.

Ⓑ **Thực đơn đây ạ.**
메뉴 여기 있어요.

---

cho tôi+명사 ~를 주세요 　　thực đơn 메뉴 　　명사+đây ~여기 있어요

1 직원을 부를 때 '상대방+ơi'를 사용하여 '~야, ~씨'라고 부릅니다. 일반적으로 직원이 나보다 어린 경우가 많으므로 보통 'Em ơi'라고 표현하며 오빠/형 뻘의 남성 직원이라면 'Anh ơi', 언니/누나 뻘의 여자 직원이라면 'Chị ơi'라고 부릅니다. 'Cho tôi+명사'는 '나에게~를 주세요'라는 의미이며 thực đơn(메뉴)가 뒤에 합쳐지게 되면 '메뉴를 주세요'라는 의미가 됩니다. thực đơn 대신에 menu라고 해도 상관 없습니다.

2 '명사+đây'는 무엇인가를 건넬 때 사용하며 '~여기 있어요'라는 의미입니다. 이 표현 같은 경우는 맨 뒤에 ạ를 붙여 예의를 나타내며 간단하게 'Đây ạ(여깄어요.)'로도 표현 가능합니다.

여휘 식당 비품

thìa(북)/muỗng(남) 숟가락	dao 칼
đũa 젓가락	đĩa 접시
nĩa 포크	khăn giấy 냅킨

🎧 07-5

 표현 더하기

- **Ở đây có món gì ngon?**
  여기는 무슨 음식이 맛있나요?

- **Cho tôi cái này nhé!** 이거 주세요!

- **Cho thêm cái này nữa.** 이거 더 주세요!

- **Đừng cho rau mùi vào nhé!** 고수 넣지 마세요!

- **Ở đây có ớt không?**
  여기 고추 있어요?

  > Tip 남부에서는 ngò라고 더 많이합니다.

응용 대화로 활용능력 UP!!

A **Ở đây có món gì ngon?**
여기는 무슨 음식이 맛있나요?

B **Món này ngon nhất.**
이 음식이 제일 맛있어요.

★
어휘 맛

cay 매운
ngọt 단
mặn 짠
chua 신
đắng 쓴

A **Bạn đã gọi món chưa?**
주문하셨어요?

B **Chưa. Cho tôi <u>cái này</u> nhé!**
아직이요. 이거 주세요!

Tip
1 bát phở 쌀국수 1그릇
2 chai bia 맥주 2병
3 cốc cà phê 커피 3잔
(남부에서는 bát 대신에 tô,
cốc 대신에 ly를 사용합니다.)

A **Bạn có thêm gì nữa không?**
뭐 추가하실 것 더 있어요?

B **Không. Đủ rồi.**
아니요. 충분해요.

어휘 먹을 것	어휘 마실 것
cơm 밥	nước suối 생수
mì 면	nước giải khát 음료수
bánh 빵	cà phê 커피
canh 국, 수프	sinh tố 스무디
thịt 고기	nước dừa 코코넛 주스
rau 야채	nước mía 사탕수수 주스
hải sản 해산물	

---

món 음식   형용사+nhất 제일~한   gọi món 주문하다   thêm 추가하다
nữa 더   đủ 충분한

확인 문제로 복습해 봐요.

I **다음 문장을 베트남어로 말하면서 써 보세요.**

포기 금지 ★ 자신의 상황에 맞게 빈칸을 채우시면 더 좋습니다.

① 여기는 무슨 음식이 맛있나요?

Ở đây có _____ ?

② 이거 주세요!

_____ tôi _____ nhé!

③ 이거 더 주세요!

Cho _____ cái này _____ .

④ 고수 넣지 마세요!

_____ cho _____ vào nhé!

2 **알맞은 의미와 연결하세요.**

① Đủ rồi. •   • A 여기 고추 있어요?

② Cho tôi thực đơn. •   • B 메뉴 주세요.

③ Ở đây có ớt không? •   • C 충분해요.

DAY 3

계산할 때

Tính tiền nhé!

계산해주세요!

기본 회화로 말문을 터봐요~

:🎧: 07-7

A Em ơi! Tính tiền nhé! Hết bao nhiêu tiền?

저기요! 계산해주세요! 전부 얼마예요?

B 500.000 đồng ạ.

50만동이요.

---

tính tiền 계산하다   **hết** 전부   **bao nhiêu** 얼마나 많이(수량 의문사)

tiền 돈

꼭 필요한 **포인트**만 콕 집어줄게

1 베트남에서는 먹은 테이블에서 계산을 하고 나가기 때문에 계산 시 직원을 먼저 불러야 합니다. tính tiền(계산하다) 뒤에 nhé(~하세요)를 붙여 '계산하세요'의 의미가 됩니다. 좀 더 공손하게 말하고 싶다면 nhé 대신에 giúp tôi를 뒤에 붙여 사용합니다. 가격을 물어볼 때는 hết(모두, 전부)+bao nhiêu(얼마)+tiền(돈)으로 묻습니다.

2 베트남 화폐 단위는 đồng으로 금액 뒤에 붙습니다.

2,000동
hai nghìn đồng

20,000동
hai mươi nghìn đồng

50,000동
năm mươi nghìn đồng

100,000동
một trăm nghìn đồng

200,000동
hai trăm nghìn đồng

500,000동
năm trăm nghìn đồng

 표현 더하기　　　　　　　　🎧 07-8

- Cho tôi hóa đơn.　계산서(영수증) 주세요.

- Gói cái này mang về.　이거 포장해서 가져갈게요.

- Có kèm phí dịch vụ chưa?　서비스 비용이 포함되었어요?

- Để tôi trả.　내가 한턱 낼게요.

- Chúng ta trả riêng nhé!　우리 따로 계산해요!

응용 **대화**로 활용능력 UP!!

A Cho tôi hóa đơn.
계산서(영수증) 주세요.

B Vâng. Đây ạ.
네. 여기 있습니다.

A Hóa đơn có sai sót gì rồi.
계산서가 잘못 계산되었어요.

Có kèm phí dịch vụ chưa?
서비스 비용이 포함되었어요?

B Rồi. 네.

A Các bạn trả riêng không ạ?
여러분은 따로 계산하시나요?

B Không. Để tôi trả. 아니요. 내가 낼게요.

C Ồ cảm ơn bạn. 오 감사해요.

---

hóa đơn 영수증   sai sót 틀린   kèm~ ~를 붙이다   phí dịch vụ 서비스 비용
trả 지불하다   riêng 따로

확인 문제로 복습해 봐요.

ㅣ 다음 문장을 베트남어로 말하면서 써 보세요.

① 계산해주세요!

_____ nhé!

자신의 상황에 맞게
빈칸을 채우시면 더 좋습니다.
포기 금지

② 계산서(영수증) 주세요.

_____ tôi _____.

③ 이거 포장해서 가져갈게요.

_____ cái này _____.

④ 서비스 비용이 포함되었어요?

Có kèm _____ chưa?

2 알맞은 의미와 연결하세요.

① Hết bao nhiêu tiền? •

② Chúng ta trả riêng nhé! •

③ Để tôi trả. •

• A 우리 따로 계산해요!

• B 전부 얼마예요?

• C 내가 한턱 낼게요.

식당에서 사용하는 말을 공부한 당신
이 정도는 말할 수 있다!

1 식당 직원에게 '메뉴 주세요'라고 어떻게 말할까요?

2 맛있게 음식을 먹은 후 계산을 하고 싶어요. 직원에게 '계산해주세요'라고 어떻게 말할까요?

정답 **1_**Cho tôi thực đơn. **2_**Tính tiền nhé!

여덟 번째 작심삼일

쇼핑

쇼핑

비싼 값에 물건을 사고 싶은 분은 아무도 없겠죠? 처음 가게에 들어서서 물건을 찾을 때, 흥정의 고수가 되기 위해 가격을 묻고 답하고 값을 깎을 때, 결제할 때 사용하는 유용한 표현들을 배워보도록 해요!

물건 찾을 때

DAY 1

Tôi muốn mua giày thể thao.
나는 운동화를 사고 싶어요.

흥정할 때

DAY 2

Cái này giá bao nhiêu?
이거 가격이 얼마예요?

결제할 때

DAY 3

Ở đây nhận thẻ không?
카드 결제 받아요?

DAY 1 물건 찾을 때

Tôi muốn mua giày thể thao.
나는 운동화를 사고 싶어요.

 기본 회화로 말문을 터봐요~

A Bạn có tìm gì không?
뭐 찾으시는 것 있어요?

B Tôi muốn mua giày thể thao.
나는 운동화를 사고 싶어요.

---

tìm 찾다   giày thể thao 운동화

140 여덟 번째 작심삼일 · 쇼핑

꼭 필요한 **포인트**만 콕 집어줄게

1. có~không? 사이에 tìm(찾다)+gì(무엇)이 들어가 '뭐 찾는 거 있어 요?'라는 의미가 됩니다. tìm 대신에 cần(필요하다)가 들어가 'Có cần gì không?(뭐 필요한 것 있어요?)'라는 문장으로도 쓰일 수 있습니다.

2. 사고 싶은 것이 있을 때는 muốn(원하다)+mua(사다) 뒤에 원하는 명 사를 넣어 표현합니다. giày(신발) thể thao(스포츠)는 '운동화'의 의미 입니다.

어휘 색깔

màu trắng 흰색	màu xanh nước biển 파랑색
màu đỏ 빨강색	màu tím 보라색
màu cam 주황색	màu nâu 갈색
màu vàng 노랑색	màu xám 회색
màu xanh lá cây 초록색	màu đen 검정색

🎧 08-2

표현 더하기

- Có cái này **cỡ** khác không? 이거 다른 사이즈 있어요?

- Có cái nào rẻ hơn không? 더 싼 것 있어요?

- Nó không vừa. 그거 (사이즈) 안 맞아요

- Tôi sẽ lấy cái này. 이걸로 할게요.

- Tôi đang xem đã. 아이쇼핑 중이에요.

어휘 사이즈 종류

cỡ nhỏ : S
cỡ vừa : M
cỡ lớn : L

DAY 1 · 물건 찾을 때 **141**

응용 대화로 활용능력 UP!!

A Bạn muốn mua gì?
무엇을 사고 싶어요?

B Tôi đang xem đã.
아이쇼핑 중이에요.

A Có cái nào *rẻ* hơn không?
더 싼 것 있어요?

B Có nhưng mà không đẹp.
있는데 안 예뻐요.

어휘 형용사

lớn 큰 ↔ nhỏ 작은
dày 두꺼운 ↔ mỏng 얇은
dài 긴 ↔ ngắn 짧은
tốt 좋은 ↔ xấu 나쁜
cao 높은, 키가 큰 ↔ thấp 낮은,
키가 작은
cứng 딱딱한 ↔ mềm 부드러운

A Bạn sẽ lấy cái nào?
어느 것으로 하시겠어요?

B Tôi sẽ lấy cái này.
이걸로 할게요.

어휘 의류

áo sơ mi 와이셔츠
áo thun 티셔츠
áo vét 재킷
áo phao 패딩
quần 바지
quần jean 청바지
quần tây 양복 바지
váy 치마
giày 신발, 구두
giày dép 슬리퍼, 샌들
giày thể thao 운동화
mũ(북)/nón(남) 모자
tất 양말

---

xem 보다　　~đã 일단~하다　　rẻ 싼　　형용사+hơn 더~한
nhưng mà 그러나, 하지만　　đẹp 예쁜　　lấy 갖다

142　여덟 번째 작심삼일 • 쇼핑

| **다음 문장을 베트남어로 말하면서 써 보세요.**

① 나는 운동화를 사고 싶어요.

Tôi _____ giày thể thao.

② 이거 다른 사이즈 있어요?

_____ cái này _____ không?

③ 더 싼 것 있어요?

_____ cái nào _____ không?

④ 아이쇼핑 중이에요.

Tôi _____ .

2 알맞은 의미와 연결하세요.

① Tôi sẽ lấy cái này.　　•　　• A 더 예쁜 것 있어요?

② Có cái nào đẹp hơn　•　　• B 이걸로 할게요.
không?

③ Nó không vừa.　　　•　　• C 그거 (사이즈) 안 맞
아요.

흥정할 때

Cái này giá bao nhiêu?

이거 가격이 얼마예요?

08-4

기본 회화로 말문을 터봐요~

A Cái này giá bao nhiêu?

이거 가격이 얼마예요?

B 400.000 Việt Nam Đồng.

40만동이에요.

인생
한 방이야
알지!!!

독 있는 사과
10,000동

단골인데...
좀 깎아주세요~~

---

giá 가격

① 가격을 물어볼 때 cái này(이것) 뒤에 giá(가격)+bao nhiêu(얼마나 많이)를 합쳐 '이거 가격이 얼마예요?'라고 물어봅니다. 혹은 bao nhiêu(얼마나 많이)+tiền(돈)을 합쳐 'Cái này bao nhiêu tiền?'으로 물어볼 수도 있습니다.

② 베트남 화폐 단위를 Việt Nam Đồng 이라고도 합니다. 주로 줄여서 VNĐ으로 표기를 하죠.

★★

어휘 전자 제품	어휘 가구	어휘 책
máy vi tính 컴퓨터	bàn 테이블	sách 책
máy tính xách tay 노트북	ghế 의자	tạp chí 잡지
tủ lạnh 냉장고	giường 침대	từ điển 사전
máy giặt 세탁기	ngăn kéo 서랍	tập vở 공책
điều hòa(북)/máy lạnh(남) 에어컨	tủ áo 옷장	sổ tay 수첩

🎧 08-5

표현 더하기

- **Đắt** quá! 너무 비싸요!

  > Tip 남부에서는 mắc을 사용합니다.

- **Bớt** chút được không? 좀 깎아줄 수 있어요?

  > Tip bớt 대신 giảm을 사용하기도 해요.

- Càng rẻ càng tốt. 싸면 쌀수독 좋이요.

- Thế thôi. Tôi đi hàng khác. 그럼 됐어요. 다른 곳으로 갈래요.

- Tôi không có đủ tiền. 돈이 모자라요.

A Cái này bao nhiêu tiền?
이거 얼마예요?

B Bạn muốn bao nhiêu?
얼마를 원하세요?

A Càng rẻ càng tốt.
싸면 쌀수록 좋아요.

- -

A Đắt quá! Bớt chút được không?
너무 비싸요! 좀 깎아줄 수 있어요?

B Đúng giá mà.
정찰가인데요.

- -

A Bạn mua đi! Cái này đẹp mà.
사세요! 이거 예쁘잖아요.

B Tôi không có đủ tiền.
돈이 모자라요.

---

càng~ càng~ ~하면 할수록 ~하다   bớt 깎다   chút 조금, 약간
đúng giá 정찰가

확인 문제로 복습해 봐요.

I 다음 문장을 베트남어로 말하면서 써 보세요.

① 이거 얼마예요?

Cái này _____?

② 너무 비싸요!

_____ quá!

③ 좀 깎아줄 수 있어요?

_____ chút _____?

④ 싸면 쌀수록 좋아요.

Càng _____ càng _____.

포기하면 안 되지~

포기 금지

2 알맞은 의미와 연결하세요.

① Thế thôi.　　　　•　　•　A　돈이 모자라요.

② Tôi đi hàng khác.　•　　•　B　그럼 됐어요.

③ Tôi không có đủ tiền.　•　•　C　다른 곳으로 갈래요.

DAY 3

결제할 때

Ở đây nhận thẻ không?

카드 결제 받아요?

🎧 08-7

기본 회화로 말문을 터봐요~

A Ở đây nhận thẻ không?

카드 결제 받아요?

B Không. Chỉ nhận tiền mặt thôi.

아니요. 현금만 받아요.

---

nhận 받다   **thẻ** 카드   **chỉ ~ thôi** 단지~일뿐이다   **tiền mặt** 현금

1 Ở đây(여기에서) nhận(받다) thẻ(카드) 뒤에 không을 붙이면 '여기에서 카드를 받아요?'의 의미가 됩니다.

2 chỉ ~ thôi는 '단지~일 뿐이다' 의미로 nhận(받다) tiền mặt(현금)과 함께 쓰여 '현금만 받아요'의 의미가 됩니다. 베트남에서는 카드 결제 시스템이 한국만큼 보편화되어 있지 않기 때문에 호텔, 백화점, 고급 식당을 제외한 대부분의 장소에서는 아직까지 현금 결제가 이루어지고 있습니다. 점점 현대화 되어 가고 있는 추세에 따라 요즘은 간혹 택시에서도 카드 결제를 볼 수 있기는 하지만 그래도 베트남에서 생활 혹은 관광을 할 때에는 현금 준비가 필수랍니다. 베트남 동을 준비하기 위해서는 환전과 관련된 구체적인 표현도 알아야겠죠? 환전과 관련해서는 열번째 작심삼일에서 배워 볼 예정이니 뒤에서 자세히 만나보도록 해요!

:🎧: 08-8

표현 더하기

- Tôi trả bằng đô la được không? 달러로 결제해도 돼요?

- Tôi cần túi. 담을 봉지가 필요해요.

- Tôi hoàn lại tiền được không? 환불할 수 있어요?

- Tôi lấy hóa đơn được không? 영수증 받을 수 있어요?

- Bạn đang xếp hàng à? 줄 서 있는 거예요?

: 08-9

A Tôi trả bằng đô la được không?

달러로 결제해도 돼요?

B Được.

돼요.

- -

A Tôi hoàn lại tiền được không?

환불할 수 있어요?

B Bạn giữ lại hóa đơn thì sẽ hoàn lại tiền được.

영수증 갖고 있으면 환불할 수 있을 거예요.

- -

A Bạn đang xếp hàng à?

줄 서 있는 거예요?

B Không.

아니요.

---

trả 지불하다   bằng~ ~로   đô la 달러   hoàn lại tiền 환불하다
giữ lại 간직하다   hóa đơn 영수증   xếp hàng 줄 서다

확인 문제로 복습해 봐요.

I 다음 문장을 베트남어로 말하면서 써 보세요.

① 카드 결제 받아요?

Ở đây _____ không?

② 달러로 결제해도 돼요?

Tôi _____ được không?

③ 담을 봉지가 필요해요.

Tôi _____ .

포기하면
안 되지~

포기 금지

④ 환불할 수 있어요?

Tôi _____ được không?

2 알맞은 의미와 연결하세요.

① Bạn đang xếp
hàng à?

• A 영수증 받을 수 있어요?

② Tôi lấy hóa đơn
được không?

• B 줄 서 있는거예요?

③ Chỉ nhận tiền mặt
thôi.

• C 현금만 받아요.

쇼핑할 때 사용하는 말을 공부한 당신
이 정도는 말할 수 있다!

 상점에서 구경 중인데 주인이 찾는 물건이 있는지 묻네요. 아이쇼핑 중
이라고 어떻게 말할 수 있을까요?

 맘에 드는 물건을 발견해서 사고 싶은데 가격이 조금 비싸네요. 좀 깎아
줄 수 있는지 어떻게 물어볼까요?

정답 **1**_Tôi đang xem đã. **2**_Bớt chút được không?

아홉 번째 **작심삼일**

관광

Bạn sẽ du lịch đến đâu?
어디로 여행갈 거예요?

Tôi chưa quyết định.
Bạn gợi ý một nơi du
lịch được không?
아직 결정 안했어요.
여행지 한곳 추천해줄 수 있어요?

베트남은 북부에서 남부까지 지형이 긴 나라임에도 불구하고 여행 시스템이 잘 갖춰져 있기 때문에 각 도시의 여행자 거리에만 가도 여행사들이 많이 눈에 띕니다. 여행사에 들어가서 여행 프로그램을 문의하고 예약할 때 어떤 표현들을 쓸 수 있을까요? 또 여행에 가서는 어떤 표현들이 필요할까요? 아홉 번째 작심삼일에서 함께 알아보도록 해요!

상품 알아볼 때

DAY 1

Bạn muốn đi tự túc hay đi theo tour?
혼자 가길 원해요 투어로 가길 원해요?

예매할 때

DAY 2

Bạn mua vé một chiều hay khứ hồi?
편도표 사세요? 아니면 왕복표 사세요?

여행할 때

DAY 3

Tôi nên đi bưu điện thế nào?
우체국에 어떻게 가야해요?

DAY 1 상품 알아볼 때

Bạn muốn đi tự túc hay đi theo tour? 혼자 가길 원해요 투어로 가길 원해요?

🎧 09-1

기본 회화로 말문을 터봐요~

A Ở đây có chương trình du lịch đi Nha Trang không?

여기에 냐짱 가는 여행 프로그램 있어요?

B Bạn muốn đi tự túc hay đi theo tour?

혼자 가길 원해요 투어로 가길 원해요?

A Đi tự túc.

혼자요.

---

chương trình 프로그램 **du lịch** 여행하다 **tự túc** 혼자서 **A hay B?** A야 아니면 B야? **theo~** ~에 따르다

꼭 필요한 **포인트**만 콕 집어줄게

1. ở đây(여기에)+có(~가 있다)+chương trình(프로그램)+du lịch(여행하다)+đi(가다)+장소 뒤에 không이 붙어 '여기에 [장소]에 가는 여행 프로그램이 있어요?'라는 표현이 됩니다. Nha Trang 대신 다른 여행지를 넣어서 물어볼 수 있습니다.

2. A hay B?는 'A야 아니면 B야?'라는 의미로 muốn đi tự túc(혼자 가기를 원하다)+hay+đi theo tour(투어로 가다)는 '혼자 가기를 원해? 아니면 투어로 가기를 원해요?'라는 표현이 됩니다.

 표현 더하기 🎧 09-2

- Tôi muốn biết thông tin chuyến du lịch đi + 장소.
  [장소]에 가는 여행편 정보를 알고 싶어요.

- Bạn gợi ý một nơi du lịch được không?
  여행지 한 곳 추천해줄 수 있어요?

- Bạn có bản đồ của 장소 không? [장소]의 지도 있어요?

- Bao gồm hướng dẫn viên du lịch không?
  여행 가이드가 포함되었나요?

- Bao gồm bữa ăn không? 식사가 포함되었나요?

아홉 번째 장사있엄

A Xin chào. Tôi có thể giúp gì?
안녕하세요. 무엇을 도와드릴까요?

B Tôi muốn biết thông tin chuyến du lịch đi Sapa.
Sapa에 가는 여행편 정보를 알고 싶어요.

- -

A Bạn sẽ du lịch đến đâu?
어디로 여행갈거에요?

B Tôi chưa quyết định. Bạn gợi ý một nơi du lịch
được không?
아직 결정 안했어요. 한 여행지를 추천해줄 수 있어요?

- -

A Bao gồm bữa ăn không?
식사가 포함되었나요?

B Bữa trưa **thì** bao gồm.
점심 식사는 포함되었어요.

> **Tip** 이 문장에서의 thì는 앞의 주어를 강조하는 역할을 해요.

---

biết 알다   thông tin 정보   chuyến du lịch 여행편   quyết định 결정하다
gợi ý 추천하다   nơi du lịch 여행지   bao gồm 포함하다   bữa ăn 식사
bữa trưa 점심 식사

확인 문제로 복습해 봐요.

ㅣ 다음 문장을 베트남어로 말하면서 써 보세요.

① 여기에 냐짱 가는 여행 프로그램 있어요?

Ở đây _____ chương trình _____

đi Nha Trang không?

② [장소]에 가는 여행편 정보를 알고 싶어요.

Tôi _____ biết _____ chuyến du lịch

_____ + 장소.

③ 한 여행지를 추천해줄 수 있어요?

Bạn _____ một _____ được không?

④ [장소]의 지도 있어요?

Bạn có _____ của 장소 không?

자신의 상황에 맞게
빈칸을 채우시면
더 좋습니다.

2 알맞은 의미와 연결하세요.

① Bao gồm bữa ăn
không?

• A 가이드가 포함되었나요?

② Bao gồm hướng dẫn
viên du lịch không?

• B 식사가 포함되었나요?

③ Bao gồm bữa trưa
không?

• C 점심이 포함 되나요?

DAY 2 예매할 때

Bạn mua vé một chiều hay khứ hồi? 편도표 사세요? 아니면 왕복표 사세요?

기본 회화로 말문을 터봐요~

🎧 09-4

A Bạn mua vé một chiều hay khứ hồi?
편도표 사세요? 아니면 왕복표 사세요?

B Khứ hồi.
왕복이요.

---

vé 표   một chiều 편도   khứ hồi 왕복

1. mua(사다) vé(표) 뒤에 각각 một chiều(편도), khứ hồi(왕복)가 올 수 있으며 선택의문사 hay를 이용하여 '편도표 사세요? 아니면 왕복표 사세요?'의 의미가 됩니다.

2. khứ hồi는 '왕복'의 의미이며 hai chiều도 동일한 뜻을 갖습니다. 지형 이 긴 베트남은 한 나라임에도 불구하고 북부, 중부, 남부에 따라 각 지 역의 특색이 다릅니다. 때문에 여행을 할 때마다 베트남 안에서 또 다른 이국적인 매력을 느끼며 새로운 나라를 여행하는 듯한 기분을 느낄 수 가 있습니다. 긴 일정으로 여행을 한다면 북중남을 모두 가보는 곳을 추 천드리며 만일 시간이 여의치 않다면 세 지역 중 한 지역만을 골라 그 지역만의 매력을 중점적으로 느끼는 것이 동선의 효율성을 위해 좋습 니다.

:∩: 09-5

표현 더하기

- **Tôi muốn đi chuyến tối.** 저녁 편으로 가고 싶어요.

- **Tôi muốn đi từ** 날짜 **đến** 날짜.
  [날짜]부터 [날짜]까지 가고 싶어요.

- **Đi xe nằm à?** 슬리핑 버스로 가죠?

- **Xe khởi hành lúc mấy giờ?** 차가 몇 시에 출발해요?

- **Ghé vào trạm nghỉ à?** 휴게소에 들러요?

:🎧: 09-6

응용 대화로 활용능력 UP!!

A Bạn muốn đi chuyến sáng hay chuyến tối?

아침 편으로 가고 싶어요? 아니면 저녁 편으로 가고 싶어요?

B Tôi muốn đi chuyến tối.

저녁 편으로 가고 싶어요.

A Bạn muốn đi vào ngày nào?

몇 일에 가고 싶어요?

B Tôi muốn đi từ ngày 12 đến ngày 16.

12일부터 16일까지 가고 싶어요.

A Xe sẽ khởi hành lúc 5 giờ chiều.

차가 5시에 출발할거예요.

B Đi xe nằm à?

슬리핑 버스로 가죠?

> Tip 남북으로 길게 뻗은 베트남 지형 특성(약 16700km)으로 육로나 기차로 이동 시에 이동 시간이 장시간 소요됩니다. 저녁편이나 누워가는 슬리핑 버스를 이용한다면 장시간 여행의 부담감이 덜해지겠죠? 시간적 여유가 있다면 한번쯤 해볼만한 경험이에요.

A Không. Xe ngồi.

아니요. 좌석 버스예요.

---

chuyến sáng 아침편   chuyến tối 저녁편   vào+날짜(일, 월, 년) ～에
từ~ ～부터   đến~ ～까지   khởi hành 출발하다   lúc+시간(시, 분) ～에
xe 차(車)   nằm 눕다   ngồi 앉다

확인 문제로 복습해 봐요.

| **다음 문장을 베트남어로 말하면서 써 보세요.**

① 편도 표를 사고 싶어요.

Tôi muốn mua _____.

② 저녁 편으로 가고 싶어요.

Tôi muốn đi _____.

③ 4일부터 10일까지 가고 싶어요.

Tôi muốn _____ từ _____ đến

_____.

④ 슬리핑 버스로 가죠?

Đi _____ à?

자신의 상황에 맞게
빈칸을 채우시면 더 좋습니다.

표기 금지

2 알맞은 의미와 연결하세요.

① Ghé vào trạm nghỉ à? •

• A 슬리핑 버스로 가고
싶어요.

② Xe khởi hành lúc mấy
giờ? •

• B 차가 몇 시에 출발
해요?

③ Tôi muốn đi xe nằm. •

• C 휴게소에 들러요?

DAY 3 여행할 때

Tôi nên đi bưu điện thế nào?

우체국에 어떻게 가야해요?

:🎧: 09-7

기본 회화로 말문을 터봐요~

A Tôi nên đi bưu điện thế nào?

우체국에 어떻게 가야해요?

B Đi thẳng đường này nhé!

이 길을 직진하세요!

---

nên + 동사 ~해야한다(약한 의무)　　bưu điện 우체국　　thế nào 어떻게
đường 길

꼭 필요한 **포인트**만 콕 집어줄게

① nên이 동사 앞에 위치할 경우 '～하는 게 좋다, ～해야 한다(약한 의무)'의 의미입니다. đi(가다)＋bưu điện(우체국)＋thế nào(어떻게)가 합쳐져 '우체국에 어떻게 가요?'로 가는 방법에 대해 물어볼 수 있습니다.

② đi thẳng(직진하다) đường(길) này(이) 뒤에 nhé가 붙어 '이 길을 직진하세요'의 의미가 됩니다.

어휘 여행지	
biển 바다	hang động 동굴
bãi biển 해변	công viên giải
sông 강	trí 놀이공원
núi 산	đảo 섬
hồ 호수	thác nước 폭포
chùa 사원	bảo tàng 박물관

🎧 : 09-8

표현 더하기

- Ở gần đây có khách sạn không? 여기 근처에 호텔 있어요?

- Tôi phải chờ trong bao lâu ? 얼마 동안 기다려야 하나요?

- Ở đây có đặc sản gì? 여기 특산품이 뭐예요?

- Bạn chụp ảnh cho tôi được không?
  사진 좀 찍어주시겠어요?

- Chụp một lần nữa nhé! 한번 더 찍어주세요!

아주 쉽게 배우는 왕초보

🔊 09-9

A Ở gần đây có khách sạn không?
여기 근처에 호텔 있어요?

B Ở đây thì không có. Bạn phải đi xe.
여기에는 없어요. 차 타고 가야 해요.

A Tôi phải chờ trong bao lâu?
얼마 동안 기다려야 하나요?

B Bây giờ xe đang đến. Có lẽ sẽ mất 10 phút.
지금 차가 오고 있는 중이에요. 아마 10분 걸릴 거예요.

A Bạn chụp ảnh cho tôi được không?
사진 좀 찍어주시겠어요?

B Một hai ba, cười lên!
하나 둘 셋, 웃어요!

---

gần đây 근처   khách sạn 호텔   phải+동사 ~해야한다(강한 의무)
trong~ ~동안   bao lâu 얼마나 오래   có lẽ 아마도   mất 소요되다, 걸리다
chụp ảnh 사진 찍다   cười lên 활짝 웃다

확인 문제로 복습해 봐요.

I 다음 문장을 베트남어로 말하면서 써 보세요.

> 포기 금지

> 자신의 상황에 맞게 빈칸을 채우시면 더 좋습니다.

① 우체국에 어떻게 가야해요?

Tôi nên _____ bưu điện _____?

② 여기 근처에 호텔 있어요?

Ở _____ có _____ không?

③ 우리는 얼마 동안 기다려야 하나요?

Chúng ta phải _____ trong _____?

④ 사진 좀 찍어주시겠어요?

Bạn _____ cho tôi _____ không?

2 알맞은 의미와 연결하세요.

① Chụp một lần nữa nhé! • • A 여기 특산품이 뭐예요?

② Bạn phải đi xe. • • B 차 타고 가야해요.

③ Ở đây có đặc sản gì? • • C 한번 더 찍어주세요!

관광할 때 필요한 말을 공부한 당신
이 정도는 말할 수 있다!

1 여행 중에 잠깐 휴게소에 들렀어요. 화장실에 다녀올 생각인데 언제 차가 출발할지 알아야 하겠네요. '차가 몇 시에 출발해요?'라고 어떻게 물어볼까요?

2 우체국에 가고 싶은데 길을 잃었어요. '우체국에 어떻게 가야해요?'라고 말해볼까요?

정답 **1**_Xe khởi hành lúc mấy giờ? **2**_Tôi nên đi bưu điện thế nào?

아직, 한 번 남았어

공공시설

베트남에서 예기치 못하게 아프다면? 근처 약국에 가서 처방전 없이 약 조제가 가능합니다.

베트남에서 돈을 써야 한다면? 베트남에서는 카드 사용이 한국처럼 보편화 되어 있지 않기 때문에 환전이 필수입니다. 근처 가까운 금방이나 환전소에서 환전을 합니다.

베트남에서 휴대폰을 써야 한다면? 로밍이 되어 있지 않고 베트남 번호가 필요하다면 휴대폰 가게에서 유심카드를 삽니다.

위 상황들에서 어떤 베트남어 표현이 필요할까요? 베트남 생활에서 필수로 알고 있어야 할 표현들을 마스터해봐요!

아플 때

DAY 1

Tôi bị cảm và đau đầu.
감기에 걸렸고 머리가 아파요.

환전할 때

DAY 2

Tôi muốn đổi 300 đô la.
300달러 바꾸고 싶어요.

유심카드 살 때

DAY 3

Tôi muốn mua thẻ Sim.
심 카드를 사고 싶어요.

DAY 1 아플 때

Tôi bị cảm và đau đầu.

감기에 걸렸고 머리가 아파요.

기본 회화로 말문을 터봐요~

🎧 10-1

A Tôi bị cảm và đau đầu.

감기에 걸렸고 머리가 아파요.

B Bạn uống thuốc này sau khi ăn nhé.

이 약을 식후에 드세요.

---

bị cảm 감기에 걸리다　　và 그리고　　đau 아픈　　đầu 머리　　uống 마시다

thuốc 약　　sau khi~ ~한 후에

1. bị cảm(감기에 걸리다) và(그리고) đau(아픈) đầu*(머리)가 합쳐진 표현입니다. 아픈 부위를 말할 때는 đau(아픈) 뒤에 아픈 부위를 넣어 표현합니다.

2. '약을 먹다'는 uống(마시다) thuốc(약)와 같이 '마시다' 동사를 사용합니다. sau khi~는 '~한 후에'라는 의미로 sau khi ăn은 '밥 먹은 후에' 의미가 됩니다. 문장 끝에 nhé를 붙여 '~하세요'의 가벼운 명령의 의미를 전달합니다.

어휘 증상		어휘 신체 부위	
sổ mũi 콧물 나다	buồn nôn 메스껍다	đầu 머리	vai 어깨
ngạt mũi 코가 막히다	nôn 토하다	mặt 얼굴	tay 손
chóng mặt 어지러운	tiêu chảy 설사하다	mắt 눈	chân 발
ho 기침하다	bị đầy bụng 체하다	mũi 코	bụng 배
bị sốt 열 나다		miệng 입	lưng 등
		tai 귀	eo 허리
		cổ 목	mông 엉덩이
		họng 목구멍	

 표현 더하기

🎧 10-2

● Bạn cho tôi thuốc gì được không? 약을 좀 줄 수 있나요?

● Thuốc này uống thế nào? 이 약 어떻게 먹어요?

● Tôi nên tránh rượu không? 술을 피해야 해요?

● Tôi bị từ đêm qua. 어젯밤부터 아팠어요.

● Mỗi lần tôi phải uống mấy viên?
한번 먹을 때 몇 알 먹어야 해요?

A Thuốc này uống thế nào?
이 약 어떻게 먹어요?

B 3 tiếng uống 1 lần, mỗi lần 2 viên.
3시간에 1번, 2알씩 드세요.

- -

A Tôi nên tránh rượu không?
술을 피해야 해요?

B Không được uống rượu.
술 마시면 안돼요.

- -

A Bạn bị từ khi nào?
언제부터 아팠어요?

B Tôi bị từ đêm qua.
어젯밤부터 아팠어요.

숫자+tiếng ~시간   lần 번, 회   mỗi~ 매~   viên 알   tránh 피하다
rượu 술   không được~ ~해서는 안된다   từ~ ~부터   (ban) đêm 밤
(hôm) qua 어제

확인 문제로 복습해 봐요.

Ⅰ **다음 문장을 베트남어로 말하면서 써 보세요.**

포기하면
안 되지~

포기 금지

① 감기에 걸렸고 머리가 아파요.

Tôi _____ và _____ đầu.

② 약을 좀 줄 수 있나요?

Bạn _____ tôi _____ gì được không?

③ 이 약 어떻게 먹어요?

_____ này _____?

④ 술을 피해야 해요?

Tôi nên _____ không?

2 **알맞은 의미와 연결하세요.**

① Không được uống • • A 한번 먹을 때 몇 알
   rượu.   먹어야 해요?

② Tôi bị từ đêm qua. • • B 어젯밤부터 아팠어요.

③ Mỗi lần tôi phải • • C 술 마시면 안돼요.
   uống mấy viên?

DAY 2

환전할 때

Tôi muốn đổi 300 đô la.

300달러 바꾸고 싶어요.

기본 회화로 말문을 터봐요~

🎧 10-4

A Bạn muốn đổi bao nhiêu tiền?

얼마 바꾸고 싶으세요?

B Tôi muốn đổi 300 đô la.

300달러 바꾸고 싶어요.

사딸라

đổi 바꾸다

1   muốn(원하다)+đổi(바꾸다) 뒤에 bao nhiêu(얼마나 많이?)+tiền(돈) 이 합쳐져 얼마의 돈을 바꾸고 싶은지 묻는 표현이 됩니다.

2   muốn đổi(바꾸고 싶다) 뒤에 300 đô la(달러)가 합쳐져 '300달러를 바꾸고 싶다'라는 표현이 됩니다. '달러'는 đô la 혹은 đô입니다. 베트남에서는 카드 사용보다는 현금 결제를 해야 할 경우가 많은데요. 환전 시 공항이나 은행보다는 가까운 환전소 혹은 금은방에서 환전하는 것을 추천드립니다.

> **어휘 환전 가능한 곳**
>
> sân bay 공항
> ngân hang 은행
> khách sạn 호텔
> tiệm vàng 금은방
> tiệm đổi tiền 환전소

🎧 10-5

표현 더하기

- 1 đô la bao nhiêu tiền Việt?   1달러에 얼마예요?

- Tỷ giá hối đoái đô la là bao nhiêu?   달러 환율이 얼마예요?

- Bạn có tiền nhỏ hơn không?   더 작은 돈 있어요?

- Bạn có phong bì không?   봉투 있어요?

- Hộ chiếu đây ạ.   여권 여기 있어요.

응용 대화로 활용능력 UP!!

A Tỷ giá hối đoái đô la là bao nhiêu?
달러 환율이 얼마예요?

B 1 đô bằng 23.000 tiền Việt.
1달러에 23,000동이에요.

- -

A Bạn có tiền nhỏ hơn không?
더 작은 돈 있어요?

B Tôi sẽ đổi 100.000 đồng sang 2 tờ 50.000 đồng nhé.
10만동을 5만동짜리 2장으로 바꿔 줄게요.

- -

A Tôi mượn hộ chiếu của bạn được không?
여권 좀 잠깐 주시겠어요?

B Hộ chiếu đây ạ.
여권 여기 있어요.

---

tỷ giá hối đoái 환율   đô(la) 달러   bằng 같다   tờ 장(종이를 세는 단위)
đổi A sang B A를 B로 바꾸다   mượn 빌리다   hộ chiếu 여권

확인 문제로 복습해 봐요.

I 다음 문장을 베트남어로 말하면서 써 보세요.

① 300달러 바꾸고 싶어요.

Tôi _____ 300 _____ .

② 환전하고 싶어요.

Tôi muốn _____ .

포기하면 안 되지~

포기 금지

③ 달러 환율이 얼마예요?

_____ đô la là _____ ?

④ 더 작은 돈 있어요?

Bạn có _____ không?

2 알맞은 의미와 연결하세요.

① Hộ chiếu đây ạ. •　　　• A 봉투 있어요?

② Bạn muốn đổi bao • 　　• B 여권 여기 있어요.
nhiêu tiền?

③ Bạn có phong bì • 　　• C 얼마 바꾸고 싶으세요?
không?

은행·우체국에서

유심카드 살 때

Tôi muốn mua thẻ Sim.

심 카드를 사고 싶어요.

🎧 10-7

기본 회화로 말문을 터봐요~

A Tôi muốn mua thẻ Sim.
심 카드를 사고 싶어요.

B Mệnh giá bao nhiêu?
얼마짜리요?

A 100.000 đồng.
10만동이요.

심 카드가
없어요

---

thẻ 카드   mệnh giá ~짜리

1 muốn(원하다) mua(사다) thẻ(카드)가 합쳐져 '카드를 사고 싶어요'라
는 표현이 됩니다.

2 베트남에서는 구입한 심카드의 금액만큼 요금을 사용하는 방법을 선호
합니다. 심 카드는 가격이 다양하기 때문에 얼마짜리를 사고 싶은지 물
어올 수 있습니다. mệnh giá(~짜리) 뒤에 bao nhiêu(얼마나 많이?)가
합쳐져 '얼마짜리?'의 의미입니다. 예를 들어 mobifone이라는 통신
회사의 심 카드 충전하는 방법은 다음과 같습니다.(회사에 따라 아래 숫
자 100이 다른 숫자로 바뀌며, 충전 방법 역시 다를 수 있습니다.)

① *100+카드 일련번호(복권처럼 긁으면 보임)+#을 입력 후 통화 버튼
을 누릅니다.

② 충전이 완료되면 현재 남아 있는 충전 금액이 문자로 발송됩니다.

표현 더하기

○ 10-8

- **Nạp tiền thế nào?** 어떻게 돈 충전해요?

- **Giúp tôi với.** 도와주세요.

- **Tôi muốn đổi thẻ Sim.** 심 카드 바꾸고 싶어요.

- **Cho tôi 2 cái mệnh giá 100.000 đồng.**
  10만동짜리 2개 주세요.

- **Mã thẻ cào là gì?** 카드 일련 번호가 뭐예요?

응용 대화로 **활용능력** UP!!

A Nạp tiền thế nào? Giúp tôi với.
어떻게 충전해요? 도와주세요.

B Để tôi làm cho.
내가 해 줄게요.

- -

A Tôi muốn đổi thẻ Sim.
심 카드 바꾸고 싶어요.

B Bạn muốn đổi số điện thoại à? OK.
전화번호를 바꾸고 싶은 거죠? 알겠어요.

- -

A Bạn mua mấy cái thẻ?
카드 몇 개 사요?

B Cho tôi 2 cái mệnh giá 100.000 đồng.
10만동짜리 두 개 주세요.

---

nạp tiền (돈)충전하다　　**làm cho** 해주다　　**số điện thoại** 전화번호

확인 문제로 복습해 봐요.

I 다음 문장을 베트남어로 말하면서 써 보세요.

① 심 카드를 사고 싶어요.

Tôi _____ mua _____ Sim.

② 어떻게 돈 충전해요?

_____ thế nào?

③ 도와주세요.

_____ tôi _____.

포기하면 안 되지~

포기 금지

④ 심 카드 바꾸고 싶어요.

Tôi muốn _____ Sim.

2 알맞은 의미와 연결하세요.

① Cho tôi 2 cái mệnh giá 100.000 đồng.

② Để tôi làm cho.

③ Mã thẻ cào là gì?

A 카드 일련 번호가 뭐예요?

B 내가 해 줄게요.

C 10만동짜리 2개 주세요.

공공시설을 이용할 때
사용하는 말을 공부한 당신
이 정도는 말할 수 있다!

1 머리가 아파서 약국에 갔어요. '머리가 아파요'라고 어떻게 말할까요?

2 휴대폰에 돈을 충전하려고 하는데 충전하는 방법을 모르겠어요. 도와
달라고 어떻게 요청할까요?

정답 1_Tôi đau đầu.　2_Giúp tôi với.

나는 했지~ 작심

공부 했지~ 3일

10번 했지~ The end~!!!

Flex~

첫 번째 작심삼일
인사

DAY 1 처음 만났을 때 31

1　① Xin chào
　　② tên, gì
　　③ tên là
　　④ vui, gặp

2　① C
　　② A
　　③ B

DAY 2 안부 묻고 답할 때 35

1　① khỏe không
　　② khỏe
　　③ Bình thường
　　④ Hôm nay, thế nào

2　① C
　　② A
　　③ B

DAY 3 헤어질 때 39

1　① Tạm biệt
　　② Hẹn gặp lại
　　③ phải đi
　　④ về nhé

2　① C
　　② B
　　③ A

두 번째 작심삼일
소개

DAY 1 개인 47

1　① người Hàn Quốc
　　② làm, gì
　　③ nhân viên công ty
　　④ Nhà, ở đâu

2　① A
　　② C
　　③ B

DAY 2 가족 51

1　① kết hôn chưa
　　② kết hôn rồi
　　③ Gia đình, có mấy người
　　④ Gia đình, có, người

2　① C
　　② A
　　③ B

DAY 3 베트남 생활 55

1　① ở, lâu chưa
　　② mới đến, không biết
　　③ nói tiếng Việt một chút
　　④ nói chậm lại

2　① A
　　② C
　　③ B

다섯 번째 작심삼일 **일상**	여섯 번째 작심삼일 **교통**

아홉 번째 작심삼일
관광

DAY 1 상품 알아볼 때 ········ 159

1 ① có, du lịch

② muốn, thông tin, đi

③ gợi ý, nơi du lịch

④ bản đồ

2 ① B

② A

③ C

DAY 2 예매할 때 ········ 163

1 ① vé một chiều

② chuyến tối

③ đi, ngày 4, ngày 10

④ xe nằm

2 ① C

② B

③ A

DAY 3 여행할 때 ········ 167

1 ① đi, thế nào

② gần đây, khách sạn

③ chờ, bao lâu

④ chụp ảnh, được

2 ① C

② B

③ A

열 번째 작심삼일
공공시설

DAY 1 아플 때 ········ 175

1 ① bị cảm, đau

② cho, thuốc

③ Thuốc, uống thế nào

④ tránh rượu

2 ① C

② B

③ A

DAY 2 환전할 때 ········ 179

1 ① muốn đổi, đô la

② đổi tiền

③ Tỷ giá hối đoái, bao nhiêu

④ tiền nhỏ hơn

2 ① B

② C

③ A

DAY 3 유심카드 살 때 ········ 183

1 ① muốn, thẻ

② Nạp tiền

③ Giúp, với

④ đổi thẻ

2 ① C

② B

③ A

memo

'웃음'을 그리는 일러스트레이터 가오.
'태평이' 캐릭터로 다양한 그림을 그리고 있으며
기업 마케팅, 그라폴리오 연재, 출판 등의 작업을 하고 있습니다.

grafolio.naver.com/xplusmedia
www.instagram.com/gaotoon/

작심3일 10번으로 베트남어 끝내기

초판인쇄	2020년 12월 24일
초판발행	2021년 1월 4일
저자	김효정
책임편집	권이준, 양승주
펴낸이	엄태상
디자인	권진희
조판	이서영
콘텐츠 제작	김선웅, 전진우, 김담이
마케팅	이승욱, 전한나, 왕성석, 노원준, 조인선, 조성민
경영기획	마정인, 최성훈, 정다운, 김다미, 전태준, 오희연
물류	정종진, 윤덕현, 양희은, 신승진
펴낸곳	랭기지플러스
주소	서울시 종로구 자하문로 300 시사빌딩
주문 및 교재문의	1588-1582
팩스	0502-989-9592
홈페이지	www.sisabooks.com
이메일	book_etc@sisadream.com
등록일자	2000년 8월 17일
등록번호	제1-2718호

ISBN 978-89-5518-634-5 (13730)

상   장

작심삼일 상   이름 : _____

위 사람은 매번 실패하는 사람들의
모범이 되어 작심삼일을 열 번이나
해냈으므로 이 상장을 수여합니다.

년   월   일

작심삼일 편집위원회

작심3일 10번의 여정을 마친 스스로를 아낌없이 칭찬하세요!
점선을 따라 오려 나에게 상장을 수여해 보세요.